新 潮 文 庫

警 官 の 条 件

佐々木 譲 著

新 潮 社 版

9885

警官の条件

ごく小さな湾だった。

意識していなければ、男たちはそこに目的の湾があることも気づかないまま通過してしまったかもしれない。

東京の彼らが勤める機関の本庁舎から、車でおよそ三時間半という距離、太平洋に突き出た半島の南端にある湾だった。湾口はわずか百メートルほどの幅で、その内側に羽を広げた蝶《ちょう》のような形で、海が浅く入り込んでいる。漁港施設が作られているが、小規模であり、岸壁に係留されている漁船も小型船ばかりだ。同じように係留されている船体の細い小型船は、釣り船なのだろう。ひとの姿も少なく、漁港らしい活気も乏しかった。

県道をはさんで湾の反対側には、狭い斜面に民家が建ち並んでいる。戸数は二十弱というところか。県道沿いにはコンビニエンス・ストアひとつなかった。リゾート地としても賑《にぎ》わう半島にありながら、小じゃれたところも華やいだところもない、ひなびた湾だった。隠れ里のような雰囲気さえある。隠棲《いんせい》するには、たしかに似合った湾と言えた。

男たちは、漁港施設の岸壁上にその車を停めていた。湾の入り口を真正面に観察できる位置だ。車を停めてから、もう一時間以上たっている。助手席にいる年配の男は、何度もエアコンをつけ、さらにウィンドウをおろして、車内に満ちた煙草《たばこ》の煙を排出しなければならなかった。

空は薄曇りだ。好天が一週間ほど続いていたが、西から天候が崩れ始めている。しかし湾口から見える太平洋の海面は、雲を透かした空の色を映していた。波もおだやかに見える。

助手席の男が、腕時計に目をやった。運転席の男も、パネルのデジタル・ウォッチを見た。午後の三時になろうとしていた。

助手席の男が、フロント・ウィンドウの先に目を向けた。湾の西側の岬の向こう側に、一隻《せき》の小型船が現れたのだ。この湾に入ってこようと針路を取っているように見える。運転席の男も気がついて、その小型船に目を向けた。小型船はプレジャーボートではない。漁船か釣り船か。いずれにせよ、無骨で飾り気がなく、まったくの業務用の船と見える。

小型船は湾の入り口で大きく針路を変えた。まっすぐ湾内に入る態勢と見えた。男たちは目を見交わし、それぞれ上着を手にとって車から降りた。

船は湾の左右から伸びる防波堤のあいだを抜けて、湾内に入ってきた。キャビンにひとり乗っている。ほかに、ひとの姿は見えない。ほどなくその船は漁港の東側岸壁にまわりこんで接岸した。キャビンから出てきた男が船から岸壁に上がって、手慣れた仕草でもやい綱を岸壁に結びつけた。黒っぽいキャップをかぶりくすんだオレンジ色のジャケットを着ていた。キャップの男はすぐにまた船の甲板に降り立って、甲板を片づけ始めた。

車を停めて待っていたふたりは、岸壁の上でスーツの上着を羽織った。年配の男が、若い部下にうなずき、岸壁を歩きだした。ビジネスシューズの音が、コンクリートに硬く響いた。

年配の男は、その場に音楽が響いていることに気づいた。オペラの男声アリアのようだ。小型船のほうから聞こえてくる。船にオーディオ装置が載っているのかもしれない。

そのままふたりが近づいてゆくと、船の男もスーツ姿のふたりに気づいた。背を起こし、いぶかしげにふたりを見上げてきた。

船の男は、ふつうの役所の基準で言えば、そろそろ定年も間近という年齢に見えた。潮風と紫外線にさらされているせいか、顔には皺《しわ》が深く刻まれている。記録にある実年齢よりもいくつか年上に見えないこともない。ただ、ふたりを見つめてくる目の光は強く、かつてこわもての警察官であった当時の面影は、まだ強く残っていた。

スーツ姿のふたりは、小型船の脇《わき》まできて足を止めた。小型船は釣り船の造りだった。甲板に六人分のシートがしつらえてある。専用の漁船ではない。きょうは客がいなかったのだろう。

年配の男は、その釣り船の男に型通りの再会のあいさつを口にするつもりだった。しかし相手の視線の強さにたじろぎ、言葉が出てこなかった。

ためらっていると、キャップの男が不快げに言った。

「なんだ？」

問いと言うよりは、退去の勧告のように聞こえた。

年配の男は、あいさつを省略して言った。

「大事な話できた。少しこみいったことだ」

「だからなんだ？」

「あんたの助けがいる」

船の男は、表情を変えぬままに視線をそらした。船の上で大音量で鳴り響いていたアリアが、ちょうどその曲のクライマックスにかかったように盛り上がった。船の男はそのアリアに意識を向けたようにも見えた。

1

地下の駐車場を出て、表の通りに通じるスロープを上りきったときだ。目の前に白い乗用車が滑り込んできて急停車した。

加賀谷《かがや》仁《ひとし》警部のセダンの行く手がふさがれた。加賀谷はセダンを停めた。乗用車のすぐ後ろでも、黒っぽいワゴンが停まった。どちらの車にも、男たちが数人ずつ乗っている。加賀谷はミラーを見た。背後で駐車場の自動シャッターが閉じられるところだった。

出入り口をふさいだ二台の車のすべてのドアが開いて、男たちが飛びおりてきた。

セダンの助手席で永見《ながみ》由香《ゆか》が当惑の声を上げた。

「え、何？　このひとたち」

みな窮屈そうなダークスーツ姿の男たちだ。こわもてふうではあるが、組織暴力関連の男たちではない。もっと言えば、こいつらは自分の同僚だ。警視庁の私服の警察官たちだ。瞬時にそれとわかるだけの匂《にお》いを放っている。

「心配ない」と加賀谷は由香に言った。「警察だ。黙っていてくれ」

私服警官たちは、加賀谷のセダンを半円形に囲んだ。右手、運転席側にいる男の顔には見覚えがある。短髪で日に灼《や》けた顔の、尊大そうな四十代。警視庁警務部の管理職だ。

その男は、運転席のウィンドウを二度叩《たた》いた。加賀谷はウィンドウを下ろした。相手は少し屈《かが》んで運転席の加賀谷を睨《にら》み据えてから、警察手帳を取りだした。身分証明書の名が読み取れた。畑山《はたけやま》だ。

「加賀谷仁、監察だ」

乗用車のうしろの黒いワゴンの向こうに、自分の若い部下の姿が見えた。安城和也《あんじようかずや》巡査。彼は緊張した面持ちで加賀谷に視線を向けている。その顔は蒼白《そうはく》だった。

やはりか、と加賀谷は苦々しい想《おも》いで事態を把握した。やつは、警務のイヌだったのだ。三月《みつき》前、鍛えてやってくれとつけられた新人は、いつの時点からか、このおれの生活と行動すべてをスパイしていたのだ。何度かそれを疑わなかったわけでもないのだが。

畑山が言った。

「聞きたいことがある。同行してもらえるだろうか？」

「用件は？」

「服務規程違反の疑いがある」

加賀谷はとぼけて訊《き》き返した。

「服務規程違反？」

「それだけですむといいとも思っている」

服務規程違反、と加賀谷はもう一度自分の胸のうちでその言葉を繰り返した。

自分は警視庁刑事部捜査四課の捜査員として、暴力団を相手に情報収集の任務に就いているのだ。際《きわ》どいこともやってきた。杓子定規《しやくしじようぎ》に服務規程を持ち出されたら、たしかに抵触する部分もある。しかし、いまこの瞬間にそれを持ち出されるということは、つまりいま、この車のトランクにあるものについて、警務は何らかの情報を持っているということだ。「それ」の所持については、合法性は微妙なレベルにある。今回、自分はその合法性を主張できるだけの手続きを省略した。つまり合法か非合法かを判断するのは、警務部の胸ひとつということになる。そうとうに慎重に振る舞う必要がある。失敗した場合、おれは破滅する。警視庁捜査四課の捜査員として足をすくわれるだけではない。社会人としても、終わるのだ。いや、もしやすでに警視庁は、おれを切ると決めたのか？　おれはもう終わったのか？

加賀谷は確認した。

「任意なんですね？　令状はなし？」

「どういう令状が欲しい？」

逮捕状は取られていないということだ。ならばまだゲームオーバーとはなっていない。

「断ったらどうなります？」

畑山は、口の右の端を持ち上げて言った。

「手荒にやるさ。こっちはべつに起訴できなくてもいい。公判を維持することも目的じゃない。手続きの正当性なんてところで、お前と争うつもりもないんだ」

加賀谷は、助手席の永見由香を顎《あご》で示してから言った。

「こっちの女性は無関係だ。帰してくれないか」

「駄目だ。そっちの娘さんにも、小便を取らせてもらいたいんだ」

ということは、嫌疑は単なる服務規程違反ではない。やはり覚せい剤取締法違反。それも、使用の容疑がかかっているということになる。

助手席の永見由香は、東京消防庁勤務の救急救命士だ。専門性の高い仕事に就く、二十四歳の公務員。違法行為の嫌疑をかけられることさえ避けたほうがよい立場なのだが。

加賀谷はもう一度、警務の職員たちの背後にいる安城和也に目をやった。やつは、おれが覚醒剤《かくせいざい》を使ったと警務部に報告したのか？　その証拠が出るはずだと。

加賀谷は畑山に言った。

「どうしても？　彼女は任意でしょう？」

「ここで否定するより、さっさと検査を受けたほうが早くないか」

「おれは、受けますから」

「ひと晩過ごしたふたりなんだろ。ひとりだけじゃ不公平だ。ふたりとも、あっちの車に乗り換えてくれ」

突っぱねることは難しいようだ。加賀谷は、永見由香に顔を向けて言った。

「妙な嫌疑がかかったが、大丈夫だ。あんたはすぐ解放される」

永見由香のクールな顔に、失望と疑念が浮かんだ。初めて見る表情だ。なぜこんなことにと、その顔が問うていた。あえて答えるなら、昨晩おれといたからだ。それだけの理由だ。しかし加賀谷はそれを口にしなかった。

加賀谷はサイドブレーキを引くと、ダッシュパネルに手を伸ばしてCDプレーヤーのスイッチをオフにした。ちょうど好きな『誰も寝てはならぬ』が終わりかけるところだった。

ドアを開けて車の外に降り立つと、警務部の若い職員ふたりが加賀谷の両脇《わき》に立って、軽く腕を押さえた。

畑山が言った。

「車、あらためさせてもらっていいかな」

「どうぞ」

警務部の若い職員が、運転席脇に手を延ばして、トランクルームのロックを解除した。加賀谷は安城和也に顔を向け直して訊いた。

「最初から、そういうつもりだったのか？」

安城和也が、硬い声で答えた。

「ええ」

つまり、おれの服務規程違反行為を摘発するために、おれの部下として送りこまれたということだ。部下として配属されてから、警務部にイヌとなるよう命じられたのではなく。

「どうしてきょうなんだ？　明日でも、来週でもよかったろうに」

一瞬、安城和也の視線が横に揺れた。加賀谷は視線の先を見た。永見由香が助手席から降りたところだ。警務部の別の職員たちが、由香の両脇に立ち、腕を押さえている。

加賀谷は安城和也に訊いた。

「売られたのは、おれじゃなく、あいつなのか？」

永見由香は、つい先日までは安城和也とつきあっていた。安城和也に自分たちの仲は終わったと告げてはいなかったはずだから、かたちの上では彼女は二股《ふたまた》をかけていたことになる。それを知って、安城和也は彼女に復讐《ふくしゅう》したのか。このおれと過ごした翌朝であれば、自分を捨てた女を覚醒剤使用の疑いで逮捕できるはずだと。

しかし安城和也は言った。

「いえ、親爺《おやじ》さん。親爺さんだけが問題でした」

では、安城和也はおれを警官ではないと見切ったということなのだろう。このおれは捜査対象と癒着し、連中と同じような価値観で生きる逸脱警官だと。すでに警官の道を踏みはずし、落伍《らくご》した男だと。

ふいに思いついた。安城和也はもしや、自分の父親と比較して、おれを逸脱警官、落伍警官と判断したのか？

加賀谷は言った。

「お前、自分の父親が模範警官だったと信じてないか」

安城和也の顔色が変わった。

「どういう意味です？」

和也が一歩詰め寄ろうとした。警務部の職員が彼を押しとどめた。

畑山が加賀谷に言った。

「所持品を見せてもらっていいか、加賀谷」

加賀谷は安城和也を見据えたままうなずいた。

和也は当惑を見せている。加賀谷の言葉に驚き、懸命にその意味を探っているようだ。このおれが父親の何について触れたのか、それを知りたいと言っている。

警務部の職員が、安城和也をワゴンの向こう側へと追いやった。

その駐車場出口のスロープに風が吹いた。十二月の、冷たく乾いた風だった。加賀谷は風に顔をそむけてから、自分のセダンのルーフの端に両手を置いた。もう何度も犯罪被疑者に取らせてきた、所持品検査のためのポーズ。被疑者から言えば、無抵抗のサイン。

畑山が、トランクから引っ張り出したナイロンバッグを加賀谷の前に出して訊いた。

「お前のものか？」

「バッグは、おれが捜査で使っているものだ」

「中身は何だ？」

加賀谷は言った。

「そこにいる安城から情報が入っているはずだ」

「お前から訊きたい」

「覚醒剤。一キログラム」

少しのあいだ、その場からすべての物音が消えたように思えた。


ワゴン車は、文京区富坂《とみさか》の警視庁分庁舎に到着した。

ここは本来、警視庁第五方面本部の庁舎であるが、警視庁本庁のいくつかの部署も、この庁舎の一部を使っている。捜査四課も部屋を持っていた。取調べや捜査の拠点としては、本庁舎では関係者が遭遇したり、情報漏れ等で支障が出る場合もある。とくに覚醒剤や拳銃《けんじゅう》取締りの捜査では、秘匿性《ひとくせい》が重要視される。なので参考人や情報提供者から話を聞くときなど、こちらの富坂庁舎を使うことも多かった。加賀谷自身、何度かこの庁舎で被疑者を事情聴取したことがある。

ワゴン車は地下の駐車場に入った。うしろからついてくる車はない。権之助坂《ごんのすけざか》の集合住宅前を出発したあと、永見由香が乗せられた乗用車は途中で消えたのだ。たぶん女性用留置場のある警察署に向かったのだろう。安城和也の乗った車も、この庁舎には同行してこなかった。もうそばにいる必要はなくなったということか。

駐車場の奥でワゴン車を下ろされ、エレベーターで二階に上がった。連れてゆかれたのは、フロアの奥、頑丈なドアをふたつ抜けた先の小さな取調べ室だった。テーブルがふたつと、パイプ椅子《いす》が三脚。

加賀谷は部屋の中央まで進んで振り返り、ズボンのポケットに両手を突っ込んだ。

警務部の職員ふたりが一緒に入ってきた。ひとりは加賀谷よりも四、五歳年配だろうか。いまどき共済会の売店でも売っていないような古めかしい黒いセルフレームのメガネをかけている。堅苦しそうな印象の男だ。もうひとりは三十代なかばで、ほとんど丸刈りに近い短髪だ。口をきつくへの字に結んでいる。

年配の職員が、部屋の中央のテーブルを指さして言った。

「まずポケットの中のものをすべて出してくれ」

加賀谷は言った。

「まず名乗ったらどうです」

年配の職員は目をむいた。加賀谷がこのように出るとは予想もしていなかったのだろう。監察、というひとことで、他の警官と同じように震え上がってしまうとでも思っていたか。

加賀谷が相手を見据えていると、ようやく名乗った。

「警務一課の斉藤《さいとう》だ。あっちは」斉藤と名乗った職員は、若い男を指さした。「石原《いしはら》だ」

「あんたの階級は？」

斉藤は、苦々しげな顔となった。

「警部補」

「斉藤警部補。嫌疑を晴らしたいから、聴取には協力する。ただし、礼儀正しくやろうや」

斉藤は目を伏せて小さくうなずいた。警察は階級社会だ。互いの年齢がどうあろうと、またその瞬間の立場がどうであろうと、階級差を超えて馴《な》れ馴《な》れしく、あるいは居丈高《いたけだか》に振る舞うことは許されない。それにまだ加賀谷は、服務規程違反の嫌疑をかけられた職員というだけである。斉藤は口のきき方に注意しなければならないのだ。

これまでは、身柄を押さえたというだけで、刑事事件の被疑者扱いしてきたとしてもだ。

加賀谷は、ジャケットの内ポケットから、まず警察手帳を取りだした。ついで携帯電話。ズボンの後ろポケットから革の財布。さらに小銭入れとハンカチ。

「財布の中身を見せてくれ」

言うとおりにした。十五万円ほどの現金。クレジット・カードが二枚。銀行のキャッシュ・カードが一枚。五反田にあるスポーツ・クラブの会員証。レシートが二枚入っていた。

斉藤がそのレシートを確かめた。六本木のCDショップと、麻布《あざぶ》のイタリアン・レストランのものだ。総計で二万八千円。不審を抱かれるような金額ではない。

若い警務部員の石原が、加賀谷のスーツのすべてのポケットを上から叩《たた》いた。加賀谷はポケットの袋布まで引っ張り出して見せてやった。

「ベルト」と斉藤が言った。

加賀谷は言った。

「包《バケ》でも隠してると思っているのか」

斉藤は応《こた》えない。加賀谷はベルトを抜いて、テーブルの上に置いた。若い職員はそのベルトの裏側に手を滑らせた。

ベルトのチェックが終わると、斉藤が言った。

「そろそろ小便を」

「本気で、おれが使っていると？」

斉藤はやはり質問には応えない。

石原がうながすので、加賀谷は一緒に部屋を出た。廊下を歩いて数歩のところに洗面所があった。洗面所に入ると、すでに用意していたのか、石原は尿検査用の専用容器を差し出してきた。加賀谷は受け取って小便器の前に立った。

尿検査に使う尿の量は、ほんのわずかの滴《しずく》でいい。加賀谷は容器の五分の一ほどの尿を取って、石原に渡した。

取調べ室に戻ると、椅子に腰かけるよう指示された。石原のほうは、部屋の奥のテーブルへと歩いた。あのテーブルの上で覚醒剤反応検査をするのだろう。検査はごく簡単なものだ。試薬を塗ったシートの上に、尿をスポイトで取って垂らす。これを五秒置きに四回。尿に覚醒剤の成分がある場合は、数分後にシートに二本の線が表れる。尿がなければ一本だけ。線がまったく表れない場合は、検査自体の失敗を意味する。尿がただの水にすり替えられてしまったとか。この簡易尿検査のキット、Xチェッカーは、パトカーなどにも常備されている。地域課の警察官はみなこの検査ができるし、警務部の職員の必須《ひっす》のスキルでもあるはずだ。

斉藤が、こんどはあらたまった口調で告げた。

「形式的なことから始めます。姓名、階級、所属を」

加賀谷は答えた。

「加賀谷仁。警部。警視庁刑事部捜査四課、特別情報分析二係、係長」

「生年月日」

「昭和二十九年八月二日生まれ」

「四十六歳？」

「そう」

「出身」

「新潟市」

「高校は？」

「新潟東」

「大学は？」

「中央大学法学部」

「所属長は誰です？」

「おわかりなんでしょう」

「あんたの口から確認したいってことです」

「四課長、内山茂男《うちやましげお》」

「任官は？」

加賀谷はその年を思い出そうとした。それがいつのことであったかなど、最近は気にすることもなかった。たしかあれは、タバコのマイルドセブンが発売された年だ。当時中野にあった警察学校の寮から、近くのタバコ屋まで買いに行った。その年だったとすれば……。

「昭和五十二年。五十二年四月、大学卒採用で警察学校入校」

「警部昇進は？」

「それだって、警務の記録にあるでしょうに」

「このあと、あんたが記憶をたぐりやすくなるように訊《き》いているんです」

「七年前。平成五年」

答えてから、あの年のことを思い出した。プロ野球の大投手だった男が、覚醒剤《かくせいざい》の所持現行犯で捕まった年だった。新幹線の中で、覚醒剤中毒の男が乗客を刺し殺した事件もあった。おれが警部に昇進したのは、そんな年だ。

隅のテーブルのほうで、石原が言った。

「出ません」

斉藤は驚いた様子で振り返った。

「全然？」

「一本です」

斉藤は目を丸くしたまま立ち上がり、石原に近寄った。

「この小便は、まちがいなくやつのものか」

「自分がそばにいて、採るところを見ていました」

「筒先から出してるのを確認したか」

「すぐ後ろに立っていました。すり替えられる状態ではありません」

「もう一回検査を。試薬は、新しいものをもらってこい。新しいパックから」

「はい」

石原が取調べ室を出ていった。

加賀谷は、斉藤が見せるかすかな狼狽《ろうばい》を楽しみながら言った。

「予想外か？」

「いや。あんたは一キロの覚醒剤所持を認めている。それだけでも、うちが調べる理由として十分だ」

「おれは四課で、組織暴力を相手にしている。情報収集の過程で、ときに銃器、薬物も扱う。捜査のために捜査員が拳銃、薬物を売買することは、違法じゃない。釈迦《しゃか》に説法だろうが」

「四課長に確認ずみです。こんどの覚醒剤の件では、課長は一切報告を受けていない。事前の相談もない。正当なおとり捜査とは無縁のブツです」

「事後報告は慣例だ」

「事前の承認なしに、カネが扱えたのですか？」

「緊急のことなら、やるしかない。おれが相手にしてるのは、暴力団だ」

「うちは役所ですよ。民間の個人商店じゃない」

「大きな犯罪を前にして、緊急の場合は、手続きはあとまわしになる」

「役所では、通用しない主張だと思いますよ」

「慣行だ。知ってるだろうが」

斉藤が加賀谷を真正面から見つめ、ほんのかすかの留保も疑念も感じさせない声で言った。

「知りません」

加賀谷はデスクの下で足を伸ばし、小さくため息をついた。

安城和也巡査は、警視庁本庁舎ビル六階の捜査四課のフロアで、警務部員たちが加賀谷仁警部のデスクをあらためるのを見守っていた。

加賀谷の所属する特別情報分析二係のデスクは、四課のほかの係の島から少し離れて置かれていた。四つのデスクがまとめられているが、そこに在籍している捜査員は係長の加賀谷警部とその部下である自分のふたりだけ。ふたつの席は空いたままだ。

すでに廊下の加賀谷のロッカーが調べられていた。いま少し前から、畑山警務一課長が見守るもとで、デスク内の捜索がおこなわれているところだ。

安城和也は、捜索の邪魔にならぬよう、壁際《かべぎわ》に寄ってこの様子を眺めていた。いま四課のフロアにいる十数人の職員は、全員が素知らぬふりだ。少なくとも、視線はいっさいこの捜索に向けてはいない。

警務部が警視庁職員のデスクやロッカールームをあらためるのに、捜索令状は不要だ。ふたりの警務部員が、引き出しを抜き取ってデスクの上に置いてから、収納されている品を一点ずつあらためては段ボール箱に納めている。デスクの上はすっきりと片づいており、有線の電話機のほかには、ノートパソコンも未決既決の書類入れもない。写真立ても卓上カレンダーもなかった。

引き出しの中も、警視庁中堅幹部のものとしては驚くほどにモノが少なかった。基本的な筆記用具類、各種の書式の未使用書類、名刺入れ、書類ホルダーなどはもちろん出てきた。音楽ＣＤも何枚か。イタリア・オペラのものらしかった。

警務部員たちは、住所録とかスケジュール表、領収書、カネの出し入れを記録したメモなどを重点的に探しているようだった。

引き出しの中身があらかたあらためられたところで、畑山が安城和也に寄ってきた。

「どうした？」と、畑山がふしぎそうに訊いた。

「え？」と、和也は訊き返した。「どうしてです？」

「硬い顔だ」

「そりゃあそうです」

安城和也はフロアの奥のほうに視線をやった。素知らぬふりをしている同僚たちが気になった。彼らは、上司の不行跡《ふぎょうせき》を告発したこの自分を、どう見ているのだろう。嫌悪《けんお》や敵意までは感じていないかもしれないが、讃《たた》えてくれてはいないことも確実だった。

「昨晩まで、親爺《おやじ》と呼んでいた上司なんです」

「後悔してるのか？」

答えにためらっていると、畑山は自分の携帯電話を取りだして耳に当てた。

安城和也は畑山の顔を見つめた。

畑山の顔が曇った。

「出ない？」

和也に視線を向けてきた。ということはつまり、富坂庁舎に行った警務部員からの電話なのだろう。

出ない？　尿検査で、使用反応が出なかったということか？

畑山が相手に言った。

「試薬の有効期限を確かめて、もう一回やってみろ」

相手の言葉を聞いてから、畑山が言った。

「わかった。そっちに向かう」

畑山が携帯電話を上着のポケットに収めてから和也に言った。

「尿検査はシロだ。お前、昨晩使うのはまちがいないと報告してきたはずだぞ」

和也は動揺した。加賀谷警部はさきほど集合住宅前で、覚醒剤一キログラムの所持を認めていたではないか。なのに、使用はしていなかった？　覚醒剤を使用した場合、摂取から五分後に血液に入り、そのあと主に尿と一緒に成分が排出される。排出される量は、使用からおよそ十二時間後に最大となる。尿から反応が消えるまでには、少なくとも四日はかかる。昨晩使ったとすれば、まだ十分に明確な使用反応は出るはずだった。いや、いまの時刻なら、最大値が出ておかしくはない。

和也は言った。

「今夜試す、という言葉を聞きました」

「シャブを、と言っていたのか？」

そう問われると、たしかに自分は「試す」の目的語については耳にしなかった。加賀谷の言葉の流れから、それは覚醒剤を意味すると判断しただけだ。

「そう取れました」

「二回、試薬を変えて試した。出なかった。やつは、昨夜はやっていない」

「どうなるんです？」

「所持が習慣化していたなら、過去には何度もやっているだろう。そっちの形跡は？」

「わたしは確認できませんでした」

「となると、任意の尿検査では証拠は挙げられない。令状取って毛髪検査でもやるしかないな。だけど」

畑山は黙り込んだ。

安城和也は畑山を凝視した。警務部は、尿検査で使用の反応を出したうえで、現行犯逮捕を考えていたはず。しかし尿検査では使用の反応がなかったとなると、あとは覚醒剤の不法所持を理由に逮捕することになるが。

畑山が、デスクを調べているふたりの警務部員たちに言った。

「続けていろ。おれは富坂に行く」

畑山は和也に顔を向けてきた。

「一緒にいたあの東京消防庁の救命士、お前は前から知っていたのか？　任務に就く前から」

永見由香のことだ。いま女性用留置場のある署で尿検査を受けているころだが、彼女も陰性反応だろうか。あるいは加賀谷は、彼女だけに使わせたか。どっちだろう？

安城和也は、言葉を選んで答えた。

「警察学校に、救急法の講習で来ていた救命士です」

「前からの知り合いってことだな」

「はい」

「お前」畑山の目がわずかに細くなった。「私情からめたのか？」

「いえ」

畑山は、その言葉を吟味するかのように、少しのあいだ和也を見つめたままだった。和也が次の言葉を待っていると、畑山は振り返って歩きだした。

安城和也は、その場に立ち尽くした。おれは、いまの問いに対してもう一度ノーと言えるか。自分の上司の不行跡を警務に告発した件については、任務であり、自分が信じる警官のありようを彼が踏み外したからだと。いっさい私情はからんでいないと。永見由香を一緒に告発するかたちになったのは、たまたま偶然であると。

言える、と安城和也は自分の気持ちの揺れを押しとどめるように胸のうちで言った。自分は言える。

和也はおよそ半年前、まだ警視庁警察官となったばかりの初任補修科研修を終えるところで、警務部一課長の畑山からこの任務に就くよう指示されたのだった。加賀谷仁という警視庁捜査四課の警部の部下となり、素行を内偵しろという命令だった。

加賀谷警部は暴力団担当の捜査員として東京の裏社会に独自の情報収集ルートを作り上げ、拳銃《けんじゅう》摘発や覚醒剤取り引きの情報を集めることでも実績を上げていた。ただし私生活が乱れ、裏社会との癒着が疑われていた。いくらめざましい働きを見せる捜査員であっても、すでに許される限度を超えた乱れであると、警務部の目に映っていたようだ。もはや看過できる水準のものではない。見過ごせば、ほかの捜査員たちにも示しがつかなくなる。いずれ取り返しのつかない大きな不祥事も起こると。しかし、処分できるだけの服務規程違反の証拠も見つけ出せない。警務部は、係長ではあるが部下を持たない一匹狼《おおかみ》の加賀谷に部下をつけて、素行を調査させることにしたのだ。

警視庁は、この加賀谷に取り込まれる心配のない、血筋のいい若い警察官を必要としていた。任務かカネか、警察官であるか飛び越えるか、そのことで葛藤《かっとう》することはありえない新人警察官を。和也は祖父も父も警視庁警察官であったから、ほかの適性も含めてうってつけだったのだろう。初任補修科研修を終えたあと二カ月だけ目黒署刑事課に勤務し、そのあと本庁捜査四課に配属された。ここ、特別情報分析二係だ。もちろんかなり異例の人事ではあるが、殉職した警察官の息子ということもあって、周囲がそれを納得する雰囲気もあったのだ。今年の秋以来、和也は表向き加賀谷の部下となって、彼の仕事ぶりと私生活のすべてを警務部に報告する任務についた。

正直なところ、和也は加賀谷の下でその働きぶりを見て、彼の有能さを認めないわけにはゆかなかった。警官離れした言動も派手な消費生活も交際範囲も、情報収集の対象が裏稼業《うらかぎょう》や暴力団連中であることを考えれば、ある程度やむを得ないと考えることができた。よい情報を取ろうと思えば、多少は連中の世界に足を突っ込むことは許容しうる。そう納得できた。

加賀谷が和也の配属の最初の日に告げたふたつの言葉がある。

「貧乏役人には、向こうは敬意を払わない。情報源にするには、こっちもそれなりの羽振りでなくちゃならないんだ。地下鉄で事務所に行ってみたって、相手にもされない」

「おれたちは、やつらにもわかるように、強くなきゃ駄目なんだ」

駐在警官として殉職した父のことを思えば、必ずしも賛同できる意見とは言いかねたが、加賀谷は駐在警官ではなかった。つつましく暮らす堅気《かたぎ》の住人を相手にしているわけではない。ベンツに乗って非合法ビジネスで荒稼ぎし、あるいはうっかり蟻《あり》地獄に落ちた堅気の市民の生き血を吸って肥えているような連中が相手だった。彼らを手なずけて情報源とし、ときがきたら叩《たた》き、摘発し、検察に送るためには、公僕としての使命感や倫理観だけでは力不足であることもわかった。加賀谷がその型からはずれた生活を、職務遂行のための手段として不本意ながらみずからに課しているかぎりは、警務に告発すべきことではないと信じられるようになった。ただ、ある一線を越えないかぎりは……。

畑山のいまの問いが、胸の奥で反響している。
「お前、私情からめたのか？」
いや、自分は私情をからめてはいない。加賀谷は一線を越えたのだ。だから自分は告発した。そのタイミングが、たまたま永見由香という女性と過ごした夜だったというのは、偶然にすぎない。

警視庁富坂庁舎のその部屋では、警務部員たちの当惑もなんとかおさまっていた。あれからおよそ三十分がたっている。

二度目の尿検査でも、当然ながら覚醒剤《かくせいざい》の使用反応は出なかったのだ。となると、これ以上加賀谷をこの分庁舎に留めておく根拠も薄くなったはずだ。加賀谷がそれを指摘して帰らせろと求めたのだが、斉藤は拒否した。いま畑山警務一課長がくるからそれまで待てと。しかたなく加賀谷は、お茶を要求したのだが、これも拒まれた。お茶の代わりに、石原がただのミネラルウォーターのペットボトルを一本、寄越しただけだった。利尿作用のある飲料はやれぬということだろう。

やっと畑山が部屋に入ってきた。庁舎内を大股《おおまた》に歩いてきたようだ。息がわずかに荒かった。革のブリーフケースをさげている。

相手は警視正なので、加賀谷は立って畑山を迎えた。

畑山は石原から試薬のシートを受け取るとそれを凝視した。報告を受けたときには表れていなかった二本目の線が出ていないか期待したのだろう。しかし、表れるはずもない。

畑山は石原にシートを返すと、テーブルの向こう側の椅子《いす》に腰をおろして、加賀谷にも腰掛けるよう指示した。

加賀谷は座ってから訊《き》いた。

「解放ですね」

「まだだ」畑山が首を振った。「調べたいことはたんまりある」

「逮捕じゃないのに？」

畑山は腕時計に目をやって言った。

「任意できてもらったんだ。あと十二時間はいてもらえる」

「シャブ使用の嫌疑は晴れたはずです」

「不法所持。お前も認めた」

「あのナイロンバッグの中身が、覚醒剤だってことを認めただけです」

「それだけでも逮捕できる」

「じゃあなぜしないんです」

畑山は加賀谷のその問いには答えず、ブリーフケースから書類を取りだした。厚さ二センチほどで、黒い厚紙の表紙がついている。何枚もの黄色い付箋《ふせん》がはさみこまれていた。

畑山が、書類を開いて言った。

「一年と二カ月前、前の警務一課長が聴取したとき、お前は何を引っ張り出すことになるか知っているのかとすごんだな」

「どういう事情か把握されているのでしょうか、と確かめただけです」

「すでに事情については把握している。お前は、前の長官が始めた拳銃摘発キャンペーンのエースだ。警察庁の期待にも応《こた》えたし、うちの実績作りにも貢献した。そのことは承知だ。問題は、覚醒剤のほうだ」

「不法使用の嫌疑は、いま晴れたはずです」

「この数日は使っていないとわかっただけだ。常習の可能性は残っている」

「可能性では、現行犯逮捕はできませんね」

「だから任意で訊いている。ついでにいくつか訊くから、答えてくれ」

「どうぞ」

「あの一キロの覚醒剤がもしおとり捜査で入ってきたものだとして、カネはどこから出たんだ？　安い買い物じゃなかったろうに」

「わたしは昨日も、拳銃をひとつ挙げてる。まさかあの首なし拳銃、ただで寄付されたものだとは思っていないでしょうね？」

首なし拳銃とは、不法所持の被疑者を特定しないまま摘発された拳銃のことだ。十年ほど前に、この捜査手法は制度化された。警察官が外部の協力者に、拳銃をコインロッカーなどに隠すよう頼み、タレコミを受けたふりをして拳銃を押収《おうしゅう》するのだ。拳銃の持ち主（首）は分からなかったこととし、協力者は検挙しない。拳銃摘発優先、という視点から離れれば、立派に犯人隠避罪《いんぴざい》を構成する。

畑山はその部分には突っ込んでこなかった。

「次の質問だ。お前の住所は、蒲田《かまた》と申告されている。しかしじっさいに住んでいるのは、目黒の権之助坂だ」

「あそこはアジトです」

「どうして家に帰らない？」

「仕事に便利なほうに寝泊まりしますから」

「あの部屋は、家賃が二十五万だそうだが、お前の給料は諸手当入れても五十五万だ。

別れた奥さんへの月々の慰謝料が十二万。権之助坂の家賃はお前が支払っているのか？」

「いいえ」

「誰が支払っている？」

「存じません」

「どういう意味だ？」

「わたしはあそこを使えと指示されています。アジトの家賃の支払いに、わたしは関知しません」

「四課長の指示だと言うのか？」

「もっと広く指揮権限を持ったかたです」

「はっきりと言え」

「わたしがその名を出していいんですか？」

「収賄《しゅうわい》を疑われたくないなら」

「調べは簡単でしょう？　家賃はおそらく、そのかたを支援されるどなたかが負担されているのだと思います」

「あの部屋のオーナーと、賃貸契約者については調べがついている。うちの役所とは無縁だ」

「調べが甘いかと存じます」

前回監察を受けたときも、自分ではこう言ったのだ。そのカネの出所を探れば、警視庁にとってまずいものを引っ張りだすことになる。キャリアの裏権益を明るみに出すことになる。その覚悟はあるのか？　職を賭《と》してもそれと向き合うつもりなのかと。

畑山は黙《もく》したまま加賀谷を見つめてくる。畑山はそれが誰か、たぶん承知だ。内偵である程度のところまで把握もしているはず。しかし、それを告発するには、おれの協力が欠かせないことも承知している。だから畑山のこのやりとりの意味はひとつだ。お前、そいつを売る気はないのか？

それとも、畑山はその事情をまだ摑《つか》んではいないのか。カマをかけているだけか。

判断がつけられぬうちに、畑山は質問を変えた。

「あの外車の名義も、お前のものじゃない」

「ええ。中古車ディーラーのものです」

「どうしてそれを使えるんだ？」

「代車です。わたしの車が車検整備を受けているあいだ、使ってくれと」

「八百万の車を、代車として？」

「わたしが要求したことじゃない」

「車検はいつの話だ？」

「三カ月前でした。取りに行っている時間もないので」

「あのディーラーは、四年前に盗品等有償譲受で書類送検されたことがある。オーナーは、かつて指定暴力団関東勇名会の準構成員だった」

「知りませんでした」

「一年前の歌舞伎町《かぶきちよう》浄化作戦では、勇名会系のカジノやエステが摘発をかわしてる。情報漏れだ」

「あのときは、稲積《いなづみ》連合系の店も難を逃れていますね。情報はダダ漏れだった」

畑山はべつの書類に目を落としてから言った。

「勇名会の三代目が逗子《ずし》マリーナの会員になろうとして保証人が必要になったとき、お前は名前を貸している」

その点も把握しているとは想像外だった。しかし、答の用意はある。

「その三月前、わたしは赤坂の韓国パブ銃撃事件の犯人を自首させています」

「取り引きだったと？」

「法に触れない範囲で、三代目の捜査協力には報いてやろうと考えたんです」

「だから保証人になった？」

「名前を貸しただけのことです。金品のやりとりなどはありません」

「麻布や六本木の勇名会系の店で豪遊しているとか」

「情報収集に顔は出します」

「もうひとつ」

「その前に」加賀谷は畑山を制した。

畑山は不機嫌そうに加賀谷をにらみつけてきた。

「あれこれストーリーを作られているのはわかりました。面倒です。役所はおれを必要としなくなったということですか。もうおれはいらないということですか？」

畑山は、少し考える表情を見せてから言った。

「この一年のあいだに、うちでは幹部級が七人、懲戒免職になった。そのうち逮捕されて有罪判決を受けた者がふたり。公判中が三人だ。本庁《ホンブ》でも生活安全部の係長がひとり、先日監察を受けたあと首を吊《つ》った。みなやってたことはお前と似たり寄ったり。はっきりとお前の名前を出して居直った者もいる。加賀谷に許されて自分が処分を受けるのはどうしてかとな」

「一緒にされては迷惑だ」

「変わりはない。ただ連中は、実績が少なすぎる、というだけのちがいだ」

「決定的な差だ。勝手に癒着して堕《お》ちた連中でしょう」

「この一連の幹部不祥事のモデルになっているのがお前だ」

「だから要らなくなったと？」

「綱紀は引き締めなきゃならない。お前の個人プレーは、実績を考慮してもやりすぎだ。もう役所の受容限度を超えてる。お前を許していたら、来年度の幹部の懲戒免職は倍になる」

「何がなんでも、おれを刑務所にぶち込むということですか」

「うちのトップは、幹部の不祥事をこれ以上拡大させないと決めた。警務部は、この方針を受けただけだ。きょう覚醒剤使用の証拠が出なかったとしても、お前の警察官人生は終わった」

警察官人生は終わった……。

そうはっきりと答えてもらったことはよかった。それでも加賀谷は確かめた。

「警務部長は承知ですか？」

「当たり前だ」

「わたしに、選択肢はありますか」

「ない。すでに警務の監察対象になったんだ。処分委員会で処分が決まるまで、お前は身動きが取れない」

懲戒される前に依願退職する道もなくなった、ということになる。自分の場合、あの覚醒剤が違法所持ではないと証明するのはなかなかに難しい。あの一点だけ取っても懲戒は免れないだろう。もし逮捕、起訴された場合は、その違法性合法性を司法の場で徹底的に吟味してもらうことは可能だが、たとえ無罪になったところで、逮捕前の懲戒処分が撤回されはしない。

警察官人生は終わった……。

どうやら腹をくくる必要があるようだ。どっちみち自分自身も、すでにこの生き方は限界かと感じ始めていたではないか。裏社会とはぎりぎりの接点で警官の立場を守り、しかし腕だけは相手の胸ぐらに突っ込んで情報を取る。ときには際《きわ》どい取り引きもする。貸し借りのバランスを絶えず平衡にしつつ、総体では法の側から相手を押さえ込む。生易《なまやさ》しい生き方ではなかった。神経もすり減るし、激しくストレスもたまる。胃炎はすでに慢性となった。これがまだなお一年二年という単位で続くならば、やがて胃潰瘍《いかいよう》となるだろう。それは自覚していた。だからこの数カ月は、引退を何度も考えるようになった。好きな海で釣り三昧《ざんまい》の日々を夢見てみた。うまいことに、若くて有能な部下もつけられた。彼を教育し仕事を引き継ぐことができるなら、引退を具体化しようとさえ考えていたではないか。

ましてや、と加賀谷は昨日の拳銃《けんじゅう》摘発の一件を思い起こした。警視庁を飛び越えて、警察庁から自分の捜査を「指導」してくれた面々。加賀谷の捜査手法を容認し、その実績を自分の手柄として、権力拡大に利用してきたキャリアたち。これまではたしかにご奉公に対するそれなりの見返りももらってきた。本来、一介の警視庁捜査員には望むべくもない生活もさせてもらったのだ。しかし先日のあの銀座の高級クラブでの要求は無体なものだった。今年じゅうにあと十挺《ちょう》の摘発を。世間の耳目《じもく》を引くだけの大量摘発を。

無理です、という言葉は聞いてはもらえなかった。

だから自力でカネを工面し、協力者に法外なカネを支払ってまで、首なし拳銃を挙げることに躍起になったのだ。きょう車に積んでいた覚醒剤《かくせいざい》も、キャリアたちのその要求に応えるため、やむなく取った手のひとつだ。自分で覚醒剤を仕入れ、それをさばくことで拳銃摘発のための原資を確保しようとしたのだ。カネは貸しのある暴力団幹部から、トイチの利息で借りた。きょう取り引きがうまくゆけば、そのカネは難なく返済できるはずだった。しかし、この身柄拘束だ。

客観的に見ても、ここが限界だったということだ。たぶん自分は、引退を決めるタイミングをほんの十日ばかり間違えた。十日前に、退職願いを課長に出しておくべきだったのだ。

加賀谷は視線を畑山に戻した。畑山は、自分の突然の沈黙が不可解なのか、首を傾けている。

加賀谷は、畑山の言葉が百パーセント理解できたという意味で二度うなずいてから言った。

「わたしの立場はわかりました。ひとつだけお願いがありますが、聞いてもらえませんか」

「何だ？」

「警視庁の加賀谷仁が監察を受けている。処分は不可避のようだと、警察庁長官官房の久保《くぼ》達明《たつあき》総括審議官に伝えていただきたいのです」

「長官官房の？」

「はい。いまこの段階で報告を受けたことを、久保審議官はたいへん喜ばれると思います」

畑山の口の端が少しだけゆるんだ。やはりその名を出してきたか、とでも言っているような表情だった。

「まさか長官を、うちの人事に介入させたいと言っているんじゃないだろうな」

「とんでもない。ただ久保審議官は、昨日もわたしが首なし拳銃を一挺摘発したことを承知していらっしゃるはずです」

「後ろ楯《だて》は警察庁だと言っているつもりか」

「いいえ。ただ、わたしの精励ぶりは、なぜか久保審議官のお目にも留まっていたようなのです」

畑山は視線をそらし、少しのあいだ考えているようだ。加賀谷の言葉が何か脅しの意味を含んでいるのか。この男はほんとうに久保審議官に報告を要求できるだけ、審議官と親しいのかどうかを。

しかし、もし安城和也が内偵の任務をきちんとこなしていたなら、先日おれが久保審議官を含む三人のキャリアと銀座で会っていたことは把握されているはず。その三人と自分との関係も。ただのブラフとは取らないだろう。

けっきょく畑山は折れた。

「報告だけはしよう」

「できるだけ早く。そのあとで聴取を再開しませんか」

「使用容疑が消えたとなると、強気だな」

「最初から、容疑がかかること自体ありえないと思っていましたから」

畑山は書類をブリーフケースに収めると、立ち上がりながら言った。

「審議官はいまお忙しいはずだがな」

「承知です」

畑山は、斉藤と石原に顔を向けて言った。

「昼飯にしてくれ。トイレ以外は部屋から出すな」

ふたりがはいと答えて頭を下げた。

畑山が部屋を出ていったところで、加賀谷は椅子《いす》から立ち上がり、思い切り伸びをした。

審議官はお忙しいはずだ……。

そう言われて気がついた。先日のあのキャリア三人からの、拳銃摘発要求の執拗《しつよう》さについてだ。なんとしてでも今年中に、ということはあと半月あまりのうちにということだが、警視庁だけであと十挺の拳銃を挙げろということだった。すでに自分は今年、協力者に精一杯の無理を言って、いわゆる首なし拳銃を五挺摘発していた。自分の手柄分が三挺。銃器対策課への貸しとしたぶんが二挺だ。

首なし拳銃の合法化により摘発数を急増させたのは、前の警察庁長官である関内祐介《せきうちゆうすけ》である。彼は警察庁刑事局保安部長だった当時に法改正を進めて、一大キャンペーンを開始したのだ。

制度化されたから、拳銃摘発には国家予算が確保された。一挺の摘発に対しては、警察庁から各県警に対して百万円の捜査費が出るようになったのだ。その百万円はもちろん現場の捜査員たちのもとにそっくり届くわけではない。警視庁や各県警本部は、降りてきた百万円から各本部の各段階で半額ずつを抜いてゆく。おおよそのところ、所轄《しょかつ》には百万の八分の一が渡される。つまり十二万五千円。ここでも署長の裏金として相当額が抜かれるが、署長の器量次第では、担当部署に五、六万円が降りることもあった。

麻布署の刑事課時代、上から拳銃摘発に集中せよと指示を受けて最初に一挺を挙げたとき、係に対して五万円が支給され、加賀谷たち捜査員は狂喜した。かつては存在しなかった「賞与」なのだ。自分たちの仕事が報われた、と素直に感じた。係の七人で分ければひとり一万円にも足らない賞与だったけれど、拳銃摘発に賭《か》けるモチベーションは大いに上がった。ほかの事件の捜査などただの厄介ごとに感じられるほどに。

この首なし拳銃摘発の制度化に合わせて、拳銃摘発の組織も変わった。それまでは所轄刑事課の組織暴力担当セクションの任務であったが、拳銃摘発だけは専門化され、防犯部門に新設された銃器対策課が扱うことになったのだ。これも当時の保安部長の関内祐介の主導による改革だった。加賀谷は銃器対策課に異動した。

やがて首なし拳銃で実績を上げるためには、必ずしもチームワークを用いる必要がないことに気づいた。協力者やエス（スパイ）とよい関係を築くことができるなら、拳銃は自分の名のもとで摘発できるのだ。その摘発が加賀谷の手柄、と認められれば、現場に降りてくる捜査費のうちのかなりの割合を、加賀谷自身で手にすることができる。そのころから、加賀谷は裏社会の泥の中に自分の足を突っ込むことをいとわぬようになった。深く身を沈めたうえで、拳銃の摘発実績を稼ぐようになったのだ。もちろんそのためには費用もかかった。後日支給される捜査費など、鼻くそほどの役にも立たないほどに。しかし警察庁は暗黙のうちに、拳銃摘発さえできればあとの犯罪には多少の目はつむると宣言したも同然なのだ。警視庁の捜査員として自分が持つ情報が、彼らとの取り引きの材料になった。こうして次第に、加賀谷は自分の独自ネットワークと、自分流の捜査のノウハウを作り上げていった。

七年前、加賀谷は警部に昇任、本庁の刑事部捜査四課係長の辞令を受けた。裏社会の情報収集に専念せよ、ということだった。すでにその分野でも、加賀谷は十分な実績を挙げていた。こんどはとくに部下を持たず、組織の干渉をあまり受けることなく情報収集活動に集中できるようになったのだ。

ちょうどそのころは、いましがた斉藤警部補とのやりとりの中で思い出したように、覚醒剤がらみの話題も目立っていた。組織暴力の実態についての情報収集は、同時に覚醒剤をめぐる情報収集でもあった。もちろん拳銃摘発自体も、妨げられるものではない。本庁警部となって以来七年、加賀谷はひとりきりのタスクフォースとして、警視庁の中で誰も文句をつけることのできない力を持つようになったのだ。

キャリアたちの世界でも、何か変化が起きているのだろう。この六、七年のあいだ、首なしで構わない、とにかく拳銃摘発の数字を出せ、と全国の県警の尻《しり》を叩《たた》いてきたのは、前の警察庁長官の関内祐介とその一派だ。しかし今年の四月、関内長官は週刊誌などのスキャンダル報道のために追い詰められ、辞任した。後任は、関内長官の直系とも子飼いとも言われた中田節男《なかたふしお》だ。関内長官の下で次長を務めていたキャリアである。彼は後継に指名した関内前長官の期待に応《こた》えて、前長官のスキャンダル報道を鎮静化させ、不祥事の噂《うわさ》に対する捜査をも退けた。前長官が退職後もサンドバッグ状態になることから救ったのだ。だから、関内路線はそのまま何の変化もなく続いていると、警察庁の大半が信じていた。警察機構の一線にいる自分を含めて。

そもそも、と加賀谷は、耳にしてきた天上のキャリアたちの権力抗争の構図を思い起こした。

前長官の関内祐介は、局長も経験しないうちに大阪府警本部長に抜擢《ばってき》され、ついに警察庁のトップの座についた男だった。野心家であり、敵の多い人物だったと聞く。いわば二階級特進で長官となるため、相当にあくどい裏工作やライバル蹴落《けお》としのための謀略をやってきたのは間違いのないところだ。そのツケが、長官就任三年目に噴出したスキャンダルであったのだろう。神奈川県警の不祥事もみ消し問題への対応や、長官自身の若き日の女性職員との不倫の発覚、大阪府警本部長当時の関西の何かと黒い噂のつきまとう実業家との癒着、ゴルフ会員権等いくつもの収賄《しゆうわい》疑惑。それらが一気に報道されるようになり、その結果としての辞任だった。関内祐介は引きずりおろされるように警察庁長官のポストを手放した。

あの一連の不祥事発覚、スキャンダル報道は、まちがいなく関内長官の敵が仕掛けた攻撃だったのだ。スキャンダル報道の口火を切ったゴシップ雑誌への情報提供者は、関内の反対勢力以外ではありえない。それでも前長官はなんとか側近の中田節男次長を後任に据えることで、完全失脚を回避した。警察庁内部に自分の影響力を保持することができたのだ。辞任から数カ月後までは。

しかしこの秋以来、関内前長官につながる幹部たちが少しずつ警察庁中枢《ちゅうすう》から遠ざけられているとか。あからさまに関内前長官と対立していた一派も、この一年弱の異動で着実に勢力を広げている。新長官の打ち出す行政面での指示も、微妙に変化してきていた。関内路線からの脱却、あるいは路線の修正が、少しずつ目に見えるものとなってきている。

最近では、中田節男新長官はほんとうに関内前長官の子飼いだったのかと、疑う声さえ出てきているとも聞いている。子飼いと見えて、じつは中田節男こそ関内祐介追い落し勢力にかつがれた神輿《みこし》だったのではないかと。

だから関内前長官に直接つながっていた一派は起死回生策のひとつとして、自分たちの推進してきた警察行政の正しさと輝かしさを再アピールしようと躍起になった。とくに拳銃摘発の実績。前長官の腰巾着《こしぎんちゃく》たちは加賀谷に、今年中にあと十挺以上を、マスコミがとびつくだけの大量摘発を、と要求してきたのだ。同じような要求を全国の県警本部に発したとしても、成果が出るまで二カ月はかかる。しかし加賀谷ならやれないことはないはずだと、連中は判断したのだろう。

久保達明官房総括審議官は、前長官が任期途中で任命した直系の部下だった。彼もいま中田新長官のもとで、つぎの異動先を心配しているはずである。しかし彼は、前長官の方針を現場でもっとも忠実に実行し実績を挙げてきたこの自分に対して、多少の配慮はできる。まだそれだけの力を持っている。警視総監に対し、長官官房からの意向として、穏便な処置を期待する旨《むね》を伝えることはできるのだ。中田節男現長官は、まず確実に加賀谷の名前など知らない。また現場警察官の処分がどうなろうとまったく何の関心もないだろう。とすれば久保審議官の指示は現長官の意向に背くことにもならない。それに警察庁のキャリアたちは、たとえ主流からはずれたにせよ、引き続き全国の警察本部になんらかの指揮監督権限を持つことはまちがいないのだ。久保審議官はあてにできる。彼は警察庁メインストリームからの脱落の前に、小さくともひとつキャリア風を吹かせることはできるのだ。

そこまで考えてから加賀谷は口元を歪《ゆが》めた。

やはり、おれは引退のタイミングをまちがえた。長官が交代し、潮目が変わったかと見えた今年の夏ごろには、引き継ぎのことなど考えずにさっさと警察組織から離れるべきだったのだ。

部屋の隅から、若い石原がふしぎそうに訊《き》いてきた。

「どうかしましたか？」

「何が？」

「笑ったから」

自分はいま笑ったのか。だとしたらそれは苦笑だ。捜査員としての押しと引きの呼吸感覚が完全に鈍麻したことを、おれはいま意識したのだ。


安城和也が遅めの昼食を終えてデスクに戻ったのは、午後二時になる十分前だった。ちょうど席に腰を下ろしたところで、警務部員がフロアに入ってきた。加賀谷のデスクをあらためていたふたりだ。それぞれ段ボール箱を抱えていた。

ふたりは加賀谷のデスクの上にその段ボール箱を置いた。中には加賀谷の文具類や私物などが見える。警務が職権で押収《おうしゅう》したもののはずだ。

「どうしたんです？」と安城和也は訊いた。「証拠じゃないんですか？」

ひとりが言った。

「課長から、返しておけと。何か事情が変わったようです」

「どう変わったんです？」

「わかりません」

ふたりは黙礼して加賀谷のデスクから離れていった。

またフロアの中の視線を意識した。

どうやらおれは、と和也は思った。しばらくこのフロアから退避していたほうがよいようだ。ここは、針のむしろと言うのは言い過ぎにしても、南極越冬隊員のための耐寒訓練施設並みには居心地の悪い場所だった。

喫茶店で待機しよう。

和也は自分のデスクの上からショルダーバッグを取り上げると、フロアを出た。

本庁舎を出て向かったのは、加賀谷が駐車スペースを借りていた民間のオフィス・ビルだ。安城和也は加賀谷と任務に就く場合、本庁舎からここまで加賀谷と歩いて、地下駐車場に停めてある彼のセダンに乗るのが常だった。

初任補修科研修の後、目黒警察署刑事課で二カ月勤務して、和也は本庁捜査四課に異動となった。所轄で二カ月という配置は、もちろん例外的な短さだが、課長はその朝和也を部下に紹介するとき、期待の星として刑事部の各セクションで順繰りに研修させると告げた。そう説明されれば、まったく不自然な人事というわけでもなかった。

加賀谷が和也を自分につけろと求めたのは、じっさいに部下を必要としていたのと、和也が殉職した安城民雄《たみお》警部の長男であり、まったくの新人警察官であったからだろう。警務部は加賀谷がそう反応することを計算していたのだ。課長が了解し、和也はまるで加賀谷が望んだことのように自然なかたちで彼の部下となった。

あとになって和也は、加賀谷が自分の父親の殉職の事情とも接点があったことを知った。あの日、暴力団員殺害犯が日暮里《にっぽり》に潜んでいるという情報を手に入れてきたのは、加賀谷だったのだ。その男に撃たれて父は死んだ。小さな女の子を救うために、みずからの身を投げ出して殉職したのだ。加賀谷はその父の警察葬にも出席していたという。安城和也巡査という名を聞いたとき、たぶん加賀谷は、まるっきりの他人とは思えなかったことだろう。一匹狼《おおかみ》の四課遊軍刑事として任務に就いていた身ながら、自ら和也をおれにつけろと言い出したのはそのためだ。

加賀谷の部下となったその日から、和也は運転もまかされていた。キーを渡されたとき、安城和也はそれがドイツ製の高級セダンであることに驚いた。加賀谷の捜査対象の業界では、ドイツのべつのメーカーのセダンが幹部たちの標準装備であり、中堅以下なら国産のあるシリーズに乗るのがお約束だという。でもこのドイツ車に乗る者は少ない。堅気イメージのある車なのだが、しかしそれでもこのセダンの価格は相当なものだ。警視庁の警部が乗り回せば、その購入費用がどこから出たか、疑われてもしかたがないというレベルの車だった。

その加賀谷のセダンは今朝、警務部が加賀谷に同行を求めたとき、富坂庁舎のほうにトラックで運ばれている。加賀谷が同意したので、警務部により徹底的な捜索を受けるのだ。ただし、その車の名義上のオーナーは加賀谷ではない。和也は一度、車検証を確かめていたが、まるで知らぬ人物がオーナーだったのだ。借りている、という意味のことを、加賀谷から以前に聞いている。なので、いまの状態は証拠品としての押収ではない。あくまでも任意の捜索に応じられた車両として、適当な場所に移されたというだけだ。

同じことは、彼の住んでいる権之助坂の集合住宅の部屋についても言えた。その部屋の名義上のオーナー、名義上の借家人も、加賀谷とはべつの人物だった。いまの段階では家宅捜索はできない。逮捕待ちだ。いくらそこに、警務部の期待する違法な品々がたっぷり隠匿《いんとく》されている、と期待できてもだ。

安城和也は、その喫茶店に入ると、もっとも奥のテーブルに向かった。席に着いてコーヒーを注文し、ショルダーバッグから二冊の雑誌を取りだした。

一冊は警察組織内雑誌の「警察時報」だ。本庁捜査四課に配置されたときに定期購読を始めた。もう一冊は課の庶務係から借り出した「捜査研究」の最新号だった。同じ組織内雑誌ながら、「警察時報」は警察内総合雑誌という性格に近い。幹部昇任試験に直接役立つ受験記事も豊富という雑誌だ。これに対して、「捜査研究」のほうは、犯罪捜査の分析、研究が中心だ。待機しているあいだの時間つぶしには、この二冊の雑誌は手頃だった。

コーヒーがテーブルに運ばれたとき、和也は雑誌に目を落としてはいたが、まったく上の空であったことに気づいた。「警察時報」の開いたページの内容が頭に入ってこない。意識はそこになかった。

畑山の言葉を思い出していたのだ。

「お前、私情からめたのか？」

畑山警務一課長は、警務部長室のドアをノックして、そのカーペット敷きの部屋に入った。

警務部長の谷口優哉《たにぐちゆうや》警視長は、携帯電話を耳に当てて電話中だった。畑山が入ってきたのを見て、片手を上げた。ちょっと待て、という意味のようだ。畑山はドアのすぐ内側で立ち止まった。谷口は黒い革張りの椅子《いす》を半回転させて身体《からだ》を窓に向けた。

彼は言っている。

「そうだ。ああ。そうしておいてくれ」

窓の外に見えるのは、法務省の赤レンガ庁舎であり、さらにその向こうに見えるのは最高検察庁、公安調査庁、東京高等検察庁のビルだ。

谷口は携帯電話をたたむと、また椅子を半回転させ、畑山に身体を向けた。畑山は、部長のデスクに向かって歩いた。

警務部長は警視庁の人事を掌握することから、ほかの部長よりも格が上であり、警視庁のナンバー・スリーとなる。当然ながらキャリアの席だ。

谷口警務部長は、いま四十五歳前後のはずだった。畑山よりも五歳ほど歳上《としうえ》ということになる。脂気《あぶらけ》のない髪を真ん中で分けており、細身のメガネ。スーツこそ濃紺だけれども、あまりキャリア官僚臭い印象はない。もし地方のクラブなどにひとりで顔を出したなら、ホステスは彼を医師か若手実業家と想像するのではないか。

畑山がデスクの前に立つと、谷口が畑山を見上げて訊いた。

「逮捕したんだろう？」

かすかになじる調子があった。問題が起こったと言い出すのではないだろうなと。

「それが」畑山は小さく咳《せき》をして言った。「尿検査では使用反応が出ませんでした。そのため現行犯逮捕には至っておりません。任意で調べています。ただし、覚醒剤《かくせいざい》を一キロ所持していました」

「一キロ？」

「はい、一キログラムです」

「じゃあ不法所持で逮捕できるだろう。逮捕したうえで部屋を探せば、常用の証拠も出る。何か困ったことでもあるのかい？」

「加賀谷は、覚醒剤を捜査用のものと主張しています。また、自分が監察を受けていることを、警察庁長官官房の久保総括審議官に伝えてほしいと」

「彼は自分が警視庁職員であることをわきまえているのか？」

「と思います。そのうえで、報告することは審議官に確実に喜ばれるはずだからと」

「どういう意味かな」

「単に自分を大きく見せているだけかと。無視してよいかとは存じますが、一応ご報告にまいりました」

一礼して、引き下がる素振《そぶ》りを見せた。

予想どおり、谷口が口にした。

「待て。はっきり久保審議官の名前を出したのはやはり気になる」

「いかがいたします？　まだ春先の記憶も生々しい時期ですので、長官官房にうちのこんな案件を持ち込むのも、ちょっと」

関内前長官をめぐる一連のスキャンダル報道と辞任騒ぎのことだ。あの時期は長官補佐役にあたる総括審議官も、対応に忙殺された。久保審議官は、前の長官の時期から継続してその役職にあり、当然だが同じような不祥事やスキャンダルの発覚にはきわめて神経質になっている。

谷口は言った。

「こういうタイミングだから余計に、だ」

谷口はまた椅子を半回転させて窓の外に視線を向けた。考えをまとめているようだ。

畑山が黙って待っていると、谷口は椅子を正面に向け直して言った。

「審議官とのつながりについては、先日報告を受けた。銀座でたいこもちでもやってるのかと思ったら、それ以上のものか？」

「久保審議官がうちの公安を仕切っていた当時、加賀谷情報は公安の手薄な部分を補っていました。想像以上に、深い関係ができていたのかもしれません」

「加賀谷が、前長官について、まだ報道されていなかったような情報を握っているという可能性はあるか」

「やつの情報収集の対象は広範囲にわたっていました。可能性はあります」

「うちや警察庁のほかの幹部については、どうだ？」

畑山は、質問の真意を読もうとした。ほかの幹部？　誰のことを言っているのだろう？　どのくらいの範囲の幹部の情報を心配しているのだろう。どのような種類の情報を加賀谷が握っていると、警務部長は懸念《けねん》しているのだろう。畑山は、言葉を選んで答えた。

「もし裏社会でささやかれるような情報があると仮定すれば、それは加賀谷も当然耳にしていることと思います」

谷口はデスクの上で左腕をひねり、腕時計に目をやった。

「久保審議官には、わたしが直接話そう。きょう会えるかどうかもわからないが、加賀谷の身柄は押さえておけ」

「逮捕はしないままですね？」

「わたしの指示を待て」

「はい」

畑山は一礼して、警務部長室を出た。

和也があらためて本庁舎内の自席に戻ったのは、三時間後だった。午後五時をまわっていた。いま四課のフロアにいるのは、ほんの十人ばかりだ。ほとんど人影もない、と言えるほどに閑散としている。

和也のデスクの上に、事務用の封筒が載っていた。警務部の忘れ物ではなく、誰かがわざわざ和也に届けにきたという置きかただった。椅子の真ん前に、定規で平行直角をはかったかのように置かれている。

何の書類だ？

和也は封筒を手に取って、中身をあらためた。中に入っていたのは、雑誌や新聞記事のコピーだった。十数枚つづられて、右端をゼムクリップで留めてある。

いちばん上のコピーは雑誌記事のようだった。見出しはこうだ。

「関内祐介警察庁長官の黒い疑惑」

リード部分にはこう記されている。

「何かと噂《うわさ》の多い関西財界人と長官との親密すぎる関係。クラブご接待に祇園《ぎおん》遊び、ゴルフ会員権の贈与まで、大阪府警本部長時代の『限度を超えた』仲のよさ」

和也は、そのコピーが猥褻《わいせつ》画像であったかのように動揺した。すっとコピーの束を丸め、フロアをうかがった。和也の様子を注視していたような目はなかった。ということは、これを置いたのは、いまこのフロアにいる誰かではない、ということか。

立ったまま二枚目のコピーを読んだ。同じ雑誌のべつの号のものらしい。

「長官醜聞続報。部下との愛の巣は六本木。女性職員は妊娠して退職。手切れ金の出所にも黒い噂」

思い出した。この話題は、ちょうど一年ぐらい前、和也が目黒署中目黒駅前交番に配置されていたころ、週刊誌やゴシップ雑誌が取り上げたものだ。現役警察庁長官のスキャンダルがつぎつぎと報道されて、警察庁幹部が頭を抱えたという。報道の端緒《たんしょ》を開いたのは、大物芸能人のスキャンダルから政界や警察関係者の犯罪まで、大新聞が取り上げないようなニュースばかりを扱う月刊誌だった。総会屋雑誌が企業の内部情報で誌面を埋めるように、この雑誌も関係者による情報提供をもとに記事を作っているとか。それまでタブー視されてきたような話題は、まずこの雑誌が口火を切ってから出版社系の週刊誌があとを追うのだ。

この一連の報道に関して、長官は激怒、雑誌編集長をどんな微罪でもよいから逮捕しろと指示した、という記事にも記憶があった。

途中の記事は飛ばして、束の下のほうのコピーを見た。今年の四月の新聞記事だった。関内祐介警察庁長官の辞任が、素っ気なく記されていた。その記事の次が最後の紙だった。警察庁の中田節男次長が関内長官の後任となった、という記事がコピーされていた。

和也はもう一度フロアを見渡した。いましがた同様、和也のほうに視線を向けている者はいない。朝の異常時のことはもう忘れられたか、それとも意識的に無関心が装《よそお》われているのか、判断しがたかった。

このコピーは、誰が何のために和也のデスクに置いていったものなのだろう？　こういうタイミングなのだ。まちがいなく和也に読ませるためだろうが、ではどんな反応を期待して？　お前が売った加賀谷よりもワルがいる、とでも教えてくれたのか。それとも、加賀谷がやっている程度のことは、警察庁長官でさえやっていたことだと伝えてくれたのか。それとも、逆に加賀谷を売ったことは正当だったと、和也に確信をさせたかったのだろうか。

コピーの束をもう一度封筒に収め、デスクから離れた。記事を置いていった者の意図がなんであれ、とりあえず中身にはひととおり目を通そうという気持ちになっていた。

和也は本庁舎を出ると、さきほどとはちがう道を歩きだした。日比谷図書館に行くつもりだった。

日比谷図書館一階の閲覧室に空いた席を見つけて腰をおろし、和也はショルダーバッグから紙封筒を取りだした。

一枚ずつコピーを見てゆくと、まったく知らなかった情報があった。前長官が大阪府警本部長だった時期、ある不正融資事件の捜査に対してストップをかけたという一件だ。当時親しかった関西金融業界の大物があいだに入って、関内本部長に捜査中止の依頼がいったというのだ。関内本部長はこれに応じた、と記事は書いていた。

この警察庁長官スキャンダルがどっと噴出してきたのは、ちょうど一年前の秋から冬にかけてのことだった。寮生活中だった和也も、警察庁長官をめぐって、あまりきれいとは言えない話が飛び交っていることは承知していた。しかし、それに関心を向けたことはなかった。一人前の警察官になるため訓練を受けている者が、知るべき事実とも思えなかったのだ。警察庁やキャリアの世界についての知識など、自分の職業人生には余計だった。裏情報を知ったところで、警察官としての士気やモチベーションが強化されるわけでもない。同期生たちのあいだでも、まったくと言ってよいほど話題にならなかった。和也はその報道をやり過ごした。だから、この新聞や雑誌の記事は、新鮮な情報ばかりだった。

辞任記事の解説を読んで、初めて知ったことがあった。関内前長官こそが、首なし拳銃《けんじゅう》摘発を制度化して摘発キャンペーンの音頭《おんど》を取った張本人であり、銃器対策課を新設して刑事課から当時の保安課に拳銃捜査の権限を移した人物なのだという。また前長官は、五年前に狙撃《そげき》された国松長官のあとを受けて平成九年に長官に就任すると、あのカルト教団摘発の総指揮を取った。とかく運用が問題となる「盗聴法」を成立させたのも、関内長官の功績だ。

雑誌記事のひとつに、長官辞任について解説したものがあった。これによれば、関内前長官はかつて入庁二年先輩の大森泰彦《おおもりやすひこ》というキャリアと激しく争って勝ったのだ、という。大森泰彦は警察庁を去ったが、しかしかつて大森泰彦派と見られていたキャリアたちは、まだ警察庁内でもそこそこの力を持っているとか。そもそも一連のスキャンダル発覚は、大森派による報復だという見方さえあるらしい。

もしかして、と和也は思った。この一連の報道は、一年半前の東京高検検事長の辞任に発展したスキャンダル報道並みに破壊力を持っていたのかもしれない。あちらのトップは、銀座のホステスを公費で出張に伴ったり、妊娠中絶の費用や手切れ金を業者に支払わせていたという。暴力団との癒着疑惑も報道された。まさか東京高検の検事長がスキャンダルで失脚することはあるまいとも思っていたが、意外にもろかった。おそらくは、報道さえされなかった深い裏事情があるのだ。だから検事長はそれの発覚以前に辞任を決めたのだろう。警察庁長官ポストをめぐるこれらの記事から類推するに、検察庁の内部でもキャリア同士が文字通り切った張ったの暗闘を繰り広げていたのだ。その結果が一年半前の、東京高検検事長辞任だった。

ということは？

和也は自分の背中を走った冷たい感触を意識した。もしかして加賀谷の内偵と監察も、警察庁のいわば末端組織である警視庁を舞台にしての、お偉方同士の抗争の一部ではないのか？　関内長官の失脚により、関内長官の配下であった警察庁のキャリアたちがまず冷や飯を食らうようになった。ついでドミノ倒しのようにそのキャリアたちにつながる警視庁や各県警の幹部たちにも粛清が及びつつある。その結果、関内路線の手兵であった現場警察官たちも、廃棄処分にされようとしているのだと。かつては許容されていた捜査手法の見直しを理由にしてだ。つまり自分の内偵任務は、キャリアたちの権力争いの最終的な後片付けとして企画されたのではないか。加賀谷は、拳銃摘発実績を挙げるためなら多少の逸脱も許す、という関内路線のもっとも忠実な、そしてもっとも典型的な体現者だったのだから。ということはつまり、おれはキャリアの抗争の駒《こま》であった？

そんなはずはない、とは即座に否定できなかった。否定できるだけの理由が、この内偵任務にはあると信じうるにせよだ。和也は記事のコピーを前に、少しのあいだ凍りついた。

畑山がその取調べ室に戻ってきたのは、午後五時を二十分まわった時刻だった。昼をきつく結んで、何かに腹を立てているかのような雰囲気があった。部屋に入ってくると、斉藤と石原のふたりがドアの脇《わき》の椅子《いす》の上で背筋を伸ばした。

加賀谷は、畑山を見つめた。警務部長を通して警察庁長官官房の久保総括審議官に情報は伝わったのだろうか。

畑山は、加賀谷の正面の椅子に腰をおろすと、いまいましげに加賀谷を見つめてから言った。

「総監は、現職警部のこれ以上の不祥事の発覚を望まない」

加賀谷は、畑山の言葉の意味を理解しようとつとめた。要点はどこだ？　現職警部、という部分がキーワードか。いや、それとも、発覚を望まない、という部分がこの発言のキーか。

答を見つけられないまま黙っていると、畑山は言った。

「総監は、お前が依願退職する意志があるなら許すとのことだ。いますぐ決めろ」

依願退職。総監からの事実上の指示、ということになるのか。

監察対象となった警察官は、警視庁の内規では処分委員会による処分が正式決定されるまで、依願退職はできない。処分を受ける前に逃げる、という手は取り得ないのだ。原則として処分が出るまで待って、これを受け入れるしかなかった。しかし例外規定がある。警視総監が認めた場合はこの限りではないのだ。ときたま、その例外規定を使って退職する職員がいる。たとえば世間体が悪い、というような軽い不祥事もしくは形式犯の職員に対して取られる措置だ。内規の厳格な運用では処分とするしかなくても、それをやれば現場の士気が落ちて監督責任者も立場が悪くなるというような場合、例外規定による処分前の退職が認められる。今回はこれにあたるということなのだろう。

総監は、現職警部のこれ以上の不祥事の発覚を望まない……。

要するに、処分しない代わりに、すぐに警視庁を出てゆけ、という意味である。もしこの取り引きを受け入れた場合、今後加賀谷の捜査方法や私生活が問題となった場合も、それはあくまでもかつて職員だった男の過去のことでしかない。警視庁としては、疑惑を追及しようとした矢先だったが、事実を把握する前に当該警察官が依願退職していたので十分な監察ができなかったのだと言い訳できる。

「どうした」と、畑山が黙ったままの加賀谷に訊《き》いた。「総監の温情を、突っぱねるのか」

加賀谷は結論を出す前に訊いた。

「さっき、おれの警察官人生は終わったとおっしゃってましたね」

「ああ。百パーセント終わった」

「役所はおれをもう必要としていない？」

「要らない」

その点に何の変わりもないなら、結論は出た。

加賀谷は確認した。

「何か条件でもつくんですか？」

「総監は、お前と取り引きしたりしない」

「条件はなしですね」

「聞いていない」

加賀谷は確かめた。

「わたしは、解放されるんですね」

「処分委員会にはかけない」

警務による監察はなくなったということだ。

「いいでしょう。依願退職しましょう」

畑山は首を傾けた。取り消せないが、いいのか、と問うている。加賀谷はうなずいた。

斉藤と石原は、かすかに顔に動揺を見せている。警視総監が加賀谷の依願退職を認めたのが信じられないようだ。加賀谷だって、それが総監の温情だとは信じていない。そもそも加賀谷は総監とはまったく面識がなかった。警部に昇任したとき、当時の警視総監からじきじきに辞令をもらったが、現総監には三十メートル以内に近づいたこともない。彼もまた、側近に教えられるまで、加賀谷という男が何者か、知りもしなかっただろう。

この温情なるものは、警察庁の長官官房筋からの助言の結果だ。総監が、現警察庁長官の立場に近いのか遠いのか知るよしもないが、少なくとも久保官房総括審議官の助言を無視できる立場ではないのだ。階級で言えば、警視総監は長官から見て二つ下のランクの部下ということになるのである。久保審議官が前長官派に分類されるからといって、現長官が就任後にいきなり更迭《こうてつ》するほど敵対的なキャリアではなかった。官房総括審議官の言葉は長官の意志、と受けとめて対応するのが、官僚たちの行動様式のはずである。

畑山が、斉藤に向き直って指示した。

「加賀谷が退職願いを書く。用紙とペンを用意してやれ」

石原が立ち上がって、部屋を出ていった。

加賀谷はまた畑山に訊いた。

「退職願いの日付はきょうですか？」

「先週末だ。土曜日」

それはつまり、加賀谷の今週の行動はすべて、私人として、一般民間人としておこなわれたものとして記録する、という意味だろう。

拒むべき要求とは思えなかった。加賀谷はうなずいた。

石原が戻ってきて、加賀谷の前に警視庁の事務用箋《ようせん》と万年筆を置いた。さらに朱肉。退職願いには拇印《ぼいん》を押せ、という意味なのだろう。

加賀谷は、退職願い、と記してから、警視総監の名を書き、決まり文句を記した。私事、都合により警視庁を十二月九日をもって退職いたしたく、右裁可のほどお願い申し上げます。

そして自分の所属、階級と姓名。その横に日付。

書き終えてから、万年筆を脇に置き、右手の親指に朱肉をつけて、姓名の横に拇印を押した。

指についた朱肉を自分のハンカチで拭《ふ》き取りながら、加賀谷は思った。貸与品はいつ返却すればいいのだろう。四課のデスクやロッカーには多少の私物も入れてある。

あれはいつ取りに行けばよいのか。もっとも警務部一課は今朝のうちにロッカーとデスクの中身をすべて押さえ、あらためているはずだ。たぶんいまごろは、私物類は段ボール箱にまとめられて警務一課のどこかにある。このあと、それを丸ごと突き出されるのかもしれない。さっさと持ち帰れと。貸与品の返却については、刑事課の総務係に確認してもらう必要があるはずだ。このまま畑山たちに手を振って、警視庁と縁が切れるわけではないのだろう。必要な手続きはいろいろ残っている。

車もいま、この駐車場にあるのだろうか。あれに乗って帰ることができるのか。帰ることができたとしても、あのナイロンバッグは持ち帰ることが許されるのか。中身は覚醒剤《かくせいざい》だ。拳銃摘発資金を調達するために、江藤《えとう》の組から高い金利で借りたカネで買ったものだった。早くさばかないことには、重い金利がかかってくる。

そこまで考えてから、加賀谷は苦笑した。警務部があの違法な薬物を退職警部の私物として返却するはずがない。押収《おうしゆう》される。それは必然だ。つまり、売却益で江藤にカネを返すことは不可能となったのだ。あの業界は、ことカネのやりとりについては厳格だ。相手がたとえ警視庁の刑事であろうと、踏み倒せばその報いは覚悟しなければならない。ましてやおれは先週末で警視庁の警察官ではなくなったのだ。いまは後ろ楯《だて》をなくしたただの失業中年親爺《おやじ》にすぎない。取り立ては過酷なものになる。この数年、江藤にはかなり恩も売ってきたつもりだが、やつはやつで、自分とはちがう貸借対照表を持っていることだろう。江藤からすれば、おれの一方的な借り越しかもしれない。ちゃらにして欲しいと期待することは難しい。早急に手を打たねばならない。どうなるにせよ、今夜にもやつと会って事情を説明する必要がある。きょう身柄拘束を解かれたら、まず向かうべきは江藤の事務所だ。

畑山が、加賀谷の書いた退職願いをあらためてから、これを封筒に入れた。腕時計を見た。もう午後五時半をまわっていた。

加賀谷は訊いた。

「きょう、間に合うんですか？」

畑山は、封筒を持って立ち上がりながら答えた。

「了解は得ている。あとは、秘書が判子をつくだけのことだ」

「わたしはもう帰っていいんですね」

「待ってろ。正式受理を伝えるまでは、お前はここだ」

畑山は、不機嫌そうな顔で部屋を出ていった。

加賀谷は、残ったふたりの警務部員に顔を向けて言った。

「お茶が駄目ならコーヒーはどうだ？」

石原が言った。

「自動販売機のでよければ」

「小銭入れを返してくれ」

「駄目です」

「じゃあ、立て替えてくれ。ブラック、ホットで」

斉藤が石原に目で合図しながら言った。

「ごちそうしますよ」

「どうしてだ？」

「処分対象じゃなくなったんです。依願退職なら、加賀谷さんは同僚だ」

「てのひらを返したか」

「ちがいはずいぶん大きい」

「最初からずっとおれは、あんたたちの同僚だよ。反対側にいたことは一度もない」

石原は、顔にはとくに何の反応も見せずに部屋を出ていった。

加賀谷は椅子から立ち上がって伸びをした。

今朝のことは、江藤をはじめ、あちらの業界にはもう知られているのだろうか。加賀谷がこけた、と、もう業界の噂《うわさ》になっているのだろうか。

だとしたら、今夜おれが夜の街に現れたときの連中の顔が見物だ。加賀谷が帰ってきたと、連中は仰天し、複雑な顔で頭を下げてくるだろう。

携帯電話が鳴った。警務一課長の畑山からだった。和也は電話を右手に隠して日比谷図書館の新聞閲覧室の席を立った。いま、和也は、数紙の新聞の縮刷版を片っ端から広げていたのだ。関内前長官に関する記事を読むためだ。閉館時刻を過ぎているので、警察手帳を提示し、公務としての閲覧のかたちを取った。閲覧室から階段室へ出て、踊り場で立ち止まった。コール音はもう六回目になっている。

通話ボタンを押して耳に当てると、畑山に訊かれた。

「いまどこだ？」

和也は答えた。

「庁舎の外、近所です」

「そのまま待機していろ。まだ時間がかかりそうだ」

「やはり使用反応はなかったんですか？」

「ああ」

「じゃあ、解放？」

「いまそれを、上のほうで検討中だ。やつの処分については、警務の手からも離れた」

　ということは、服務規程違反はすでに問題にはしないということか。覚醒剤の使用反応がなかった以上、覚せい剤取締法のうちの不法使用でも逮捕はできない。あとは不法所持が問題になるはずだが、警務の手を離れたということは、これは薬物対策課の案件になるのか？

「ひとつうかがってかまいませんか？」

「なんだ？」

「わたしの内偵は失敗でしたか？」

　畑山は、ひと呼吸の間を開けてから答えた。

「使用については、お前はポカをやった。決定的な証拠をつかんでいなかった」

「申し訳ありません」

「それでも、懲戒処分できるだけのことは調べ上げている。状況を考えれば、よくやったさ。あいつを信用させ、ふところに飛び込んでな」

　ほんとうに信用されていたろうか。加賀谷は昨夜まで、この自分には多くのことを隠したままだった。彼が独力で築いた裏社会とのネットワークにしても、和也が目にできたのはほんの一部、ほんの上《うわ》っ面《つら》だけだ。それは加賀谷が持っているはずの人脈や情報源の、数パーセントにあたる部分でしかなかったろう。私生活についても同じだ。同僚女性職員との交際にしても、遊びかたについても、彼は見せても害のない部分、もっと言えば、若い部下への誇示に使える部分しか見せていなかったのではないか。

和也は言った。

「拙速だったと反省しています」

「いい」

「もうひとつよろしいでしょうか」

「ああ」

「あの女性も、使用反応はなしだったのですか？」

畑山は電話の向こうで含み笑いをしたようだ。

「気になるのか」

「ええ」

「あの消防庁職員のほうからも、覚醒剤反応は出ていない。もうじき身柄拘束を解く」

　ふたりとも使っていなかった。ということは、和也が昨夜あの集合住宅の窓に目を向けて想像したようなことはなかったということだ。互いが覚醒剤を使ってのワイルドな、激しいセックスのようなことは。もちろん性交渉はあったろうが、それはごく一般の男女のあいだでおこなわれるものと考えてよいということだった。永見由香は、和也には見せなかったような痴態を加賀谷にさらしたわけではない。自分の想像は、野卑にすぎた。

「待っていろよ」

「はい」

　電話を切ってから、時刻表示を確かめた。午後の五時四十五分だった。

　加賀谷の処分については上のほうで検討中とのことだが、関係幹部たちもきょうのうちに決着をつけるべく、定時後もまだ本庁舎内に残っているわけだ。明日まわしにはできないだけの重要案件ということかもしれない。

　和也は階段の踊り場で、あらためて永見由香の顔を思い浮かべた。警察学校での救急法の実習の際、東京消防庁から専門の救命士が呼ばれた。このときアシスタントとしてきていたのが、ブルーの救急救命士の制服を着た永見由香だった。顔立ちはちょっと硬めの秀才ふうで、仕事できていたせいか、表情にはまるで甘さや弛緩《しかん》がなかった。動作のひとつひとつにきびきびとメリハリがあり、それも彼女の硬質な印象によく似合っていた。人命救助の一線で働いている、という事実も、和也の目にある種のフィルターをかけていたのかもしれない。このとき彼女は終始訓練に集中しており、自分を凝視するひとりの若い男性警察官のことなど意識していないようだった。

警察学校の初任科研修が終わって三カ月ほどすぎたころだ。配置されていた中目黒駅前交番のすぐ近くで交通事故があった。そこに救急車で駆けつけたひとりが、永見由香だった。彼女も和也を覚えていた。ふたりは、互いに自分の専門性がもっとも明《めい》瞭《りょう》に発揮される任務の現場で再会したのだ。翌日和也は東京消防庁の麻布署に電話して、永見由香とのデイトの約束を取りつけた。そこからふたりが恋人同士となるまで、さほどの時間はかからなかった。

あるとき、休みの週末に加賀谷に呼び出された和也は、やむなく同行していた永見由香を加賀谷に紹介した。加賀谷は和也に府中競馬場までの運転を指示したが、永見由香をともなうことも許した。わずかな時間で終わると。

じっさいその日の加賀谷の部下としての仕事は数時間で終わり、加賀谷は和也と由香を南青山のイタリアン・レストランに連れていってくれたのだ。このとき、高価なスーツを着てドイツ車に乗るこわもての中年男の姿が、永見由香には強烈に印象づけられたようだった。たしかに、デイト代にもこと欠く新米警察官と較《くら》べるなら、加賀谷は魅力ある大人の男だった。価値観の定まりきらない若い女性なら、つきあってよい対象と見えてもおかしくはなかった。青二才の自分はその差を素直に認めることができた。その恋人が自分の上司に走ることを許容できるかどうかはべつとして。

「私情からめたのか？」

ちがう、と、和也はあらためて自分の行為の意味を、正当性を、自分に言い聞かせた。

自分は加賀谷が警察官としてのあるべき道を逸脱したと判断したから、警務にその事実を告発したのだ。加賀谷は不法な覚醒剤取り引きに手を染めた。彼は大量の覚醒剤を所持している。おそらく今夜覚醒剤を使用する、と。

そのタイミングで告発すれば、加賀谷と一緒にいる永見由香が同時に身柄拘束されることになるとは承知していた。検査でもし薬物反応が出た場合は、永見由香も逮捕されるだろう。そのような事態の出現も予測したうえで、それに気を留めなかったというだけのことだ。私情をからめたわけではない。昨夜の告発には。

本庁舎内の畑山のデスクで電話が鳴った。畑山は灰皿に喫《す》い始めたばかりのタバコをねじこんで消すと、受話器を取り上げた。

「畑山です」

「さっきの件だ」

相手は名乗らなかったが、声と口調でわかる。谷口優哉警務部長だ。谷口は総監室から裁可が出たあと、関係各部局と調整する、という意味のことを言っていた。だから、解放は少し待て、と。

その谷口が言った。

「調整はすんだ。今夜十一時に身柄解放だ」

畑山は確認した。

「きょう午後十一時に、富坂庁舎で解放、ですね」

「そうだ。手続きには遺漏がないようにな。すませることがあったら、十一時の時点で完全に終わらせておけ」

「はい」

「解放の際、関係部局の職員も立ち会うことになった。庁舎で解放した後は、うちは加賀谷とは無関係だ」

「はい」

電話はそこで切れた。

手続きに遺漏なきよう……。

警部以上の幹部警察官の人事を管掌する人事一課としては、やるべきことは整理されている。こんどの場合は所属部局を飛び越して、人事一課が代わってすませることもできた。まず給与の精算から、共済保険の解約をはじめとするいくつもの書類手続きがある。貸与品の返却手続きと処理もあった。

畑山は、さきほど加賀谷のデスクやロッカーをあらためさせたふたりの一課員に声をかけた。

「来てくれ。やってもらうことがある」

いま午後七時半だが、加賀谷の扱いがはっきりわかるまで、この部下たちを待たせていたのだ。

そのふたりが、奥の自分たちのデスクの前から立ち上がった。

新聞閲覧室でまた携帯電話が鳴った。畑山からだった。

和也は、縮刷版から顔を上げて、携帯電話を耳に当てた。

畑山が言った。

「身柄拘束を解く。安城はもう待機していなくていい」

「依願退職が認められたということですね？」

「先週末でな。今週は、やつは警官じゃなかった。警務の出番もなくなった。帰っていい」

和也は、ひとつだけ気がかりを質問しようかどうか、ためらった。

畑山が、つけ加えた。

「永見由香って女も同様だ。きょうのうちに、帰宅できる」

ならば、彼女は自分の職業生活を続けることはできるだろう。きょうは無断欠勤となったはずだが、明日事情を説明すれば、東京消防庁麻布署の上司は理解する。職を失うことにはならない。もし彼女に、まだ薄給の地方公務員として働き続けるつもりがあるならばだが。

昨夜、何度も脳裏に響いたあのアリアの旋律と歌詞が思い出された。加賀谷の好きなイタリア・オペラの中でも、とくに彼がお気に入りで、よく車で鳴らしていた曲。

星よ沈め！　夜が明ければ、わたしは勝つだろう。わたしは勝つ！　わたしは勝つのだ！

まるで自分のためのアリア、と昨夜は感じた。夜が明けたら、事態は歌詞のとおりになっているはずだった。しかし、加賀谷は依願退職だという。警務部による処分はなくなったのだ。

自分は勝てなかった。どうやらそれは確実だ。でも負けたか？　自分は敗北したのか。この勝負は、加賀谷の勝利か。

いや、と和也は考え直した。夜はまだ明けていないのかもしれない。決着の時期が延びただけかもしれなかった。いつか何らかのかたちで、自分と加賀谷はもう一度相対することになるのかもしれない……。

富坂庁舎のその小部屋に、男たちが三人入ってきた。

ふたりの顔には見覚えがあった。今朝、権之助坂の集合住宅の前で行く手をふさいでいた男たちのうちのふたりだ。つまり、警務一課員たちだろう。もうひとりは、三十代前半と見える固太りの男だ。風貌《ふうぼう》と雰囲気から、警務部員ではないようにも感じられた。知った顔ではないが、どちらかといえば加賀谷のセクションに似合いそうな男だ。その三人は、いくつもの段ボール箱を積んだカートと一緒に、部屋に入ってきたのだった。

最後に入室してきたのは、畑山一課長だった。不服そうな顔だ。加賀谷の依願退職が認められたということに、不満なのだろう。警務課が処分する案件だったと、総監のこの裁可に納得していないのだ。

三人の男たちは、隅のテーブルの脇《わき》にカートを止めた。

畑山が、デスクの向こう側から加賀谷に言った。

「退職願いは受理された。お前は、先週末で、警視庁警察官の職を解かれている。退職手続きのために書いてもらう書類がかなりある。すぐにかかれ」

加賀谷は言った。

「印鑑も必要になるでしょうね」

「私物も、全部こっちに持ってきた。持ち帰れ。貸与品は返却のこと」

「たいがいはロッカーの中です」

「持ってきている」

手回しのよいことだ。加賀谷は立ち上がってカートのほうへと近づいた。若い警務一課員たちが、段ボール箱の中身をすべて、テーブルの上に広げだしたところだった。

私物の中から、加賀谷は自分の筆記用具のセットと印鑑を探し出してデスクにもどった。

七、八枚の書類にサインし、印鑑を押した。
畑山がすべてに目を通したうえで言った。

「いいだろう。つぎはあっちの押収品《おうしゅうひん》から、貸与品と私物を分けろ」

この場合、押収品という呼び方は正確ではない。しかし、意味はわかる。加賀谷はもういちど隅のテーブルの前まで歩いた。

貸与品は、警視庁の制服や警察手帳などだった。拳銃《けんじゅう》も、ホルスターと一緒にテーブルの上にある。警務は加賀谷がまちがいなく貸与品の拳銃を所持していることを確認したかったのだろう。

今朝、身柄拘束時に提出させられた財布や小銭入れ、携帯電話などは、小さな段ボール箱にまとめられていた。同じ箱の中には、筆記用具やら、MP3プレーヤー、名刺入れなどもある。名刺はすでにすべてコピーが取られているはずだ。自分の私物のほうに分類してもよいだろう。

ホイッスルが出てきた。これも制服と一緒に貸与されたものだ。しかし加賀谷は、二十数年の警察官生活の中で、このホイッスルを吹いたことはなかった。加賀谷はその白い合成樹脂製のホイッスルを持ち上げ、少しのあいだ見つめてから甲種制服の上に置いた。

固太りの男が、黒いナイロンバッグをテーブルの上に置いた。中身はきょう取り引きすることになっていた薬物だ。

固太りの男が訊《き》いた。

「これは、返却品ですか？」

貸与品か私物か、と問われたら、私物という答以外にない。

「私物です」

「中身も？」

加賀谷はバッグのファスナーを開けた。黒いビニールバッグの包みが入っている。砂糖ふた袋ぶんほどの大きさの包みだ。

「ええ」と加賀谷は答えながらファスナーを閉じた。

返してもらえるとは、予想していなかった。警視庁は、加賀谷を退職させた以上、いまこの時点では余計な容疑はかけないということか。どうであれ、これで借りたカネは返済できる。

警務一課員のひとりが言った。

「私物はこの段ボールのどれかに収めてください。貸与品のほうは、こちらでまとめますから」

言われるままに、ナイロンバッグを段ボール箱のひとつに入れ、さらにその上にこまごまとした私物を放り込んだ。

さきほどまで加賀谷の事情聴取にあたっていた斉藤が、車のキーを寄越した。

「車は地下の駐車場です」

畑山が言った。

「見送ってやる」

加賀谷は微笑して小さく頭を下げた。

じっさい駐車場まで、六人の男たちが加賀谷を囲むようにしてついてきた。加賀谷は地下駐車場の奥に停めてあるドイツ製の乗用車まで歩き、ドアを開けて段ボール箱を助手席に押し込んだ。

運転席に体を入れると、外に立つ畑山がいまいましげに言った。

「二度と顔を見せるな」

加賀谷は男たちの顔を一瞥《いちべつ》してから、車を発進させた。通路を進みながらルームミラーに目をやると、あの固太りの男が携帯電話で何かしゃべっている。

あいつ、ほんとうに警務部員だったのだろうか。

ゆるいスロープを上り、地上に出た。この富坂庁舎は、細い一方通行の路地の奥にあって、幹線道路に出るにはその路地をまだしばらく進まねばならない。道なりに進んでゆくと、小石川後楽園の西の裏手、牛天神下交差点に出る。加賀谷は庁舎敷地から路地に出て左に曲がった。

すぐ前に、白いワゴン車が停まっていた。狭い路地をふさいでいる。違法駐車だ。

加賀谷は短くクラクションを鳴らした。

すると、その車から四人の男たちが降りてきた。ひと目で、連中が警察官とわかった。きょうはこれで、同じ状況が二度目だ。

ルームミラーに目をやった。ちょうど富坂庁舎の敷地から一台のセダンが出てきて、路地の背後をふさいだところだった。

四人の男たちが加賀谷の乗用車に近づいてきた。加賀谷はウィンドウを下げた。

年配の男が運転席のすぐ横に立った。その顔は知っている。たしか生活安全部の。

彼は警察手帳を示して言った。

「加賀谷仁だな。薬物対策課だ。車の中をあらためさせてもらえるか」

薬物対策課？　おれは先週末の日付で依願退職というかたちになっているのではなかったか。処分委員会にはかけられないと、警視総監が許したのではなかったか？

動揺を隠して加賀谷は訊いた。

「なにか容疑でも？」

「覚醒剤《かくせいざい》の不法所持だ。その助手席にあるのは自分の所持品であると、いまお前は認めたと聞いた」

これか。こういう罠《わな》だったか。

覚醒剤の使用反応が出なかった以上、この覚醒剤は現職刑事が捜査の必要上たまたま自分の車に載せていたもの、という主張にも根拠があったのだ。それでは、加賀谷を逮捕しても検察送りは難しくなる。送検できたとしても、公判で有罪判決まで持ち込めるかどうか。だから警視庁の上のほうは、加賀谷を決定的に排除するため、求めに応じたふりを見せて加賀谷から現職警察官という属性をはぎ取ったのだ。ただの無職男が覚醒剤を所持していたとなれば、捜査のため、という主張は不可能となる。立件できる。加賀谷を刑務所に送ることができるのだ。警察官として大きく道を逸脱した加賀谷に、警視庁は罰をくだすことができるわけだ。

いや、この事態はほんとうにそういう解釈でよいか。久保審議官や、警視総監の側近たちも、そこまでのことを考えて加賀谷に前週末付けの依願退職を許したのか。連中はそこまで暇か？

あるいは、警察庁と警視庁の下《した》っ端《ぱ》キャリア同士のあいだでもっと生々しい抗争がおこなわれていたか。そのうちの誰かには、どうしても加賀谷という生贄《いけにえ》が必要だったということはないだろうか。だから罠があらためて仕掛けられた？

運転席のドアの外で、薬物対策課の年配男がまた言った。

「加賀谷仁、所持品検査、拒否するか」

やむをえない。逮捕は確実だ。自分のつぎの戦いは、取調べ室で、ということになる。

加賀谷は車のエンジンキーを切って運転席の外に降り立った。

年配の捜査員は言った。

「うしろを向いて、ルーフに手を置け」

そのとおりにすると、ふたりの捜査員が加賀谷を両側からはさみこむように立った。もうひとりが、段ボールの箱を助手席から取り出し、ボンネットの上に置いて開けた。彼がひっぱり出したのは、黒いナイロンバッグだった。

背で固太りの男の声が聞こえた。

「そのバッグ、自分のものだと、認めました」

年配の男の声。

「中身を確かめろ」

固太りの男が、バッグを持ってワゴン車のほうに歩いていった。あちらに、覚醒剤反応を確かめる試薬キットが積み込まれているはずである。

ほかの捜査員たちが加賀谷のポケットの所持品をあらためているあいだに、固太りの男は検査をすませた。右手に試験管、左手にバッグを持って加賀谷の乗用車の前にもどってきた。

試験管の中身は、街路灯の下でも青かった。

男は言った。

「反応出ました。覚醒剤です」

年配の男が、加賀谷の背で言った。

「覚醒剤不法所持容疑。加賀谷仁を逮捕」

加賀谷は左右の捜査員に向きを変えられ、年配の男に向き直ったところで、両手に手錠をかけられた。

加賀谷は、捜査員たちには聞こえぬように小さくため息をついた。どっちみち逮捕だったのか。くだらない手間をかけやがって。

二〇〇〇年の十二月、木枯らしの吹く夜のことだった。

加賀谷は捜査車両に引き立てられながら、この数カ月自分の部下であり、昨夜になって自分を売った若い警察官のことを思った。

安城和也、おれは貴様の親父《おやじ》と比較して、それほどひどい警察官だったか。おれは堕《お》ちた警官なのか？　こんなふうに売られなければならないほどに？

2

朝の点呼が終わったところで、課長の内山が安城和也に声をかけた。

「安城、こい」

安城和也は上着の前ボタンを止めながら、自分の席から立った。自分にだけ特別の指示、あるいは特別の話題があるということだ。課員たちの視線が意識された。

直属の上司であった男が逮捕されたあの十二月の日から、およそ四カ月が経過しようとしていた。この間、安城和也は捜査四課特別情報分析二係のたったひとりの捜査員として、元上司が東京の裏社会に作った情報網を消失させぬよう、彼らとの接触を続け関係の維持に腐心してきたのだった。しかしその情報網は、捜査四課特別情報分析二係に属していたのではなかった。上司だった加賀谷がいなくなって、そのことがはっきりした。情報網は加賀谷個人に属するものだった。だから加賀谷が警視庁から去った瞬間に、そのネットワークも消えたのだ。少なくとも、情報を上げてくる網としての役割はなくなった。それは、加賀谷と多少なりともつきあいのあった人物たちのリスト、という以上のものではなくなったのだ。和也がどんなに食いさがろうとも、粘ろうとも、かつてその情報網の一部であった男たち、女たちは、あらたに和也の情報網に組み入れられることを拒んだ。あからさまに接触を拒んでくる者も少なくなかった。つまり、加賀谷が放逐された時点で、捜査四課特別情報分析二係は存在理由を失っていた。

おそらく課長が持ち出す話題はその件だ。

そもそも、加賀谷の素行の内偵という真の任務を隠しての四課配属は、和也を刑事部の各セクションで順繰りに研修させる、最初のステップであると四課では説明されていた。警視庁の慣行から考えれば、異例の配置である。しかし、警察学校を席次二番で出た優秀な警察官を、できるだけ早く一人前の捜査員に育てるための措置という理由であれば、さほど奇妙というわけでもない。加賀谷でさえ、警務部の意図を疑うことなく、ならばと新人教育を買って出たぐらいなのだから。加賀谷が逮捕された後も、三カ月少々和也は四課の遊軍として研修を受けた。つぎもまた半年ほどの短期間、刑事部のべつのセクションで研修ということになるのだろう。

四課長のデスクの前に立つと、内山が言った。

「警務二課から、来るようにという指示だ。及川《おいかわ》二課長の所へ」

及川は、一課長の畑山と共に警察学校にやってきて、加賀谷内偵任務を指示した幹部だった。警務二課は、警部以上の人事を扱う一課に対して、警部補以下のいわば平の警察官の人事を担当している。つまり想像どおり、新しい辞令が出るということのようだ。

和也は内山の前を辞して、本庁舎内の警務二課のフロアに上がった。

及川のデスクは、ガラスのパーティションに仕切られた小部屋の中にあった。部屋は、内側からブラインドを下ろせるように作られている。機密性の高い情報を扱うポストだ。余計な目からも、耳からも、遮られていなければならないのだろう。

ノックしてその小部屋に入ると、書類に目を落していた及川が顔を上げ、メガネをかけた。

「参りました」と和也は言った。

及川は、いつもより多少は機嫌のよさそうな表情で、和也にデスクの前の椅子《いす》に腰掛けるよう指示した。

腰を下ろすと、及川が訊いた。

「この七カ月間はどうだった？」

和也は答に躊躇《ちゅうちょ》した。前半の三カ月は、加賀谷仁警部の部下につきつつ、その素行を内偵した。加賀谷の逮捕以降は四課の遊軍となって、ごくごく半端《はんぱ》としか思えない仕事を手伝ってきた。それも、上司を売った男、として四課の冷やかな視線を意識しつつだ。どうとも答えようがない。この七カ月が、自分の望んだ警察官生活とはまったく異なっていたものであることはたしかだが。

和也は、なんとか言葉を絞り出した。

「初めての本庁《ホンブ》勤務で、とまどうことばかりでした」

「いい仕事をしてもらった。きょう、初公判だ。知っているな」

「はい」

知っている。きょう午前十時から、東京地方裁判所で加賀谷仁の覚醒剤不法所持事件の公判が始まるのだ。

及川は言った。

「うちの連中も、何人か傍聴に出す。ひょっとしたら、席は抽選になるかもしれない」

「そんなにマスコミも気にしていますか？」

「いや、気にしているのは、加賀谷の人脈だった奴《やつ》らのほうだ。加賀谷が公判で何を言い出すか、この四カ月、戦々恐々としてきたはずだ」

「取調べでは、何もしゃべっていないと聞いています」

「だから、公判で何をしゃべるかということだ。もっとも、いまさら何をしゃべろうと、何を黙秘しようと、有罪は決まっているのにな」及川は話題を変えた。「内示だ。新年度から、配置替え。こんどは捜査三課」

窃盗犯を扱う部局だ。通常、刑事部門に進む警察官は、最初はこの捜査三課に配属されることが多い。強行犯とちがい、発生件数は多いし、手口も多様だ。初動から鑑識、聞き込み、密行、取調べ等、捜査の基本について、短期間で場数を踏むことができる。和也は、七カ月の回り道のあとに、ようやく本来の刑事課捜査員の訓練コースに戻ったことになる。

「ありがとうございます」和也は礼を言った。「通常の仕事だけですね？」

及川は苦笑した。和也の言葉の、いわば皮肉の部分に気づいたのだ。

「ああ。もうあんな任務はない。加賀谷を逮捕できた効果だ。あれ以来きょうまでに、三人の幹部、五人の平警官が、依願退職した。退職願いが出て、初めて所属長が把握できた不祥事もあった。脛《すね》に傷持つ連中が、監察がかかる前にと、自発的に辞めてくれている。警視庁は、一気に浄化が進んでいる。お前の功績だ。この任務にお前をつけたのは大正解だった」

和也は、黙ったままで頭を下げた。

そこは、もとの勤務先である警視庁本庁舎から、わずか一ブロックの距離にある機関だった。東京地方裁判所である。いま加賀谷仁は、東京地裁の数ある法廷のうち、五階にあるこの部屋の被告席に座っているのだった。傍聴席が三十ほどの、東京地裁の中では小さな部類の法廷だ。加賀谷仁覚せい剤取締法違反事件の初公判である。

加賀谷仁は、起訴状を読み上げている検事を正面に見やりながら、退屈感がいよいよ抑えようのないほど強いものになってきていることを意識していた。

いま起訴状朗読中の中年の検事は、取調べの担当検事とはちがっている。法廷担当の地方検察庁検事なのだろうが、彼の言葉の調子には、ほとんど熱が感じ取れなかった。これが取調べ検事であれば、事案を起訴まで持ち込もうという職業的な闘争心もわくだろうし、被告人との勝負に勝つか負けるかという、いわばゲームに臨む感覚も持ち得るだろう。

自分の担当検事も例外ではなかった。しかしいま長々と二十分以上も起訴状を読み上げているこの検事からは、有罪判決を勝ち取ろうとする強い熱意は感じられない。振り分けられた事案を、ただ消化すべき義務として受け止めているのかもしれない。事案そのものへの関心すらない、と言うのは言い過ぎにしても。もしこれがアメリカの裁判であれば、その闘争心の欠如を弁護側に突かれ、いいように振り回されて、判事や陪審員から哀れみを買うのではないか。少なくとも自分にはそう感じられる。おれを有罪にしようと言うなら、たとえ演技でも、不正や犯罪への憤《いきどお》りと怒りを見せたほうがいい。これでは十三回忌の法事で修行僧に代読される経文にすぎない。判事たちの胸に、ルーティン以上の意欲を生み出さない。

検事の起訴状朗読は続いている。

彼は、被告である加賀谷仁が犯した違法行為として、二点を挙げていた。

ひとつは、四カ月前の昨年十二月、千葉県千葉市のパチンコ店駐車場に於《お》いて、覚《かく》醒剤《せいざい》一キログラムを購入したこと。二つ目は、その覚醒剤を自分が事実上占有するドイツ製セダンのトランクルームに隠し持っていた、というものである。

罪名および罰条は、

一、営利目的の覚醒剤の所持・譲受け

覚せい剤取締法違反、同法四一条の二第二項というものであった。

「……以上であります」

検事は起訴状をたたむと、椅子に腰をおろした。

被告席から見て、左手が判事席となる。その判事席の中央で、裁判官が言った。

「被告人、前に出なさい」

加賀谷は廷吏に促されて席を立った。ベルトをしていないズボンが、少しずり下がっているように感じたが、仕方がなかった。加賀谷は証言台へと歩いた。

傍聴席の視線が意識された。およそ四十五分ほど前、廷吏に連れられてこの法廷に入ってきたとき、そちらに目をやることができた。被告の出入り口は判事席のある壁の右端にあるのだ。被告席まで歩くあいだ、傍聴人と被告とは、向かい合うかたちになる。傍聴席に知人がいれば、その顔を見ることができる。

きょうのこの初公判には、予想していたとおり、警視庁の警務部の面々がきていた。斉藤、石原といった、最初に自分を監察した担当者たちも、最前列中央に並んでいる。ほかにも、それらしき風体の男たちが三、四人。二列目にいるダークスーツ姿の男たちも、警視庁関係者だろう。

傍聴席の後ろ寄りで、警視庁関係者たちと微妙な距離を取って着席しているのは、ひと目でその筋の連中とわかる男たちだった。チョーク・ストライプのスーツに、派手すぎるネクタイ。あるいはゆったりしたジャケットに、第三ボタンまではずしたシャツ。ほとんどの者が、いくらか緊張した表情だ。彼らがどんな関心できょう傍聴に来ているかはわかる。自分が、覚醒剤所持に関して、その出所や関係をすっかり証言してしまうのではないか。この法廷が、加賀谷の持つ裏社会情報、非合法ビジネス情報の全面公開の場となるのではないかとおそれているのだ。そのことを確認するために、そして同時に無言のプレッシャーを与えるために、ここに来ている。地裁もまた、法廷内で加賀谷の口封じがおこなわれないかを心配している。たぶん法廷の外では、二重に厳しい所持品検査もあったことだろう。

顔を覚えている者も何人かいた。自分が使っていた協力者たちだ。池袋で興信所を営む博打《ばくち》好きは、目が合うと卑屈そうになにごとか乞《こ》うてきた。どうか自分の名前だけは出さずに、とでも言ったのかもしれなかった。

傍聴席の前方左側には、マスメディア関係者と見える男女が数人いた。数人、ということは、この事件はさほど大きなニュースとはなっていないということだ。警視庁は加賀谷の逮捕時、メディアに発表する際にうまくその情報を管理したのだ。ほんとうなら現職警部による覚醒剤不法所持事件とセンセーショナルに報道されてもおかしくないところを、すでに退職している警察官が、調べたところ過去に……と、衝撃力を弱めるかたちで事実を明らかにしたのだろう。ほかの重大事案との抱き合わせでの発表であったのかもしれない。いずれにせよ、警視庁もしくは司法担当の記者でこの初公判に関心を持った者は数人だけ。警視庁の目論見《もくろみ》はいまのところ成功のようだ。

裁判長が加賀谷を見据えた。歳《とし》は四十前後だろうか。七三に分けた髪と、黒っぽいフレームのメガネ。霞《かすみ》が関《せき》であればどこにでもいそうな中年男だった。

裁判長が言った。

「被告人がこの法廷で述べたことはすべて証拠となります。被告人は答えたくないときは答えなくてもかまわないので、よく考えて述べるように」

加賀谷は素直にはいと答えた。承知している。自分はかつて必ずしもその権利を被疑者に認知させてきたわけではないが。

「では、被告人は、いまの起訴状の内容を認めますか」いわゆる罪状認否という手続きだ。加賀谷は、裁判長を見つめ、少し大きめの声で言った。

「否認します。わたしは覚せい剤取締法を犯してはいません」

弁護士とも相談したうえでの否認だった。

法廷内に、驚きはなかった。少なくとも、そこでざわついたりはしない。加賀谷のひととなりを知る者たちは、罪状否認に出ることが予想できていたろう。警視庁の関係者は、取調べでも肝心な部分については否認か黙秘で通したことを知っていた。公判でも、無実を主張することが方針だと承知していたのだ。記者たちがノートにペンを走らせる音が、加賀谷の耳に届いた。

和也はその日の夕刻、警務部の石原から、初公判の様子を教えられた。公判を傍聴していた石原が、きょう閉廷後に携帯電話で伝えてきたのだ。

「予想どおりだ。加賀谷は、罪状認否で全面否認だ。そのあと午後に証拠調べ手続き。冒頭陳述があった」

和也は気になっていた件について質問した。

「わたしは証人として申請されましたか？」

石原は笑った。

「びびっているのか？　一度は売ったんだ。証人に呼ばれたら、とことんやれよ」

自分自身が口にするならともかく、売った、と石原に言われることは、愉快ではなかった。まるでその行為が、完全に倫理にもとるものであったかのように聞こえる。

それに、和也自身の自発的な行為であったかのようにも聞こえる。あの瞬間、告発したことに和也の自発性と自主的な判断がまったくなかったとは言わないが、基本的にはそれは警視庁警察官としての自分に組織が命じた任務だった。告発の倫理性についても、もしそれが問題となるならば、責は組織にあることだ。自分が石原に、上司を売った男呼ばわりされるいわれはない。

黙っていると、石原は付け加えた。

「安心しろ。検察は、お前を証人申請しなかった。カネの工面のやりとりについても、譲渡の目撃についても」

「証人の必要はないということでしょうか」

「何人か知らない名前が出ていた。たぶん加賀谷のエスたちなんだろう。そういうやつらの証言で間に合うということなんじゃないか。いずれにせよ、裁判は長引く」

電話を切ってから和也は、この事案で自分が証人として法廷に立つのを期待していたことに気づいた。身柄拘束の瞬間以降、加賀谷とは顔を合わせていない。もちろん言葉も交わしていなかった。告発について弁解するつもりはない。しかしいっときは部下として彼を慕い、ただの呼称という以上の意味をこめて、親爺《おやじ》、と呼んだこともある相手だ。彼が警察官の職を失い犯罪者として裁かれるのなら、一部始終をそばで見守るのも務めだと思うのだ。自分が彼の素行のどの部分に疑念を抱き、何を目撃し、何を警察官にあるまじき不品行と判断したのか、本人の前で口にすることも義務と思える。

もとよりそれは、加賀谷に対する謝罪にはならない。弁明でもない。むしろ鋭い糾弾、あるいは熱い弾劾《だんがい》として、眼前の加賀谷に届けるべきだった。おれは警察官としての親爺さんを葬《ほうむ》るべく告発したのだと、法廷の場でまっすぐに加賀谷の目を見つめて語る必要がある。そうでなければ、この告発にはどうしても不純な匂《にお》いがついたままだ。私情に基礎をおいた、私怨《しえん》による上司追放劇という印象をぬぐいきれない。そうではないことを、周囲に、とりわけ加賀谷自身に理解してもらいたかった。

証人として法廷に立てるなら、そのよい機会だ。自分は証人として呼ばれた場合、それを歓迎する。もう一度対峙《たいじ》できることを喜ぶだろう。加賀谷の告発を、一点の曇りなきよう完了させるために。

しかし、そうはならなかった。和也はただの一度も証人として呼ばれることなく、公判は結審したのだ。

ただし、公判自体は長引いた。一カ月に一回の開廷がふつうではあるが、途中検察側が弁護側の申請する証人に対して何度も同意しなかったこともあり、結審まで意外に時間を要したのだ。

最初は、検察側が有利に進めていると見えていた。加賀谷と弁護士は、覚醒剤の取り引きと所持は認めたが、それはあくまでも職務上のことと主張した。しかし、あえて証人を呼んでまでは合法性を主張しなかった。不法であることの立証責任は全面的に検察側にあるということだ。しかも加賀谷が、しばしば検察側の質問に対して黙秘権を行使したから、裁判長は加賀谷が法廷を侮辱していると受け取っているとも想像できた。強気の加賀谷は、公判ごとに裁判官の心証を悪くしていると。

この間、傍聴席を埋める暴力団ふうの風体の男たちの数は変わることはなかった。こうした性格の裁判では初公判以降は次第に傍聴者の数が減ってゆくのがふつうだが、この裁判では傍聴人の数はほとんど減らなかった。もちろん警務部も毎回、六人から七人の職員を傍聴させていた。

検察の論告求刑は、懲役六年だった。

判決の言い渡しは、初公判から一年後である。

「主文、被告を懲役三年六カ月に処する。未決勾留《こうりゅう》日数中一八〇日をその刑に算入する」

起訴状を事実上まるごと認めたという判決だった。加賀谷はその日のうちに控訴した。和也はその判決が出たことを、警務部の石原から教えられた。このとき和也は捜査二課に配属されており、都内の信用金庫をめぐる不正融資事件の内偵に従事していた。

「まあまあだな」と石原が電話で言った。「量刑はともかく、地裁はやつの罪状を認めたんだ。納得できない判決じゃない。あと二年半お務めするだけだ。加賀谷にも、さほど悪くない判決と思うけど、強気だよな」

和也はとくに感想をもらすことなく、その電話を切った。

それはアメリカで起こった同時航空機テロ事件からようやく半年という時期のことだった。日本でも公安部局の強化、再編成が活発に語られるようになっていた。群馬では同居女性餓死事件が発生、関東のメディアがこれをセンセーショナルに報道していた。北九州市では、後に日本の犯罪史上でもまれな残忍な大量殺人事件として知られることになった少女監禁事件が発覚した直後だった。

叔父は、日暮里駅の改札口に、約束よりも少し早く現れた。

午後の六時二十分だ。この季節、ようやく日没かどうかという時刻。まだ日暮里駅前は真昼と変わらぬ明るさだった。

和也は壁から離れて、叔父の正紀《まさき》に頭を下げた。正紀は和也を認めると、顔をほころばせた。正月と盆、それに法事のとき以外にはあまり会ってはいないが、和也は正紀叔父が好きだった。大学進学も叔父が援助してくれたのだ。また叔父にとっても、亡《な》くなった父にとっても、この日暮里駅西側に広がる谷中《やなか》は、生まれ育った場所なのだ。地方のひとにとっての故郷、という呼び方もできるのかもしれない。その言葉が示すほどには、谷中というのは広い地域ではないが。

叔父は、茶色っぽいジャケットに灰色のズボンという格好だった。くたびれた革のショルダーバッグを肩にさげている。ほとんど白に近い髪は長めで、顔には皺《しわ》が多い。全体に、かつて労働組合の活動家だったという雰囲気が残っていた。目もとは父にそっくりであり、顔全体の印象には祖母の遺伝子が強く見てとれた。

その正紀叔父は、和也をまぶしげに見つめてから言った。

「和也から電話があったと聞いて、驚いた。何か悪い話じゃないよな」

「ちがいます」和也は正紀叔父を安心させようと微笑して言った。「久しぶりにうちに寄るつもりなんで、叔父さんにも会いたくなっただけです」

和也の母と妹は、この近所に住んでいる。父が天王寺《てんのうじ》駐在所勤務中に殉職したあと、家族は同じ谷中のアパートに移った。和也はそのアパートから大学に通い、警察学校に入ったところで、谷中を離れたのだった。叔父の正紀は、いま江東区の亀戸《かめいど》に住んでいる。

「ひとりか？」と、叔父が訊《き》いた。

「どうしてです？」

「恋人でも紹介されるのかもと思ったのさ」

「いえ」二年ほど前には、そういう時期も近いかと考えないでもなかったが。「まだです」

「酒、飲めるようになったか」

「少し」

「ビール飲みに行こう。兄さんも通っていた店が、上のほうにある」

「少し散歩しながらはどうです？」

叔父はうなずいた。

「そうだな。ひさしぶりに、駐在所の前を通ってみるか」

叔父は、駅を出ると、すぐ左手にある階段に向かった。この小さな坂の上に谷中墓地が広がっているのだ。サクラの並木道を抜けると、やがて天王寺駐在所の前に出る。

その交差点を右手に曲がって谷中墓地を抜けると、一方通行の細い通りに出る。谷中御殿坂《ごてんざか》と谷中三崎坂《さんさきざか》とをつなぐ、初音《はつね》通りとも呼ばれている道だ。その通りから入った路地のひとつに小さな飲み屋街があって、酒を断ってからも父が顔を出していたおでん屋がある。自分も前に行ったことがあった。

サクラの下の石畳みの道を歩きながら、叔父が訊いた。

「仕事はどうだ？」

「セクションが変わりました。同じ捜査課ですけど」

「本庁勤務なんだろ」

「はい」

「楽しんでいるか？」

返事は、ほんの一瞬だけ遅れた。

「はい」

叔父は口の端を持ち上げた。

「ぐれやがって」

「え？」

「ぐれて、警官になっちまって」

「どういう意味です」

返事がなかったので、そのまま和也は歩き続けた。やがて墓地のメインストリートへと出た。さくら通り、と名付けられている、車も通る道だ。行く手左手に、天王寺駐在所の建物が見えてきた。山手線内側ではただひとつの駐在所だ。木造の二階家で、一階には狭いオフィス部分がある。その裏手と二階が、駐在所員家族の住居となっていた。叔父も、三カ月だけこの駐在所に住んだことがあるという。つまり祖父が天王寺駐在所勤務となり、その後不審死をとげるまでの短い期間だ。

祖父が死体で見つかったのは、駐在所のある角を左手、ぎんなん通りに折れて三百メートルほど行った先だ。そこには長さ三十メートルほどの跨線橋《こせんきょう》があって、下はJRの鉄路である。東北新幹線から常磐線《じょうばんせん》まで、多くの路線の鉄路が集中している。和也の祖父、安城清二《せいじ》は、天王寺五重の塔が燃えた朝、跨線橋下で死体となって発見されたのだった。

そして、和也の父・安城民雄が覚醒剤《かくせいざい》中毒の殺人犯に撃たれて死んだ場所は、跨線橋の手前、天王寺裏手の住宅街の中にある。

駐在所に近づくと、叔父の歩みは遅くなった。和也もそれに合わせた。

叔父は言った。

「兄さんが荒れていた時期のことは知っている。義姉《ねえ》さんに手を上げたことも、何度もあるんだろう?」

黙っていると、叔父は続けた。

「公安の潜入捜査だ。人格は引き裂かれる。兄さんは苦しんでいた。痛々しかった。お前が兄さんを憎んでいたことも知っている。たいへんな時期だった」

「ぼくは、父さんを憎んだりはしていません。子供のときは、そりゃあいたたまれなかったこともあるけど、父さんが駐在所勤務になって落ち着いてからは、父さんの苦しみもわかるようになりましたから」

「兄さんを、理解した?」

「ええ」

「そうかな。お前が警視庁に入ったのは、兄さんを許していなかったからじゃないか。兄さんは、お前に警官になってほしいと願っていたか?」

「話したことはありません」

「兄さんは、義姉さんに暴力をふるう自分も、潜入捜査を命じた警視庁も、憎んでいた。息子には警官にはなってほしくなかったはずだ」

「父さんは、警官の仕事を誇りにしていました。だから命を賭《か》けた」

「お前は兄さんを誇りにしていたか」

「ええ」こんどは間を置くことなく答えられた。「もちろんです」

「誇りにしていた、か」正紀がかすかに皮肉の感じられる声で言った。「嘘《うそ》じゃないだろうと思う。それでもやっぱり、おれから見ればお前はぐれたんだ。ほかの子供が父親への反発で非行に走ったりヤクザになるのと同じで、お前はぐれて、父親がいちばん嫌ったにちがいない警官になったのさ」

「そんなことはありません。そんな気持ちで警官になったんじゃない。ぼくは父さんの殉職の場にいました。非番なのに制服を着て駐在所を出てゆくところを見ている。あのときの父さんの姿を見て」

「自分も警官になりたくなった？」

「ええ」

「そうかな。おれはお前が、最悪の復讐《ふくしゅう》を果たしたんだと思っている。兄さんが生きていたら、お前が警視庁に入ることぐらい自分を呪《のろ》いたくなる非行はなかったはずだ。お前はそれを、やってのけた。兄さんがもう死んでいて、反対されないのをいいことに」

「ちがいます」

叔父はもう一度微笑した。

「仕事で悩んでいるなら、いっそ辞めたらいい。きょうはそれでおれに会いたくなったんだろう?」

そうかもしれない。なんとなく叔父の顔を思い出したのは、そういうことなのだろう。長いことずっと、適切な距離を置きつつ自分たち家族を見守ってくれていた叔父のことを思い出したのは、きっと自分がいま悩んでいるからだ。職業の選択に確信を失い、誤りではなかったかと揺れてきているせいだ。叔父の直感はたぶん正しい。

叔父は、歩きながら続けた。いましがたのことの繰り返しだった。

「兄さんは、お前には警官になってほしくなかった。だから、お前が警視庁に入ったはずだ。自分のような職業人生を絶対に歩んでほしくなかったはずだ。お前が警視庁に入ったことは非行なんだ。ぐれたということだ。義姉さんに手を上げる兄さんに対して、最大の復讐をお前は果したんだ」

「ちがいますって。父さんは生まれ変わった。ぼくは父さんを理解した。ぼくたちは、いい父子《おやこ》になっていました」

「どうかな。お前はほんとうは、生きている兄さんの前ではっきり言いたかったんじゃないか。ぼくは警視庁に入ります。警官になりますって。そのときの兄さんの悲しむ顔が見たくて」

「父さんは、駐在警官になることなら大賛成してくれたはずです」

「駐在警官ならばな。だけど、お前は現に駐在にはなっていない。もしそのとき兄さんが賛成したとしても、留保つきのしぶしぶの賛成だ」

「叔父さんには、ずいぶんぼく、誤解されているみたいですね」

「お前のことは誤解しているかもしれない。甥《おい》っ子だからな。だけど、おれは兄さんのことは誤解していないよ。兄弟だから。そして」

叔父が言葉を切った。和也は叔父の横顔を見つめた。

叔父は和也に目を向けてから、いくらか苦しげな調子で言った。

「兄さんがいまも生きていたら、何を一番悲しむ？ お前が警視庁で生き生きと働くことだ。あの組織にやすやす適応してしまうことだ。兄さんは祖父《じい》さんのようなまっすぐな駐在警官になろうとして、その夢をねじ曲げられた。兄さんはけっして警視庁を許していなかった。兄さんの殉職が、自分を壊した警視庁への復讐だと、お前もわかっているだろう」

「いえ」和也は首を振った。「父さんの死には、そんな意味はありません」

いや。自分にももうわかっている。父は必ずしも職業意識や使命感で、あの日拳《けん》銃《じゅう》を持った凶悪犯の前に丸腰で出て行ったわけではなかった。拳銃の前に自分の身をさらしたことの意味はもっと複雑であり、ひとことで説明できるものではなかった。叔父の言うことにも、わずかながら事実の部分はあるだろう。その語り得ない複雑な意味までひっくるめて、自分は父を理解できている、といえる。いまは。

「どうであれ」と、叔父は首を振って言った。「悩んでいるなら、やめろ。自分が壊れると感じるなら、そんな職場は捨ててしまえ。おれがいま、お前の顔を見て言えるのは、それだけだ」

叔父のポケットで携帯電話が鳴った。叔父は足を止めて携帯電話を取りだした。

和也も足を止めた。かつて自分の家族が住んだ天王寺駐在所が、すぐ左手にある。駐在所は、外壁の色が少し明るくなっているような気がした。新しい駐在警察官の赴任のあと、塗装のしなおしでもあったのかもしれない。

いずれまたこちらに戻ってこようか、とふと和也は思った。警視庁に入ったあとは、なんとなく東京の東側のエリアからは遠ざかっていた。警察学校を出たあとの卒業配置にも、目黒署を希望した。そして現在も目黒の独身寮に住んでいる。しかし加賀谷の部下となってからわかった。自分には、東京の西の土地が合わない。似合っていない。生きることに無理がかかる。あちらで父の血から切り離された新しい人生が始まるかもしれないと、一瞬でも思ったことが誤りだった。加賀谷や永見由香に自分がなじまなかったのと同様に、東京のあちらの地域は自分向きではないのだ。

こんど住居を選択できる機会がきたら、と和也は心に決めた。あらためてこの町で部屋を探してみよう。いつのことになるのかはわからないが。

叔父は和也にちらりと目を向けてから、携帯電話をポケットに収めた。何か困ったことが起きたという表情だ。深刻なものではないようだが。

和也は言った。

「叔父さん、お忙しいところをすみませんでした。もし用事ができたのなら、ぼくはこれで。うちに寄って帰りますから」

「そう言うな。おれもあとで母さんのうちに寄ってゆく」

祖母も同じ谷中の町内で暮らしているのだ。和也はしばらく会っていないが。

「初音小路で、ビールを一杯だけやろう」

和也はうなずいた。いまの話題はここまでにしてもらうことが条件ではあるが。

控訴審は、一審判決の五カ月後から始まった。

東京高等裁判所は、霞が関の合同庁舎の中にある。東京地方裁判所と同じ建物だ。

そのせいもあり、加賀谷には控訴審の開始も、どこか地裁の公判の続きに思えた。いまこうして入廷した法廷も、地裁で続けられた公判のときとほとんど変わりないように見える。広さも、席の配置も、傍聴席の数も。傍聴席にかつて加賀谷が捜査対象とし、情報源としてきた関係者が並んでいるところも同じだった。

加賀谷は被告席に向かいながら、弁護側の席に目をやった。こちらには、一審のときから世話になっている初老の弁護士。おだやかで、それでいて仕事については相当にしたたかに実績を積んできた男だ。水谷智明《みずたにともあき》。そしてそのアシスタントの、川嶋《かわしま》浩《ひろし》。ふたりとも、テーブルの上で書類を広げているところだ。

この控訴も、水谷弁護士が促してくれたから、やる気にもなったのだ。正直なところ、判決を聞いた時点では、加賀谷はかなり投げやりな気分であり、あの実刑判決を受け入れようという気持ちにさえなっていた。警視庁や地検と真正面から戦うことは徒労に終わる、と。ただただ消耗し、疲れ切って、最後には身の不運を嘆くだけで終わるのではないか、と。

しかし、水谷が言った。どうせあと二年半刑務所にいるつもりなら、やってみたって悪くないじゃありませんか。負けたところで、あなたにこれ以上何か失うものはありますか？

そのとおりだと納得し、加賀谷は控訴を決めたのだった。

被告席に着いてから、検察席を見やった。控訴審ということもあってか、地検は一審よりも陣容を強化してきたようだ。三人の検察官が並んでいる。司法研修所を出たばかりかとも見える若い男と、精気あふれる印象の三十代の男、見るからにベテランという印象の白髪の中年男だ。絶対にこの控訴審では負けないという意思表示なのかもしれない。

裁判長が開廷を宣してから、加賀谷に言った。

「被告人は、前に出なさい」

3

車の後ろから、クラクションが聞こえた。

竹井《たけい》翔太《しょうた》は、ルームミラーを確かめて舌打ちした。この細い裏通りでクラクションを鳴らしているのは、ドイツ製の高級乗用車だ。スモークミラーのため、運転者の姿は見えない。しかし裏稼業《うらかぎょう》の男ではないだろう。この界隈《かいわい》は、そちらの関係者よりは、外交官家族とか芸能、スポーツ関係者が多いのだ。じっさい、ミラーに少しだけ映っている建物には、芸能界の大物夫婦が住んでいるという話だ。先日も、竹井はこの通りで、あるテレビ局の女性レポーターの姿を見ていた。

竹井は自分の軽自動車を発進させると、通りがわずかに広くなっている場所まで進め、左手のブロック塀ぎりぎりにまで寄せて停めた。ドイツ製の高級車は、慎重な運転で脇《わき》を抜けていった。

竹井はちらりと時計を見た。午後の四時過ぎだ。ガラス越しに見る三月の空は、薄曇りだ。気温はたぶん八度か九度といったあたりだろう。朝からほとんど上がっていないはずだ。

竹井はまたカーナビの画面に目を向けた。テレビを受信していたのだ。いましがたのニュースは最初に、総理大臣の麻生太郎《あそうたろう》の支持率がまた下がったことを告げていた。逆に民主党の支持率がじわじわと上がってきているとか。民主党は麻生総理に対して、早く解散総選挙に踏み切るよう、いっそう強気になってきているという。

その次は、一年半前に名古屋で起こった闇《やみ》サイト殺人事件のニュースだった。きょう、名古屋地裁は、まったく面識のない勤め帰りの女性を襲って殺した三人の男に対して、判決を言い渡していた。三人のうちふたりが死刑。自首した男については、無期懲役だったという。

竹井は鼻で笑った。危ない仕事をするのに、闇サイトで仲間を募るということがそもそもわからない。引っ越し作業を請け負うのとはちがうのだ。危ない仕事ほど、仲間選びには慎重になるべきではないのか？

ニュースが終わった。

ちょうどそのとき、シフトレバーの手前のポケットに入れた携帯電話が鳴り始めた。仕事用の携帯電話だ。

モニターを確かめた。でこぽん、と相手の名が表示されている。そういう名で登録してほしいと、相手が希望してきたのだ。ふた月前のことだった。

竹井は携帯電話を耳に当てた。

「はい」

女の声が返った。

「着いた。すぐこれます？」

「一分で。ひとりだよね」

「ひとり。待ってます」

「ワン包《パケ》？」

「ええ」

携帯電話を切って、竹井は車を降りた。ここから相手が待っている公園まで、五十メートルほどある。

裏通りを進み、二車線のいくらか広い通りに出た。右手を進むと、有栖川宮《ありすがわのみや》記念公園や麻布運動場方向に出る。左手を行くと、明治通りだ。

女は、その公園の入り口のところで、煙草《たばこ》をふかしながら立っていた。三十代なかばで、赤いジャケットに白いニット帽子。右手はポケットの中だ。色の濃いレンズの入ったメガネをかけている。このあたりによくいそうな、裕福な家の専業主婦といった風情《ふぜい》。自宅の室内やベランダでは煙草を喫《す》いにくいので、この公園までやってきた、という様子に見える。竹井も用意しておいた煙草をくわえた。

竹井が近づいてゆくと、女は気づいた。ちらりと左右を見渡したのがわかった。竹井も女に向かって歩きながら、公園の中や通りの左右に目をやった。とくに不審な者の姿は見当たらない。いや、そもそもこの肌寒さのせいか、目に入る範囲で、歩いている人間の姿がなかった。公園も無人だ。一台、離れたところに銀色の乗用車が違法駐車している。

女の目の前まで近づいたところで、竹井は言った。

「火を貸してもらえません？」

「どうぞ」と、女は右手をポケットから出して、ライターを差し出してきた。そのてのひらの中に、たたんだ一万円札。竹井は立ち止まってそのライターと一緒に札を受け取った。

「どうも」と返すときに、すでに自分の右手の中には、ジッパーつきの小さなビニール袋がある。女はライターを受け取りながら、その袋を自分のてのひらの中に移した。

竹井は煙草を口にくわえなおすと、道の反対側にわたった。女は公園をあとにして、歩きだした。竹井はいまきた道をもどった。

ばかげた芝居、とは自分でも思う。いまどき煙草の火の貸し借りがそれほど自然な行為であるとは思えない。ましてや、見知らぬ男と女とのあいだでは。しかしそれは、お得意である女を安心させるための演技でもあった。いくらひと目の少ない場所を選んでいるとはいえ、公共の場でやはり露骨にカネと商品との交換はできなかった。もしそこに第三者がいたなら、はっきりと不審な行為として目に映る。だから女が取り引きの場合はこの小さな芝居をするように竹井に求め、竹井も応じているのだ。この商売は、お得意を安心させるところから始まるのだし、安心は得意先をつなぎとめる大事な要素だった。

竹井は道を折れて、停めておいた車にもどった。

発進させようとしたとき、ふいに前方の角を曲がって乗用車が現れた。

「一方通行だよ」竹井はつぶやいた。「それはないっちゅうの」

その銀色の小型の乗用車は、かまわずに通りに進入してきて、竹井の軽自動車のすぐ鼻先で停まった。

「この野郎」言いかけて、竹井は語尾を呑《の》み込んだ。男がひとり、助手席からおりてきたのだ。

見知らぬ男だ。小太りで、ゆったりとしたブルゾンに、ニッカボッカーにも似た太いズボン。歳《とし》は四十前後だろうか。髪は茶色に染められている。

その風体と雰囲気だ。税務署員や学習塾の講師ではなさそうだ。自分同様、許認可や青色申告とは無縁の商品を売買するなり、サービスを提供している男ではないか。暴力の匂《にお》いは希薄だけれど、その筋の関係者であってもおかしくはない。

何かまずいことをやってしまったろうか。

竹井は近づいてくる男に目を向けたまま頭を巡らせた。どこかの組の怒りを買うような真似《まね》をしてしまったろうか。ここは都立中央図書館に近い住宅街の中なのだ。同業者の競争の激しい繁華街ではない。地味にやっているかぎりは、参入自由なエリアのはずだ。みかじめ料を要求されることもないはずだった。

男が軽自動車の脇に立って、運転席のドアウィンドウをコツコツと叩《たた》いた。

竹井は素直にウィンドウをおろした。

「どうも」竹井は無理に笑みを作って男に言った。「何か？」

「竹井さんだよな」

相手の男の声は、意外にも柔らかなものだった。

「そうですが」

「見てたよ。繁盛《はんじょう》してるようじゃない」

いまの取り引きを監視されていたのか。

「はあ？」

「とぼけなくたっていいよ。ね、ちょっと話したいことがあるんだけど、時間取れないかな」

「いまですか？」

「うん」

「ここで？」

「少し長くなるかもしれない。あっちの車に移らないか」

「申し訳ないですけど、おれのことはもういろいろ知ってるんですよね」

この男は、自分の名前と商売を知っていたのだ。ならば、自分がどんな組織につながっているかも知っているはずだ。

「すっかり知ってる」男は西麻布にあるプール・バーの名前を出した。「常連なんだろう?」

暴走族上がりのワルが経営している店だ。自分は店の常連ではないが、オーナーとは面識がある。いや、後ろ楯《だて》になってもらっているという関係だ。この男は、それも承知しているようだ。ということは、危ない話ではないのかもしれない。少なくとも、あの連中、つまり東都連合とことをかまえるつもりではない、という話だろう。あるいは。

竹井は言った。

「道をふさいでしまうわけにもゆきませんから、べつのところで」

男は通りの前後を見てから、言った。

「しばらく誰もこないさ」

「よそさまの車の中で、っていうのが苦手なんです。やりとり録音されて、じつは警察だ、なんてことじゃ、洒落《しゃれ》にもならないですから」

おとり捜査ではないのか、と言ったつもりだった。自分には、それを想像できるぐらいの頭はあるのだ。

男は微笑した。竹井の言い分がもっともだと思ったのかもしれない。

「さっきの公園に行こうか。録音なんてない。他人の耳もない。ブランコしないか」

「ブランコは、勘弁してください」

「ベンチに並ぶのでもいいさ」

竹井は、目の前の乗用車を見た。ドライバーはまだ車の中だ。若い男のように見える。ふたり対ひとり。断って逃げるのは難しいようだ。竹井は公園で話すことにした。

車を移動させ、公園の中のベンチの前に立った。寒いので、腰をおろす気にはならなかった。

ブルゾンの男は、煙草をくわえて竹井の隣りに並んだ。

男が言った。

「ああいう小売りは、たいへんだろう?」

いましがたの取り引きのことを言っている。

竹井は用心深く答えた。

「まあね」

「そのつど、相手の都合に合わせてやってるの?」

「見てたとおり」

「こういうご時世だし、しかたないよな。デリバリー・サービスまでやってやらないと、なかなか売れない」

男は、やはりこの商売に多少の知識を持っているのだろう。ただ、ご本人は売人ではないようだ。売人はふつう、外見はごくごく地味だ。目立たない。ひと目でその筋の男とわかるような格好もしていない。

竹井が黙っていると、男は公園全体を眺め渡してから言った。

「何もこんな寒々しいところで営業しなくても」

それは自分でも感じている。有名どころのクラブなどが拠点の商売ならば、受注も納品もラクだ。商売の効率もいい。同じ価格で売るなら、利益率は格段にいい。しかしそんな店にはすでに利権の構造が出来上がっている。得意先の業界にも人脈を持った、商才のある男たちが独占しているのだ。竹井のような商売下手が新規参入できる余地はなかった。だからやむなく自分は、電話で注文を受けては指定の場所に届ける方法を取っている。ひと包〇・二五グラムを一万円で売る商売だ。相場である。配達料は上乗せしていない。この量は、通常使用する場合の八回か九回分ということになる。

ブルゾンの男が言った。

「仕入れでは、東都の連中に世話になっているの？」

ほら、危ない質問だ。もしこの男が警察の協力者だとしたら、下手な返答は致命傷となる。

竹井が答えないことを、相手は予想していたようだ。続けて言ってくる。

「もしそっちに義理がないなら、あんたにひとを紹介してやってもいいかなと思ってるんだ。あんたは、こんな小さな商売で終わるひとじゃないよ。大きく稼ぎたいだろう」

そういう話題だったか。たしかに、一回ごとに電話を受けては、小分けした包みを届けるというビジネスでは、この先も飛躍は望めない。竹井は十年ほど前、裏ＤＶＤの配達をやっていたことがあるが、この仕事もあれとまったく同じことなのだ。アルバイトでもできる仕事であり、しかもリスクはひとりで背負わねばならない。裏ＤＶＤよりはわずかに収入がいいだけだ。先はない。

「こういう仕事には」と、男はひとりごとのように続けた。「適性って大事だよ。あんたには、それがある。いつまでも、売人やってる必要はないよ。仲卸《なかおろし》ができる。そうなるべきさ。そう思わないか」

男は顔をめぐらすと、公園の脇《わき》に停めた竹井の軽自動車に目を向けた。

「汚い車だけど、いくらで買ったの？」

話題がそれたので、竹井は反射的に答えていた。

「十五万」

男は、国産のある車種の名を出した。業界では中間管理職クラスが乗ることで知られている車。その車に乗っていることが、いわば名刺代わりにもなっている高級セダン。

「乗り換えるべきさ」

竹井は質問した。

「おれに卸してくれるひとがいるって話なのかい」

「ビジネス・パートナーになってくれるひとがいるってことだよ。興味あるかい」

「いま、返事しなきゃならないか」

「いや、二、三日考えなよ。番号、教えるよ」

男は携帯電話を取り出してきた。竹井も自分の携帯電話を出して、赤外線受信の用意をした。電話番号の交換は、すぐに終わった。

竹井は、携帯電話のモニターを見ながら訊《き》いた。

「あんたの名前は？」

「ヤマモトで登録してくれないかな。ふつうの山本」

山本と名乗った男は、その場を立ち去ろうとした。あわてて竹井は呼び止めた。

「ひとつだけ教えてくれ。おれに興味を持ってるその相手は、日本人かい？」

山本は、目を細めて竹井を見つめてきた。やっとそこに素顔が現れたように見えた。竹井は少しだけ背中にひんやりとしたものを感じた。

「気になるかい？」

「少し」

「気にするところじゃないよ」

山本は微笑して、くるりと背を向けた。


新橋のその酒場は、直属の上司である堀田《ほった》功二《こうじ》係長が指定してきたのだった。きょう、一杯つきあえと。

企業とちがい、警察で上司が一杯つきあえと言えば、それは業務命令に等しかった。断るわけにはゆかない。安城和也は定時を十分まわったところで退庁し、新橋に向かったのだった。

店の引き戸を開けると、細長い店のもっとも奥まったテーブル席に堀田がいた。和也を認めると、ここだ、というように堀田は指を立てた。

向かい側についてビールを注文し、堀田が話題に入るのを待った。わざわざ部下の自分をひとりだけ呼んだのだ。和也だけに聞かせる話があるはずだった。

和也の前のグラスに、ウエイトレスがビールを注いだ。短く乾杯のあいさつをしてから、ひとくちビールを喉《のど》に流し、グラスをテーブルの上に置いた。

堀田が訊いた。

「昨日は、打ち上げだったのか？」

和也は堀田を見上げて答えた。

「ええ。チームの面々と一緒に、ささやかに」

「ご苦労だった。立件できてよかった」

それは和也がこの半年、捜査を担当してきた詐欺《さぎ》事件のことだった。ある指定暴力団の企業舎弟が、多摩の信用金庫がからんだ不動産取り引きに介入、手数料として四億円を詐取したのだ。地権者、債権者が多く、その中には暴力団関係者もいた。信用金庫が企業舎弟に解決を依頼したが、相手はカネを受け取っただけで、信用金庫の期待した解決には至らなかった。信用金庫はこの件を隠そうとしたが、内部から告発があった。和也が捜査を受け持った。

そもそも被害届けの出なかった事案であり、最初は立件も危ぶまれたのだ。主犯はほかにも多くの経済犯罪で名前の上がった男だった。ある指定暴力団の裏ビジネスの顧問格でもある。経済犯を扱う警視庁捜査二課は以前からこの男を注視していた。立件できなかった事案が三件続いていたこともあり、内部告発があったとき、和也は課長から、必ず立件するようにと厳命されたのだった。

信用金庫からの協力が得られず、捜査は難航したけれども、ようやく先日、詐欺罪で男の逮捕までたどりつけたのだった。昨日、逮捕した男の身柄を送検している。

和也は言った。

「詐欺や不正融資で、多少は経験を積んできましたから」

堀田が言った。

「お前がいて、うちは二課の花形チームになった。お前が主砲だ」

「部下をおだてて、どうするんです」

「まわりの評判だ。安城もそろそろだろうという声が出ている」

「というと」

「昇任試験だ。これだけの実績だ。もうお前は警部になるべきだ。課長に進言した。

同意してくれたよ。お前を推薦してくれる」

それは、期待しないでもなかった話だ。和也は現在、警部補であり、二課のひとつの係の主任という地位にあるが、管理職ではない。事実上、捜査指揮の権限は持っていなかった。ここ二年ほど、そのことで歯嚙《はが》みしたこともあった。しかし、警部になれば。

堀田は続けた。

「何か問題はあるか?」

「いえ。そういってくださるのであれば、受験する心づもりはあります」

「受験勉強は、やってるだろう?」

「いえ、じつは、『警察時報』に目を通してきたくらいで」

「じゃあ、きょうからしばらくは、勉強に専念しろ。この一件が片づいたんだ。融通はきかせる」

和也は頭を下げた。

堀田は、口調を変えた。

「ところで、プライベートなことを訊いてもいいか」

「どんなことでしょう?」

「再婚の予定はないのか？」

そのことか。あまり口にはしてほしくない話題ではあるが、質問自体には答えやすい。事実を言えばよいだけのことだ。

「ありません」

「別れて何年になるんだ？」

「二年です」

「短かったんだな」

「結婚生活は三年でした」

「理由は訊かないが、大きな問題のある離婚じゃないよな」

「たとえば、どういうような？」

「お前の不倫とか、ＤＶとか」

家庭内暴力。そのような見方があることは意外だった。もしや堀田は、父がいっとき荒れていたころの事情を耳にしているのかもしれない。あのころ、自分たち家族は高島平《たかしまだいら》の職員住宅にいた。隣近所の噂《うわさ》になっていてもおかしくはなかったのだ。その父親の血を引いている故《ゆえ》、あるいは父を鑑《かがみ》としたが故に、妻に手を上げたのではないか。堀田はそれを心配しているのだろう。

和也は答えた。

「どっちも、ありません。そういう話が、広まっているんですか？」

「いいや。ただ、三年で離婚というのは、少し短いように思う。仲人《なこうど》は、当時の二課長だったろう？」

「ええ。離婚の報告もしています」

「子供はいないんだったな？」

「はい。作らないうちに」

「警部になれば、さらに忙しくなる。ストレスも増える。ひとり身ではきつい。かみさんは必要だぞ。警務は、いまどきそれを昇進の条件にはしていないが、留意点のひとつではある」

「はい」

堀田は和也を見つめて言った。

「いやな話題だったか」

「いえ。でも、それ以上細かいことになると、正直答えにくいです」

「じゃあ、質問はひとつだけにしよう。簡単なことだ。答えたくなければ、答えなくてもいい。面接の予行演習だと思って聞いてくれ」

「はい」

「三年で離婚した理由を簡単に言うと」

さしてとまどうことなく、答が出た。

「性格の不一致です。引きずるよりも、双方がやり直せるうちに別れたほうがいいと」

「模範回答だ」

堀田が和也のグラスにビールを注ぎたしてくれた。和也はそのグラスを口に運んだ。

たしかに短い結婚生活だった。いまそれを三年と答えたのは、自分の見栄《みえ》だ。じっさいは結婚式から離婚届けの提出まで二年と十カ月だった。式前に同棲《どうせい》していた時期はないから、法律上の結婚の期間はじっさいの結婚の期間とぴったり重なる。いや、一週間だけ法律上の結婚期間より短いか。離婚届け提出の七日前に、妻は家を出ていたのだ。

彼女、後に妻となる女性と知り合ったのは、その前の失恋の記憶がまだ生々しい時期だった。上司の加賀谷仁の覚醒剤《かくせいざい》違法所持の事実を警務部に告発した日から、一年ほど後のことだったろう。

自分の恋人と信じていた女性が、紹介した上司といつのまにか深い仲になっていた。

その事実は和也を激しく打ちのめしたが、そのせいで女性不信に陥ることはなかった。後に時間経過を詳細に思い起こしてみたが、彼女はいわゆる二股《ふたまた》をかけていたわけではないとわかったのだ。彼女は新しい恋人の存在を和也に告げなかったが、新しい恋人ができた瞬間から、和也との性交渉を持たなくなっていたのだ。

また、相手が加賀谷であればやむをえないと思える部分もあった。いっときは自分も感化され、その仕事の実力にも人間としての豊かさにも魅了されていた。素行の内偵を命じた警務部のほうが誤っていると感じたことすらあった。彼のカネも権力も、組織を手玉に取って手に入れたものだ。それは彼の器の大きさの証明であるとさえ思った。男の自分が惹《ひ》かれていたくらいの男なのだ。若い女が加賀谷に頼もしさを感じても無理はなかった。

加賀谷にはなにより、切った張ったの世界に生きている者特有の、危険な匂《にお》いがあった。若い地方公務員では絶対に持ちえないような、崩れた雰囲気も放っていた。それも彼女には、冒険や非日常につながる魅力と映ったのではないか。

ことの順序はどうであれ、彼女は目の前の選択肢ふたつのうち、加賀谷のほうを選んだ。あの失恋を要約するなら、それだけのことだ。和也が女性一般を憎んだり、拒絶する理由にはならなかった。

永見由香が警視庁に任意同行を求められた日からほぼ一年後、和也は東京地裁の廊下で、後に結婚することになる女性に声をかけていた。

「こんど、ランチ誘っていいですか」


向かいの席で、堀田が顔を上げた。店の入口側のテレビに目を向けたようだ。

和也も振り返る格好でテレビを見た。ニュース番組だ。キャスターが言っている。

「……に死刑判決を言い渡しました。もうひとりは無期懲役です」

堀田が言った。

「例の名古屋の闇《やみ》サイト殺人事件だ。被害者ひとりで、ふたり死刑とは、珍しいな」

和也も感想をもらした。

「必ずしも例外的ってわけじゃないと思います。奈良の少女殺害事件の判決も被害者ひとりで死刑でしたし、被害者ふたりで三人死刑の判決もあった。永山基準は、もうなくなったようなものですね」

堀田が和也に視線を戻して微笑した。

その調子で警部昇任試験を突破せよ、という意味だろう。

四月一日、安城和也は府中にある警察大学校に入学した。警部昇任試験に合格したのだ。

これから四カ月、この大学校で警部任用課の訓練を受けることになる。初任課の訓練とはちがって、この警部任用課では全国の警察本部の警部昇任試験合格者と一緒に教育を受ける。ここで幹部警察官としての心構えを叩《たた》きこまれ、必要な法律知識や一般教養、管理技術などを教えられるのだ。

寮は四人部屋だった。

「警視庁、安城和也です」

指定された部屋で、和也は同室になった男たちにあいさつした。ほかの三人はそれぞれ、北海道警、山梨県警、徳島県警の警察官だという。三十三歳の和也が最年少だった。

4

周囲の指定席の男女が次々と立って、投票所に向かっていった。

第六レースが終わったところだ。すでに夜間照明でレースコース全体が照らし出されている。コースの内側の芝生の緑が鮮やかだった。陽は完全に落ちており、このスタンドから見る空には星が出ていた。

栗田《くりた》弘樹《ひろき》は、大井競馬場指定席の最前列でまた腕時計を見た。午後七時三十五分だ。遅すぎる。

栗田は首をめぐらして指定席の背後を見た。二号スタンドは、六分ほどの入りだろうか。開催初日のウイークデイということもあり、客の入りは週末ほどではない。一般席にもかなり空きはあったことだろう。しかし栗田が彼と会うとき、この二号スタンド指定席を使うのは習慣になっていた。昨日もメールがあり、七時にここで会うことにしたのだ。メールの文面は、とくに何か異常は感じさせなかった。

なのに、もう約束を三十五分すぎている。そろそろ携帯電話で相手の事情を確かめるべきかもしれなかった。相手はこれまでさほど時間にルーズではなく、もし遅れてもせいぜいが十五分程度だったのだ。

ここで会うならダイアモンドターンで酒とステーキぐらいごちそうしてほしいと、控えめに要求してきたこともあった。残念ながら、組織はその出費を認めていないし、栗田個人にもそんな余力はない。謝礼として、ちょっとした情報を漏らすぐらいのことしかできなかった。

ポケットから携帯電話を取りだしたときだ。隣りのシートにすっと男が腰を下ろした。約束の相手の席だ。栗田は男に目を向けた。四十代の、大柄な男だった。栗田は一瞬で、男が堅気《かたぎ》ではないと判断した。仕事柄、日常つきあっている連中と同じ種類の男だ。

煙草《たばこ》の吸いすぎなのか、男の顔の肌は荒れている。毛穴が大きく開いており、そのせいもあって顔全体はジャガイモのようにも見えた。目は腫《は》れぼったい。目の光には、明らかに敵意があった。

「何だ？」と、栗田は男に訊《き》いた。

男とは反対側、通路をはさんだ右手のシートに誰かが腰を下ろした気配。栗田は右手を見た。こちらは三十前後の男だ。目には威圧の光がある。

栗田はもう一度ジャガイモのような顔の男に目を向けて言った。

「何だ？」

いましがたよりも、鋭い調子になった。

相手は、口の端で笑って言った。

「兄さんは、どこのひとだ？」

兄さん、と呼ばれて栗田はとまどった。自分は三十五歳。自分の属する組織では、もうけっして若手とは言われなくなっている。この男と較《くら》べても、若造扱いされるほど歳《とし》の差はないはずだが。それに、見知らぬこの男にためぐちをきかれる筋合いもなかった。もっとも、この仕事の常で、自分の放つ雰囲気が男のものと似通っているだろうとは想像がつく。男が栗田を広い意味での同業者とみなしても、おかしくはなかった。

「返事もしないのかい」と、男はかすかにいらだちを見せて言った。

「どうしてあんたに教えなきゃならない？」

「おっと、そういうふうに出るか」

「まずあんたが名乗れよ。おれに用事があるなら」

「若林《わかばやし》とは、どういう知り合いだ？」

若林というのは、栗田がきょうここで会う予定の男の通名《つうめい》だ。若林哲夫《てつお》。たぶんその本名を知っているのは、身内か司法関係者だけだろう。

無難な答を考えてから、栗田は言った。

「競馬仲間」

「それだけ？」

「詮索《せんさく》される理由はないと思うぞ。若林と知り合いなのか？」

相手は栗田の質問に答えなかった。

「競馬のほかには、若林とはどんなつきあいだ？」

栗田は、自分の身分を明かすべきかどうか考えた。そのほうが面倒がない。そうすれば、この男たちは、なんの用事か知らないが、さっさと退散してくれるはずだ。ここでみずから厄介に飛び込んだりはしない。

しかし、それをやると、若林の身に危険が及ぶ。彼との関係は秘密なのだ。若林も、周囲の誰にも自分との仲を明かしてはいないはず。もしそれを明かせば、彼はいまの棲息圏《せいそくけん》では食べてゆけなくなる。へたをすると、制裁を受ける。つまるところ、自分の仕事にも差し障《さわ》りが出てくる。

栗田は、できるだけ横柄《おうへい》な調子で言った。

「若林に訊くのが早いだろ」

この調子から察したほうがいいぞ、とも言ったつもりだった。

右手の若い男が立ち上がった。

「おい」

怒気を含んだ声だ。

すると、ジャガイモ顔の男があわてたように若い男を制した。

「待て。いい」

栗田はちらりと右手を見た。

立ち上がった若い男は、当惑している。拳《こぶし》を振り上げてはいないが、彼の運動神経はすでに殴打《おうだ》の態勢に入っていたようだ。肉体の動きを無理に止めたせいか、その姿勢は不自然に見える。

ジャガイモ顔の男は、栗田を見つめたまま立ち上がった。

「勘違いしたみたいだ。すまんな、兄さん」

栗田も、相手から視線をそらさずにうなずいた。

ジャガイモ顔は、若い男に目で合図すると、通路の階段を足早に上っていった。まるでそこに時限爆弾でも発見したかのような唐突な立ち去り方だった。

栗田は、ふたりの姿が通路の奥のエレベーター・ホールに消えるまで見送ってから、あらためて携帯電話を持ち直した。

若林哲夫。いまの男たちは、自分と彼との関係を気にしていた。つまり、若林哲夫の関係なり人脈なりが、あの業界の誰かもしくはどこかの組織の関心事となっているということだ。でもそれは、どんな種類の関心事なのだろう？　少なくとも何か、誰かしらの利害に関係しているのだろうが。

発信履歴から若林の携帯電話に電話した。

つながらない。しばらくのコール音のあとにメッセージ。おかけになった番号は電源が入っていないか、電波の届かないところにあります。

いま、あの男たちとの一件があったばかりだ。この通話不能状態は気になった。やつはいま、身動きも取れず、電話もできない状態なのか？

けっきょく栗田は、その日のメインレースの出走直前まで待ってから指定席を立った。メインレースに間に合わなかったのだ。これ以上遅刻することはないだろう。約束はキャンセルされたと考えたほうがいい。ならばレースが終わるまで、競馬場にいる必要もなかった。終わってからでは、帰路が混む。一分でも早く大井競馬場をあとにするべきだった。

正門を出たとき、第一駐車場の中に制服警官の姿が四、五人見えた。パトカーも二台停まっている。ひとりの中年男が、警官たちに囲まれていた。中年男が警官たちに何事か説明しているようだ。

栗田は警官たちに向かって歩き、目を向けてきたひとりに警察手帳を見せた。

「何か？」

若い警官は、中年男のほうを見やってから言った。

「何か拉致《らち》みたいなことがあったようなんです」

「拉致?」

「ええ。言い争いをしている男たちがいて、ひとりがワゴン車かミニバンに押し込まれた。靴が片一方脱げて落ちていたんで、事件性があるかもしれません」

「拉致されたのは、どんな男なんです?」

「よくわかりません」

「拉致したのは?」

「暴力団っぽい男たちだったとか」

「目撃者は、彼だけ?」

「いいえ。通報は二件あったようです」

若い警官は、それ以上訊かれても困るというように、栗田から離れた。

栗田は駐車場の車を見渡した。奥のほうの列に記憶にある車があった。芥子《からし》色《いろ》のドイツ車だ。いまどきこの車でこの色は珍しいのだ。そのセダンに近づくと、前にまわってナンバープレートを確かめた。まちがいなかった。若林の乗用車だ。

いま着いたばかりか?

栗田はもう一度彼の携帯電話に電話をかけた。反応はいましがたと同じだ。

ハンカチを取りだすと、運転席側のドアハンドルに手をかけて引いてみた。ドアは開かない。中で眠っているのか？　栗田はガラスに額を押しつけるようにして中をのぞいてみた。シートの上に駐車券がある。目をこらして入場の時刻を読んだ。午後六時五十一分と印字されている。

栗田は車から離れると警官たちのそばまで戻り、制服の階級章を素早く見較べた。この場では、中年男の脇《わき》に立つ巡査部長が責任者のようだ。

栗田はその巡査部長の前まで進むと、あらためて警察手帳を出して言った。

「組織犯罪対策部一課の栗田《くりた》です。被害者は、わたしの知り合いかもしれません」

その場の警官たち全員の目が栗田に集中した。

インターフォンが鳴った。

川畑《かわばた》ルミは読んでいたコミックをデスクに置くと、モニターに目を向けた。若い女性の上半身が映っている。

「はあい？」

女は、マイクに少し顔を近づけて言った。

「お電話した水野《みずの》です」

「はい、どうぞ」

ルミは解錠ボタンを押した。女のうしろでガラス戸が開き、女はすぐエントランスからビルの中に入った。モニターに一瞬ノイズが流れ、暗くなった。

ルミは、素早くこの事務所の中を見渡した。西洋占星術とタロット・ルミの館《やかた》、というのが、この事務所のいわば商号だ。館を名乗るにはいささか貧相なワンルーム・マンションの一室だが、商売の性格上、これ以上広い事務所はいらない。ひとりひとりの悩み相談を受けるには、この空間で十分だった。

部屋の内装はすべて自分で考えた。窓には黒いビロードのカーテン、ステンドグラスのシェードのついた電気スタンド。デスクと客用の椅子《いす》はロココ調だった。扉のついたカップボードの中には、占星術と白魔術関連の洋書。自分の椅子の後ろには、四谷《よつや》シモンの人形を置いている。壁の片側には、額装した天球図。

占星術師の部屋として、違和感のあるものはないだろうか。読みさしのコミックは引き出しの中に収めた。あと、何か。紅茶のペットボトルも、足元に隠すべきだろう。

ドアがノックされた。

「どうぞ」

ドアを開けたのは、二十代なかばの女だった。髪は短めのボブで、茶色に染めている。ブランドもののバッグに、Tシャツとレギンス。紙袋は最近原宿にオープンしたアメリカの廉価《れんか》販売の店のものだ。

椅子を勧めて、ルミはさらにその客を観察した。客がひとことも発しないうちに、できるだけ本人についての情報を得ておくのは、この商売の鉄則だ。客の大半は女だった。言葉なしでも、女の場合はファッションや化粧や持ち物が、かなりの情報を語ってしまうのだ。

まず平日の午後の三時という時刻の訪問。カジュアルなファッション。買い物帰り。つまりOLではない。堅気の企業に勤めてはいない。結婚指輪はしていない。学生でもない。化粧は薄めだし、風俗系の仕事ではないだろう。販売職だろうか。水商売系の可能性もある。飲食店の夜間シフトで働いている女と見るには、バッグのブランドが似合わない。

「ようこそ」ルミは愛想よく言った。「心配ごとなのね」

女は照れたように言った。

「そうなんです」

「この香り、気になるの？」

「え、どうしてですか？」

「そんなふうに見えたから」

「いい香りだなと思って」

「ベネチアのアロマ・キャンドルなの。行くたびに、同じ店で買っている」

「よくベネチアに？」

「年に何回か。こういう仕事だから、勉強も欠かせないでしょう」

「すごい」

言葉とは裏腹にさほどうらやましげな表情にはならなかった。経済的には豊かなのだろう。

「悩みは、ひとのことね」

「悩みっていうか」女は頭を揺らして言った。「どうしたらいいかと思って」

「迷っているのね。生年月日を教えてくれる？」

女の答を手元の紙に書きつけてから、確認した。

「わたしのことは、どこで聞いたの？　広告を見た？」

「いいえ。紹介してもらった」

女は有名美容師のいる美容院の名を出した。そこからの紹介ということは、もしかすると用件は星占いではないのかもしれない。

「あそこのマミさん。ここのことを教えてくれて。ハーブにも詳しいとか」

やはりそっちの用件か。

「きっと、いろいろブルーになることがあったんでしょうね。あのひとは、お客さんのそういうところに敏感だから」

「そうなんです。で、星を読んでもらうといいって。こちらなら、ほかに気持ちをなごませる、いいハーブティーなんかも勧めてもらえるからって」

「売っているわけじゃないのよ。専門店を紹介してあげるだけ」

「ここにはないの?」

「わたしは星を読むだけだって。ここは小売店じゃないから」

「ね、あの」女の声の調子が変わった。少し切迫した響きが出ている。「占いは、べつの日でもいいの。そのハーブティーの専門店を紹介してくれません? すぐに」

ルミは苦笑した。

「そっちだけでいいの?」

「ええ。きょうは、とりあえず」

「癒《いや》しのハーブティーの話よね」

「そう。元気になれるハーブティーの話」

「わたしの本業とは関係のないことなんで、紹介料いただいているけど」

「いくら？」

「二千円」

女はすぐにバッグから財布を取りだして、千円札を二枚、デスクの上に滑らせてきた。

ルミは札をノートのあいだにはさむと、女に言った。

「いまからいう番号を登録して」

女は、何本ものストラップのついた携帯電話を取りだした。

ルミはそらんじている番号を口にし始めた。

「0、9、0、8、8……」

女は途中で登録をやめ、おおげさにため息をついた。

「この番号なら知ってるの。トミーのことでしょう」

「なあんだ。紹介することもなかったのね」

「トミーは行方不明よ。この四、五日、連絡がつかない」女の声がとつぜんひっくり返った。「だから、べつのお店を紹介してほしいのよ！」

安城和也は、その路地の入り口に立って、新しい住居となる建物を見つめた。引っ越し荷物を運んできたトラックは、搬入作業を終えて路地を出ていったところだった。

八月、警察大学校での四カ月間の警部任用教育を修了、現在は昨年度分のたまっていた代休を消化中だ。どっちみち新しい職場への辞令が出るまでは、和也に仕事はないのだ。その職場も、警部の数に定員がある以上、すぐには決まらない。休む以外にすることもないのだった。和也はこの期間中に、数カ月前から考えていた引っ越しをすると決め、大学校を修了した翌々日に部屋を決めた。そしてきょう、引っ越してきたのだ。

大学校を出た直後に、ある事件が起こりマスメディアが狂喜乱舞した。覚醒剤《かくせいざい》所持容疑のかかった有名芸能人が、警察署への任意同行要請を無視して所在をくらましたのだ。その亭主はすでに所持の現行犯で逮捕されている。ワイドショーはこの四日間、このニュースの報道に時間の七、八割を割いていた。ほぼ同時に、べつの男性芸能人が女性の変死現場で警察に身柄確保されたという事件も起こっている。こちらは合成ドラッグが事件の小道具だった。ひとがひとり死んでいるわりには、報道の扱いは地味だった。

警視庁職員の目でこれらの報道から感じたのは、捜査をめぐって組織上の混乱があるという印象だった。ふたつの事件について、組織はすっきりとした方針を打ち出せていない。立件するのか、しないのか。背景に迫るのか、名前の出た芸能人のレベルで捜査終了か。システム全体をつぶす覚悟か、それとも表面化した事案だけを派手に広報して、いわゆる犯罪撲滅キャンペーンに留めるか。そのあたりの方針が見えてこなかった。この数日間、発生してしまったことにただ場当たり的に対処している、そんな風に見えた。落ち着いたら、誰か薬物捜査係に近い職員から、裏話でも聞かせてもらうことになるだろう。

それまでにまず、引っ越しを完了させ、新しい生活の秩序を作り上げねば。

和也はハンカチで汗をぬぐった。これから、運び込まれた引っ越し荷物の開梱《かいこん》と、あるべき場所への配置、収納作業が待っていた。いくら単身者の引っ越しとはいえ、夕方まではかかるだろう。

和也はあらためて、引っ越し先となったその小さめの集合住宅に目をやった。

三階建ての、鉄筋コンクリート造りの建物だが、外観はかつてこの一帯に多かった長屋を思わせるものだ。路地に面した外壁の印象も、路地に向けてつけられた引き戸ふうのドアも窓も、二階と三階の廊下部分のしつらえも。なのでその集合住宅は、じっさいに長屋造りの住宅がいまも残るこのエリアに、何の違和感もなく溶け込んでいる。建物は五十年前からそこにあったと感じられるほどに周囲になじんでいた。斡旋《あっせん》してくれた不動産屋によれば、このエリアの雰囲気を愛している東京芸大出の建築家の設計なのだという。

和也の借りた部屋は、三階のもっとも手前側だ。エレベーターはないが、自分の年齢であれば三階程度の上り下りは苦にならない。2LDKの、小さな子供がいる家庭でも受け入れられる広さ。じっさい全部で十二ある部屋のうち、七戸は小さな子供がひとりかふたりいる家庭なのだという。四戸が夫婦だけ。単身者は和也のみということになる。

これまで都内五カ所に住んだ。最初は高島平の公務員住宅。和也はそこで生まれて小学生までを過ごしたのだ。父が下谷《したや》署の天王寺駐在所に配置されてからは、ここ谷中。警視庁警察官に任官した後は目黒の独身寮。結婚していたときは祐天寺《ゆうてんじ》。短い結婚生活が終わったあとは、都立大学のワンルームだった。いま、十年ぶりに東京のこのエリアに戻ってきたことになる。

「和也」と、後ろで呼ぶ声がしたので振り返った。

母の順子《じゅんこ》と、祖母の多津《たづ》だった。ふたりは和也が谷中に引っ越してくると伝えると、その日は掃除をしに行ってやると言ってくれたのだ。一応は断ったけれども、拒むようなことでもなかった。

路地の入り口は、古い蔵を改装した喫茶店だった。その喫茶店の横に立つふたりも、この土地の空気によくなじんでいた。

母がふしぎそうに言った。

「引っ越し荷物は？」

「もう運んでしまった。少なかったから」

「先に掃除しておくつもりだったのに」

その横で、祖母の多津は驚いたように周囲に目をやっている。

「ほんとにここなの？」

和也は、奥の集合住宅を示して言った。

「ここだよ、おばあちゃん。そこの三階。おばあちゃんが前に住んでいたのも、この近所でしょ」

「近所どころか、まさにここだよ。この路地に住んでた。あの長屋が建て替えられたんだね」

「この建物が、そう？」

「ああ」祖母は路地に入ってきて、懐《なつ》かしげにまたあたりを見やった。「ここだよ。三ノ輪《みわ》から、おじいちゃんと一緒に移ってきた。お父さんは、ここで生まれたんだよ」

　母は、目を丸くして言った。

「初音通りだとは聞いていたけど」

「天王寺駐在所に移るまで、ここに住んでいた。路地の奥には、当時はポンプがあったよ」

「当時のひとは、まだ、いますか？」

「いないだろうね」

　祖母の顔が突然曇った。何かいやなことでも思い出したかのようだ。

「どうしました？」と、母が訊《き》いた。

「この裏手側に住んでたひとのこと。戦争未亡人だった。自殺したの。男の子がいたのだけど、その子がずっとあとになって、民雄を撃った」

　和也は祖母を見つめた。

「赤柴孝志《あかしばたかし》のこと？」

「そう。裏手側の長屋に住む子だった。民雄を撃った暴力団員が赤柴孝志だって聞いて、あの子だとすぐに思い出した。変わった名字だから」

和也はその日のことを思い出した。赤柴孝志はその直前に浅草の暴力団員を拳銃《けんじゅう》で撃ち殺し、荒川区内に潜んだのだった。父が休みの日、彼は警察に追われて日暮里から天王寺町に入り、小さな女の子を人質にとってたてこもった。父は休みであるにもかかわらず制服を着込み、立てこもりの現場に出て行った。人質の身代わりになると言って。少女が解放された後の逮捕劇の最中、父は赤柴孝志の放った銃弾を頭に受け、殉職した。

二階級特進で父の死亡時の階級は警部となり、葬儀は警察葬としてとりおこなわれた。

後に警視庁警察官として加賀谷仁警部のもとについたとき、彼は教えてくれた。赤柴が日暮里に潜んでいるという情報を得て関係部局に伝えたのは、加賀谷自身であったと。加賀谷は警察葬にも出たとのことだった。

祖母が赤柴孝志を知っていた、とは聞いていた。子供の頃、近所に住んでいたと。その「近所」が、まさに父が生まれた路地の真裏だったとは。ということは、逮捕時、日暮里から紅葉坂《もみじざか》を経て天王寺町に逃げ込んだのは、目的地がこのあたりだったからということにならないか。ひとを殺し、覚醒剤常用で判断力もなくしていた赤柴は、本人がどれだけ意識していたかはともかく、子供のころ母親と暮らし、母親が自殺したこの場所へ帰ろうとしていたのではないか。

母がぽつりと言った。

「妙な縁だったのね」

祖母がうなずいた。

「ひとは何かしらの縁から、逃れられない。和ちゃんがここに住むことにしたのも、何かの縁なんでしょう」

母が言った。

「やっとまた谷中に帰ってきてくれた、っていう想《おも》いがあるけど」

そのとき和也の携帯電話が鳴った。

パンツのポケットから出して表示を見ると、上司の堀田功二からだった。

代休消化中に、急ぎの用だろうか。

「はい」

堀田は、見透かしているように言った。

「休み中なのは承知だ。いま東京だな？」

「ええ」

「急だけれど、今晩、飯を食わないか。お前の次の配属の件だ」

断れる話ではなかった。

「はい、どこですか？」

「松本楼」と堀田は言った。

日比谷公園の中にある老舗《しにせ》のレストランだ。警視庁から近いし、公的な意味合いの強い会食では、警視庁の管理職たちもよく使っているらしい。そこで会食することは、秘密の会合ではない、というアピールにもなるという。

「三階。六時に。フレンチだからな」

「承知しました」

電話を切ると、母が訊いた。

「用事？」

「いや。夜」

「じゃあ、片付けしてしまおう」

「ざっとでいいよ」

和也は母と祖母の先に立つ格好で、長屋ふうの外観を持った集合住宅のエントランスに向かった。

松本楼での会食は、堀田係長とのふたりきりのものではなかった。和也が席に案内されて待っていると、堀田がもうひとりの男と一緒に現れたのだ。堀田とは同年配だろう。雰囲気から言って、まずまちがいなく警察官という中年男だった。短髪で健康そうに日灼《ひや》けした四十代。

「組織犯罪対策部の松原《まつばら》一課長」と堀田はその男を紹介した。「知っているか？」

「いえ」和也は立って深く一礼した。「安城です」

組織犯罪対策部の一課長の同席とは意外だった。自分の配属につながる話と聞いてきたが、話題はちがうことなのだろうか。

ビールが出てから、堀田はもう一度和也を松原に紹介した。

「警察大学校を修了したばかり。ぴかぴかの警部です。うちでは、企業舎弟がらみの経済事案を中心に担当していました。まだ四課があったころには、例の加賀谷の下について、いまの組織犯罪対策部の仕事もこなしました」

「加賀谷か」と、松原がその名前に反応した。「いまうちに加賀谷がいれば、という声が出てきている」

「わかります。それで、安城にきょうの用件を説明してよろしいですか。まだ話していないんです」

「おれからしよう」松原は和也に顔を向けてきた。「組対の、それもとくに五課のパフォーマンスが落ちている」

そのようなカタカナが出るとは意外だった。民間企業でマーケティングでも専門にしていた男のように感じられる。

「きみも知ってるように、捜査四課を独立させ、生活安全部から銃器薬物対策を分離して作られたのが組対だが、上が期待したほどには機能していない。銃器や薬物対策を五課という専門部局としたのだって、当時から批判があった。情報も動きも無駄になる。隣りでやっていることには無関心になる。こういう案件は、大きく投網《とあみ》をかけて情報を集め、立件できるものから処理していくのがいいんだ。加賀谷はそういうふうにやっていただろう？」

たしかに当時の刑事部捜査四課の加賀谷は、広く暴力団や企業舎弟の動向について情報を集めていた。アンテナを広めに張っているせいで、彼のもとには銃器や薬物の情報も集まってきた。加賀谷はそのうち立件できるものを順に処理してゆくだけだった。情報を他の部局に流すことにも、頓着《とんちゃく》しなかった。自分が扱いきれない情報を、守銭奴《しゅせんど》よろしく無理に抱えこんだままにはしなかったのだ。たぶんいまは、かなりちがっているのだろう。組対五課の捜査員たちは、コンビニのマニュアル店員のようだという陰口は、和也も聞いたことがある。

松原は続けた。

「そんなところにこの数日のあれやこれやのごたごただ。麻布署の変死事案の対応。渋谷での自動車警ら隊の職務質問。組対五課の泳がせ捜査は露見してしまい、エスの名前まであぶりだされてしまった。各部局は功名争いが昂《こう》じて相手を罵倒《ばとう》しまくっているし、責任者たちも自分の手柄しか頭にない。この数日、うちはあまりにもお粗末な現状をさらし続けている」

和也は口をはさむことなく、その分析を聞いた。彼は警視庁職員の気持ちを代弁していた。

松原はビールのグラスに口をつけてから言った。

「四月に着任した組対の藤堂《とうどう》部長が、いよいよ組織の改革に手をつける。四月では時期尚早だったけれど、いまならやれる」

堀田が松原に言った。

「いまなら、改革に反対できる幹部はいません」

「いや、そんなことはない。組織改革と言っても、五課にいま手をつけるのは無理だ。

あそこはアンタッチャブルだ。何かよっぽどの不祥事でも発覚しないかぎり、五課の改革はできない」

和也は、内偵、という言葉を思い浮かべた。もしかして、以前自分が上司である加賀谷の素行を調べさせられたように、こんどは五課の組織的腐敗の内偵を命じられるのか？

それはないはずだ、とすぐに打ち消した。いま自分の目の前でしゃべっているのは、組対の第一課長だ。警務部長ではない。そのような指示が出るはずはない。

松原は続けた。

「部長は、まず一課を強化すると決めた」

組織犯罪対策部第一課には、大きく分けて四つの任務がある。第二対策係の情報収集、第三から第六係の組織実態解明、第七から第十四係の取締り。そこから独立したセクションでの外国人不法滞在対策。つまりかつて加賀谷のやっていた仕事は、一課の第二から第六までの係の仕事にきわめて近いのだ。

「捜査員の三分の一を入れ替える。二係の係長もちょうど異動時期だ。警部がひとり必要になる」

堀田が言った。

「一課長から、どうだ、と訊かれた。おれは、適任ですと推薦したんだ。ふつうなら警部昇進で所轄《しょかつ》に行くところだが」

組対一課情報収集担当の第二係長。なるほどそのように説明されれば、その配置は自分にとってさほど意外でも突飛でもない。すでに当時捜査四課の加賀谷のもとで、その仕事は経験ずみだ。

松原が言った。

「二係はマル暴関係の情報を広く深く集めて、関係部局に流す。三から六係と任務はかぶるが、越境も割り込みも許す。蛸壺《たこつぼ》になってしまった五課とは逆の組織にするんだ。部長の方針だ」

堀田が言った。

「機動力と柔軟性、ってことだな。思い切った改革になる」

松原が続けた。

「この体制改革は、ルーティンの異動ではできない。やる気のある職員だけを、所轄からも引っ張る。もう人選が始まっている。それだけじゃない。そうとう思い切った人事もやることになるだろう。やる気があるなら、おれは部長にお前の名を伝える。率直なところを聞かせてくれ」

和也は確認した。

「二係がやるのは、情報収集だけですか。係が単独で摘発できるだけの情報が集まった場合、立件しても？」

「かまわん。さまたげない」

「事案の性格は問われませんか？」

「銃器でも、薬物でも、やっていい。ただし、主任務はあくまでも情報収集だ。手離れの悪い案件の長期捜査なんかはやる必要はない。ほかの部局と調整する必要がある場合は、部長判断があるだろう」

堀田がまた横から言った。

「いいたとえを思いついたぞ。動きの鈍くなった五課が食虫植物なら、一課はハチになるってことだ。軽やかに蜜《みつ》を集めるが、必要とあらばその場で刺す」

松原は少し頬をゆるめてから言った。

「うちに欲しいのは、優秀さプラス、モチベーションだ。ふつうの管理職をふつうにこなして定年を迎えたいと考えてるなら、いらん。どうだ？」

そこまで言われて、辞退しますといえる警視庁職員はあまりいまい。和也は答えた。

「やらせていただければ、と思います」

松原はうなずいた。

「ひとり決まった」

そこは中目黒駅に近いゴルフの練習場だった。テニス・スクールも併設されている。さほど設備が豪華というスクールではなかったが、客は近隣の富裕層がほとんどなのだろう。駐車場に停まっている車の多くはヨーロッパ製だった。三割ほどが国産車だが、それも高級車ばかりだ。

原口貴志《はらぐちたかし》はエントランスの前で紺のスーツのボタンをかけてから、先輩捜査員の瀬《せ》波寛《なみひろし》を見た。彼は茶色のジャケットにパーマネント・プレスのパンツ姿だ。

受付で瀬波は警察手帳を示して、ひとつの名前を出した。

「来ているだろ？」

受付の若い女は、パソコンのモニターを見て答えた。

「はい」

「どこ？」

「二階の左端です」

「階段は？」

受付の女は驚いた顔で言った。

「ここで、逮捕とかですか？」

「いいや。ひとつふたつ質問をするだけだ」

女は困った様子を見せてから言った。

「そちら、奥です」

クラブハウスの喫茶室を抜けた先に、階段が見えた。瀬波はパンツのポケットに左手を突っ込んで、階段のほうへと歩きだしている。原口も続いた。その喫茶店にいる女の客たちが、不審そうな顔をふたりに向けてきた。客の女たちはどれも見事に、全身から有閑階級という空気を発散させていた。午後の四時三十分。夕飯の支度をせねばならない主婦なら、そろそろゴルフの練習場やテニス・スクールは退出しているはずだった。

二階の打席は、ゆるい弧を描いている。正面のネットまで、五十メートルくらいか。さほど広いゴルフレンジではなかった。打席は二十ほどあるようだったが、満杯ではない。客はその三分の二ほどを埋めているだけだった。

打席のうしろには円柱が並んでいる。さらに後ろ側が通路だ。瀬波は通路を左手に進んだ。

左端のふたつの打席に、ゴルフ・ウェア姿の男女がいる。ふたりの様子から、一緒にやってきた客と見えた。

奥の打席にいた中年男が、瀬波に気づいてクラブを床についた。手前にいた女も、動きを止めて振り返った。長身の若い女だった。

瀬波が中年男のうしろで足を止めた。原口も瀬波にならい、彼の右手で中年男に向かい合った。

中年男は、サンバイザーをはずして額の汗をぬぐった。陽に灼けた、皮下脂肪の少ない顔だった。

男は不快そうに言った。

「嫌がらせですか、瀬波さん」

瀬波が、いつものように少しとぼけた調子で言った。

「いいや。電話してるのに返事も寄越さないからな。目星をつけてやってきたってだけだ」

「忙しいんですよ」

「打ちっぱなしをする時間はあるのに」

「仕事で必要なんです。これをやっておかないと、商談もうまく運ばない」

「十五分、時間は取れないか？　熊谷《くまがい》」

熊谷と呼ばれた男は、おおげさにため息をついて言った。

「ここでなくてもいいでしょう？」

「事務所か。かまわんぞ」

「次の約束があるんです」熊谷は恵比寿《えびす》にある外国資本の高級ホテルの名を出した。「そこのスパで汗を流すんですが、そのあとどうです？　スパのあと、十五分くらいなら」

「ロビーで？」

「込み入った話じゃないなら、いいでしょ」

「込み入った話になってもこっちはかまわないんだ」

熊谷はあたりを気にする素振りを見せてから言った。

「わかりました。事務所に戻りましょう。こちらのひとは？」

熊谷が目で原口を示してきた。

瀬波が答えた。

「部下さ。名刺いるか？」

「いえ。でもお名前だけは頭に入れておくようにしますよ」

原口は名乗った。

「原口です。瀬波先輩の下で働いています」

「わたしのことは、もう瀬波さんからお聞きになっているんでしょうね」

「はい。広い人脈をお持ちだと」

「持っているのは、人脈だけじゃないけどね。熊谷です」

熊谷は隣の打席の長身の女に声をかけた。

「先生。急用なので、きょうはここまで。事務所に帰りましょう」

先生と呼びかけられた女は、わかりました、と言ってクラブを持ち直した。

わかりました、という一語が妙にきれいな発音に聞こえた。先生と呼びかけられていたが、そうとは見えない雰囲気があった。顔立ちは、体育会系というよりはむしろ銀座のホステスのようにも見える。

熊谷が打席をはずしてから瀬波に言った。

「事務所に先に行っていてもらえますか。着替えたらすぐここを出ますから」

瀬波が腕時計を見て言った。

「三十分後でいいのか」

「ええ」

瀬波が原口に目で合図した。言われたとおりにしようということだろう。原口は瀬波に続いてゴルフ練習場の二階打席をあとにした。

クラブハウスを出たところで、瀬波が言った。

「あいつ、このところ、中国女にご執心だな」

原口は瀬波に並んで歩きながら言った。

「あの女性のことですか」

「ああ。前の女も、中国人だった」

「先生と呼んでいましたが」

「中国語の個人教授だ」

「ゴルフ練習場で、中国語のレッスンですか」

「熊谷が教えてやれることも、いくらかあるんだろう」

表通りに出たところで、原口は訊《き》いた。

「熊谷の事務所は、西麻布でしたね」

「そうだ」

「三十分で行けますか」

ここに来るのに、日比谷線中目黒駅から十分以上歩いたのだ。

「約束したんだ。あいつは、おれたちが遅れても待つさ」

その期待は甘すぎた。

「遅いよ」と、彼の事務所の社長室で熊谷は不機嫌そうに瀬波に言ったのだ。「何をやってたんだ？」

熊谷はすでに濃紺の上下に着替えていた。タイこそしていないが、多少はあらたまった席に向かうようだ。

先生と呼ばれていた女が、熊谷の後ろにいる。彼女も紺のスーツ姿だった。長い髪を後頭部でまとめている。なるほど先生と呼ばれてもおかしくはない雰囲気だ。熊谷の有能な秘書のようにも見えた。

熊谷は、部下らしき若い男に書類ホルダーを渡してから言った。

「あと五分で出る。で、何です？」

瀬波が、熊谷の不機嫌には頓着《とんちゃく》していないという調子で言った。

「人払いしてくれ」

「そんな話題なのか」

「あんたのためだ」

熊谷は中国人女性に目でドアを示した。女はすぐに察して、部屋を出ていった。

「手短かにお願いします」と熊谷。

「東京都内の流通事情の変化だ。何か知っているか？」

「何の？」

「クスリ」

「おれが知るわけがない」

「渋谷るふらん。ベイサイド21」

「それは何です？」

「ベイサイド21を知らないとは言わせないぞ。出資先だろ」

「経営している会社にですよ。店のことなど知らない。要点を言ってください」

瀬波は言葉の調子を変えた。

「売買のルートが荒れてる。死人や消息不明が増えてる。この半年ばかりのあいだに、何か起こったんだ。いや、何が起こっているんだ？」

「暴力団の抗争が始まったとでも言いたいんですか？」

「抗争じゃない。少なくとも、どこの組も抗争を認めない。だけど、あそことあそこが始めてるようだっていう情報だけは入ってくる。その情報を全部信用するなら、いま東京はすべてのマル暴がどの組織とも全面抗争してるってことになる」

「そういう情報は、組対の方がいちばん詳しいでしょう。おれみたいな別業界の人間じゃなく」

「あんたが地獄耳だってことは、誰もが知ってる」

「あんたたちにかなうはずがない。異変があれば、あんたらの監視してる誰かが動く。情報が伝わる。あんたらが何も知らないってことはないでしょうに」

「起こっていることはわかる。背景とつながりについての情報を知りたいんだ」

「おれが知っているはずがない」熊谷は時計を見た。「もう行かなきゃならない」

「十五分と約束したろう。まだ五分だ」

「そっちが遅刻してきたんですよ。おれの仕事はスピードが生命《いのち》なんだ。そんな用件に時間を割いてはいられない」

言いながら熊谷は、社長室のドアに向かって歩き始めた。

瀬波が手で制した。

「ひとつだけ。イエス、ノーで答えてくれたらいい」

「何です？」と、熊谷はドアノブに手をかけて言った。

「外国人がらみか？」

「知らん」

熊谷はドアを開けて社長室から事務所に出た。そのまままっすぐエレベーター・ホールに向かうようだ。

熊谷のあとを追った。

エレベーターの前で、熊谷の事務所の若い社員が扉を押さえていた。あの中国人女性がすでに乗っている。熊谷に続いて、瀬波と原口も乗り込んだ。

エレベーターが下降を始めると、熊谷がいましがたよりもさらに露骨に不機嫌な顔で言った。

「ビジネスマンとの約束は守ってくださいよ。遅刻しないのは、社会人の基本でしょう。警察手帳を出せばいままで問題にされたことなどなかったんでしょうが」

「地下鉄が遅れた」と瀬波。「だから間に合わなかった」

「あのゴルフ練習場から地下鉄駅まで歩いたんですか。役所の車は？」

「捜査車両は出払ってた」

「あちらさんがたの事務所に行くときも、あんたらは地下鉄使うんですか？」

「情報収集ぐらいなら」

「情報収集ぐらい？」熊谷は笑った。「それが一番大事な仕事じゃないの？　なのに地下鉄で出向くのか」

「公務だ」

「そういう貧乏くさいことやってりゃ、情報収集も難しくなるよ。ご立派な公務員だとは思われても、力になってやりたい男とは決して思われない。チンピラにも馬鹿《ばか》にされてるんじゃないですか？」

瀬波はそれに答えずに言った。

「あらためて時間をくれ。遅刻せずに行く」

「わかりましたよ。今夜、十時はどうです？」

熊谷はわざとらしく溜《た》め息を吐《つ》いて、六本木にあるという高級クラブの名を出した。芸能人やスポーツ選手が集まることでも知られた店だ。

「そこに来るんなら、もう少し質問にも答えられる。なんなら業界の事情通も呼んでおきましょうか。ワインをつきあってくださいよ。ただしドレスコードがあるクラブですがね」

「何だって？」

「そんな洒落《しゃれ》たジャケットで来るなってことです。情報が欲しけりゃ、こっちの業界の作法は守ってください。桜の代紋《だいもん》いいことに、ふんぞり返るんじゃなく」

「わかってるだろ。飲み食いさせてもらうわけにはゆかない」

「そういう男を、けつの穴が小さい野郎と言うんじゃなかったですか。以前は、そっちの役所もちがっていただろうに」

エレベーターの扉が開いた。ビルの地下の駐車場だった。外でダークスーツを着た初老の男が待っていた。

「こちらです、社長」

運転手なのだろう。熊谷は運転手に先導されて、大股《おおまた》に地下駐車場の奥へと歩いていった。中国人女性の硬い靴音も、熊谷を追った。

瀬波はエレベーターを出たところで立ち止まったままだ。

原口は、次の指示をもらおうと瀬波を見た。

瀬波はいまいましげな顔で言った。

「あのバブル野郎が」

「どうします？　十時と言ってましたが」

「行けるか」と瀬波は吐き捨てた。「席についただけで五万円のクラブだぞ。あいつは情報をくれると言ったんじゃない。体《てい》よく情報提供を断ったんだ」

ここまでこらえてきた原口は、とうとう弱音を吐いた。

「いったい何が起こっているんです？　どこからも、核心に触れる情報が上がってこない。周辺にあたれば、こんなふうにあしらわれる。もうくじけそうです」

「愚痴《ぐち》りたいのはおれだ。ここ一年、ずっとこんなものだぞ。くそ」

「戻りますか」

「ああ。もう定時だ。飲みに出よう。つきあえ」

はい、とかたちだけ素直に答えた。どうせ瀬波が連れていってくれるのは、新橋近辺の居酒屋チェーン店だ。相席が当たり前の店で、枝豆と焼き鳥三本セットを注文してビールを飲むのだ。原口は、たまにはせめて小料理屋あたりで、いいつまみを肴《さかな》に静かに飲んでみたかった。座るだけで五万円のクラブなどは望まないから。

それは、瀬波がつきあっている協力者だって同じはずだ。面白い話はないかと引っ張り出すなら、いつも大衆居酒屋ばかりでは駄目だろう。二度に一度はともかく、毎度のことであれば、提供される情報の質だってそれに見合うものになってくるものだ。自分たちがいま、覚醒剤《かくせいざい》売買をめぐる最末端の動向について疎《うと》くなっている原因は、情報収集力の弱さにある。

常習者を取り調べるだけでは把握できない変化がたしかに起こっている。熊谷に言われるまでもなく、けつの穴のサイズを笑われるようなことをやっていては、入るべき情報も入ってこない。もう限界なのだ。

警視庁の人事異動は、定期が四月と十月、小規模な異動が一月と七月にある。しかしそれは原則でしかない。必要とあらば、異動はいつでもおこなわれた。時期を待たない。

九月初旬、その前月の芸能人の薬物所持、使用事件の記憶も生々しいさなかに、安城和也は組織犯罪対策部第一課第二対策係長を発令された。

和也の前に、いま二班十四人の捜査員たちがいる。一課長の松原裕二《ゆうじ》が、会議室に二係全員を集めたのだ。二十代後半から五十代後半までと、年齢の幅は広かった。

捜査員たちの顔を眺め渡して、和也は中に知っている顔を認めた。樋口《ひぐち》雅人《まさと》だ。警察学校の同期。階級は巡査部長だ。和也が警察大学校に入学する直前にも会って、少し酒を飲んでいる。ずっと立川署の刑事課にいた。目が合うと、樋口はにやりとした。同期生の部下になったことに、こだわりを持ってはいないような表情だ。むしろそれを喜んでいるようにさえ見える。

松原が和也の横に腰を下ろして言った。

「新体制二係の発足だ。紹介する。新しく係長となった安城和也警部」

和也は椅子《いす》から立ち上がって一礼した。

松原が続けた。

「安城、という名前に記憶がある者もいると思う。十五、六年前かな、台東区で覚醒剤中毒の暴力団員が子供を人質にとってたてこもった事案があった。あのとき、人質の身代わりになり殉職した安城民雄警部の息子さんだ」

捜査員の半分ほどが、ほうという顔で和也を見つめてきた。そのように紹介されるとは予想していなかったので、和也はいささか複雑な想《おも》いになった。

なお松原は続けた。

「きみたちの中には、安城係長を若すぎると見る者もいるかもしれない。しかし彼の父君は、シャブ中の暴力団員に拳銃《けんじゅう》で撃たれて亡《な》くなったんだ。安城くんは個人的な事情を話すのを好まないだろうから、わたしから言っておく。一課でこの仕事に当たれることを、誰よりも強く望んできたのは彼だ。暴力団犯罪を憎む気持ちが、安城くんをこの年齢で警部にした」

松原はいったん言葉を切り、手元の茶のペットボトルに口をつけてからまた言った。

「知ってのとおり、組織犯罪対策部が期待ほど成果を挙げていないという声が、警視庁の内外で広がっている。たしかにいっときほどの抗争はなりをひそめた。銃刀法の改正もあって、拳銃事案については減少傾向にある。暴力団の構成員の数も、はっきりと減りだしている。しかし一方で、企業舎弟を前面に出した経済犯罪、知能犯罪はむしろ増加している。それに、薬物汚染の広がりはむしろ深刻の度合いを増している。先月のマスコミ全部が浮かれたようなあの大騒ぎがいい例だ。

組織犯罪対策部は残念ながら、これらの風潮の変化にうまく対応できていないが、しかし一課による組織実態解明だけは、かなり成果を挙げている。つまり、暴力団幹部の昇格やら異動やらの人事情報と、組織がくっついた離れたという、言ってしまえばM&A情報だ」

ここで経営学用語を持ち出すとはキャリアらしい、と和也は思った。捜査員たちにも、このアナロジーは伝わったようだ。

松原はなお続けている。

「二係の地域別の情報収集と、三、四、五、六係の組織実態解明のおかげで、七係以下の取締りが効果を上げている。大規模抗争を押さえ込めているのは、一課の働きがあるせいだ。だけど、先月の芸能人の薬物事案をみればわかるように、部全体で見ると、情報は共有されておらず、組対のそれぞれの課、係はそれぞれエスを使い、何人もの被疑者を泳がせて、お互いに勝手な捜査を続けては、あのときのように衝突している。その結果」

松原は、いくらか芝居がかった調子でデスク上の書類ホルダーを叩《たた》いた。

「東京の地下の動きが把握できない状態になっている。この半年、薬物をめぐって明らかに事態が変化しているのに、だ。売人の不審死が続いているし、行方不明になったきりの売人も、わかっているだけで六人いる。水面下で何かが起こっているんだ。なのに抗争の気配を察知できていない。六本木でも歌舞伎町でも不穏な空気はないという報告。先日の課長会議で話が出たが、薬物を扱っている組織が足並み揃《そろ》えて、だんまりを決め込んでいるようにも見える。既存組織のしのぎの中心がシフトし、薬物の流通ルートが変わったと考えるしかない。先月のあの事案で諸君も気づいたろうが、五課による大物芸能人の泳がせ捜査も、その背景を明らかにするための一時的な対応だったと言う。しかし、自動車警ら隊の勇み足で、このルートはもう使いものにならなくなった。あと数カ月は、関係者も息をひそめる。少し大胆に結論を言ってしまえば、薬物対策に専従捜査チームをあてる組対五課的な捜査方法は、すでに時代の変化に対応できていないということだ」

捜査員の誰かが、会議室のうしろのほうで筆記用具を床に落とした。あわててこれを拾い上げる音。松原は不快そうに眉《まゆ》をひそめてから、少し口調を早めた。

「そこで第二対策係だ。受け持ちを地域単位にしてはいるが、組織上、きみらがやれることの範囲は広い。検挙件数や摘発数にあくせくすることもない。いま薬物をめぐって何が起こっているのか、誰が何をやっているのか、実態解明、情報収集に専心してほしい。所轄《しょかつ》からも、実績ある六人の捜査員を引き抜いた。安城係長のもとで、一丸となってこの任務に取り組んでもらいたい。以上だ」

松原はそこまで言うと、質問を受けつけることもなく会議室を出ていった。

和也はあらためて捜査員たちに向き直り、手元に人事資料を引き寄せて言った。

「みなさんの顔と名前を早く覚えたい。ひとりひとり自己紹介してくれませんか。フルネームと担当任務を。配属されたばかりという方は、前の所属を」

まず最前列にいるふたりの主任たちだった。右手のごま塩頭の年輩捜査員が立って名乗った。

「刈部《かりべ》一郎《いちろう》。ここに五年目です。うちの班は都心と城南を」

職人っぽい雰囲気がある。年寄りの俠客《きょうかく》には心を開いてもらえそうな捜査員と思えた。

ついで、古いタイプの暴力団担当、という外見の男。格闘技の有段者だろう。歳《とし》は四十代前半か。

「小河原弘《おがわらひろし》。うちは東部と北方面。三年目です」

和也は、その後ろの捜査員たちをひとりひとり指さして、同じように自己紹介させた。

樋口雅人にあてると、彼はもう同期の親しさなど感じさせない表情で言った。

「樋口雅人。立川署刑事課」

三十代の捜査員が言った。

「栗田弘樹です。城南を担当していますが、わたしのエスのひとりもどうやら拉致《らち》さ

れました。消息不明です」

和也はその捜査員の顔と言葉を、ほかの者より強く記憶した。マル暴担当、と一目

でわかる雰囲気があった。

全員の自己紹介が終わると、和也は捜査員のリストにもう一度目をやった。刈部の

班が、刈部以下、瀬波、栗田、原口、池端《いけはた》、堀内《ほりうち》、今野《こんの》。小河原の班は、主任の下に

飯塚《いいづか》、山本《やまもと》、久賀《くが》、諸田《もろた》、八百板《やおいた》、それに樋口という編成だ。和也は部下となったば

かりの捜査員たちを見渡しながら言った。

「いま課長が言われたとおり、薬物がらみで東京の地下で何が起こっているのか、そ

の実情、背景を明らかにするのが、わたしたちに与えられた課題です。不審死や失踪《しっそう》

がこれだけ続いて、それがたまたま偶然ということはありえない。解明に全力を上げてください。そのために、二係の新体制ができたのですから」

捜査員たちの表情には、揶揄《やゆ》も嘲笑《ちょうしょう》も皮肉もなかった。若い自分の言葉を、どうやら素直に聞いてくれている。松原が、殉職した安城警部の息子、と紹介してくれたのが効いたのかもしれない。

和也は続けた。

「新しい捜査員も入って、二係はチームとしていっそう充実しました。この精鋭チームの係長としてわたしは、みなさんの仕事がしやすくなるよう、環境とサポートの態勢を整えることを約束します。刈部主任、小河原主任を通じて、要望、相談、苦情なんでも上げてください」

主任の小河原が言った。

「捜査員配置簿《はいちぼ》の件、まず最初に、実情に合わせていただけたらと思います」

捜査員配置簿は、民間企業であれば業務日報にあたる書類だ。捜査員は朝、配置簿にその日の捜査の予定、立ち回り先などを記入し、上司の了解をもらう。帰庁後は、じっさいの行動の詳細を配置簿に記入して報告する。二係の前の係長は、この配置簿の厳格な運用にこだわっていたという。かつてマル暴セクションでは、配置簿の扱いはアバウトなものだった。マル暴の捜査員を、民間企業のルート・セールスマンのように管理できるという発想自体が誤っているのだ。しかしある時期を境に、捜査員の管理がやたらに厳しくなった。それがもう何年も続いている。

和也は言った。

「二係の勤務に配置簿は無意味です。主任段階でうまく運用してください」

小河原は微笑してうなずいた。

二列目で手を上げた捜査員がいた。瀬波寛という名前だったろうか。五十代後半。たぶん二係の最年長である。和也は瀬波を指さして発言を求めた。

「わたしは七年目なんだけど、このところ行き詰まりを感じることが多いんですよ。情報収集がこの一年ばかりで極端に難しくなった。以前は連中とは、どこか同じ世界に生きているみたいな、わかりあえる部分もあったんだけど、このごろは断絶しか感じない。連中は別世界だ」

刈部が、冗談っぽく言った。

「世代の断絶じゃないのかい」

捜査員たちが控えめに笑った。

瀬波が、むっとした表情で言った。

「こう感じているのは、おれだけか？　みんなふだんから愚痴っているだろうに」

「単純な極道が減ったからな」と、また刈部。「脅しも情も通じなくなった」

原口という若い捜査員が言った。

「ぼくも感じます。やつらもスマートになったって言うか、足繁《あししげ》く通ったぐらいのことでは、胸を開かない。ろくなことを話してくれない」

小河原が振り返って言った。

「二係の捜査手法も限界だと？」

栗田が答えた。

「このところ、ほとんど成果がありません」

瀬波が訊《き》いた。

「新体制で、捜査費の増額はあるのですか」

それについてはこれから松原に相談するつもりだった。和也は言葉に詰まった。

そのとき会議室のドアがノックされた。

ドアに近い位置にいた刈部が立ち上がり、ドアを開けた。一課で庶務を担当する一係の女子職員が、刈部に何やらメモのようなものを渡した。

和也は言葉を切った。緊急の連絡でも入ったのだろう。

刈部はメモに目を落とすと、席に戻ってから後方を振り返って言った。

「栗田。昨日の件、身元判明だ。そいつだそうだ」

栗田の顔色がわずかに変わった。

和也は、刈部と栗田の顔を交互に見て訊いた。

「どうしたんです？」

栗田が立ち上がって答えた。

「昨日、東京湾に上がった変死体があったんですが、例の拉致されたエスだとわかりました」

会議室にいる捜査員たちはみな、顔を見合わせた。

殺人、ということか？

和也は栗田に訊いた。

「そのエスからは、どんな情報を聞き出していた？」

栗田は答えた。

「最近の薬物関連のことです。ブツのルートが増えた、売人の入れ代わりもあったようだと耳にしたので、もう少し詳しい話を拾ってくれと頼んでいたところでした」

「そいつはマル暴？」

「いえ」栗田はためらいを見せた。自分のエスの素性を上司や同僚たちに明かしてしまってよいか、考えたのだろう。「自称芸能ブローカーです。前科があります。そういうしのぎでしたんで、やばい稼業《かぎょう》の連中にも人脈があり、そこそこ信用もされていました」

「うちのエスだということは知られていたのかい？」

「たぶん、知られていなかったと思います。わたしは前任者から彼を引き継ぎましたが、彼の本名は、拉致とわかるまで主任にも明かしてはいませんでした」

和也は主任の刈部や小河原の顔を見やってから言った。

「いったん休憩にして、続けましょう。新しい二係はいまもうこの瞬間から、課題に取り組みます」

入江《いりえ》憲明《のりあき》は、その黒服の黒人青年に向かって怒鳴った。

「責任者呼んでこい。おれは入江だ。入江でわかるから、呼んでこい」

エントランスに立つふたりの黒人青年のうち、入江に立ちふさがった面長の男のほうが、エントランスの向こうに消えた。残ったのは、体重百二十キロはあるかと思える大男だ。国籍がどこかはわからないが、もしアメリカだとしたら、まずまちがいなく高校時代はフットボール部に入っていたことだろう。

港区・竹芝《たけしば》のウォーターフロントにあるクラブの入り口だった。かつて倉庫だった窓のないビルは、いまは全国にクラブを展開する不動産会社の所有だ。嘘《うそ》かほんとか、香港《ホンコン》の芸能人や上海《シャンハイ》の富豪たちも遊びに来るとか。もちろん日本人の客層も、かなり芸能界寄りだ。黒人ＤＪが人気で、彼との親しさの程度が客のランクを決めているという話だ。入江はオープン当時に一度、みかじめ料が取れるかどうか確かめに入ったことがある。応対したマネージャーが、すべて本社のほうで対応している、と言い、とある経営コンサルタント会社の名を出した。それを聞いて入江は納得した。そのコンサルタント会社がからんでいるなら、みかじめ料を取れる余地はない。店の中でのトラブルも、いま目の前にいた黒人用心棒たちが一瞬で収めてしまうにちがいないし。

いま、入江でわかる、と言ったのははったりだ。ただ、名前に心当たりはなくても、その言い方でわかる人間にはわかるはずだ。こっちの素性がどういうものか。抗菌フロアマットのセールスと誤解されることはない。

午後の八時を回った時刻だった。いま入江は、事務所の若い衆に運転させた車から降り立ったのだ。繁華街ではないので、この店の周辺は閑散としている。通行人は見当たらない。店のサイン自体も控えめだ。こんな場所に世界的に有名なクラブがあるとは、なかなか信じがたいものがあった。

一分ほどで、その場に面長の黒人青年が戻ってきた。うしろにいる黒い服の男は、入江が以前に会ったマネージャーだった。細身で、ホテルマンのように物腰が洗練された三十代の男だ。じっさいホテルマンだったのかもしれない。

「入江さま」そのマネージャーは言った。「吉住《よしずみ》です。その節は失礼しました。きょうは？」

「入れてくれ」と、入江は言った。「客だ。あんたに用事があるわけじゃない」

「お待ち合わせですか？」

「ひとりじゃまずいのか？」

「いえ」

吉住は素早く入江の身なりを点検したようだ。ジャージで来たわけではない。スーツ姿だ。芸能業界の端っこぐらいにいる男には見えるはずである。黒人用心棒たちには、騒ぎを起こすおそれのある業界の男、と判断されたのだろうが。

「どうぞ」と吉住は言った。「アテンドさせます」

「アテンド？」

「うちは、男性おひとりとか、男性だけのグループにはご遠慮いただいているので」

「野郎が遊びに来にくいとこなんだな」

「でも、入江さまでしたら、常連の女性のお客さまに、お連れということにしていただきます」

入江はとまどった。おれに女を斡旋《あっせん》してくれるということか？　この店はそこまでやっていたのか。非合法な品が売られていることは承知だったが。

黒いカーペット敷きのロビーに入り、クロークの前の空間に案内された。壁際《かべぎわ》に椅《い》子《す》が五脚並んでいる。

「ここでお待ちください」

入江は素直に椅子に腰掛けた。店の営業時間に入るのは初めてなのだ。どんな店かずいぶん耳にしているが、自分が浮きすぎていないか心配でもあった。堅気の連中のあいだで目立ったり顰蹙《ひんしゅく》を買うのはかまわない。それでこそ、この稼業なのだ。しかし、セレブたちのあいだで、自分が貧相に見えるのはいやだった。そうならないだろうか。きょうの麻のスーツは、とりあえず六本木のその業界向けの専門店でそこそこの価格だったのだが。

吉住はすぐに戻ってきた。若い女を連れている。ひょろりとした身体《からだ》に、肩からストンと落ちるようなドレスを着ている。このような店で遊ぶには似つかわしい服なのだろう。脱色した短めの髪にメッシュ。長い睫毛《まつげ》。

「ナオミです」と女が舌足らずな声で言った。「よろしく」

吉住が言った。

「ちょうど退屈されていたそうです。どうぞ、ご案内します。一階席でかまいませんね？」

中二階には、ガラスのはめられたＶＩＰ席があるという。しかし入江のきょうの用事は、いい席に落ち着いてもしかたがないのだ。

「一階。うしろのほうな」

観音開きの革張りのドアを開けると、いきなり大音量のクラブ・ミュージックが響いてきた。入江はこの手の音楽にはまったく不案内だが、要するにこれが世界でいま一番お洒落《しやれ》な音楽ということなのだろう。バスケットボール・コートほどの広さのフロアの中央では、ざっとみて数十人の男女が踊っている。若手歌舞伎《かぶき》俳優がすぐに目についた。

入江たちは、フロアの左手、ＤＪブースが真正面に見える壁寄りの席に案内された。

「どうぞ、ごゆっくり」

入江は訊いた。

「古謝《こじゃ》はいるよな」

「うちの従業員じゃありませんが、きています」

「いまもあの仕事を？」

「ええ」

吉住は慇懃《いんぎん》に一礼して去っていった。

若いウエイターがすぐにやってきた。

「ビール」

「銘柄にご指定はございますか」

「国産。なんでも」入江はナオミと名乗った女に言った。「好きなもの頼め」

「ジンジャーエール」

ウエイターが去ったところで、入江は席を立った。通路を入り口のほうに歩くと、ウエイターのひとりが入り口右手の通路を指さした。

「化粧室は、あちらです」

ドアをひとつ抜けると、急に静かになった。しかし通路の照明は、店のダンスフロアのほうと変わりはない。かなり暗めだ。五、六メートル進んで突き当たった壁に、赤と黒のシンボルで化粧室の表示があった。入江は黒の表示のほうに曲がった。

黒っぽい内装の空間があった。洗面所だ。本物なのか模造なのか、大理石のような石をふんだんに使っている。左手に大きな鏡。その前に洗面台が三つ並んでいた。

入り口側に、初老の黒いスーツの男が立っている。ハンサムで、品よく見える男だ。白人との混血だという。古謝良信《よしのぶ》。苗字《みょうじ》から想像がつくとおり、沖縄出身だった。

「入江さん」と、古謝は驚いた。

「しばらく」入江はうなずいた。「用を足してくる」

奥のトイレで排尿をすませて洗面所にもどった。古謝がすぐ脇《わき》のスチールのボックスから硬く絞ったおしぼりを取り出し、広げて入江に渡してきた。おしぼりを使うと、入江は用意しておいた千円札と一緒に古謝に返した。

「ありがとうございます」

古謝は使ったおしぼりを、洗面台の下のバスケットに放りこんだ。

これが彼の仕事だった。トイレを使う客に、おしぼりを出す。客はそのサービスに対してチップを渡す。五百円玉を出す客もいるらしいが、ふつうは千円だ。チップに考えがまわらない客もいる。チップをけちる客も。つまり田舎者と無粋者《ぶすいもの》もこの店には来るが、大部分の客は世界の大都市でこうしたサービスを受けている。洗面所を使うにはチップがいるとわかっているし、出し惜しみもしない。

おしぼりを渡される前に、一万円かあるいはそれ以上のカネを出す客もいる。あるいはおしぼりを返すときに、古謝の目をみつめて一万円札を出す客もいる。そんな客には、古謝はべつのサービスをつけ加える。ポケットの中に用意してあるビニールの小袋をそっと手渡すのだ。ビニール袋を受け取った客は、VIPルームのキャンドルでビニール袋の中の粉末をあぶる。店では使わずに、外に持ち出す客も多いという。

入江自身は体験したことはないが、アメリカのこうしたクラブでは、洗面所にその手のビニール袋が紙ナプキンのように取り放題になっているところもあるとか。そういう店ではたぶんその小袋をまとめて仕入れ、経費として帳簿に記載しているのだろう。

古謝が訊《き》いた。

「わたしに用ですね」

「ああ」入江は洗面所のドアを気にしながら言った。「どうしたんだ？　すっかりごぶさただって聞いたぞ。よそで仕入れるようになったのか？」

「いいえ」古謝は首を振った。「このところ、出なくなったんですよ。一日ひとりふたり、客がいるかいないかです」

「客がいない？　店は不景気には見えないぞ」

「わたしのおなじみさんも変わらずにきてるんですが、買ってくれなくなったんですよ。だからといって、こちらからセールスするようなことでもありませんし」

「よそで買うようになったのかな」

「わたしにはわかりません。よそで安く買えるようになったのか。何かご存知ですか」

「おれのほうが聞きたいんだ」

古謝が、少し声を落して訊いた。

「商売あがったりは、わたしだけですか？」

洗面所のドアが開いた。

古謝はさっとその新しい客のほうに顔を向け、微笑した。

入江は洗面所を出ながら短く言った。

「みんなだ」

席に戻ると、ナオミがハンドバッグをテーブルの上に載せて言った。

「あたしもちょっと行ってくる」

ナオミはバッグを開けてわざとらしく中をかきまわしていたが、また舌足らずな声で言った。

「細かいのないや。ここのトイレ、チップが必要だからいや」

入江はポケットから財布を取り出し、千円札を抜き出してナオミに渡した。ナオミが千円札を見て、小さく唇をとがらせた。この野暮親爺《やぼおやじ》、ということなのだろう。

わかってるさ、と入江は鼻で笑った。こういうときには一万円札を出してやるのが常識だと言いたいのだろう。あいにくと、おれの商売はいま苦しいところにあるんだ。ある品物の仲卸をやっているが、このところ小売り人たちからの注文がめっきり減った。羽振りのいいふりをすることもできないのだ。悪く思うな。

ナオミはふてくされたようにがさつなしぐさで席をたっていった。

入江はウエイターに合図した。もうここに長居は無用だった。


係の全員が手に手に紙コップを持って会議室に戻ってきた。

最後に部屋に入ってきたのは、一課長の松原裕二だ。彼は入り口近くの椅子に腰を下ろすと、和也のお手並み拝見とでも言うような様子で足を組んだ。

和也は係の捜査員たちを見渡してから、栗田に顔を向けて言った。

「死んだ協力者の件を、詳しく話してくれ。そこに、突破口があるんじゃないかという感触がある」

「はい」栗田が立ち上がり、ホワイトボードの前へと歩いた。

捜査員たちの目が栗田に集中した。

「変死体で発見されたのは、通称若林哲夫です」

栗田はその名を漢字で板書した。

「本名は加藤義夫《かとうよしお》。昭和三十七年、前橋の生まれで、今年四十七歳。詐欺《さぎ》で服役の前科があります」

栗田は若林の本名も漢字でボードに記した。

「去年所轄《しょかつ》に異動になった先輩から引き継いだ協力者です」栗田はその先輩捜査員も、さらに前任者から引き継ぎを受けたのだろうと推測を口にした。「職業は芸能ブローカーということですが、フィリピン人ホステスのあっせんなどを主な仕事にしていました。ほかにも情報から中古外車まで、カネになるものならなんでも仲介していたようです。暴力団構成員ではありませんが、そこそこつきあいはありました」

栗田は、テキ屋系の指定暴力団の名を口に出した。蒲田に事務所のある組だ。

「そこの関係するフィリピン・パブとは、仕事のつきあいも多かったようです。彼自身の事務所は五反田にあって、しょっちゅうフィリピンに渡っています。風俗営業の裏事情に強いので、月一のペースで会って、話を聞いていました」

栗田がいったん言葉を切ったので、和也は訊いた。

「加藤の名は、主任には？」

「通名《つうめい》のほうだけは、報告しています」

主任の刈部が、そのとおりだと言うようにうなずいた。

栗田が続けた。

「住所は戸越銀座《とごしぎんざ》。再婚したかみさんとふたり暮らしです。刑務所仲間のひとりに、恐喝で前科のある男がいます。いま保守系国会議員の私設秘書の名刺を使って、加藤同様にありとあらゆることを仲介しています。加藤の情報源のひとつはこの男だと推測できますが、加藤自身は彼との関係をわたしたちには秘密にできていると思い込んでいました」

「加藤は、薬物関係にも詳しかった？」

「ええ。裏社会とのボーダーにいる男ですので、情報は持っていました。六本木、渋谷あたりの売人もけっこう知っていたし、有名人の使用の噂《うわさ》なども。じつは拉致《らち》された日も、こちらから頼んでおいた密売ルートの様変わりの件で、話を聞かせてもらうことになっていました」

「密売ルートの現状を知りたい、というような言葉で頼んだのかな」

「はい。売人たちが動いているようだが、何かあったのかと訊《たず》ねました。新しい組織がビジネスに参入してきたのか、どこかが分裂したのか、という聞き方をしました。加藤は、探ってみると約束したので、今回会うことになっていたんです。前日のメールでも、当日の短いやりとりでも、いい話を聞かせてもらえそうな感触でした」

栗田は携帯電話を取りだした。メールの文面を確認するつもりのようだ。

「明日、いつもの席で。

これは、大井競馬場の二号スタンド指定席のことです。ここで会うのが通例でした。そのあとに、こう続けています。

たまにはステーキでもご馳走《ちそう》してください。

いい情報があったときは、加藤はよくこういう書き方をしてきました」

「でも、じっさいには彼は大井競馬場の駐車場で拉致され、待ち合わせの場所には現れなかった。後に変死体で発見」

「はい。そしてわたし自身は、加藤との関係を気にする暴力団員ふうのふたり組に軽く脅されています。相手がわたしをすぐに刑事だと見抜かなかったら、スタンドの裏手に引っぱり込まれていたでしょう。この時点では、わたしは加藤が拉致されたことを知りませんでした」

もうひとりの主任の小河原が言った。

「お前のその風体だ。同業者じゃなければマル暴刑事と、誰でもわかる」

係の捜査員たちが控えめに笑った。そのように言う小河原自身が、どう見てもマル暴なのだ。

主任の刈部が要約した。

「加藤は、事情を聞き回っているうちに、当事者に行きあたったか。あるいはかなり近いラインに至った。それでバックが探られたんだろう」

栗田が言った。

「加藤は、殺されるだけのことを知ってしまったとも想像できます」

和也は思わずもらした。

「何だろう。それほどのことって」

小河原が言った。

「いきなり組織の中枢《ちゅうすう》まで探り当ててしまったか」

和也は言った。

「それにしても、殺人までやるか。組織が荒っぽいのか、背景の事情が大ごとなのか」

小河原があとを引き取った。

「どちらであれ、末端売人の引き抜きがどうしたこうしたという程度の話じゃありません。大きな利権がからんでいる」

「うちの第三第六の係では、何かつかんでいないのだろうか」

「課長がそこを重点的に当たらせています。例のとおり、イラン人がどうしたとか、パキスタン人がどうしたとか。いまのところ、違法駐車の通報程度のことが上がってくるだけのようです」

「利害が直接ぶつかっている組織から、なにか漏れてきてもいいはずだけれど」

「様子見かもしれません。自滅待ちか、あるいは協力できるかどうかを」

「協力し合えるものか？」

刈部が言った。

「もし安定した供給元を持っている相手なら、組んだほうがトクです。相手にとっても、大口の取り引き先ができるなら、そのほうがビジネスとしては安全だし、利益も手堅い」

「なら、もうとっくにそういう流れになっていていいんじゃないか」

「ようやく商談が始まった時期なのかもしれない。だから、情報が見事に抑えられている」

和也は少し考えてから言った。

「だとすると、加藤の一件の解明は、関連するかなりの事案の摘発に繫《つな》がる」

栗田が言った。

「やらせてもらえますか」

「蒲田署が、うちの事件だと言い張るはずだ」

「言わせておきましょう。こっちは、関係者と思える男たちと接触している。加藤の人脈についても把握している。一歩リードしています」

「うちでやろう。被疑者に手錠をかけるべきなのは、栗田さんだ」

栗田はうなずいた。

和也は訊いた。

「栗田さん、いま相棒は？　誰と組んでいるんです？」

「先輩が異動してからは、おおむねひとりです」

「誰かと組んだほうがいいな。樋口はどうだろう」

和也同様に一課に配属されたばかりの樋口が、いいよ、という顔を和也に向けてきた。

それまで黙っていた課長の松原が言った。

「樋口は面が割れていない。栗田とちがい、マル暴らしい雰囲気もない。ディープな情報収集に使える。マル暴の事務所をまわらせて通常の聞き込みをさせるのはもったいない」

和也は松原に顔を向けた。いまの松原の言葉に、ふいに得体の知れない不安のようなものを感じたのだ。自分はいま、何を心配した？　思い当たった。父のことだ。身分を隠して情報収集任務に就いた父を思い出したのだ。和也は、湧《わ》いた不安を押し殺して訊いた。

「樋口を潜入捜査に使う、ということですか？」

「いや。そこまでおおげさなことじゃないが、警察手帳を示さない捜査にも使える人材だってことだ」

「栗田さんをひとりにするのも、心配です」

栗田が言った。

「必要なときは、誰かをつけてください。樋口にはたしかに、マル暴っぽさがない。べつの使い方ができますよ」

和也はもう一度樋口を見た。樋口は小さくうなずいた。彼が同意するなら。

「そうしましょう」と和也は結論を出した。「栗田さんには、必要に応じて別の捜査員に組んでもらいます」

松原が言った。

「樋口は、当面加藤の件で、フィリピン・パブに通わせるか」

「必要経費が」と小河原。

松原は苦笑して言った。

「五反田あたりのパブなら、なんとかなるだろう」

会議室のドアがまたノックされた。顔を出したのは、第一対策係庶務担当の女子職員だった。

「係長、蒲田署刑事課からです。東京医科歯科大学で、加藤義夫という男の司法解剖結果が出るそうです。電話が入っています」

彼を協力者として使っていた一課にも立ち会えということだ。自分と栗田が出向くべきだろう。

松原が立ち上がった。

「いったん解散」

会議室を出て電話口に向かいながら、和也は栗田に言った。

「司法解剖結果、わたしも一緒に聞きに行きます。たぶん蒲田署は、その場で栗田さんの話を聞きたいのだと思う」

栗田が訊《き》いた。

「わたしが何を答えるか、心配ですか？」

「いいや。蒲田署がどういう捜査方針なのか、知りたい」

「まずは交遊関係からたどってゆくのでしょうね」

「あなたは、大井競馬場にきたという二人組のことは、まだどこにも話していないですよね」

「全然」

和也は自分のデスクに着くと、保留のままになっていた受話器を取り上げた。

「組対一課、安城です」


その解剖台は、法医学教室の中にあった。

法医学教室は、真っ白いタイルで囲まれた整頓《せいとん》された空間だ。中央にステンレス製の台があり、可動式の照明器具が台の周囲に配置されている。ワゴンも二台。この解剖台を見下ろす格好で、階段式の教室があった。教室と解剖室とのあいだはガラスで仕切られている。ガラスから解剖台まで、ほんの三メートルほどの距離だろうか。

和也が栗田と一緒に階段教室に案内されたとき、すでに司法解剖作業は終わろうとしていた。教授らしき男と、ふたりの助手が、解剖台の上の死体をビニール袋に収めるところだった。一瞬だけ、ファスナーが挙げられる直前に、死体の白い顔が見えた。ビニール袋に包まれた死体は、台を滑ってストレッチャーに移された。ふたりの助手がストレッチャーを部屋の外に運び出していった。

教室の背後のドアが開いた。和也が振り返ると、ふたりの男が階段状の通路をおりてきた。年配者と、三十代なかばほどの年齢の男。風体から、ふたりは蒲田署の刑事たちだとわかった。

年配のほうは蒲田署の刑事課長代理だった。上田《うえだ》と名乗った。和也たちも自己紹介した。

上田は、手にしたメモを見ながら言った。

「いま監察医から説明を受けたところです。羽田空港近くで上がった変死体、身元は加藤義夫だとわかっておりましたが、死因が特定されました。肺に水が入っていました。外傷がかなりあります。暴行を受けた後、水槽などに顔をつけられたようです。窒息死。他殺です」

拉致された、ということから、それは想像がついていた。現にいま、組対一課は加藤義夫、通称若林哲夫の件を殺人事件として課でも追うと決めたばかりだ。蒲田署の捜査とはべつに。

和也は訊いた。

「生きているあいだに、海に投げこまれたのではなく？」

「肺の中にたまっていたのは、真水です」

和也は栗田と顔を見合わせた。

「拷問《ごうもん》ですかね」と、栗田がもらした。

上田は続けた。

「この通称若林哲夫が大井競馬場から拉致されたとき、栗田さんが、自分の協力者だと大井署の警官に告げています。それで、きょう、こちらまでお呼びたてしたわけです、少し話を聞かせていただきたいのですが、かまいませんか？」

「かまいませんよ」和也は答えてから訊いた。「捜査本部は設置されたんですか」

「いえ。他殺と判明したのがさきほどですので。明日には設置されるかもしれませんが、その前に確認できることは確認しておきたいのです」

上田が一葉の写真を取り出し、和也たちに示した。顔が妙にむくんで、髪も乱れた男の顔写真だ。水死体で見つかったときの加藤のものなのだろう。その写真から生前の面影を想像するのは難しかった。栗田の話では、ひとあたりのいい男とのことだったけれど。

上田が訊いた。

「栗田さんの知っている加藤義夫、通名若林哲夫でまちがいないですか？」

栗田は、写真を見てから答えた。

「間違いありません」

「八月二十五日、加藤と会う約束だったとか」

「ええ。定期的な情報交換の日でした。大井競馬場の二号スタンドで」

「約束は何時でした？」

「七時」

「いつもと同じですか」

「変わりありません」

「その日、何か特別な情報をもらえるということでした？」

「いいや、とくにそういうことは言っていなかった」

「約束は、携帯《ケータイ》電話で？」

「そうです。前の日に短いメールがあって。明日も例のとおりでと」

「メールの中身はそれだけでした?」

「そのことだけです」

「協力者だったとのことですが、いつごろから使っていたのです?」

「先輩から引き継いだんです。先輩は五年くらい使っていたはずです」

栗田が、異動した先輩の名と現在の配属先を教えた。若いほうの捜査員が、これを手帳に書き留めた。

年輩捜査員がまた訊いた。

「加藤の私生活をどの程度ご存知です? 住居、仕事、交遊関係」

「さほど細かなところは知りません。芸能ブローカーということになっていたけど、外国人ホステスの斡旋《あっせん》なんかをやっていたんじゃないのかな。住所は戸越銀座。詐欺《さぎ》で前科がある」

「暴力団員?」

「ちがう」

「準構成員でもない?」

「無縁でしたね。仕事は隣接してるかもしれないけど」

「協力者としては、どこのどういう情報をくれていたんです？」

栗田はちらりと和也に目を向けてきた。この質問はファウルだろうと言っている顔だ。

和也がその年輩の捜査員に言った。

「デリケートな部分です。うちの捜査にも支障が出る心配もある。答えなければなりませんか？」

「交遊関係からあたってゆかなくちゃならないので」

「彼の仕事と経歴から、想像していただけませんか。芸能ブローカーで、詐欺の前科もある」

「テリトリーだけでも。もしあればですが」

「六本木と、渋谷、五反田あたり。銀座から北と東は、国境の外だと言っていた」

「となると」捜査員はわずかに頬をゆるめた。「関係が少しだけ絞られますかな」

彼はまた栗田に目を向けて訊いた。

「トラブルを抱えていたというような話は？」

「聞いていませんね」

「羽振りはよかった？」

「ぼちぼち、と本人は言ってましたよ」

「五反田の事務所は、家賃を三ヵ月滞納しているそうですが」

「どんな請求も、ぎりぎりまで支払わないのが主義みたいな男でしたからね」

「加藤の仕事仲間を知っていますか？」

「何人か、名前だけは聞いたことがある」

「教えてもらえます？」

　和也は栗田を横目で見た。栗田は小さくうなずいた。こちらの捜査に影響のない名前だけを教える、とでも言ったような目だった。彼の判断にまかせてもいいだろう。

　栗田が口にした名前と連絡先を、また若い捜査員がメモした。ひとりは酒場チェーンのオーナー、もうひとりは中古外車のディーラーだという。さきほどの捜査会議では出てこなかった名だ。蒲田署に教えても害はない情報なのだろう。

　上田が、もう十分という顔で締めくくった。

「ご協力どうも。参考になりました」

「またいつでも」と栗田。

「そうします。昨日、やつのかみさんからも話を聞いたんですが、近々まとまったカネが入ると言っていたというんです。何かご存知ですか？」

栗田は意外そうな顔を見せた。その表情は、演技ではないようだ。

「知りませんでした。どのくらいの？」

「それはわかりません。あ、そうだ」上田は、メモにもう一度目を落としてからつけ加えた。「通称若林哲夫の左手の指が二本折れていました。どう判断します？」

栗田が、さきほどもらした言葉をまた口にした。

「拷問、だったんでしょうか」

「何かを聞き出そうとしていたんでしょうね。加藤は、いったい何を知っていたんだろう」

栗田が黙ったままでいると、上田は黙礼して通路を上がっていった。若い捜査員もすぐにこれに続いた。

階段教室のドアが閉まったあとに、栗田が小さく言った。

「何を、というより、どこまで、ということだったんでしょうね。相手が気にしていたのは」

「そうだな」和也は同意した。「何を、ということについては、こっちは見当がついているんだ」

「まとまったカネが入る、とかみさんに話していたという点も気になります」

「かなりの情報をつかんだ、と考えていいな」

「強請《ゆすり》に使える情報です。じっさいに、やってしまったのかもしれない。ただ情報にたどりついたというだけでは、殺されることはないでしょうから」

和也が考えをまとめようと沈黙すると、ガラスの向こう側、解剖台のある部屋の照明が消えた。

5

安城和也が大型の手帳を手に会議室のドアを開けると、すでに席は七分がた埋まっていた。

席はロの字の形ではなく、教室ふうに正面の壁にすべての席が正対するよう設けられている。組織犯罪対策部の五十名近い警部クラス以上の職員が集まっているのだ。儀礼的な会議ではないせいか、前のほうの席を占めているのは、警視正クラス、つまり各課の課長たちだ。和也は席を探し、できるだけ前のほうに空きを見つけて、腰を下ろした。

緊急招集だった。東京の薬物取り引きをめぐる状況が様変わりしている、という分析を受けてのものだ。

　ただでさえこの半年、薬物の取り引きのルートに新たな変化が起きていると推測されていた。常習的な薬物使用者の一部が、その入手に困難を覚えているようだ、との情報も、ほうぼうからもたらされていた。末端売人たちが再編成されているのではないか、とも推測できる状況だった。組織犯罪対策部は、関係する暴力団同士の抗争を警戒し始めている。外国人組織がこれまでよりも大がかりに薬物取り引きに出てきたのかもしれなかった。

　そこにあの八月の有名芸能人の事件だ。世間の耳目《じもく》を集めてしまったため、薬物を扱う組織の側は一斉に警戒に入ったようなのだ。大きな単位での取り引きが、完全に見えなくなった。組織犯罪対策部がこれまでに確保してきた協力者たちも、情報提供に消極的になった。警察との接触を拒んでいる。一部の常習者は別として、遊びで手を出していた連中は、自粛モードだ。売人と連絡を取るのを控えている。

　逆に、いわゆる「筋の悪い」情報は増えた。一部の暴力団同士が薬物の利権をめぐって対立しているとか、すでに抗争に入ったとか。あそこの組の事務所や組員の自宅に大量に隠匿《いんとく》されているとか。慣れた捜査員なら、すぐにたいがい商売敵《がたき》を破滅させるための偽《にせ》情報だとわかる。しかし中には、真実なのか偽なのか、判別しがたい情報もまじっていた。担当の部局は、その情報の信憑性《しんぴょうせい》を確かめるために、もっと言うなら、確実に嘘《うそ》だと確認するために、捜査員を割かねばならなかった。捜査はきわめて効率の悪いものになっていた。

そしてとうとう警察庁から、薬物事案について新しい指示が出たのだ。マスメディアの前での発表だった。異例ではあるが、それだけ警察庁の危機感が強いということであった。

きょうのこの幹部会議は、警察庁長官の指示を受けてのものだった。

和也が席に着いて二分も経《た》たぬうちに、組織犯罪対策部の部長ら、上級幹部が会議室に入ってきた。和也を含め、席に着いていた職員たちは背筋を伸ばして、藤堂部長ほか三名の幹部を迎えた。

簡単なあいさつのあとに、藤堂はいま和也が思い起こしていた警察庁の指示を口にした。

「警察庁長官から、昨日付けで新しい指示が出た。先般発覚したような芸能人への覚《かく》醒剤《せいざい》汚染の広がりにみられるように、覚醒剤は看過できないまでに、市民社会に広がり、浸透している。各警察本部は全力を挙げて、汚染拡大の防止に努めなければならない。摘発を強化し、取り引きに関わる犯罪組織を徹底追及して、薬物犯罪の根絶に取り組まねばならない、と」

そのあとに、藤堂は続けた。

「いまの指示は全警察本部に向けて発せられたものではあるが、これにもっともよく応《こた》える責任と義務とを有するのは、我が警視庁であることは論を待たない。本年度の覚せい剤取締法違反の摘発件数において、押収《おうしゅう》する薬物の量において、警視庁が他府県警の後塵《こうじん》を拝することはあってはならない。他部局の捜査には干渉しないというポリシーのもと、ともすればセクショナリズムに陥ってしまうのが組織犯罪対策部のウィークポイントと評されてきたが、セクショナリズムは今日只今《こんにちただいま》からなくなる。組織一丸となり、情報を共有し、けっして功名争いに耽《ふけ》ることなく、大きな目標の達成のために組織をフル稼働《かどう》させねばならない。

警察庁長官がじきじきにマスコミの前で発表された方針である。現下、薬物対策は国家的な緊急課題として一般に告知されたということである。とくに直接この事案を担当する我が部においては、急な処理を要する案件の担当以外、さらに本来の職掌の最低限の人員以外はすべてこの課題に集中して取り組んでもらう。必要な経費、人員、あるいは組織的な支援の態勢についても、早急に対応を取る。みな、いっそう気を引き締め、任務にあたってもらいたい」

部長は着席した。

拍手でも期待したかのような表情だった。しかし、こういう議題の会議なのだ。誰も拍手したりはしなかった。

和也はテーブル上の手帳を手元に寄せながら思った。たしかに組織犯罪対策部は、セクショナリズムが強い。六年前にかつての刑事部捜査四課と生活安全部の銃器薬物対策課が統合された組織というせいで、そもそも気質や捜査スタイルもかなりちがう捜査員が同居しているのだ。とくに年輩の捜査員たちは、出身の課の文化を背負ったままで仕事をしていた。体力でも気迫でも相手に負けていない捜査員たちと、地道に町場からの情報収集に努める捜査員のちがいだ。

また、セクションごとに任務が細かに分かれ、しかもそれは微妙に他セクションの任務と重なるという組織体系だ。そのため係、課を越えた協力もままならない。極端に言えば、よそのセクションの捜査情報は、そのままべつのセクションが相手との取り引き材料に使っていた。五課の中でさえ、薬物捜査係は隣の銃器捜査係の捜査の情報を謝礼がわりに使ったし、その逆もあった。

部の捜査員たちがなにより嫌がるのは、情報の共有だった。幹部が情報を上に上げて共有せよと口を酸《す》っぱくして命じても、個々の捜査員は重要情報ほど自分の胸に抱え込んだし、それが係、課という単位になっても同じことだった。二〇〇三年、組織ができたばかりのときは合同の捜査会議もしばしば開かれたものだが、いまは滅多に行われない。どうせその場では、価値の低い、どうでもよいような情報しか発表されないからだ。

だから、と和也は思った。藤堂部長のトーンの高い演説も、聞き流されることになる。セクションを越えた協力態勢も、情報の共有も、幹部の頭の中でしか生まれ得ない。

少し間を置いてから、藤堂が五課長を指名し、事態の分析と課題への取り組み態勢について尋ねた。

五課長の木崎啓《きざきひろし》警視正がその場に立った。ひと目で格闘技の有段者とわかる肩幅の広い五十男だ。木崎は藤堂に身体《からだ》を向けて言った。

「薬物捜査第一係から第六係まで、この課題に全力で取り組んできましたが、八月のあの女優の一件で、一部捜査を中断せねばならないところも出てきております。ただ、それ以外でこれまで慎重に内偵を進めてきたものについては、早期の立件を期すべく、捜査のピッチを上げます。年度内に、都内の大規模な密売ルートを壊滅させる覚悟であります」

藤堂が訊《き》いた。

「密売ルートが様変わりしているそうだが」

「はい。内偵途中なので断定はできませんが、新しい密売ルートが加わったと推定できる情報を得ております。しかもこのルートがさばいている覚醒剤の供給元も、従来のルートからはずれております」

「そう判断する根拠は？」

「今年度半期分の押収量です。全国警察本部の統計では、昨年度の一・五倍押収している換算になりますが、都内での末端価格は上がっておりません。しかも、売人たちのテリトリーが微妙に変化している。新しい卸元による、新しい密売ルートができているようです」

「具体的に言うと？」

五課長の木崎はためらいを見せた。ここで明かしてよいものかどうか、躊躇《ちゅうちょ》したのだろう。

けっきょく彼は言った。

「ふたつ推測できます。国内に工場ができたか、新しい密輸入ルートができたか、です」

「きみらは、すでにかなりの事実をつかんでいるんだな？」

木崎ははっきりとは答えなかった。

「内偵を進めています」

和也は、五課長の言葉を素早く吟味した。国内に覚醒剤の工場ができたという情報は初めて耳にする。もしそれが事実とすれば、あのサリン事件を起こした教団の一件以来のことではないだろうか。工場は小さな醸造所程度の規模のものになるし、建設には化学の専門家が必要になる。製造過程で強い臭気を出すので、市民の生活圏から隔離された敷地がなければならない。原材料の手当てが不自然ではないような、何かしらの偽装工作も欠かせない。中学校の理科室程度の規模でも製造できないことはないが、非効率だ。北朝鮮から密輸入したほうがてっとり早いし、安上がりと言える。つまるところ、現実問題として日本国内に覚醒剤密造工場を作る意味は薄いのだ。あるいは風邪薬でも大量に入手して、自家製ジャムを作るように精製するという手もあるが、それではビジネスにはならないだろう。少なくとも、警視庁管轄《かんかつ》内の取り引きルートに影響を及ぼすほどのものにはならない。せいぜいが小遣い稼ぎに使えるだけだ。

木崎五課長があえてそれに言及したということは、国内にそこそこの規模の工場が作られている可能性があるということなのだろうか。難しい条件をクリアしたうえで。だとしたら、その工場を作った者は、かなりの資金力のある組織なり団体なりということになる。

もうひとつ。新しい密輸入ルートとは、いったい何を示唆《しさ》しているのだろう。北朝鮮以外で製造された覚醒剤が、入っているのだろうか。でも、だとしたらそれはどこで製造された？　中国？　あるいは韓国か、台湾か、フィリピンか。いずれも日本で製造するよりは容易だろうが。

和也が背景を想像しているときに、藤堂が四課長を指名した。第四課は暴力事件情報と広域暴力団対策、それに暴力犯罪捜査が担当である。四課長は情報共有に配慮すると、あたりさわりのないことだけ言って発言を終えた。

続いて三課長。第三課は規制や排除、行政命令、特殊暴力対策が中心である。三課長も、情報共有や他セクションへの支援を口にした。

続いて二課長は外国人犯罪と外国犯罪組織の動向について、ごく一般的な分析を語った。

「一課の取り組みは？」と藤堂が一課長の松原裕二を指名して訊いた。

松原は、都内の指定暴力団幹部の入れ代わりや序列の変化などに限って報告した。

一課の協力者が殺されたことも、課として関心を持っている覚醒剤売買の末端の動向についても、口にしなかった。

松原の発言からわかることがあった。この場ではやはりほかの課も、松原が語った程度の表面上の情報しか発表していないということだ。それでよしとされているのだ、と和也は理解した。警察庁長官の指示がどうであれ、また部長の藤堂の意志がどうであれ、自分たちは課単位、係単位で独自に情報を集め、対象に接近し、獲物《えもの》を挙げればよいのだ。

五人の課長たちの内容のない発言に、藤堂は不満を感じているようにも見えた。口をへの字に結び、腕を組んでいる。自分の指示は聞き流されたと感じているのかもしれない。しかし、これは警察組織の基本的な体質であり、かつ官僚組織一般が宿命的に持つ排他性かもしれなかった。だとしたら、いくら組織改革を構想する松原にしても、いまは手をこまねいて見ているしかない。

藤堂は小さく溜《た》め息をついてから立ち上がり、課長クラスの幹部たちを見渡しながら言った。

「各課の目下の課題と取り組みへの決意はわかった。しかしいま求められているのは、具体的な成果だ。とくに木崎くん」

五課の木崎が、はい、と軍人のように短く応えた。

「きみのところが、摘発、検挙の最前線だ。必要な情報、必要な態勢については、要請があればすべて五課に集中させる。ほかの部署の捜査とバッティングする場合は調整する。わたしを通して、気兼ねなしに要請してくれ」

「はい」

「工場と、新しい供給元の件、成果はいつ出る？」

木崎は、少し間を置いてから応えた。

「二カ月以内に」

「四週間以内に、まず一件、警視庁が全力で取り組んだ成果だと言えるだけのものを見せてくれ」

「はい」

「ほかの部署も、協力を惜しまないでくれ。これは組対全体として取り組むべき課題なんだ。摘発の前面に出るのがどこかはさほどの問題ではない。チームの仕事だ。組対は、ひとつのチームだ」

藤堂が立ち上がった。会議は終了だ。出席者も一斉に立ち上がった。

朝の会議を終えて、捜査員たちはフロアを出ていった。

和也は、少し疲労がたまっているのを感じながらデスクに着き、女子職員がいれておいてくれた日本茶に手を伸ばした。

赴任から四週間。覚醒剤密売の事情をめぐる情報収集と分析は進んでいない。加藤義夫殺害事件の解決も目途《めど》がたっていなかった。

しかし、先日の警察庁の方針と警視庁トップの指示は、早急に取り締まりの成果を出せ、というものだった。べつの言い方をするなら、八月に逮捕された人気芸能人のような、マスメディアも大々的に報道してくれるような大物、あるいは社会的地位も名声もある人物を逮捕しろという意味だ。あるいは、密売組織に大打撃を与えるだけの大量の覚醒剤を押収せよ、ということだった。場末で取り引きし合う無名の貧しい常習者や末端売人では、成果とは言えないのだ。

五課はかなり焦《あせ》っているとも聞いている。先日、覚醒剤の常習者ふたりを相次いで逮捕したと発表したが、ひとりはさほど有名とは言えない元プロ野球選手であり、もうひとりは五十代の船員だった。マスメディアも冷淡で、警察庁が取り締まり強化の成果だと胸を張るには無理があった。

五課への失望は、やがてほかの課への圧力に変わる。受け持ちから言って、つぎに

「成果」を強く求められるのは、この一課だった。

ひと気のなくなったフロアに、樋口雅人が入ってきた。彼はいま、不規則な任務についているということで、定時の登庁は免れている。

おはようとあいさつしながら近づいてきた樋口には、どこまで演出なのか、まったくと言ってよいほどに警察官の面影はなかった。地方公務員、という印象すら皆無だ。とりあえず堅気《かたぎ》ではあるが、かなり崩れた勤め人という雰囲気がある。薄くブラウンの入ったメガネに、型崩れしたスーツ。ショルダーバッグはいちおうブランドふうだが、コピーものだ。本来なら、警察官が持ってはならない種類の品だった。彼はいま、警視庁が捜査員に偽《にせ》の身分証明を与えるために作った会社のセールスマンとして動いている。名刺の番号に電話をかければ女性社員が受話器を取るが、じつはチャット・サービスと同じシステムを使っているだけだ。同じ職員が、数社の架空企業の社員として応対している。

樋口が和也のデスクの前の椅子《いす》に腰を下ろした。顔がむくんでいるように見える。

「どうだ」と和也は訊いた。「疲れてるようだけど」

「休肝日が欲しい」

「連日か？」

「小さな質問ひとつ繰り出すのに、水割りが一杯は必要だ。一杯で質問ふたつなら、怪しまれる」

「わかる。無理をするな」

「かといって、いつまでもずるずる続けられるものじゃない。栗田さんのほうは？」

「まだだ」

彼は捜査員として、正攻法で聞き込みを続けている。しかしまだ、加藤義夫殺害事件につながる有力情報には到達できていない。

「おれも、加藤事件については、まだまったく見えてこないんだ。だけど、おれのいまの立場が信用されはじめてはいる。そろそろ、何か向こうから話がくる予感がする」

「どういう意味だ？」

「おれはブラック企業のリフォーム・セールスマンで、年中カネにぴいぴいしてる。条件次第では、危ないビジネスにも手を出すタイプの男だ。じっさい、昨日、おれと連絡を取りたいと名刺の番号に電話があった。身元調べがあったんだ。来週、会うことになった」

「加藤の件じゃなく？」

「クスリの売買の話になるんじゃないかと思う。いずれにせよ、おれみたいな新顔に声をかける気になっているんだ。そこ自体も新参じゃないか」

「無理するなよ」

和也は、あらためて自分の父親のことを思い出した。父親も若い時期に潜入捜査に従事した。六〇年代の終わりから七〇年代なかばにかけてだ。学生運動が過激化し、一部は銃器による武装闘争や爆弾闘争に入った。父は、そのような運動の中に身分を隠して潜り込み、運動や組織の情報を集めた。その苛酷《かこく》な任務のせいで神経を病み、人格崩壊の一歩手前までいったのだ。いや、いっときはじっさい崩壊していたのかもしれない。下谷署の天王寺駐在所勤務となってようやく神経は安定したが、その後、幼女人質事件の身代わりとなって父は撃たれ、死亡した。模範的とも英雄的とも周囲からは賞賛されたが、自分はそれがＰＴＳＤの再発症による、事実上の自殺であったと知っている。潜入捜査は、それほどに警察官の人格を分裂させ、破壊するものなのだ。

和也は警察学校同期の樋口に言った。

「ほんとうに無理をするな。いつでも正体を明かして引き揚げろ」

「どうしたんだ？」と樋口は笑った。「そんな真顔で」

「お前の身を心配してるんだ」

「まだ始まったばかりだ」言いながら、樋口は胸ポケットから携帯電話を取りだした。振動音を立てている。「ほら、これだ。おれは信用されたよ」

樋口は携帯電話のモニターに目をやりながら、和也の前から離れていった。

その会議室に大声が響いた。

「どうなってるんだ！ あれから四週間だぞ」

四週間前と同じ出席者による組織犯罪対策部の幹部会議だ。大声を発したのは、部長の藤堂警視長だ。前回とちがい、きょうは制服姿だった。制服を着込んでいるほうが、この場での階級差は明瞭《めいりょう》に意識される。命令はいっそう強く、絶対的なものに聞こえるかもしれない。

藤堂は、眉間《みけん》に皺《しわ》を寄せて出席者たちを睨《にら》みわたしてから続けた。

「大阪府警と神奈川県警が、この一カ月のあいだに十キロ単位で覚醒剤《かくせいざい》を押収《おうしゅう》している。必要なときにいつでも摘発できるだけ、日頃から内偵を進めていたということだろう？ どうして我が警視庁ではそれができなかったんだ？ どうしてだ、木崎くん」

名指しされて、会議室の前のほうで五課長が立ち上がった。ばね仕掛けで飛び上がったようにも見えた。

「はい。じつは、その」

しどろもどろだった。

この分では、と和也は思った。きょうの会議はまた無意味に長引く。そのあと課単位での会議。こちらもまず愚痴と不平がすっかり吐き出されるまで、しばらく続くことだろう。

高級幹部が期待しているほどの成果を挙げていないのは、一課も五課同様だった。松原はこのあと、われわれ係長たちにどういう指示を出すだろう。もちろん、藤堂の指示に反する命令が出るはずはない。ただ、言葉づかいが懇願調になるだけだろうか。始まったばかりなのに、和也はもう腕時計に目を落としていた。同じテーブルの左隣の席にいた五課の係長が、ちらりと和也の腕時計に目をやったのがわかった。

デスクに戻ると、和也は一課長の松原から呼ばれた。松原もさきほどの会議で五課長同様に絞られたのだった。どうして成果が出ないのだと。

和也が松原の部屋に入ってデスクの前に立つと、彼は珍しく顔に消沈した気配を見せて言った。

「目途は立っていないのか？」

加藤の件か、覚醒剤マーケットの変容のほうか、それともその両方についての質問か。

和也は言った。

「もう少しのところまできているという感触は、捜査員たちみなが感じているのですが」

「がむしゃらにあたるだけでは、結果はついてこない。マル暴の新人が六人もいるんだ。お前がサポートしてやってくれ。お前は捜査四課を経験しているんだ」

一年弱の期間でしかなかったが、和也はそれを口にしなかった。

「はい。できるだけ丁寧に指導するようにします」

「会議続きで、たいへんだろうが」

「大丈夫です」

「お前、加賀谷のいたころの人脈は、どうしてる？　そっちを使ってみることはできないのか？」

加賀谷の人脈？　加賀谷仁元警部の情報網や人脈は、警視庁捜査四課ではなく、加賀谷自身に属していた。彼が独自に開拓し、育て上げたものだった。他人が利用できるものではなかったし、引き継ぐことも不可能だった。だからそれは、加賀谷が逮捕された瞬間に消えた。消失したのだ。もっとも何人かの名と連絡先は覚えている。顔を覚えていてくれると期待できる相手も、何人かいないではないが。

「少し時間がたってしまいましたが、あたってみます」

「いまにして思うが、加賀谷の情報網はすごいものだったな。あいつはひとりで、五課ひとつに匹敵する仕事をしていた」

和也は黙ったままでいた。自分が評価できることではない。評価できる立場でもない。しかし、いま加賀谷の名を出されることには、多少の悔しさも感じた。加賀谷を売ったお前は、加賀谷の後継にもなれなかった無能者だと言われたような気分になった。いや、松原がそう意識していたかどうかはべつとしても、その意味の含まれた言葉だった。

「なんとかしてみます」

「配属になって一カ月だ。暖機運転の時間は終わった。期待に応《こた》えろ」

「はい」

和也は一礼して引き下がった。

樋口雅人は、入り口のほうに目を向けた。

男ふたりが、フィリピン人ホステスのあとについて店の中に入ってくる。

樋口は視線をカラオケのモニターに戻すと、あとを歌い続けた。静岡か浜松に住む幼なじみの恋人と別れ、新幹線で上京してホストになった、と想像できる男視点の歌詞。続いて自分についてくれたフィリピン人のホステス、マリアが、女性のパートを歌いだした。自分は都会であなたが変わってゆくことを悲しむと。あなたが泡銭《あぶくぜに》で買った指輪などいらない。ただ涙をふくためのハンカチーフが欲しいと。

歌い終えると、五人ほどのホステスがお義理の拍手をした。樋口は、入り口の客に意識を向けたまま、自分の席に戻った。

三人のグループ客のうちから、ひとりが立ち上がった。すでにカラオケには曲が予約されている。モニターの画面が、港の桟橋を歩く白いスーツの男に変わった。樋口の知らない古い演歌が歌われるようだ。

カウチに腰をおろし、ホステスが差し出したタオルで顔をぬぐうと、この店のホステスのチーフ格がやってきた。結婚して日本国籍を取っているという四十女だ。メリッサという名だった。日本語はかなり達者だ。

「樋口さん」と、メリッサは樋口の右隣に腰をおろした。「ご紹介するわ。佐久間《さくま》さんよ」

樋口の向かい側、マリアの右隣に、四十歳ほどの男が腰掛けた。眉毛《まゆげ》が薄く、眼光が鋭い。ヘビースモーカーなのか、顔の肌は荒れており、毛穴はあばた状だ。全体にジャガイモのようにも見える。暴力団員？　もしちがうとしても、その周辺の産業に多く見られるタイプの男だ。闇《やみ》金融とか、手配師とか。

メリッサが言った。

「佐久間さん、このあいだ話したでしょ。このひとが樋口さん」

「どうも」と、佐久間と紹介された男が言った。顔の下半分だけで微笑を作ったような表情になった。

メリッサが言った。

「樋口さんはうちの常連さんなの。リフォーム会社のセールスしてるひとなんだけど、いつか独立して、貿易の仕事なんか始めてみたいと思ってるんだって。うちの女の子たちとも英語で話せるし」

樋口は照れて見せた。

「いや、思いつき。夢ですよ、夢」

「佐久間さんの仕事も、いろいろ、貿易関係なの。いいパートナーがいればと前に言ってたから」

佐久間が言った。

「どんな会社？　名刺くれる？」

樋口はジャケットのポケットから名刺入れを取り出し、相手に渡した。こういう任務のためのダミー会社だ。事務所は赤坂の雑居ビルの中にあることになっている。

「佐久間さんは、どんなお仕事を？」

佐久間がメリッサに合図した。メリッサはうなずいて、ポーチの中から一枚の名刺を取り出した。佐久間の名刺だった。

㈱東栄開発興産
代表取締役　佐久間真一《しんいち》

とある。社名からは、どんな種類の企業なのか、判断がつかなかった。事務所の所在地は品川となっている。

樋口は名刺を見ながら訊《き》いた。

「どんなお仕事なんです？」

「東南アジア物産の輸入」

樋口は、酒も入って口が軽くなった男を装《よそお》った。

「商社ですか。格好いいなあ」

「あんたは、独立したいんだって？」

「そうなんですよ。先月は二本取れたんでいまは小遣いもあるんだけど、今月はどうなるか。もっと割りのいい仕事したくて」

「リフォーム会社の営業？」

「歩合《ぶあい》でね。評判よくないところなんで、このところ成約が難しくなってる」

「リフォーム詐欺《さぎ》だな？」

樋口は笑った。

「はっきり言いますねえ。ええ、それに近いんですけどね。成約したら儲《もう》けもの。なんでもない家から三百万は引っぱり出す」

「楽しそうに言うなあ。被害者のことなんて、気にならないのかい？」

「食ってくためですからね。佐久間さんのところの商売は、具体的にはどんなものなんです？」

「いろいろだ。貝殻からひとまで」

「貝殻から、ひと？」

「東南アジアの特産品ならなんでも」

「人手、必要なんですか？　どっち方面です？　おれ、シンガポールと香港は行ったことがあるんですけど。支社で働かせてもらうとか」

佐久間は鼻で笑った。

「輸入品を捌《さば》く手伝いさ。きちんとセールスができる人間じゃないと、できるものじゃない。言葉づかいも、礼儀も知ってて、事務能力のあるやつがいるんだけどな」

「ルートセールス？」

「いちどルートができてしまえば」

「完全歩合制じゃないなら、つまり給料もらえるなら、仕事によってはやるんですけど」

「雇い人が欲しいわけじゃないんだ。仕事のパートナーだ。独立して、自分でリスク背負《しょ》ってやるってやつな。独立する気ある？」

「つまり、フランチャイズ制ってことですか？」

「そういう言い方もできる。コンビニを開業するのとも近いかな」

樋口は、ちょっともったいをつけてみせた。

「どういうビジネスか、それ次第ではやってみたいものですけど。非合法のものとか、危ないものじゃないですよね」

「ひとつの例だけどよ」佐久間はにやりと笑って言った。「このマリアもおれが扱った商品のひとつだ」

樋口は驚いてマリアの顔を見た。黒いショートヘアのマリアは、微笑して樋口にうなずいてくる。

「厳密に言えば、入管法違反か何か、違法の密輸入なんだろうけどな。だけどご本人は納得してるし、ここで働いてるところで、誰も被害者はいない。むしろ人助けになってるくらいだ。どうだい。そういうのでもやっぱりいやか」

「少し考えたいところです。突然なもので。それに」

「それに？」

「もしフランチャイズになるとして、元手もかなり必要でしょうね」

「独立したいと言ってたんだ。多少の貯金ぐらいあるよな」

「ええ。少々。ほんとに、少々ですけどね」

「何日か考えてもいいぞ。それと同時にさ、独立を考えるなら、顧客評価をやっておけ」

「顧客評価ってなんです？」

「あんたの固定客だ。もし健康食品を売るなら何人が買ってくれるか。もしクルマなら何人か」

「商品次第だと思うな」

「ちがうさ。顧客評価のとき肝心なのは、相手がその商品を必要としてるかどうかってことじゃない。あんたが売ると言ったときに無条件で買ってくれる、って人間だけを客と数えるんだ」

「かなり厳しい」

「なんであれ、独立して食ってくってことでラクなことはないさ。いやなら、そのリフォーム詐欺を続けてたらいい」

「佐久間さんの仕事って、リターンは大きい？」

佐久間はまた鼻で笑った。

「証明しろってか。外におれのクルマが停めてある。運転手が待ってる。これ、いくらですかって訊いてきたらどうだ？」

「いや、いいんですけどね」

マリアが佐久間に水割りのグラスを差し出した。やりとりは途切れた。ここで食いついてしまっては、逆にあやしまれる。もう少し逡巡《しゅんじゅん》したほうがいい。ボーダーの仕事から、完全に非合法のビジネスに踏み出すのだ。もっとためらいがあっても全然おかしくはないのだ。

マリアが樋口に言った。

「樋口さん、もう一杯作る？」

「ああ」

「カラオケ空いたね」

「歌うかな」

マリアがコントローラーをテーブルの上に滑らせてきた。

樋口はこんどは台湾の女性歌手が日本の演歌歌手とデュエットする曲を選んだ。アジアからの出稼ぎ女性には人気がありそうな曲。

「歌えるか」と、樋口はマリアに訊いた。

「うん」マリアはすぐマイクを一本樋口に渡すと、自分もマイクを持って立ち上がった。

樋口は携帯電話を取りだすと、メリッサに渡して言った。

「ママ、おれとマリアのデュエット、撮ってよ」

「これで？」メリッサが携帯電話を受け取って訊いた。「簡単？」

「どれも似たようなものだろ」

佐久間の目が携帯電話に向いた。その携帯電話にはたいした秘密は記録されていないと、それを教えるための振る舞いだった。他人にメモリーや通話記録を見られることなど、気にしていないのだと。

モニターの前で並んで歌い出したところで、メリッサが樋口に携帯電話を向けてきた。樋口はそのレンズに向けてピース・サインを作った。

カラオケを終えると、樋口は小声でマリアに言った。

「次は佐久間さんと歌えよ」

「いいよ」と、マリアは屈託なく応《こた》えた。

席に戻って、樋口はメリッサから携帯電話を受け取った。モニターには、マリアと頬をつけてピース・サインをする樋口が写っていた。樋口はおおげさに喜んだ。

マリアが佐久間の脇《わき》に膝《ひざ》をついて、カラオケに誘った。

「佐久間さん、お上手じゃない。歌おうよ」

樋口は携帯電話を手に取ってカメラをセットした。ふたりが歌い始めれば、マリアに関心があるふりをして、佐久間の顔を撮るつもりだった。しかし、ごく自然にやらねばならない。佐久間の顔を記録したいのだと、これっぽっちも気取《けど》られてはならないのだ。

しかし佐久間はマリアの誘いには乗らなかった。

「じゃ、樋口さん、じっくり考えてくれ。おれも、あんまり軽い気持ちでやるとは言って欲しくないんだ」

佐久間は席を立ち、出入り口へと歩いていった。

メリッサが樋口に言った。

「あのひと、ひとを見る目があるの。樋口さん、見込まれたんじゃないの」

樋口は苦笑して言った。

「ただの成績不振の営業マンだぞ」

「だけど何でもできるひとだよ。あたしもそう思う」

「何でもって、たとえば」

「商売でも。銀行員でも。公務員でも」

「そうか」

樋口は立ち上がった。

「佐久間さんの車って、何だろう。見てこよう」

樋口はゆっくりと出入り口へと向かい、ドアを抜けてから階段を駆け上がった。地上に出る瞬間、車の発進音が聞こえた。左手に目をやった。夜の五反田の仲通りを、駅前方向に銀色のセダンが遠ざかってゆくところだった。ナンバープレートは読めない。樋口は肩をすぼめた。

写真も撮れず、やつの車のナンバーも控えることができなかった。しかし彼には、引き込むだけの価値ある男だと印象づけることはできたようだ。このままなら、たぶん来週中にもう一度接触したいという連絡が入るだろう。

和也は樋口からの報告を聞いて言った。

「写真も、ナンバーも、無理をするな。この調子なら、誘いがある。焦《あせ》ることはない」

樋口は言った。

「これが栗田さんを脅しにきたジャガイモ野郎と同一人物と特定できれば、ビンゴです。加藤殺しの被疑者を確保できたも同然かと」

「もう、熟した柿《かき》と同じだ。黙っていても、落ちる。じっくり時期を待つだけでいい」

「それにしても、おれみたいな人間までリクルートしようなんて、いったいどういうことなんでしょうね」

和也は、ひと月前の幹部会議のときの五課長の分析を思い起こして答えた。

「末端価格が上がっていないそうだ。これだけ取り締まりが厳しくなっているのに、やはりブツが余っているんだろう。供給過剰。新しい卸元は、市場を広げるため、仲卸や売人の確保に躍起なんだ」

「成り行きとしては、おれ、末端売人を飛ばして、その上の仲卸にひきずりこまれそうです」

「マルチ商法とはちがう。仲卸には、その能力のある男をつける。売人はいつだって警察に売れる程度の人間にしかやらせない」

朝の係の会議だった。和也にとっては会議は連日、ふたつみっつと続く。朝の点呼とこれに続く係の会議。終わると一課の係長会議。ときに関連部署の係長が出席する連絡会議。さらに組対部の係長以上のものが出席する幹部会議。さらに様々な部署の関係幹部だけが集まる不定期の会議があり、一課からもひとり出しておいてくれ、という程度の緊急性の低い会議への出席もたまにまわってくる。一日のうち、会議に出ている時間だけで四時間、あるいはそれ以上だ。報告書類を読む仕事に一時間。和也自身が提出しなくてはならない報告書を作成し、各種の起案に関する書類仕事をこなす。組対の一課という現場部局なのだから、たとえ幹部になろうと、もう少し捜査に関わることができるだろうという期待は裏切られた。これでは名目どおりの管理職でしかない。しかも警視庁という巨大な官僚機構の中の最下級レベルの管理職だから、裁量権などないに等しいのだ。仕事は、ときおりむなしく無意味だった。しかし、部下の前ではそんな想《おも》いを一瞬たりとも表情に出すわけにはゆかなかった。

和也はベテラン捜査員である瀬波寛に顔を向けた。

「きょうはわたしに同行してもらえませんか。古い人脈をたどってみたい」

瀬波は、頭をかきながら言った。

「じつは、先日仮釈放された男がいるんです。千葉の男なんですが、こんどの件と接点がありそうなんで、出向いてみようと思っていました」

「原口くんと一緒？」

「いや、わたしひとりでもかまいませんよ」

和也は瀬波の相棒である若い原口貴志に顔を向けた。

「きみがついてきてくれ」

「はい」

原口がうれしそうに返事をした。係長の人脈なるものがどんなものか、確かめてみたいとでも思ったのだろう。

その事務所は、十年前と同様、乃木坂《のぎざか》の中通りにあった。

和也は原口と並んで向かい側に立ち、ビル全体を見渡した。エントランスに路上駐車しているのは、銀色のドイツ製セダン。ナンバーもすぐに照会した。江藤昭《あきら》のものだ。運転手が乗っている。ということは、江藤は確実にいま事務所の中にいるということだった。

一階のピロティ部分には、ほかに二台のセダンが停まっていた。エントランスの上部には、二台の監視カメラがある。二階の窓ガラスには、大誠開発興業と、内側から大きな文字が貼《は》られている。その文字の隙間《すきま》から、路上を見下ろしている影が見えた。

十年前とちがい、ビルの壁から突き出た看板の数はほとんどなくなっている。かつてこのビルに入っていたほかのテナントは撤収してしまったのかもしれない。

暴力団がどこかのビルや通りに事務所をいったんかまえると、いやがらせや駐車違反などで徹底的に周辺とトラブルを起こす。これを嫌がってテナントや住人が立ち退《の》けば、賃料も不動産価値も下がる。そこを買い叩《たた》いて入手する。江藤組の江藤昭は、定石通りの手でこのビルのオーナーとなったのだろう。

和也は原口にうなずくと、中通りを横切ってそのビルのエントランスに入った。外側のガラスドアの奥にもう一枚ガラスドアがあって、そこから先に入るには、中からロックをはずしてもらわねばならないようだった。インターフォンがドアの脇にあったので、和也は通話ボタンを押した。

「はい」と、男の低い声。

「警視庁組対の安城だ」和也はモニターのカメラに向けて、警察手帳を開いて見せた。「江藤昭に会いたい」

「用件は?」

「会いたいってことだ」

少しの間があってから、声が返った。

「三階に」

記憶では江藤の事務所は二階にあったのだが。

ガラス戸が開いた。和也は原口を従えて中に入り、エレベーターの前へと進んだ。エレベーターはちょうど一階で停まっていた。

三階でエレベーターをおりると、小さなホールに男がふたり待っていた。用心棒だろう。ジャージの上下の中年男と、派手なシルクのシャツを腕まくりした若い男だった。

　ジャージ姿の男が和也の前に立ちはだかって言った。

「もう一度ＩＤを」

「用心するようになったんだな」言いながら、警察手帳を取りだして、バッジと身分証明書を男に見せた。

　ジャージの男は、身分証明書を確認してから言った。

「こっちへ」

　ホールから廊下に出て左に歩くと、目の前にドア。ジャージの男は、そのドアの脇のインターフォンに顔を近づけた。

　中に案内されると、正面のデスクの向こうでビジネス・シャツ姿の中年男が立ち上がった。江藤昭だ。よく陽に灼《や》けており、豊かな髪を整髪料でまとめている。江藤は笑みを見せた。

「安城さん。お久しぶりです」

　江藤は、バブルの時代に某大手銀行のダミー会社を通じて地上げに暗躍、裏社会での地位を築いた。それまでは警察の分類では不良土建から出た弱小の暴力団のボスに過ぎなかったが、その後六本木を中心にいくつもの下部組織を通じて表に出ないカネを吸い上げるシステムを作り上げていった。

和也が最後に彼を見たのは、まだ捜査四課にいたときだ。上司である加賀谷仁警部について、加賀谷の人脈のひとりである江藤と会ったのだった。

あのころは彼も、身体《からだ》に強い暴力の匂《にお》いを残していた。すでに暴力を手段にするビジネスからは距離を取り始めていた時期とはいえ、それでも彼が放つ空気はまぎれもなく、裏稼業《うらかぎよう》の人間特有のものだった。近づき方をまちがえると危険な結果が待つと、想像させた。捜査四課に配属されたばかりの和也は、最初に会った瞬間、気押《けお》され萎縮《いしゆく》した。この男の前では警察手帳は通用しない、とさえ感じた。

しかしいま、五十代なかばになったはずの江藤に、もう暴力団の組長という雰囲気はない。ファッションも業界センスのものではなかったし、多少ワンマンタイプではあろうが、やりての実業家とも見える。

江藤はデスクをまわって部屋の中央に出てきた。用心棒の男ふたりは、応接セットの両側に腕を組んで立った。

「覚えてたか」

江藤は、少しおおげさに聞こえる調子で言った。

「お、その言葉づかいだと、いまは警部補？」

「警部」和也は用意しておいた名刺を江藤に差しだした。

「これは失礼」江藤が腰掛けるよう勧めた。「組対の一課ですか」

和也は原口をうながして応接ソファに腰をおろした。江藤も正面に腰をおろした。

「十年ぶりぐらいですか」

「そのくらいかな。羽振りいいようだな」

「ぼちぼちですよ」

江藤は足を組んで、ポケットからタバコを一本取りだした。若い用心棒が素早くライターを出して火をつけた。

最初の煙を吐き出してから、江藤は言った。

「この時間だ。コーヒーってのも子供みたいでしょう。バーボンか、ブランデーはいかがです？」

原口が横目で和也をうかがったのがわかった。

和也は答えた。

「バーボン」

「お好みは」

「なんでも。ロックで」

若い用心棒が、部屋の隅にしつらえられているバーカウンターに向かった。

江藤が訊《き》いた。

「きょうはどういうご用件で？　ご昇進のお知らせということであれば、ささやかなお祝いの席など設けさせていただきますが」

「いらない。用件というのは、世間話をしないかということなんだ。最近、裏稼業のほうで変わったことは起きていないか。業界の噂《うわさ》になっているようなこと」

江藤は笑った。

「裏稼業だなんて、おれは十年前のおれとちがいますよ。いまは堅気のビジネスをしている。投資家なんです。そういう世界のことは知らない」

「どういうところに投資してるかは、把握してる。きれいごとは言わなくていい。端的にひとつだけ教えてくれたら、きょうはそれで帰ってもいい」

「なんです？」

「クスリをめぐる事情に変化が起きているな。事業に新規参入してきたところがある。参入してきたのは、なんていう組織だ。あるいは、キーパースンは誰だ？」

「おれが、そういう事情を知っていると？」

「確信してるよ」

「五課の仕事では？」

「五課になら話すのか？」

若い用心棒が、グラスを三つ、応接テーブルに置いた。

江藤は自分の前に置かれたグラスを持ち上げると、左手の指輪でグラスを鳴らした。

「どうしておれが、あんたにいろいろ話すはずだと思うんです？　おれが話さなくちゃならない理由はなんです？」

「おれは警官だ。それでは不足かな？」

「不足ですね」

「これまでだって、情報提供はしてきたろう。商売敵《がたき》をつぶすため、という理由があったかもしれないが」

江藤はグラスのバーボン・ウィスキーに口をつけてから言った。

「そりゃあそうです。こっちだって、何かしらの情報を出すときは損得を考える。おひとよしで情報を教えてきたわけじゃない。損得の計算は、誰よりも厳密にやりますよ。こっちはビジネスがかかってる。しかも、生命《いのち》がけのビジネスなんだから」

「この件については、出すことの不利益が大きすぎる、と言っているのか」

「ビジネスのかかった情報なら、たとえ警察相手でもひとを選ぶということです。前に来たときは、安城さんは加賀谷警部の部下だった」

ここでもその名前が出た。和也は江藤があとに何を続けるか、身構えた。

「どうしておれが加賀谷には情報を教えたのに、あんたにはしないのか、ふしぎなんですか？　簡単にいえば、やつは最悪の場合でも信じていいと思えたからです。じっさい、あんたに売られて」

和也は鋭く言った。

「おれは売っていない」

江藤はまばたきした。それだけ強い調子で否定されるとは予想していなかったのだろう。

江藤はすぐ気を取り直したように続けた。

「じっさい、覚醒剤《かくせいざい》所持が密告されて取り調べを受けることになっても、加賀谷は入手経路、カネの工面の方法について、ひとこともしゃべらなかった。取り調べでも一切黙秘を、崩さなかったでしょう？　裁判でも。ただ加賀谷は、それが任務の一環での所持だったことを認めただけだった。加賀谷は組織の後ろ暗いところを全部ばらして、身の潔白を主張することもできた。だけど組織の関与も、上司の具体的な命令も、それまでの裏金の出どころについても、何もしゃべらなかった。やつは、仕事で知った裏情報も、腐った組織の実態も、墓場まで持ってゆく覚悟なんだろうね」

取り調べでの加賀谷の対応と、公判の様子については、和也も耳にしていた。加賀谷はたしかに、それを明らかにすればかなり有力な無実の証明になるにもかかわらず、覚醒剤所持をめぐる裏の事情については口をつぐみ通したのだ。組織的関与の実態、上司の指示についても、詳細は明らかにしない。ただ、押収《おうしゅう》された覚醒剤は任務の一環で持ったものであり、それが違法であることの証明は検察側が行うべきことだと主張したのだ。

公判では、加賀谷が覚醒剤入手ルート、密売先について証言するのではないかと、裏社会関係者たちも傍聴した。しかし最後まで、姿勢は変わらなかった。結果として、一審が懲役三年六カ月の有罪実刑判決、加賀谷が控訴しての二審では、無罪の判決が出た。加賀谷の逆転勝利だった。検察は上告を断念、無罪が確定した。しかし加賀谷は復職することなく、三浦半島の小さな漁港に引きこもった。最近では消息さえ聞かない。

加賀谷が逮捕されたときは、警視庁の内部にはもちろん、裏社会にも快哉《かいさい》を叫ぶ者があった。敵を作りがちな任務に就いて、派手な生活を続けていたから、それは当然のことども言えた。しかし二審が始まったころから、加賀谷についての評価が変わった。頑《がん》として覚醒剤捜査や拳銃《けんじゅう》摘発をめぐる組織の内実を明かさず、上司命令や上司との関係について証言を拒んだことで、彼はむしろ警察の威信を守ったのではないかと。関わりのあった裏社会や暴力団の関係者も、保身のために自分たちを売ることのなかった男として、加賀谷を語るようになった。暴力団員に言わせれば、加賀谷こそマル暴刑事の鑑《かがみ》と言うわけだ。

加賀谷の失脚と警視庁からの追放の事情について、記憶が頭の中でフラッシュバックした。和也の沈黙は、そのあいだ数秒続いたかもしれない。

江藤が言った。

「加賀谷はべつに、おれたちと誓約を交わしたわけじゃない。正直なところ、最後の最後にはおれたちを売って、警察官として生き延びるのではないか、と予想しないでもなかったさ。だけどやつは、誰も売らなかった。秘密を抱え込んだまま、警視庁追放を受け入れたんだ。おれはうちを担当したのが加賀谷だったことを、喜んでいる。あいつでよかった。あんな刑事だから、つきあってやる価値もあったというものだ」

江藤がまたグラスを口に運んだ。

和也は訊いた。

「つまり、結論は？　組対一課には協力できないと？」

「ちがう。組対一課なんかどうでもいい。問題はあんたですよ。おれがあんたを信用すべき理由はないってことだ」

「何か知っていても、いま訊いたことには答えるつもりはないと？」

「どうしても訊きたいって言うなら、信用させなよ。おれを信じろと、ひとこと言ってみろ。言っておくが、この稼業では、誓約書なんぞ何の意味もないよ。信じろと言うときは、生命を賭《か》けるということだ。できるか？」

そこまでおおげさな話なのだろうか。捜査員に生命を賭けることまで要求する情報なのだろうか。

和也が黙っていると、江藤はテーブルにグラスを置いて立ち上がった。

「できないなら、加賀谷を連れてきな」

呼び止めようとすると、年輩のほうの用心棒が言った。

「出口まで、ご案内します」

出直すしかないようだ。

和也は原口に合図して、自分も応接ソファから立ち上がった。

漁港から国道を渡った先の集落の入り口近くに、その建物はあった。木造の平屋で、中は十畳ほどの和室がふたつある。それに、魚を処理するための広めの流し場。ここはコンクリートの三和土《たたき》となっている。奥に台所。生活臭はなかった。ただ釣り客の仮眠や休憩のための施設なのだろう。その釣り船屋の事務所としても、使われているようだった。

男はクーラーバッグを下げて建物の中に入った。

警視庁警務一課長の斉藤優《まさる》も、男のあとに続いた。部下の石原も一緒だった。

男は、流し場のコンクリートの上に折り畳み椅子《いす》を引っぱり出し、腰掛けた。

斉藤は、自分のための椅子はないかと探したが、見当たらなかった。やむなく立ったままでいた。

斉藤は男を真正面から見据えると、胸ポケットから名刺を取りだした。

「いまさら自己紹介もなんだが、警務一課長の斉藤だ。こっちの石原を覚えているか？」

斉藤の脇《わき》で、石原が男に黙礼した。

男は名刺を受け取って一瞥《いちべつ》してから言った。

「十年前、おれを監察したふたり。忘れていない。昇格したのか」

「畑山課長の後任だ」

「それで、用件をもう一回言ってくれ。助けがいるって？」

「そうなんだ、加賀谷。もう一度警視庁に戻ってくれ」

加賀谷と呼ばれた男は目を見開いた。あまりにも意外な言葉だったようだ。無理もない。斉藤自身、先日、警務部長と組織犯罪対策部長の両方から、それが可能かどうか打診されたときは仰天したのだ。

加賀谷、と狎《な》れ狎《な》れしげにも呼ばれた男は、理解できないという表情で言った。

「おれは、警視庁を追ん出されたんだ。あんたら警務に」

「ちがう」斉藤は首を振った。「あんたは依願退職している。われわれはそれを認めた。退職したあとの、一市民のあんたを逮捕したのは、生活安全部の薬物対策課だ」

「どうちがう？　同じ警視庁がやったことだ。おれは逮捕され、覚醒剤不法所持で送検され、二年半拘置所に放り込まれた」

「だけど、二審で無罪だ。あんたのやったことは、法的には罪じゃないと裏打ちされた。警視庁は、その司法判断を尊重する」

「だから復職しろと？　そんなことができるのか？」

その声に、復職したいという意志はこめられていないようだ。ただ純粋に疑問として発せられた。

斉藤は答えた。

「警視庁職員の復職規定は、地方公務員法に準ずる。あんたは依願退職だ。懲戒免職じゃない。復帰することは、法律上問題ない。辞めたときの階級またはそれ以下の待遇で復帰できる。つまりあんたは、警部として警視庁に復職できるんだ」

加賀谷が、パイプ椅子の上で足を組んだ。

「法律の問題はわかった。だけどいま、こんなおいぼれを復職させたい理由はなんだ？ 現場を離れて長いのに」

「組織が変わった。あんたがいたときの捜査四課はなくなり、生活安全部の一部と統合された組織犯罪対策部が生まれた。しかし、六年たつのにいまだにまともに機能していない。とくに、暴力団情報の収集能力がまったく落ちている。耳にしていないか？ だからいま、警視庁にはベテランの助けが必要なんだ」

「拳銃摘発のために？」

「それを含め、組織犯罪対策全般を円滑に進めるために。とくに情報収集能力を高めるために」

「それを誰が言ってるんだ？ あんたらをここに来させたのは誰だ？」

「組織犯罪対策部長と、警務部長。これはわたしの独断じゃない。すでに組織を通ってる話だ」

加賀谷は視線を横に向けた。視線の先、窓ガラスの向こう側に見えるのは、毘沙門《びしゃもん》湾だ。漁港が拓《ひら》かれている。いましがた加賀谷が小船で帰って来た港。おそらくこの三浦半島の中でももっとも小さくひなびた漁港だった。

斉藤は自分も加賀谷の視線の先に目を向けて言った。

「ここに加賀谷がいたら、という声は、けっして小さなものじゃない。あんたがいなくなってから、あんたがやってきたことの価値を幹部たちがやっと理解した。あんたは警視庁に必要だった。あんたも、釣り船屋の親爺《おやじ》をやっているより、警視庁で働くほうがよくはないか」

加賀谷が視線をもう一度斉藤に向けてきた。その目には、はっきりとわかる憤怒《ふんぬ》の光があった。

加賀谷は、感情を押し殺したような低い声で言った。

「帰れ。二度と来るな」

「もう少し説明させてくれ。事情を知ったらあんたも」

「知らん。出て行け」

言いながら加賀谷は立ち上がり、入り口の引き戸を示した。

「行け」

斉藤は落ち着けと両手を広げて言った。

「組対に、席を用意してある。特別捜査隊だ。あんたはそこでひとり一班の警部となる。捜査四課のときと同じように」

「出て行けと言ってる」

「もう一度来る。なんなら、組対部長と一緒に来ようか。畑山に、土下座させるか」

「おれが切れる前に出ろ」

斉藤はあとじさりしながら言った。

「組対一課には、安城和也が配属された。若造が一係を仕切ってる。あそこも、無能揃《ぞろ》い。組対のお荷物だ」

一瞬だけ、加賀谷の表情から怒りが消えたように見えた。しかしすぐに加賀谷は、目をつり上げた。

「釣り船屋の親爺で満足してる。出ろ」

斉藤はあきらめて入り口へと歩き、その建物を出た。石原が入り口を出たところで、引き戸は勢いよく閉じられた。

斉藤は肩をすぼめると、乗ってきた車に向かって歩いた。

石原が隣に並んで言った。

「脈なしですか？」

「いいや」斉藤は首を振った。「いきなりの話だ。加賀谷も心の準備がなかっただけだ」

「そうとうに切れてましたが」

「おれだって、あいつの立場なら切れる。だけど、今夜はじっくり申し出を吟味する。警部のままで復職できるんだ。悪い話じゃない」

「でも」石原は、口ごもりつつ言った。「九年のブランクです。いくらベテランでも、ほんとうに使い物になりますかね」

「捜査員としての能力や勘は、いまや問題じゃない。やつは黙秘を通して無罪を勝ち取った。マル暴の中では、伝説の刑事となったんだ。ある意味じゃ、警視庁の最強のマル暴刑事だ。使える」

斉藤は歩きながら携帯電話を取りだした。いまの話の首尾を、警務部長と組織犯罪対策部長に報告しなければならなかった。突然なのでいい返事はもらえなかった、と伝えることになるだろう。でも、はっきりと拒絶されたわけではありません、説得を続けようと思いますと。

その男がビルのエントランスを出てきた。

原口貴志は、すでに三脚に固定してある小型のビデオカメラをオンにした。

隣で瀬波が、胸元のピンマイクに言った。

「動くぞ。用意」

男は四十代、大柄な身体《からだ》をベージュのブルゾンに包んでいる。前ボタンは止めていない。両手はズボンのポケットに突っ込んでいた。男はガラス戸の外で一瞬立ち止まり、顔をしかめた。風が思いのほか強いとでも感じたのかもしれない。

そのうしろから、もうひとり男が出てきた。歳《とし》はブルゾンの男と同じくらいか。丸刈りで、背も同じぐらい。いくらか細身で黒っぽいジャケットを着ている。表情がどこかすさんでおり、いつでもからむ種を探しているかのように見えた。

原口は、ビデオカメラのモニターを見て言った。

「もうひとり。丸刈り。黒いジャケット。暴力団っぽい風体です」

レンズは最大限まで望遠側にしている。肉眼では見えない顔つきの細部まで確認することができた。

丸刈りの男は、エントランスの前で携帯電話を取りだして話し始めた。最初に出てきた男は、ビルのすぐ前に停まっていたセダンの脇へと歩いた。銀色の国産セダン、トヨタの最高級グレード車だ。その車は五分ほど前にビルの駐車スペースから出てきて、エントランスの前に横付けになっていた。

午後七時を十五分すぎたところだ。ビルはJR品川駅近く、品川プリンスホテルの西側にある。大使館も散在するエリアだが、バブルの時代を生き延びた古い民家も目立つ一角だった。ビルは、樋口雅人に接触してきた男の名刺にあった建物だ。男の事務所があることになっているビル。建物の雰囲気から察するに、集合住宅ではなく、完全に賃貸オフィス用だろう。ただし寝泊まりも妨げないという不動産物件。佐久間という男は、事務所だという四階の部屋に事実上居住しているのかもしれない。

ビルの前の通りは狭く、南への一方通行だ。オフィスとしては不便にも思うが、行政的には地域は高輪《たかなわ》になる。高輪ブランドに割り増しの賃貸料を支払ってもよいという需要もあるのだろう。

原口たちが陣取っているのは、通りをはさんで反対側のビルの二階、あまりはやっていない美容院の窓側だ。カーテンの隙間《すきま》からビデオカメラをのぞかせ、原口自身もときおり暗視鏡を手にしてそのビルのエントランスを見張っていた。

「佐久間が助手席に乗り——発進しました」

瀬波が、原口のうしろで言った。

「クラウン、発進した。佐久間は助手席」

セダンが走り去ったところに、次の車がやってきて停まった。色も外観も似ているが、佐久間の車よりは少しだけ年式が古く見える。セルシオだろうか。丸刈りの男がその車の助手席側にまわって乗り込んだ。

「もう一台きました」と原口は言った。「たぶんトヨタ・セルシオ。丸刈りの男が乗りました。発進」

車種を伝えて振り返ると、瀬波がマイクに言っているところだった。

「係長、この車は、追えますか？」

原口は暗視鏡の中で、発進していった二台の車が両方とも先の交差点を左折したのを確認した。

係長、と呼びかけられた安城和也はいま、瀬波たちのいる美容院から南におよそ三キロメートルという場所にいた。品川区勝島《かつしま》にある警視庁第二方面本部ビルの二階の一室である。加藤義夫の拉致《らち》現場である大井競馬場にも近い警視庁施設だ。方面本部ビルの裏手には、第六機動隊の隊舎がある。

きょうの午後から、一課第二対策係は、ここに臨時の前線基地を設けた。佐久間という男の身辺を洗い、加藤義夫殺害事件との関連を捜査するためである。佐久間の行動範囲が品川、五反田、渋谷、六本木周辺と推測されていたので、警視庁本庁舎よりもこの第二方面本部のほうが、基地を設置するには都合がよかった。

部屋は会議室にも物置にも、必要とあらば取り調べにも使えるような窓のない造りで、広さは畳二十枚ほどだった。午後のうちに警視庁組織犯罪対策部総務課の技術要員により、パソコン、通信設備が運びこまれ、必要な設定がなされていた。狭苦しいことでは救急車の中のようであり、無骨な機械がケーブルを垂らしてぎっしりと集まっているという点では、ひと昔前のテレビ局の中継車の内部のようでもあった。

この部屋で安城和也は、折り畳みのパイプ椅子《いす》に腰掛け、インターコムのヘッドフォンをかけてモニターを見つめていた。いまここで使われている無線は本部系でも署活系でもなく、捜査チーム単位で使える新鋭システムだった。

和也は、瀬波の報告を聞いて、素早く別の捜査員たちに指示した。

「二班が、あとから出たセダンを追ってくれ。ナンバー確認のこと。照会はこちらでやる」

「了解」と、ノイズまじりの声。小河原だ。

「一班、用意は？」

「オーケー」と返事。こちらは刈部だった。彼らの車はいま、一方通行の通りから東に入ったアメリカン・クラブ前の路上にある。「いま、佐久間のセダンが下ってゆきました。追います」

「ナンバー確認してください。照会はこっちでやります」

「了解です」

和也は原口に言った。

「原口は、もう少しそのまま待機してくれ。動画送信も完璧《かんぺき》だった」

やりとりを終えてから、和也は思った。以前は被疑者や重要参考人の尾行、密行というのは、難しいものだったという。居場所を目視で確認しなければならなかったし、そのために密行がばれることを承知でかなりの距離まで接近しなければならなかった。尾行の場合は、たとえ相手に気づかれていなかったとしても、見失うケースもしばしばだった。いったん視認範囲から逃した相手は、もうそれ以上追跡はできなかったのだ。そのうち発信機等の機材もできたが、大きくて扱いは不便だった。和也はベテランの捜査員たちから、かつての密行や尾行の苦労話をさんざん聞かされてきた。それに較《くら》べれば、いまのお前たちがやっていることは、テレビゲームにも似た容易さではないかと。

たしかに誰もが携帯電話を持つ時代になったため、被疑者や参考人の追跡はずいぶんラクになった。携帯電話の位置情報確認システムのおかげで、警視庁はある誘拐犯を関西で逮捕できたこともある。高性能携帯電話に限らない。いまは普及タイプの携帯電話でも、位置情報確認システムは簡単に使えるようになったし、ウェブ上の地図にピンポイントでその場所を表示させることもできるのだ。

きょうの監視対象である佐久間真一という男については、事務所の所在地と携帯電話の番号がわかっていた。樋口が、新しいビジネスに興味があれば連絡するようにと、名刺を渡されていたからだ。名前からは佐久間の正体を特定できなかったため、きょうの監視、密行になった。彼の行動と接触相手を知ることで、佐久間本人を知ろうということである。そこで加藤義夫との接点が出てくれば、次は殺人事件の被疑者として徹底的に調べることになる。樋口が誘われているビジネスの中身も判明するだろう。覚醒剤《かくせいざい》がらみという第二対策係の推測が正しければ、この半年ばかりの覚醒剤をめぐるマーケットの動向についても多くの情報が得られるはずだった。

モニターの地図の上で、佐久間の携帯電話の位置を示すポインタが移動した。一方通行の通りを南に下っている。和也はマウスを動かし、同時に開いていたもうひとつの地図を呼び出した。こちらには、一班の刈部の携帯電話の位置情報が表示されている。刈部たちは佐久間を追うべく、一方通行から都道三一七号、御殿山《ごてんやま》交差点南側の路上で待機していた。

さらにその下からもうひとつ地図情報画面を呼び出した。こちらには、小河原の携帯電話の位置。刈部とは場所を違えて待機させていた。丸刈りの男が乗ったセダンのほうを、小河原たちが追うことになる。

和也がモニターの横からコーヒーカップを持ち上げると、左手でやはりモニターを覗《のぞ》き込んでいた樋口雅人がこちらを見つめてきた。その向こうには栗田弘樹。ふたりとも、追跡班には入れず、この前線基地に置いたのだ。

樋口は佐久間に顔が割れており、その佐久間は大井競馬場で栗田を脅してきた男の可能性が高い。ふたりをきょうの密行に当てるわけにはゆかなかった。万が一、追跡車両の中をのぞかれでもしたら、監視がばれる。一瞬で捜査は失敗となる。ふたりは、追跡班には投入できなかった。

栗田の前のモニターでは、さきほど原口が送信してきたビルのエントランス前の記録動画がリピートされている。樋口が佐久間真一として紹介された男が大写しになっていた。

栗田が、モニターに目を向けてまた言った。

「何度見ても、まちがいなくあのジャガイモ野郎です。大井競馬場二号スタンドで、おれをあっちの業界だと勘違いした男」

和也は訊《き》いた。

「丸刈りのほうはどうだ？　一緒にいた男か？」

「ちがいますね。もうひとりは、もっと若かった」

樋口が同じモニターを見つめて言った。

「カメラでは確認できませんけど、セダンを運転しているのが、その若い男なのでしょう。フィリピン・パブでも、佐久間は車はそのまま路上に残していた。運転手がいるんです」

和也は少し考えてから言った。

「大井競馬場のときはともかく、佐久間は移動するときは必ず車に運転手を残している」

「珍しくはないと思いますが」

「いや、佐久間には、ボディガードよりも運転手が必要なんだ。車を無防備にしたくないってことだろう。車の盗難を心配しているか、何か大事なものが積んであるかのどちらかだ」

ヘッドフォンに小河原からの報告が入った。

「二台目の車、セルシオ。うしろにつきました。多摩ナンバーです。言います」

樋口が素早くこれをメモした。

「照会してくれ」と和也は樋口に言った。

刈部の声が入った。

「いま、停まりました。三一七、東五反田交差点。前方信号青。右折するようです」

また小河原から。

「こっちも同じ交差点にかかります。こっちは直進のようです」

目的地は別だ。佐久間と丸刈りの男との関係はわからないが、用件はすでにビルの中ですませたということなのだろう。

「一班の車は、その前？」

「セルシオは、二台うしろです」と刈部。

「それぞれそのまま追ってください」

和也は自分のモニターで、三台の位置を確認した。佐久間車も、刈部車も、小河原車も、いま三一七号、山手通りの支線を五反田駅方向に向かっている。丸刈りの男のセルシオの位置情報はないが、小河原の車のすぐ前にいるはずである。

刈部の声が入った。

「佐久間の車発進。東五反田に入りました。追います」

続いて、小河原の声。

「セルシオも発進。直進」

モニターを注視していると、一台のパソコンに向かっていた樋口が言った。

「多摩ナンバーの所有者わかりました。ナカジマトオル」中島徹と書くという。「登録は八王子です」

「その名前で照会」

「はい」

そこに原口から割り込みがあった。

「いま、佐久間のビルの前にきています。エントランスはオートロック。管理人はいません。駐車場には横から入って、機械式。エレベーター型です。最上段が佐久間のスペースでした。ここにもゲートがあります。ゲートは手動。中に入ることは容易です」

「管理会社チェック。賃貸契約確認」

「はい」

　また刈部から。

「佐久間のクラウン、ナンバー確認です。いいですか」

　樋口がうなずいた。和也は促した。

「言ってくれ」

「品川ナンバーです」

　刈部が番号を続けた。

　栗田がその番号を自分のキーボードから入力した。

　三十秒の後、栗田が言った。

「所有者は佐久間シンイチ。本人ですね。あ」

「どうした？」

「シンイチの字が、名刺とちがいます。伸びるの一です」

　それで合点がいった。樋口が渡された名刺の名でデータベースにあたったが、該当者が出てこなかったのだ。あれだけの修羅場体験を積んでいそうな面構《つらがま》えである。前科か、少なくとも逮捕歴があるだろう男なのに、佐久間真一なる犯罪者は警視庁にも警察庁のデータベースにも記録されていなかった。偽名と疑い始めていたところだったが、通名《つうめい》では字を変えていたのだ。出てこないはずだ。

「すぐ、そっちの字であたってくれ」

「はい。車のほうは、今年二月七日の登録。登録住所は……」

あのビルだった。

樋口が言った。

「佐久間伸一で出ました。平成二年に覚醒剤不法所持で逮捕。実刑です。三年六カ月」

「組織は？」

「とくに記録にはありません」

暴力団員ではない。しかし、実刑判決が出るだけの量の覚醒剤を所持していたのだ。かなりその近くにいる男と見てよいはずである。どの組織と近かったのか、データベースでは調べきれない詳細については、明日、本庁でベテランの捜査員にあたってみるべきだろう。逮捕したセクションか所轄《しょかつ》がわかれば、取り調べ担当者もわかる。もう少し詳しい情報を得られるはずだ。

樋口が、べつのパソコン・モニターに目を向けたまま言った。

「セルシオのオーナー中島徹で調べました。覚醒剤不法所持で逮捕歴のあるのがひとり、引っかかってきました。二年六カ月の執行猶予《ゆうよ》つき判決。いま二十九歳です。あの丸刈り野郎ではありませんね」

「だけど、二十九歳で前科があってセルシオのオーナーだ。まちがいなく関係者だ」

刈部からの報告。

「佐久間の車は、東五反田に入って、飲み屋街を徐行しています」

和也は佐久間車の位置情報をモニターに出した。東五反田の飲食街の中央あたりにポインタがあった。

佐久間は五反田周辺のテリトリーに顔を出すのだろうか。樋口と接触したフィリピン・パブのような。

小河原も報告してきた。

「セルシオは五反田駅ガード下通過。大崎広小路《おおさきひろこうじ》方向に向かっています」

「最後まで追ってください」

丸刈りの男の携帯電話はわかっていない。彼の監視は小河原たちの尾行の技量にかかっていることになる。

また小河原。

「大崎広小路右折。山手通りに入りました」

原口から報告が入った。

「佐久間伸一、不動産屋と連絡が取れました。今年一月の入居。事務所としての契約です。五十平米で家賃は駐車場込み四十万円。保証金が二百四十万円。寝泊まりもしているはずとのこと。オートロックで駐車場つきという条件で探しにきた客だそうです」

「賃貸ってことは、本人の住民票、会社の登記簿とか保証人は？」

「見せてもらえるそうです。営業所は近くなので、これから確かめに行きます」

また刈部から。

「佐久間の車、停まる気配です。これ以上近づくと気づかれるので、池端をおろします」

池端は、一班の捜査員のひとりだ。彼もどちらかと言えば暴力団担当捜査員と見抜かれやすい外貌《がいぼう》をしているが、二係にはそうは見えない捜査員のほうが少数派だ。しかたがない。

和也はもうひと組用意してある追跡班に言った。同じく刈部の部下たちだ。堀内と今野というふたりの捜査員が乗っている。

「東五反田に向かってくれ。刈部さんたちと交代する」

「はい」という声が返った。彼らはいま、裏手の第六機動隊の駐車場に待機していた。すぐにも発進してゆくことだろう。

監視や追跡は密行として実施する場合と、相手にもわかるように露骨に行う場合がある。抗争が予期されるような状況ではしばしば、対象の動きを封じるために、あからさまな監視、尾行をおこなう。しかしこんどの場合は、警察が監視していると絶対に気づかれてはならない。車両はひんぱんに替えて、尾行されているとは夢にも感じさせないことが肝要だった。佐久間が次に車を停めたところで、最初の追跡班は退く。相手が再発進するとき、同じ車が尾行を再開すれば、敏感になっている相手には気付かれてしまうのだ。そうなれば、この作戦はその場で終了である。

また刈部から。

「佐久間はホテルに入りました。車は表に路上駐車。運転手は降りません」

目的地はフィリピン・パブではなかったのだ。路上駐車させているからには、宿泊ではないし、長居もしないはずだ。

「接触相手、確認しますか」

「無理をしないでくれ。絶対に尾行を勘づかれたくない」

「あ、ちょっと待ってください。池端から」

少しのあいだ、ヘッドフォンには小さくノイズだけが入っていた。車内の刈部と、外に出た池端とは、携帯電話で連絡しあっているのだろう。

樋口と栗田が和也を見つめてくる。少し待て、という意味で和也は首を横に振った。

刈部が言った。

「佐久間の車に近づいた男がいたんですが、池端に気づいたようです。そのまま通り過ぎました」

ということは、佐久間の車の運転手の目にも池端が不審な男として映っているはずだ。

「池端はそのまま歩かせてくれ」和也は刈部の位置情報の地図を確認した。池端をそのままひとブロック左回りに歩かせて、追跡車に戻すことができる。「そっちの車を、ホテル前の佐久間の車を監視できる位置に移動できませんか」

「動かします」

佐久間の車が、東五反田の飲食店街の中で停まっているのがわかった。

樋口が言った。

「セルシオの登録住所、調べてみました。航空写真だと、建設会社の土場か、産廃業者のヤードという感じですね」

「駐車スペースだけ貸しているのかな。会社の名前は？」

「そこまではまだ」

刈部からの報告。

「いま池端を乗せました。佐久間の車のある仲通り、百メートルくらい後ろにいます」

「接触しようとした男は？」

「若いチーマーふうでした。いま見当たりません」

警戒されたか。その雰囲気を聞いただけで、末端の売人だろうと推測できてしまうが。

また刈部の声。

「そのチーマーですが、暗がりから出てきました。佐久間の車に近づいて、何か受け渡ししたみたいです」

まちがいないようだ。クスリの売買があったのだ。佐久間の車の運転席にいる男は、運転手であると同時に、じっさいにクスリの受け渡しもやっているのだろう。

「チーマーのほう、車を使うようなら、ナンバー確認してくれ」

「ロータリーのほうに歩いて行きますが、こんどはわたしが降ります」

刈部は、職人か工員という風情《ふぜい》の男だ。池端は警戒されても、彼なら多少は接近できるかもしれない。

三分ほどして、刈部から和也の携帯電話に連絡があった。

「チーマーは、コイン・パーキングに入りました。あ、いま出てきました。車種はアリオンですかね。品川ナンバー。番号言います」

和也は刈部が言う番号をひとつずつ繰り返した。栗田がすぐに入力した。

「あ、通行人がきたので、ちょっとよけます」

三分後に、栗田が報告した。

「アリオンの登録は、タケイショウタ」竹井翔太という字だという。「今年六月の登録。目黒区五本木《ごほんぎ》」

「逮捕歴も」

「はい」

それから一分後だ。刈部から連絡があった。こんどは携帯電話ではなく、捜査用無線だ。

「刈部です。車に戻っていますが、佐久間が出てきました。男がひとり一緒です。佐久間とその男は後部席に乗って、いま発進。追いますか」

和也は指示した。

「別班も向かっていますが、まず、刈部さんたちが追ってください。さっきより距離を取って。次の長時間停車で交代します」

「了解」

やりとりを終えて、和也は樋口たちに言った。

「佐久間がホテルからすぐに出てきた。待ち合わせだったのだろう」

原口から連絡が入った。

「佐久間伸一の住民票確認しました。品川に転入前は、所沢《ところざわ》ですね」

原口がその住所と生年月日を言った。樋口がこれをメモした。

「保証人は？」

「住民票はついていません。ヤマギワセイジ。字は」

山際誠司だという。住所は西麻布、勤め先はやはり西麻布の丸和企画という会社とのことだった。

「その保証人を探ってくれ。ビジネスがどんなものか。直接接触はしないように」

「はい」

刈部が悔しげな声で報告してきた。

「見失いました。駅前ロータリーを出たところです」

すぐに和也は佐久間の携帯電話の位置情報を表示した。

「桜田通りだ。白金《しろかね》方向」それから別班の車に指示した。「佐久間の車が五反田を出た。桜田通り白金方向。そっちへ向かってくれ」

二台の車から、了解との返答。

樋口が、部屋の隅のプリンタを示して言った。

「生年月日がわかったので、佐久間伸一で渡航歴を調べました。やつのパスポートがICつきになってからだけですが、やはりアジア各地にかなり渡っています」

プリントアウトを、樋口から受け取った。

確かに、この五年のあいだに、佐久間は台湾、フィリピン、タイへの旅行を繰り返している。年に十回近くあるようだ。アジア物産の輸入、という言葉には裏付けがある。問題は、扱っている物産が非合法のものではないか、ということだが。

続いて栗田が言った。

「竹井翔太は、出てきません。前科なし」

その声に重なるように、小河原の声がした。

「セルシオ、見失いました。池尻大橋《いけじりおおはし》手前です」

いくらか焦《あせ》りの感じられる声。

和也は小河原の位置情報を出した。池尻大橋のジャンクション手前で、路側に寄って停車したようだ。丸刈りの男の車は山手通りを直進か、インターに入ったか。判断が難しいところだ。

それでも和也は指示した。

「直進してください。信号で追いつけるかもしれない」

「了解」

刈部からの声。

「佐久間、いまどのあたりです？」

和也はモニターを確認して答えた。

「白金高輪」その直後、ポインタは桜田通りに入らずにそのまま交差点を直進した。「谷町志田町線《たにまちしだまちせん》に入った」

この通りは、行政上は都道四一五号線であるが、東京都内の多くの道路と同じく、通称がついていない。高輪麻布線と呼ばれることもあるが、警視庁の地図では谷町志田町線なのだ。六本木方向に向かうのだろう。

交代のため第二方面本部を出た車両は、いま山手通りと桜田通りの交差点に差しかかっていた。和也はその別班の堀内に指示した。

「桜田通りから、谷町志田町線に入ってください。距離は三キロぐらいです」

「はい」

和也はモニターを見つめ続けた。刈部たちはいま二ノ橋を通過した。もうすぐ麻布十番に入る。

携帯電話が鳴った。瀬波からだった。

「保証人の山際誠司、わかりましたよ。データベースからじゃないんで、完全に正確かどうかは微妙ですけど」

同僚で詳しそうな男にあたってみたということだろう。

「言ってください」

「恐喝で前科がありますな。むかしの東央銀行赤坂支店の不正融資事件って、係長、ご存知ですか？」

バブルの時代のことだろう。耳にしたことはあるが、和也はまだ小学生だった。リアルタイムの記憶ではない。

「まだ子供でしたよ」

「あの事件で逮捕されたひとりです。台湾に逃げて、現地でつかまった。マル暴じゃありません」

「いまのしのぎは？」

「前と同じく、免許なしの不動産業。西麻布、赤坂に飲食店も持っているとか」

「佐久間とはむかしからのつきあいなんでしょうか」

「収監されていた時期が重なります。栃木、黒羽《くろばね》刑務所」

見方によれば、そのつながりは相当に深いということになる。

携帯電話を切ってから、和也は呟《つぶや》いた。

「暴力団員じゃないにせよ、佐久間って男は完全に裏稼業《うらかぎょう》の住人だな。どこかの組の代紋《だいもん》なしでも、十分にひとりで食っていける男のようだ」

樋口と目が合った。彼は報告のタイミングを見ていたようだ。

「さっきのセルシオの登録住所ですけど」と口を開いた。

「八王子のヤード？」

「ええ。思い出しました。立川署にいたときに聞いたことがあります。産廃業者で、盗品等保管罪か盗品等有償譲受罪で家宅捜索した住所です。そのときは、前原興産という会社が所有していた」

「マル暴の企業舎弟？」

「それは確認できなかったはずです」

「いずれにせよ」と和也は言った。「きょう、佐久間の関係を調べただけでも、やつは非合法ビジネスのかなりの顔だ」

栗田が言った。

「しかし、暴力団の影が見えません。本人の経歴になく、周囲の人間にも暴力団がいない」

「やつのビジネスは隙間《すきま》にあるってことだろう。事務所を見るかぎり、零細企業だ。大きな組織でやっていることじゃない」

「でも、おれをマル暴と勘違いして脅しにかかってきた。ぶつかっても勝てるという確信があるのかもしれない」

「さっきの渡航歴を考えれば、外国にそれなりの同盟を結んだ相手がいるのかもしれないな」

樋口が言った。

「それ以前に、やつのビジネスの中心が何かも、まだはっきりしません。ほんとうに覚醒剤《かくせいざい》を扱っているのかどうか」

「外国人ホステス以上に違法性が強く、拳銃《けんじゅう》よりも需要の多いものだ。だから、いまセールスマンが足りない。営業所を増やしたい」

そこに小河原からの連絡が入った。

「いま新宿です。すみません。セルシオは完全に見失いました」

「ご苦労さま」と和也は言った。「六本木に向かってくれますか。佐久間は六本木を目指しているようです」

「了解」

和也はモニターの位置情報を確認した。佐久間の位置を示すポインタは、六本木交差点のやや南寄りで道路からわずかにはずれた。車を降りたようだ。刈部たちの車は、さらにその百メートルばかり南だ。

和也は刈部に伝えた。

「佐久間は車を降りました。刈部さんは、車に追いつけたら、そっちを追ってくれますか。佐久間は堀内さんたちに追わせますので」

「車はどこ？」

和也は六本木のランドマークとなっているビルの名前を伝えた。

「こっちもその手前だ」

「車、わかります？」

「多すぎるな」しばしの沈黙。「いた。発進した」

「佐久間は見えます？」

「いや」

ポインタはいましがたと変わらず道路脇《わき》にある。佐久間自身はビルに入ってしまったのかもしれない。

和也は腕時計を見た。午後の八時になろうとしていた。非合法のビジネスでも、その上流側では店仕舞い、取り引きも終わりになろうという時刻だ。これからはむしろ、ビジネスの川下側で小売り人と客との取り引きが活発になる。佐久間のビジネスはどうだろう。ホテルで客を拾って六本木に向かったのだ。そのとき禁制品の受け渡しもあったようだが、佐久間自身はそれには関わっていない。彼は客を自分の車に乗せ、六本木方向へ向かった。これはご接待ということだ。東五反田飲食店街の台湾人旅行客の多いホテルで客と会ったのだから、たぶん台湾の取り引き先の。

和也はコーヒーカップに手を伸ばした。コーヒーはすっかり冷めていた。

二係の捜査員全員が、第二方面本部ビルのその部屋に集まったのは、深夜の三時すぎだった。

佐久間は六本木で二軒、クラブをまわったあと、五反田のホテルに客を降ろして高輪の事務所に帰った。午前二時五分前だった。刈部、小河原両班が車の前後をときおり入れ替えながら追跡してここまでを確認した。

佐久間は事務所兼住居のあるビルの前に着くと、ジュラルミン・ケースを手に車から降り、エントランスに入った。それまで顔を見せていなかった若い運転手が車を駐車場に入れた。

運転手を務めた若い男はそこからタクシーで中目黒に移動した。中目黒駅近くの集合住宅に入ったのは、午前二時二十分。彼の自宅と判断できた。そこで彼は就寝だろう。堀内たちの組の追跡任務は、ここで終わりだった。

午前二時二十五分、佐久間の部屋の明かりが消えたところで、瀬波・原口組による監視も切り上げられた。

いま部屋の中は、男たち十五人の発する熱気で、クーラーが必要かと思えるような室温だった。

和也は各チームの報告を発表させた上で、ホワイトボードを前にして立った。

「きょう半日、収穫は多かった。栗田さんが大井競馬場で接触した男が、樋口に接近してきた男と同一人物、佐久間伸一であることが確認できた。加藤義夫殺しの件との関連はまだ見えていないけれども、これまで組織犯罪対策部がほとんどマークしていなかった男にしては、ずいぶん羽振りがいい。それにきょうわかった関係だけを見ても、彼のまわりにいるのはみないかがわしい連中だ。もっと言えば、職業的犯罪者と判断してよい連中ばかり。つまり彼のビジネスは非合法で、しかもハイリターンなものだ。その佐久間のビジネスの一端を知ってしまったために、栗田さんのエスは殺された」

和也の合図で、原口が十数枚のプリントアウトを持って立ち上がり、マグネットでホワイトボードに留めた。真ん中に佐久間伸一の顔写真。ビデオから取った画像だ。その下に、運転手役の若い男。こちらは不鮮明だった。

佐久間の写真の右横には、丸刈りの男の写真。

さらにその右に、セルシオを後方から写した写真。

佐久間の写真の左横には、佐久間の賃貸事務所の保証人、山際誠司のまだ若々しい写真。二十数年前、詐欺罪《さぎざい》で逮捕されたときのもの。

写真なしで、トヨタ・アリオン、とサインペンで書かれた紙が、運転手の写真の下に留められた。

さらに、中国名の書かれた紙が一枚。李永志《りえいし》。五反田のホテルの客だ。

和也は、ホワイトボードを振り返りながら言った。

「まず関係を整理しよう。真ん中が佐久間伸一。栗田さんを脅してきた男だ。下にいるのは、運転手。栗田さんが大井競馬場で佐久間と一緒に見た男かどうか、写真が粗いんで栗田さんも確信は持てない。でも、その可能性は高い。

佐久間は自分のビジネスや身辺を探られることに敏感だった。栗田さんの頼みで、直接薬物取り引きの最近の事情を聞き回っていた加藤が、たぶん佐久間を刺激した。直接殺したのが佐久間かどうかはわからないが、加藤は拉致《らち》され、同じ日、同じ現場で栗田さんは佐久間たちに脅された」

和也はいったん言葉を切り、捜査員たちの顔を見渡してから続けた。

「五課は、いま覚醒剤をめぐる裏市場の変化の理由として、国内に工場ができたか、まったく新しい密輸入ルートができたか、どちらかではないかと推測している。推測している、というのは、抑えた言い方のはずで、そのどちらかだと内偵で突き止めている。もしかすると、ふたつとも当たっているのかもしれない。どちらであったとしても、それを突き止められたら関係者には死活に関わる問題だ。死者も出る。加藤は、おそらくこの件と佐久間との関係について、重大情報を手にしたんだ」

ベテラン捜査員の瀬波が手を挙げて発言した。

「わからんのは、佐久間は最初、栗田を暴力団員と誤解してたことです。佐久間自身はマル暴じゃない。暴力団に探られたからといって、逆に脅しをかけるというのは、腑《ふ》に落ちない。暴力団を脅せるのは、うちら以外では、暴力団だけです。ふつうは、非合法ビジネスのことを探られたからといって、暴力団に喧嘩《けんか》は売らない」

　刈部が言った。

「やつが構成員だという情報が上がっていないだけかもしれない。覚醒剤売買は、素人《しろうと》が手を出せる仕事じゃない」

　しかし、可能性がないわけではない。戦後すぐ、渋谷で安藤組が出てきたときは、それまでの俠客《きようかく》系、テキ屋系には分類されない新タイプの暴力集団として驚かれた。最近も指定暴力団とは無縁な場所から生まれ、そのまま組を旗揚げすることなく非合法ビジネスに手を染めるグループが出てきている。東都連合がいい例だ。和也は、刈部の見方に異議を唱えた。

「きょうわかった関係者の誰ひとり、マル暴じゃない。偶然かな？」

「セルシオに乗っていた坊主頭《ぼうずあたま》、彼の身元はわかっていない。やつがそうなのかもしれない」

　原口が訊《き》いた。

「保証人の山際誠司は？」

「確認できない。佐久間とは刑務所仲間同士だ。お互いを信用しあってるんだろう。山際もカネまわりはいいから、佐久間に出資しているということも考えられる」

小河原が言った。

「台湾人らしい男のことが気になります。佐久間の渡航歴も。やつは、国外の組織とつながっているのでは？」

たしかに、これだけ情報が入ってこないということは、警視庁が監視している暴力団とは無縁の組織がからんでいる可能性が高い。それが外国人組織であっても、おかしくはないのだ。

小河原は続けた。

「佐久間が栗田をマル暴と誤解して脅してきたことに関して、いくつかの可能性が考えられます。ひとつは、佐久間のケツ持ちが日本の暴力団と抗争できるだけ大きいということ。あるいは、佐久間はすでに都内の暴力団に話を通してあって、いちゃもんをつける者には強気に出られる、という可能性」

刈部が言った。

「覚醒剤は大きな利権だ。話を通すには、相当のカネを積むか、上納を約束しなければならない」

「いま、覚醒剤はだぶついている」と小河原。「末端価格がまったく上がっていないんだ。こういう状況じゃ、下《した》っ端《ぱ》を使って小銭を稼ぐよりも、小売りはよそにまかせてみかじめを稼ぐほうが得だという判断かもしれない」

和也は自分の見方をひとつ、小河原の推測につけ加えた。

「薬物を既存組織から仕入れるとしたら、その組織にもうま味はある。リスクは少ない」

樋口が言った。

「加藤の立ち回り先を探っていったら、佐久間が仕事を手伝えと誘ってきた。やつには売人が不足しています」

刈部が言った。

「運転手が、ブツの受け渡しまでやっていたな。佐久間もかなり危ない橋を渡ってるわけだ。売人が欲しいというのは切実なんだ」

「あっ」と、部屋のうしろのほうで声がした。

和也が顔を向けると、きょう途中から刈部と交替して佐久間を追ったひとり、堀内だった。今年厄年になるという中堅の捜査員だ。

その堀内が言った。

「竹井翔太という名前が出てきましたね」

刈部が堀内を振り返って言った。

「東五反田で佐久間の車に近づいたチーマー風の野郎。そいつの車の登録が竹井翔太だった」

「竹井翔太。渋谷のチーマーで、合成ドラッグを売っていた竹井翔太というのがいました。逮捕はしていません。誰か常用者の供述の中に出てきた」

「渋谷で合成ドラッグ売ってたチーマーってことは」

「たぶん篠山《しのやま》組の鎌田《かまた》あたりが卸していたんだ」

瀬波がまた言った。

「末端の売人たちが、これまでのルートからはずれだしている。樋口の捜査でわかりましたが、佐久間が売人たちの一本釣りをやっている。できるだけ多くの売人を、自分の卸系列に入れようとしているんでしょう」

刈部が言った。

「樋口は売人として勧誘されているんじゃない」

「売人が増えれば、売人向け営業マンも必要になる。樋口に期待されているのはたぶんそれだ。いかにも売人ふうでは、仲卸営業には向かない。逆に言えば、佐久間はたっぷりとブツを手に入れている。川上のルートを手にしているってことです」

「そろそろまとめよう」と和也は言った。「覚醒剤《かくせいざい》取り引きの変化に、佐久間がからんでいるのはどうやら確実だ。どこかの組が後ろ楯《だて》になっているのかもしれないが、佐久間の新規参入を快く思わぬ組もある。だから奴《やつ》はいま、その業界で足場固めに躍起だ。加藤殺害は、それが表面化したものだろう。佐久間はそうやって業界内での立場を公認させることと同時に、自分の組織も大きくしようとしている。だから、詐欺セールスマンを装《よそお》う樋口に目をつけてきた」

樋口が、愉快そうに言った。

「おれ、すっかり信用されてますね」

瀬波が首を振った。

「まだわからん」

「そうですか？　新しいビジネス、やる気があるなら電話しろって言われてるんです」

「樋口」と、瀬波が首を振りながら言った。「お前、中学高校と、いいとこ出てるんだろう。番長グループもないような」

樋口が怪訝《けげん》そうな顔でうなずいた。

「そういうのは、いませんでしたよ」

「ワルが誰かを仲間に入れるときは、必ずテストをやる。万引きさせる。かつあげをやらせる。誰かとタイマンの勝負させる。佐久間も絶対にそれをやる」

「そういうものですか？」

「当たり前だ。すんなり面接だけで採用だと思ってたのか」

小河原が、瀬波に同意するというように言った。

「アメリカのストリート・ギャングは、じっさいにひとを撃たせるそうだ。佐久間がそこまでやらせるとは思わないけどな」

「お前の履歴書は」と瀬波がまた言った。「きれいすぎて危ないんだ。少年院、鑑別所、拘置所、刑務所。どこかに入っていれば、その関係にあたって身元を確認できる。お前の場合は、履歴がきれいすぎる分、実技テストは厳しいものになる」

樋口が和也に、なんとか言ってくれというように顔を向けてきた。彼は潜入捜査を続けたくてたまらないのだ。

和也は言った。

「暴力団が子分をリクルートするのとはちがう。セールス・マネージャーの募集だ。

身元調査はそれほど徹底したものにはならないはずだ。じっさい、ダミー会社には二度、問い合わせが入っている。身元調査はもう終わっただろう」

瀬波は同意できないという顔だ。

「それでもテストはありますよ」

「多少は。でも、深刻なものでないかぎりは、騙《だま》し通せるはずです。窃盗、クスリ密売、脅し、用心棒代わり。もし取り返しのつかないことになるような指示が出た場合は、そこで正体を明かせばいい。佐久間なら、相手が警官とわかれば無理はしない」

原口が言った。

「エスが殺されています」

「エスだからだ。脅しとして、あれは効いたろう。競争相手にも、いい宣伝になった。うちには生きのいい鉄砲玉がいるぞっていうな。殺しの理由はそっちのほうが大きいかもしれない。だけど警視庁に対して、それをやるのは無謀だ」

「それでも殺人です。やつらは、かなりのリスクを背負いましたよ」

「それだけ危機感が強かったんだ。殺された加藤はかなりのことを知っていたんだろう」

栗田が言った。

「うちがきょうのような密行捜査を続けていると、そのうち五課や捜査一課がさっさと別ルートの情報から佐久間を割り出してしまうんじゃないかと心配です。一気呵成《いっきかせい》に、佐久間本人に迫ったほうがいいと思うんですが」

和也はうなずき、全員を見渡して言った。

「樋口を、潜入させましょう。佐久間の身辺を徹底捜査するのに、さほどの時間は必要ない。ぴったりついて坊主頭や売人たちの身元の手がかりを摑《つか》み、違法な指示を出させればいい。覚醒剤のやりとりがあれば、そこで佐久間を逮捕できる。必要なのはせいぜい一週間。たしかに瀬波さんが言うとおり、樋口の身元がばれて向こうがパニックになるおそれもある。どんなことがあっても、樋口の身に危険が及ばないよう、万全の態勢でやります」

樋口が訊いた。

「いつ佐久間に、やると返事をすればいいんです？」

「きょう」と和也は答えた。

その部屋に集まっている全員が、自分の腕時計をのぞきこんだ。

和也も自分の腕時計を見た。深夜三時四十分になっていた。

男は、小さな漁港の岸壁につけた船の上にいた。操舵室《そうだしつ》のすぐ前、前部甲板の上に、手作りらしい無骨なデッキチェアを置き、その上で身体《からだ》を伸ばしている。

季節は十月もなかばすぎだったから、日陰よりは日差しの下のほうが心地よく感じられる午後だった。それでも男は、顔の上に色あせた黒っぽいキャップを乗せていた。眠っているわけではないことは、船上で音楽が大音量でかかっていることからもわかる。スピーカーは船の舳先《へさき》近くに設置されているようだ。すぐそれとわかるものは見当たらなかった。かかっているのは、イタリア・オペラのようだ。

寺脇拓《てらわきたく》は、その男がイタリア・オペラ好きだったことをあらためて思い出した。とくに音楽的な素養のある男ではなかったけれど、なぜかオペラ、とくにイタリア・オペラを好んでいたのだ。彼が乗り回していたドイツ製の乗用車の中でも、かかっているのはたいがいイタリア・オペラだった。たしか海外オペラ・ハウスの日本公演にもよく行っていたはず。

寺脇は、船のすぐ脇《わき》まで歩いて足を停めた。

男が帽子をずらして、視線を向けてきた。

寺脇は、かつて同じ課の先輩捜査員だった男にあいさつした。

「お久しぶりです、係長」

男は帽子を完全に取ると、面倒くさそうに上体を起こした。

「係長じゃない」と、男は不愉快気に言った。

「でも、加賀谷さんとは呼びにくくて」

「用事か」

「あいさつです」

「何の？」

「加賀谷、さんが、その、また本庁《ホンブ》に戻ってくるって耳にしたものですから」

「知らん」

「え」寺脇はまばたきした。「係長が、加賀谷さんが本庁に戻ってくるって。五課で話されています。おれ、いま組対五課なんです。薬物対策係。あの話、デマなんですか？」

加賀谷は、デッキチェアから立ち上がると、リモコン・スイッチを持ち上げた。オペラの音がやんだ。

港の雑多な音が、聞こえるようになった。

寺脇は言った。

「また加賀谷、さん、の下で働けるのがうれしくて。いま五課はろくに成績挙げていないんです。いや、組対全部が駄目で、加賀谷さんが帰ってきてくれたらってことは、前から話題にのぼってました」

加賀谷は黙ったままだ。彼はもう一度デッキチェアに腰を下ろすと、オレンジ色のウィンドヤッケのポケットからタバコを取りだした。

寺脇は、相手をいらつかせるかもしれないと心配しつつ、言葉を続けた。

「もう人事と話がついたように聞いていました。復帰はもうすぐだとか」

「警務の連中はきた。断った」

寺脇は、やりとりがまったく予想とちがったものになったことで困惑した。復帰の一件はもう確定と思っていたし、加賀谷自身も復帰を喜んでいるものと思い込んでいたのだ。

なぜです、という質問を呑《の》み込んでから、寺脇は言った。

「警務に対しては当然、含むところはあるとは思います。でも、本庁は、とくに組対は加賀谷さんの復帰を待ち望んできました」

「おれは追われたんだ」

「もう組対の仕事、やる気はないですか？」

「ない。警視庁では働かない」

寺脇は落胆して頭をかいた。加賀谷が警視庁に復帰し、組対五課でチームを立ち上げてくれるなら、自分もきっといい働きができるはずなのだが。加賀谷のもとで、以前のような捜査手法も使って、大組織を摘発し、関係者を日干しにして、最後には壊滅させてやることができるのだが。

寺脇はぼやいた。

「一課に、係長を売った安城が配属されたんです。えらく張り切って、五課を出し抜こうとしてるそうです」

加賀谷が横目で寺脇を見た。安城という名前に、やはり反応したのだ。部下として加賀谷のもとに配属され、マル暴刑事として指導を受けながら、最後には彼を警務に売った新米の警視庁職員。いや、売るために部下を装って加賀谷の内偵を続けていた男。やはりいまでもそのことを許してはいないのだろう。

「あいつ、加賀谷さんの二代目を気取ってるんですかね。高そうなスーツに」寺脇は、安城のトレードマークだという高級時計のブランドを口にした。「安城は、二課当時はかなり微妙な捜査もやって点数稼いだそうです。加賀谷さんを売りながら、同じことをやってるんですから」

「もういい」と、加賀谷がいらだたしげに言った。

寺脇はびくりとして口を閉じた。気に障《さわ》ることを言ってしまったろうか。だとしたら、どの部分だろう。加賀谷さんと同じこと、という言葉が気に入らなかったか。

加賀谷が逆に訊《き》いてきた。

「何しにきたんだ？　警務の使いか？」

「ちがいます」寺脇は首を振った。「本庁で加賀谷さんの名前を耳にしたんで、無性に会いたくなって」

「勤務中だろ」

「特別任務に就いてます。昼間、時間は取れるんです」

加賀谷が船の上で首をめぐらした。その先は港のヤードで、寺脇が乗ってきた乗用車が停まっている。組対が用意してくれた特別車両。建設業関連の自営業者が好む大型車だ。

加賀谷が視線を寺脇に向け直して言った。

「その格好は？」

寺脇は、自分のスーツの胸にちらりと目を落とした。黒にグレーのチョーク・ストライプ。ストライプの幅の広さは、一センチ五ミリはありそうだ。

「芝居衣裳《いしょう》です。似合ってないのは承知なんですけど」

「潜入か?」

「そうなんです。おれ、四課からいったん所轄《しょかつ》に行ってマル暴離れてましたから、面が割れていないってことで」

加賀谷はタバコを海面に捨てると、デッキチェアの脇のクーラーボックスの横にしゃがんで、中からアルミ缶をふたつ取りだした。ビールか、あるいは発泡酒のようだ。

加賀谷がアルミ缶をひとつ放り投げてきた。寺脇は両手で受け止めた。

加賀谷は手元のアルミ缶のプルトップを引いて、口をつけた。

寺脇はアルミ缶を見つめた。ビールではない。ビール風味の発泡酒だ。アルコール度数はそれなりにあるものだった。

加賀谷が言った。

「飲め」

寺脇は苦笑してアルミ缶を加賀谷に差し出した。

「運転するんで、ちょっと」

「やめろ」

「え?」

加賀谷はアルミ缶を受け取って言った。

「潜入。無理だ。お前にはできない」

寺脇は話の脈絡がわからずに訊いた。

「どういう意味です。おれ、係長を、加賀谷さんを怒らせてしまいましたか？」

加賀谷はそれには答えずにまたデッキチェアに腰をおろした。その表情からは怒りは読み取れなかった。ただ、無関心がある。もしかすると装《よそお》われたものかもしれない無関心。寺脇がまだ言葉を続けてよいかどうか迷っていると、加賀谷がリモコンを持ち上げた。また大音量でイタリア・オペラが流れてきた。

これ以上邪魔をするな、ということかもしれない。

寺脇は加賀谷に頭を下げて言った。

「突然お邪魔して申し訳ありませんでした。これで失礼します。組対五課一同、係長の復帰をお待ちしています」

加賀谷の右手が少しだけ上がったように見えた。バイ、だろう。いや、もう行け、だろうか。

寺脇はもう一度加賀谷に頭を下げた。今夜から少しきつい任務になる。自分もそんなにここに長居ができるわけでもないのだ。

寺脇は三浦半島毘沙門湾のその漁港のヤードを歩き、特別任務のために貸与されている車に向かった。

6

部屋に二係の全員が集まったのは、午後の三時だった。

部屋には、何台ものPCが置かれ、この捜査のためだけの専用通信設備が設置されている。ホワイトボードに顔写真のプリントアウトなどが貼《は》られている。さらにきょうはもう一枚、ホワイトボードが持ち込まれていた。これには、五反田、六本木、渋谷の一帯の大縮尺の地図が貼られている。

和也がコーヒーのステンレス・タンブラーを手に部屋に入ると、刈部、小河原のふたりの主任が、部下たちの拳銃《けんじゅう》の装備を点検しているところだった。きょうは、危険な捕り物になる可能性もある。和也が、樋口を除く全員に拳銃の携行を指示したのだった。

樋口は、瀬波と山本のふたりの捜査員にはさまれて、矢継ぎ早に質問を浴びせかけられている。樋口はこれに、一瞬の間も置かぬよう答えていた。

瀬波が訊いていた。

「中学はどこだった？」

「武蔵野《むさしの》第六中学です」

樋口の答が終わらぬうちに、反対側から山本が訊く。

「大毎設備産業に入社したのは？」

「一年半前ですね。去年の三月」

また瀬波。

「親父《おやじ》さんはいま何してるって？」

「自営業です。クリーニング店」

山本。

「会社の上司は？」

「園田《そのだ》。園田有三《ゆうぞう》」

瀬波。

「兄貴がいるって言ったか」

「いや。一人っ子ですよ」

山本。

「会社に行くのに何線使ってる？」

「丸ノ内線」

瀬波。

「親父さん、何歳だ？」

「五十九」

「何年生まれだ」

「昭和二十五年」

「干支《えと》は？」

「寅《とら》」

相手に年齢を言わせたあと、干支を訊くのは職務質問の基本だ。当然、向こうの業界関係者も、そのノウハウを承知している。ここでつっかかれば、身元が虚構だとばれる。誰かの年齢、生年は干支とセットで記憶しておかねばならない。

山本が訊いた。

「高校はサッカー部って言ったか」

「いやバスケ」

「まぶだちは、なんていうやつだ？」

「部活では、栗田かな」

「いまでもつきあいはあるのか？」

「年に二、三回会って飲みますよ」

友人に身元確認があることは想定してある。栗田の名前をそのまま使い、携帯電話にも登録しておいた。佐久間がなお樋口の身元を疑った場合は、たぶん栗田に電話がかかることになるだろう。その場合、栗田は高校の同級生を装って、それらしいことを答える。高校卒業後の進路、いま何をやっているか、ということが質問されるはずだ。某私立大学入学、建材メーカーに就職した、という答が用意されている。

警察の取り調べでは、被疑者には何度も同じ質問をぶつける。嘘《うそ》を供述している場合、やがて必ず答に食い違いが出てくる。捜査員はそこを突いて、供述の嘘を認めさせ、事実を語る以外にないと悟らせる。だからこのような潜入捜査の場合は、身元や履歴を百パーセントの虚構で作り上げることはしない。少なくとも出生地や家族、高校ぐらいまでの履歴については、捜査官自身の経歴をそのまま使う。何度質問されても、どれほどディテールを突っ込まれても答えられるようにだ。ただし警察学校入学以降の経歴は、べつのものに置き換えられる。容易には虚構と判断できないような、もっともらしい経歴が作られるのだ。身元を証明するためのダミー会社やアジトも、警視庁が有するものが活用される。ときには公文書類の偽造もおこなう。

いま瀬波と山本が樋口に対して繰り出していた質問は、樋口がその虚構の身元を調べられた場合にうまく切り抜けられるかの最後の試験でもあり、稽古《けいこ》でもあった。

和也は言った。

「それくらいにしておこう。佐久間は樋口の身元を疑っていない。だから仲間になれと声をかけてきたんだ」

瀬波が言った。

「用心に越したことはありません。相手は佐久間ひとりじゃない。表に出ているのが佐久間だけだって話です」

「わかる。でも、時間だ」

和也がホワイトボードの前に立つと、捜査員たちは全員席に着いてこちらを見つめてきた。

和也は言った。

「きょう、樋口を佐久間の誘いに乗らせる。われわれのきょうの目標は、樋口をおとりに使い、佐久間と加藤義夫殺しとの接点と、佐久間の薬物売買の証拠をつかむことだ。どっちかの容疑、もしくは所持の現行犯で逮捕できれば、かなり大きな事案解決の端緒になる。きょうだけでは、佐久間への容疑に迫ることはできないかもしれないが、きょう樋口を信用させてしまえば、あとは一手ですむ。関係者の一斉検挙も可能だろう」

樋口が言った。

「責任重大だな」

会議室の全員がわずかに頬をゆるめた。いまの言葉が、樋口の緊張といくばくかの恐怖の表れであることはみな承知なのだ。

和也は樋口にうなずいてから言った。

「掛け値なしに、危険な作戦だ。樋口の生命《いのち》がかかっている。だから、慎重に、用心深く、絶対に遺漏のない態勢でやります。昨日同様、携帯電話のGPSで、樋口と佐久間の位置は完璧《かんぺき》に確認できる。われわれはつねにふたりから五十メートルの範囲内にいます。さらに、立ち回り先と予想できる範囲に先回りさせておく組が三つ。ふたりひと組で捜査車両六台の監視態勢とします」

和也はホワイトボードの地図を振り返り、青いマグネットを三個、地図の上に置いた。

「東五反田、六本木、渋谷。これは小河原班。待機していてください」

赤いマグネットをひとつ、高輪に。

「いま佐久間は品川プリンスホテルにいます。事務所のすぐそば。車はホテル地下の駐車場でしょう。これを追う車両が一台」

さらに地図の外にも赤いマグネットを。

「樋口を追う車両が一台。ここにいて遊軍となるひと組。これらの三台は刈部班」

刈部が言った。

「瀬波さんは、ここに残ってくれ。係長のアシスト」

瀬波が不服そうに言った。

「ロートルは現場に出るなってか？」

「最後にいいとこをかっさらってもらうためです。前回射撃訓練の成績は？」

瀬波は答えなかった。

原口が手を挙げて言った。

「位置情報が携帯電話だけって、ちょっと不安な気がします。携帯を取り上げられたら、追跡できません」

「佐久間の携帯で追える」

「ＧＰＳ発信機をほかに使わないのには、何か理由がありますか」

「身体検査を想定しているからだ。発見されたら、そこで終わってしまう。だけど何もなければ、樋口は完全に信用される」

原口は口をつぐんだ。

和也は、指示を続けた。

「もう一回ぐらい身元調べがあるかもしれません。ダミー会社のほうの女性職員は手配ずみです。栗田さんは、樋口の高校時代の友達ってことで、携帯に電話がかかってくる可能性があります」

栗田が言った。

「樋口？　ダチだけど、いかがわしい仕事ばっかりやってんだよな、あいつ」

佐久間からの問い合わせを想定した言葉だった。捜査員たちが、こんどは遠慮なしに笑った。

和也は腕時計を見た。そろそろ締めるべきときだ。

「繰り返しますが、樋口の潜入の目的は、佐久間の殺害事件関与容疑か覚醒剤《かくせいざい》不法所持容疑の証拠をつかむこと。きょう身柄確保できるだけのものがつかめたら、その時点で潜入捜査を終わりにしていい。優先順位は、捜査よりも樋口の生命のほうが上です。樋口が危険と判断したら、そこで身分を明かして潜入捜査を終えるように。佐久間はすぐに逃走するだろうが、逮捕はあとまわしでいい」

言葉を切ってから、捜査員全員の顔を見渡した。彼らの表情には、かすかな高揚が見て取れた。目の光が一様に強くなっている。試合開始直前の、ロッカールームのサッカー選手たちのようだ。

樋口が立ち上がって言った。

「ひとつだけ。もしおれに、クスリを試すよう言ってきたらどうします。売るには、どんなものか知っておくことが必要だとか、そんな理由で」

和也は即座に答えた。

「駄目だ。やるな。クスリが出てきたら、そこで身分を明かしていい」

「その場合、一回分の量しか押さえられない」

「十分だ」和也はその話題はこれきりという調子で言った。「じゃあ、佐久間に電話してくれ。やる気になったと」

捜査員たちが席を立ち、部屋の片側の通信機器が並んだデスクの前に集まった。ここには、小型のモニター・スピーカーを用意してある。

樋口はそのデスクの上から、黒い携帯電話を取り上げた。本体からケーブルが伸びており、分配器につながっている。分配器には、さらにスピーカーとヘッドフォンへのケーブルが接続されていた。

樋口が和也に顔を向けて言った。

「いいですか」

和也はヘッドフォンの位置を調節しながらうなずいた。

樋口が携帯電話のボタンを続けて押した。部屋の中が完全に沈黙した。

コール音が二度鳴った。

それから、不機嫌そうなダミ声。

「はい？」

向こうも、かけてきたのが誰かは承知しているはずだ。

「樋口です。佐久間さんですね」と樋口。調子のいい男、と感じられる声を作っている。

「おれだ」

「例の話ですけどね。やらせてもらおうと思って。決心しましたよ」

「樋口さんか。本気なのか？　始めてしまってから、この話はなかったことに、ってわけにはいかねえぞ」

「わかってます」

「いいか、あんたを誘ったからには、こっちもリスクを背負う。投資もするんだ。ほんとうに本気なんだな？」

「マジっすよ。全然マジ。おれもいろいろ切羽詰まった事情があるし」

「ようし、話を詰めよう。いまから三十分後に」

ヘッドフォンでやりとりを聞いていた和也は、思わず自分の時計を見た。午後三時二十分だ。いまから三十分で、監視態勢を取れるだろうか。勝島のこの部屋を出るところから、佐久間のいる品川到着まで、十五分はかかるだろう。五反田や六本木に待機車両を配置するには三十分。

和也は樋口のほうを見て首を振った。

樋口は和也の視線を受け止めてから佐久間に言った。

「ちょっと急だなあ。おれ、まだ仕事があるし」

「樋口さんよ、その仕事を辞めるって話だろうが」

「でも、三十分で行けるかな。おれ、いま蒲田なんですよ」

「じゃあ一時間後だ。おれのところにきてくれ」

カマをかけたな、と和也は判断した。樋口が引っかかることはないだろうが。

樋口が確かめた。

「おれのところって、名刺の事務所？」

「ああ。とりあえずそこに向かってくれ。車か？」

「いや、電車ですよ」

「品川に着いたらもう一度電話してくれ」

「わかりました」

樋口が携帯電話を切った。

和也はヘッドフォンをはずして、捜査員たちに指示した。

「キックオフだ。持ち場についてくれ」

全員が立ち上がった。

樋口がジャケットを羽織ると、和也をまた見つめてきた。和也は、無理をするな、という想《おも》いをこめて同期を見つめ返した。


樋口雅人は、品川駅の中央改札口を出たところで、佐久間に電話をかけた。

佐久間が言った。

「駅を出て、パシフィック東京の、メイン・ロビーの前に立っていてくれ」

第一京浜を渡った向こう側に、屏風《びょうぶ》のように建つホテルだ。やつはいま品川プリンスホテルにいるはずだが、そこの駐車場から第一京浜に出て、車で拾ってくれるということか。

樋口は駅を出ると、右手にある交番の前を通って、第一京浜を渡った。いまの佐久間の指示を、第二方面本部にいる安城に伝える必要はない。あの前線基地では樋口の携帯電話の位置を完璧に把握している。ここに行けという指示があったと伝えなくても行動はわかる。それにいちいち安城に報告していては、発信記録が残る。もし佐久間がまだ樋口の身元を不安に思い、携帯電話を取り上げた場合、佐久間の着信のあとすぐにかけている相手は誰だと追及されることになる。その危険を冒すべきではない。

横断歩道を渡り切って右手に折れ、パシフィック東京の敷地内に入った。メイン・ロビーはこの三階にあるはずである。樋口は電波状態を考え、二階のエントランスに向かわず、あえて車用のスロープを上った。

ベルボーイが寄ってきたが、樋口は手を振って遠ざけた。たぶんそんなに長い時間、待たせられはしない。

二分ほど、車寄せで待っていると、国産の高級セダンがスロープを上がってきて停まった。ドアの横に立っていたベルボーイが、すぐに近づいた。

後部席に、佐久間の顔が見えた。乗れ、と言うように首を向こう側に傾けた。樋口はそのセダンへと歩いた。ベルボーイが後部席のドアを開けてくれた。

佐久間が、後部席の奥へと身体《からだ》を移動させた。樋口はその手前側に身体を入れた。ドアはすぐに外から閉じられた。滑らかな音でセダンは発進した。

樋口は運転手の顔を確かめようとした。若い男だ。髪は短めで、肩幅が広い。黒っぽいジャケットを着ている。ルームミラーで目を見たが、昨日の運転手と同一人物か確信は持てなかった。

佐久間が身体をひねって後ろを見た。尾行でも気にしているような様子と見えた。監視がばれた？　樋口は自分でも身体をひねりたくなる衝動をかろうじて押さえた。安城は、監視班は五十メートル以内に確実にいる、と言っていた。つまりそれは、意識していれば目視できる範囲内にということだった。

セダンは第一京浜を左手に折れた。

流れに乗ってから、佐久間が訊《き》いた。

「おれに会うってこと、誰かに話したか？」

樋口は言葉を選んで答えた。

「いや。誰にも。どうしてです？」

「いや、なんでもない」

「これからどこに？」

「引き継ぎだ。あんたに取り引きしてもらう相手をひとととおり」

「いきなりなんですね」

「言ったろう。人手が足りないんだ。即戦力が欲しいんだよ」

「何を扱うのか、おれは知っていなくていいですかね」

佐久間は横目で樋口を見つめてきた。いや、睨《にら》んできた。樋口は、うるさいと言われたような気がした。

「すぐにわかる。見当がついたから、やる気になったんだろう？」

「もちろんですよ。で、おれは一カ月どのくらい稼げるんです」

「あんた次第だ。チンケなリフォーム詐欺《さぎ》よりは、ずっと稼げる」

そのとき、佐久間のスーツのどこかで携帯電話が鳴った。古いロックのイントロ部分のようだった。

佐久間が携帯電話を取り出し、モニターで発信者を確認してから耳に当てた。彼は、相手が口を開く前に早口で言った。

「かけなおす。ちょっと待ってくれ」

電話を切ると、佐久間は運転手に指示した。

「横道に入って停めてくれ」

運転手が首を少しだけひねって言った。

「高輪二丁目交差点、左折して停まりますか」

「それでいい」

車は高輪二丁目の交差点を左折した。直進すると高輪署に出る通りだ。左折して二十メートルも進んだところで車が停まると、佐久間は車道側のドアを開けて車を降りた。樋口には聞かせたくないやりとりをするのだろう。

監視車のことが気になった。彼らもすぐにこの交差点を左折してくるはずだ。すると目の前に、監視対象車が停まっている。まさか真後ろに停まるわけにはいくまい。

そう思っているとき、車の右脇《わき》をスモークガラスの小型のバンが通過していった。あれだ。刈部たちが乗っているはずである。

樋口は歩道側を見た。佐久間は歩道で携帯電話を使っている。声は聞こえないが、あまり機嫌よくは見えない表情だった。相手をなじっているようでもある。何かトラブルが起こったのか。もっとも、覚醒剤を扱い、ひとを殺しておいて、トラブルがないわけがない。稼業《かぎよう》そのものがトラブルを振りまいているのだから。

佐久間はいったん電話を切ると、べつの番号にあらたにかけたようだ。携帯電話を耳に当て、しゃべりながら身体の向きを変えた。視線が道路の先を向いた。樋口もフロントガラスごしに道路の前方に目をやった。
心臓が急収縮した。五十メートルほど先で、監視車が停まっているのだ。周囲には
ビルの入り口もコンビニも公衆トイレもない。停車はいかにも不自然に見える。
佐久間はそのバンがいま追い抜いていったばかりの車だと気づいたろうか。
表情からは、判断がつかなかった。視線はバンのほうに向けられたままだが、意識
は電話のやりとりに集中しているようにも見える。
やがて、佐久間が電話を終え、車の車道側に回ってドアを開けた。前方の監視車は
そこで発進した。
佐久間が運転手に指示した。
「箱崎《はこざき》」
「箱崎」と運転手が繰り返した。「高速に乗りますか」
「ああ」
運転手はセダンを発進させると、ちらりとルームミラーを見てから強引にその場で
向きを変えた。
樋口は、黙ったままでいた。佐久間にも、自分がかなりナーバスになっていたのが
伝わったことだろう。

箱崎。先回りして待機している班はない。追ってくるしかないのだ。さいわい、このセダンには自分と佐久間と、位置情報を送信している人間がふたりいる。さっきのバンがすぐには追尾を再開できなかったとしても、もう一台がついてきているはず。二係が自分を見失うことはないだろう。

高速に乗ってから、佐久間が言った。

「どうした。何か心配でもあるのか」

樋口は、無理に笑みを作っていった。

「大決心したんですからね。この先のことは、やっぱ、いろいろ気になりますよ」

「仕事を変えるって、もう誰かに言ったか？」

「いいや。誰にも」

佐久間の携帯電話が鳴った。樋口はようやくその着信音がなんであるか思い出した。よくCMなどにも使われるハードロックの有名曲だ。佐久間という男は、ギターでもやる男なのだろうか。

佐久間は電話の相手に言った。

「いいや、白いミニバンだ」

追跡してくる車のことを言っているのだろうか。しかしいま、二係が使っている捜査車両の中にミニバンはない。用意はしてあるが、それは誰かの身柄確保ができたとき、第二方面本部から出動することになる。二係の監視がばれたわけではないようだ。では、どこが佐久間を追っている？　われわれ以外に佐久間を追尾し監視しているのは誰だ？

セダンは箱崎ジャンクションを降りた。新大橋通りに出るとき、佐久間は振り返って後ろを見た。

「何か？」と樋口は訊いた。

「いや、なんでもない」と佐久間。

セダンは新大橋通りを隅田川方向に進み、川の手前で左手の街路に入った。すぐに隅田川だ。首都高速の真下で左手に折れると、左側は浜町《はまちょう》公園だった。

前方に、白っぽいセダンが停まっている。佐久間のセダンが徐行した。

佐久間が言った。

「車、乗り換えてくれ。こっちの車には、べつの客を乗せることになった」

「あっちに？」警戒すべきところだ。「誰が乗ってるんです？」

「だから、ビジネス・パートナーたちだって」

ここでは不安を感じないほうが不自然だ。樋口は訊いた。

「毎日こんな調子なんですか」

「なんだって？」

「誰かが追いかけてくるとか」

佐久間が答えないうちに、セダンは停まった。先に停車していた車の真後ろだ。助手席から丸刈りで黒いスーツを着た男が降りてきた。背が高く、いくらか細身の、四十歳ぐらいの男だった。昨日、佐久間と一緒にいた男。仲間か、子分か。丸刈りの男は外から後部席のドアを開けた。

「降りてくれ」と、佐久間がうながした。

樋口が降りると、同じ側のドアから佐久間も降りてきた。佐久間と丸刈りの男は、黙礼し合った。声は発しない。

ふたりの男にはさまれるような格好で、樋口は前のセダンの後部席の前まで歩いた。

佐久間がドアを開けてから言った。

「この男はコイズミ。あんたのことは伝えてある」

樋口は丸刈りの男に頭を下げた。

「樋口です」

「運転手はフクダ」

元の総理大臣の名前がふたつ続いた。小泉と福田か。偽名ということだろう。

「乗ってくれ」と佐久間。「こっちが先を走る。おれは途中で客を拾う」

「どこに行くんです？」

「だから、ビジネスの現場だ」佐久間は、樋口を安心させようとしたのか、声の調子を変えた。「きょうは大きな取り引きなんだ。こっちは数を揃《そろ》えて出ていかなきゃならない。なめられないようにな」

言いながら、佐久間は道路の後方に目を向けた。やはり尾行を気にしている。気になる点は樋口も同じだが、期待している尾行の車両は見当たらなかった。位置情報は把握されているにしても、尾行が追いついていないのだ。

樋口は後部席の奥の席に身体を入れた。小泉と紹介された丸刈りの男が、左側に座った。上客待遇というよりは、逃げられないように押し込められたということだろう。

車が発進した。

そのまま隅田川沿いを少し走ったところで、樋口の携帯電話が鳴った。

この携帯電話に、私用の電話が入るはずはない。つまり二係の関係者の誰かが電話してきたということになる。このタイミングで、いったい何だろう。

取り出すまで少したためらってから、樋口はポケットの携帯電話を取りだした。不安を押し殺してモニターを見ると、佐久間からの発信だった。

「はい？」

「おれだ。先に客を拾うことになった。一時間後に合流する」

「どこでです？」

「福田に、このまま代わってくれ」

携帯電話を渡すことになるのか。それでよいか？ そのまま返してもらえないということにならないか。いや、相手が登録番号を適当に試してみれば、樋口の偽装した身元は証明される。相手を完全に欺《あざむ》くことができるわけだが。

樋口は、携帯電話をシートの上から運転席に差し出した。

「福田さん、佐久間さんが代わってくれって」

福田が意外そうに少しだけ首をひねったが、すぐに左手で携帯電話を受け取った。

「福田です、はい、はい」

電話を終えたが、福田は携帯電話を返してこなかった。

「福田さん、携帯」と樋口は言った。

福田が答えた。

「またおれにかかってくるんだ。おれ、携帯持ってないから」

まさか。非合法ビジネスに関わる人間が携帯電話を持っていないはずがない。自動車電話も携帯電話も、市場に出たとき最初に飛びついたのがこの手の連中なのだ。持っていないというのは嘘《うそ》だ。しかし。

樋口は、無理に返却を求めなかった。電源さえ切られなければ、預けたままでいい。自分がどこにいるかということは、この車がどこにあるかと同義なのだ。

前線基地となっているその部屋で、白いシャツに腕まくり姿の瀬波が言った。

「あれ、消えた」

彼は、一台のモニターで樋口の携帯電話の位置情報をチェックしていたのだ。

和也は、自分の前のモニターから、右隣の瀬波のモニターに目をやった。和也は佐久間の位置情報を確認していた。同じ車に乗っているから、樋口と佐久間の位置は先ほどまでは同一地点を示しつつ移動していた。

瀬波の目の前のモニターは、箱崎ジャンクションから浜町公園のあたりを示している。しかし、樋口の携帯電話の位置を示すポインタがたしかに消えていた。

和也は自分のモニターで佐久間の位置を見た。浜町公園から明治座方向に折れている。

どういうことだろう。ほんの二、三分前、樋口たちの乗る車が浜町公園の脇で停まったようだった。このとき以降ほんの三十秒ほど、微妙にふたつのポインタの位置がずれた。どちらかが車を降りて、乗り換えたのだろうと推測できた。しかし、樋口の位置情報が消えたとなると、それは携帯電話の電源が切られたことを意味する。切られた理由は何だろうか。あるいは、切らねばならない理由は？

和也はマイクで刈部を呼び出した。

「刈部さん、いまどこです？」

彼の車は首都高速でなんとか佐久間との距離を一キロまで縮めた。しかし目視できる範囲にまでは近づいていない。箱崎を降りたことも、浜町公園の脇で停まったことも、和也が伝えたのだ。

右手でマウスを動かし、刈部の位置情報をモニターに表示した。浜町公園の東側、隅田川沿いの道の上にある。見ているあいだに、ポインタは北方向につつっと動いた。

「浜町公園、終わるところです」と返事があった。「車は見えません」

「佐久間の車は、公園北のその道路を左折。いま明治座近く。清洲橋《きよすばし》通りに折れた」

この動きは奇妙だ。清洲橋通りに入るのなら、なぜわざわざ浜町公園の隅田川寄りを走り、いったん停まった後、左折左折を繰り返したのか。一度停止して、その際に何か大事なことをすませる必要があった？　樋口の電源が切れたのは、そのあとだ。車を移ったのだろうと判断できる。そして佐久間自身はもう一度箱崎ジャンクションから首都高に乗るつもりか？

和也は刈部に言った。

「樋口の電源が切れた。停まったときに、べつの車に乗り換えたのかもしれません。それらしい車は見えませんか」

「たとえば？」

和也は昨夜の監視を思い出して言った。

「セルシオ。アリオン」

「ちょっとわかりません」

「清洲橋通りに入ってください。佐久間は新大橋通りに出るところです」

「了解」

和也は、原口たちの車両の位置を呼び出した。彼の車にも、刈部たちのあとを追うよう指示していたのだ。まだ首都高上だった。箱崎ジャンクションにかかるところだった。

「原口さん」と和也は言った。彼もヘッドフォンで刈部とのやりとりは耳にしているはずである。「箱崎ＰＡでいったん待機してください。佐久間がもう一度首都高に乗るかもしれない。樋口の携帯が切れたようですが、引き続き佐久間を追います」

「了解」と、原口も応《こた》えた。

息苦しくなってヘッドフォンをはずすと、瀬波が心配気な顔で和也を見つめてきた。

「樋口は、自分からは絶対に携帯の電源を切らないでしょう」

「ええ」和也は同意した。「取り上げられたか。あるいは」

そこから先はまだ考えたくはなかった。いや、じっさい、推測できるだけの根拠は何もないのだ。

どこに向かっているのか。

樋口は窓の外に目をこらした。車を移ってから一時間弱。江戸橋で再び首都高に乗り、そのまま中央高速に入った。いましがた降りたのは八王子インターだ。中央高速を走っているあいだに空はすっかり暗くなっていた。

立川署勤務の時期があったので、このあたりにまったく土地勘がないわけではない。たったいま国道一六号から左手に折れたのはわかった。つまり、おおよそ創価大学方向に向かっているのではないかと想像できた。

目的地に近づいているのはたしかだろうが、小泉たちはとくにその経路を樋口に隠そうとしているようでもなかった。信用されているからだ、とも解釈できたが、知られたところでどうってことはないからだ、とも考えられる。最初のうちは楽観のほうが勝っていたが、インターを降りてからは不安と恐怖のほうが募ってきた。目的地に着いた時点で、自分は殺されるのではないかと。

いや、佐久間は大きな取り引きがあると言っていた。だからひとの数が必要なのだと。もし身元を疑われてはおらず、その取り引きの現場に立ち会うことができたなら、おれは相当の数の覚醒剤《かくせいざい》密売買関係者の顔を見ることができるのだ。いまここで、身分を明かしてゲームオーバーを宣言することは、あまりにも惜しい。恐怖にはまだ少し耐えられるし、事情が判明したわけでもない。もうしばらく黙って従っていたほうがいい。

谷野町《やのまち》南の三叉路《さんさろ》を直進した。民家の明かりが急に減った。右手は山林、左手は農地だ。このあと創価大学のキャンパスまで、ろくに建物もひとの気配もなくなる。

樋口は退屈している様子を装《よそお》ってあくびをし、目の前に左手を突き出して腕時計を見た。

午後の六時十分前になっていた。

和也は、原口の報告を聞きながら時計を見た。午後五時五十二分だ。

「いません」と原口はもう一度言った。「いま佐久間が降りて、事務所ビルの玄関を入りました。車は停まったままです。運転手がいますが、樋口の姿は見えません」

彼は昨夜と同様、佐久間の事務所のあるビルのそばにいる。きょうは美容院ではなく、捜査車両の中だ。

瀬波が横から、いっそう不安気な表情を向けてくる。

和也は原口に訊《き》いた。

「うしろの座席で、横になっているということはないか」

「車内をのぞきこめる状態じゃありませんが、とくにはそんな様子は見えません」

佐久間の車は、いったん箱崎で降りたあと、浜町公園で停まり、そのあとまた箱崎で首都高に乗ったのだ。行く先は浦安のディズニーリゾートの外側、大規模シティホテルの集中するエリアだった。そこの外資系のホテルの駐車場に入って、一時間後に出てきた。再追尾はその時点から始まり、原口たちの車両が追った。もし電源を切ったあとも樋口が佐久間の車に乗っているとしたら、降りたのはホテルの駐車場でということになる。しかし駐車場の様子は刈部たちが調べていた。異常は目撃されていない。佐久間は喫茶室でひとに会っていたが、そのときも樋口は姿を見せていなかった。では、樋口はどこで消えた？　やはりあの浜町公園での停車のときか。そこにべつの車が待っていてそちらに移ったということか。その際、何かの理由で携帯電話の電源が切られた。つまり佐久間は、自分に尾行なり監視なりがついていることを承知していたということだろうか。

原口が、和也の指示をうながすように言った。

「もうじき刈部主任の車もここに到着しますね。佐久間を身柄拘束して、吐かせましょうか。違法は承知してますが、一刻を争う事態ではないかと」

和也は素早く決断して言った。

「いい。まだこの時刻だ。佐久間はこれからまだ動く。泳がせていよう」

一瞬の間のあとに、原口は言った。

「はい」

瀬波が、また和也を見つめてきた。

和也は脇《わき》の下に汗が滲《にじ》み出していることを意識しながら言った。

「きょう見えない男がキーパースンです」

「え？」

「坊主頭《ぼうずあたま》。あれがいない。佐久間とべったりと見えていた男なのに」

「やつはどこにいるんです？」

「八王子」と、和也は昨日の樋口の言葉を思い起こして言った。「やつのセルシオの登録住所。土場かヤードとのことでした。以前にも犯罪に関係している。樋口はいま、そこに向かっているか、もう着いたかです」

「困ったことになっていないといいが」

「樋口は、身分を明かすタイミングをはかっているんでしょう。つまり、身元はまだばれていない。消息がわからないのはそのせいです。ただ、かなり際《きわ》どいところにきているのはたしかでしょう」

「もしかして」瀬波は首をかしげた。「われわれの監視に気づかれた？」

「栗田さんのことを思い出してください。佐久間が神経質になっていたのは、警察じゃない。暴力団です。どこかの暴力団が自分を監視していると、佐久間はナーバスになっているんだ」

　和也はマイクの位置を直してから、あらためて指示を出した。

「小河原班は、全車、八王子に向かってください」

和也は、昨日確認したヤードの住所をつけ加え、さらにもう一度繰り返した。

すぐに小河原の声が返った。

「向かいますが、着いたら突入するんですか。その場合の根拠は？」

「その指示はあらためて出します。その時点までに樋口からの連絡がなければ突入」

「樋口救出最優先ってことですね。公判維持じゃなく」

「そうです」

「了解」

ほんのわずかだけ、小河原の声が高揚したように聞こえた。

連れてゆかれたのは、波形鉄板に囲まれた廃車置き場のような場所だった。スライド式の鉄製扉が背後で閉じられ、丸刈りが降りろと命じた。降りたとたんに、右腕に衝撃があった。いきなり釘《くぎ》でも刺さったかのような痛み。衝撃は次の瞬間に全身に走り、樋口は激しく身をよじった。スタンガン。それもかなり強力なものだ。樋口はその場に膝《ひざ》をつき、前のめりになった。

ばれた？　身元がばれたのか？

そこに誰かが馬乗りになった。まったく抵抗できないまま、樋口は後ろ手に手錠をかけられた。アメ横あたりで売っている玩具《おもちゃ》の手錠だろう。しかし、十分に実用に耐えうる強度を持った玩具だ。

小泉と福田に無理やり立たされ、なかば引きずられるように、ヤードの奥の倉庫の中へと入れられた。天井灯がつくと、そこは雑然と機械や金属製の廃品類が積み上げられた空間だった。仕分けと解体の作業場なのだろう。田舎の小学校の体育館ほどの広さだろうか。隅にトヨタの黄色いフォークリフトがあった。

ふたりがなお奥へと追い立てようとするので、樋口は声を振り絞って言った。

「警察だ。解放しろ」

ふたりは足を止めた。丸刈りの小泉が樋口の前にまわって目をのぞきこんでくる。驚いている目だった。

「警察？　証明できるか」

「警視庁に電話しろ。組対一課の樋口雅人と話したいと。一分以内に、おれの携帯に電話がかかってくる」

小泉は福田に言った。

「柱に縛りつけておけ」

樋口は鋭く言った。

「解放しろ。ただじゃすまなくなるぞ」

「縛っておけ」

小泉がまた腕に何かを押しつけてきた。衝撃が全身を貫いた。樋口はまた、倉庫の三和土《たたき》に膝をついた。しびれて、身動きできなかった。福田が手錠の鎖部分に手をかけて樋口を引っ張った。されるがままだ。樋口は一本のスチールの柱の前で尻餅《しりもち》をついた格好となった。福田が手慣れた手つきで縛りつけた。

なんとか衝撃から立ち直って正面を見た。小泉が誰かに電話しているところだった。

「ああ。警察だと言ってる。警視庁組対一課に電話してみろと。するか？」

「わかった。三十分で？」

「ああ。それまでに聞き出せることは聞き出しておく」

電話を終えると、小泉は福田に言った。

「ホースとバケツ、用意しておけ」

福田が返事をせずに黙ったままでいる。その目には非難と困惑があるように見えた。小泉のやろうとしていることに賛同していない。

「しかたねえだろ」と、小泉がきつい調子で言った。「成り行きだ」

「だけど」福田が言った。「警察を敵に回して、ただですまないだろ」

見えた。


「うるせえ」小泉が怒鳴った。「もう一線超えてしまったんだよ」

福田が小泉の前から離れ、倉庫の入り口脇へと歩いていった。小泉はスーツのジャケットを脱ぐと、シャツ姿になった。腕まくりしたとき、二の腕に入れ墨がちらりと見えた。


樋口は小泉を見上げて言った。

「警官に手をかけるのか？　十倍返しだぞ。すぐに放せ」

「いくつか質問があるんだ」

「放せ」

「いつから佐久間を監視していた？」

「放せ」

小泉は樋口の前にしゃがみこむと、口元だけで笑って言った。

「喋《しゃべ》らないと、苦しむぞ」

「放せったら。これが最後だぞ」

左の二の腕にまたスタンガンが当てられた。衝撃に息が止まった。

「ほんとうは電気は好きじゃない」と小泉が言った。

小泉は樋口の脇に身体《からだ》を移動して、樋口の右手に手を伸ばしてきた。まだしびれの残る指先に、小泉の手がかかった感触があった。次の瞬間、樋口は絶叫した。スタンガンの衝撃のほうがどれほど楽であったかと思えるような衝撃だった。衝撃はすぐに激痛と呼べるものだとわかった。樋口は思い出した。加藤の指は二本折られていたのではなかったか。樋口は激痛の中で自分が失禁したのを意識した。ズボンの中に、温かいものがひろがっていった。

「本気だ」と小泉が言った。「いつから佐久間を追っていた？」

樋口は苦しさにあえぎながら言った。

「放せ」

再び右手に激痛があった。こんどは自分の絶叫さえ聞こえなかった。樋口の意識はすうっと薄れていった。

完全には意識を失っていなかったろう。顔に水をかけられて、意識は引きもどされた。小泉は目の前に立ちあがっていた。自分の目の表面を、水なのか涙なのか判然としないものが覆《おお》っていた。目を開けているのには努力が必要だった。右手の激痛はいくぶん引いたとはいえ、心拍に合わせて増幅と収縮を繰り返している。

小泉がまた訊いた。

「佐久間をいつから追っていた？」

樋口は、声を出そうとした。もれたのは喘《あえ》ぎ声だった。

また水をかけられた。答を拒んだと思われたようだ。

「先週から」と、やっとの思いで樋口は答えた。

「若林から聞いていなかったのか」

「聞いて、いなかった。聞く前に、お前が殺した」

「おれが殺したと、わかっていたのか？」

「いま知った」

「あと、誰を追ってる？」

「誰も」

「三本目、もらうぞ」

小泉がしゃがみこむ格好を見せた。反射的に樋口は悲鳴を上げていた。

「嘘《うそ》じゃない。誰も。佐久間だけだ」

「白いミニバンの男は何者だ？」

「誰？」

小泉が樋口の右手を蹴《け》った。それで十分だった。折れた指に新たな衝撃が加わって、
樋口はこんどこそ完全に気を失った。

小河原班の位置をモニターで確認しているところに、小河原自身から連絡があった。

「いま着きました。正面は鉄の扉です。塀で囲まれていて、中は見えません」

和也は言った。

「どういうところです？」

「まわりは山林。ほとんど人家なし」

「二台。もう数分以内のところにきています。三台で出入り口を固めたところで、新しい指示を出します」

「その前にひとつ。ついさっきおれの車を追い抜いていった二台が、ここに入っていった。佐久間ですか？」

「いや」佐久間の位置情報を見た。「やつはいま、天王洲《てんのうず》ですね。なんとかというクラブに入った。二台？」

「白っぽいセダンと、黒っぽい四駆」

「佐久間の仲間か。本来のそこの会社の従業員か。用心してください。中に大勢いるかもしれない」

「はい」

やりとりを終えると、瀬波が言った。

「係長。応援頼みませんか。課長を通じて、八王子署から助っ人《すけと》にきてもらったほうが」

和也は腕時計に目を落した。午後七時四十分だ。

「応援が揃《そろ》うのを待っていられない。一分一秒を争ってます。樋口の救出は、うちでやりましょう。一斉検挙には、応援を頼みますが」

「課長への報告は？」

「明日。きょうのことは、わたしの責任で」

言いながら、左手が無意識にシャツの胸ポケットに伸びていた。ポケットの中に、小さく固いものの感触。祖父が使っていた古いブリキのホイッスルだ。自らの警官の血を意識して以来、いつも胸に下げている。和也は握るようにその感触を確かめ直した。

モニターに目を向けた。小河原班の残り二台の車両のうち一台が、目的地にほぼ到着したところだった。

顔に水を浴びせられた。呼吸ができなくなって、その苦しさのせいで樋口は意識を取り戻した。

なんとか目を開けた。声は出ない。苦しげな吐息が出るだけだった。

左手の扉が開いて、男が四人入ってきたのが見えた。小泉と福田が、短く体育会の学生のようなあいさつをした。

四人は樋口を見て驚いたようだった。床に尻を落し、柱に縛りつけられた男。水を何度も浴びてびしょぬれで、痛みに息も絶え絶えという男がいるのだ。誰だって多少は驚く。

小泉が、四人に言った。

「イヌが潜りこんでた」

四人のうちのひとり、小太りの中年男がとまどいをみせて言った。

「どうするんだ?」

「ここまでやってしまったんだ。最後までやるさ。そうしろって話だった」

小太りの男が、三十歳ほどと見える男を示して言った。

「これが新人だ」

髪の短い、スポーツ選手ふうの男が、緊張した様子で立っている。黒っぽいスーツ姿だ。

小泉が言った。

「採用試験をするように言われてる」

小泉が振り返って合図すると、福田が何か黒いものを手渡した。半分しか開いていない目でも、それが半自動拳銃《けんじゅう》だとわかった。たぶんロシア製か、そのライセンス生産品の中国製。

小泉が短髪の男に近づき、拳銃を示した。

「扱いは簡単だ。ほら」

福田が弾倉と一発のカートリッジを小泉に渡した。小泉は拳銃を福田に預けると、弾倉にその一発だけのカートリッジを押し込んだ。慣れた手つきだった。もう一度福田から拳銃を受け取ると、小泉はグリップの下から弾倉を入れて、遊底を手前に引いた。カートリッジが弾倉から拳銃本体の薬室に送り込まれたことになる。

「これで弾が出る状態になった。ただ引き金を引くだけでいい。あいつの額か胸か、好きなところに」

小泉は銃口で樋口を示した。おれを殺せと言っている。テストとして。

意外なことに、恐怖感がなかった。これで終わる。ラクになる。歓迎できることだった。

短髪の男は立ったままだ。拳銃には手を出していない。受け取ろうとはしていなかった。顔は蒼白《そうはく》だ。

小泉は、拳銃のグリップを短髪の男に向けて言った。

「さあ、大事なテストだ。やってくれ。あの男は警官なんだ。生かしてはおけない」

短髪の男は、目を見開いた。

「警官？」

「ああ。潜りこんでいた」

短髪の男は、やっと決心したというように拳銃に手を伸ばした。小泉が拳銃から手を離した。にやりと笑ったように見えた。

短髪の男は拳銃を右手で持ち、小泉に向けて一歩退いた。ほかの四人が、ぎょっとしたようにその場で凍りついた。

短髪の男が言った。

「おれも警官だ。組対五課。寺脇だ。拳銃不法所持、公務執行妨害で、逮捕だ。手を上げて、並べ」

小泉が、こんどは声を上げて笑った。

「どっちもサツか」

「手を上げろ」

「撃てるか、お巡《まわ》り」

小泉は寺脇と名乗った警官に一歩近づいた。寺脇が腰を落してもう一歩下がった。気押《けお》されている。小泉が右手をさっと振った。

寺脇は短く、あっ、と叫んで棒立ちになった。スタンガンを当てられたようだ。小泉が素早く寺脇の右手から拳銃を奪い取った。

寺脇が、ふらふらと小泉に手を伸ばした。組みつこうとしているかのようだ。

小泉は退いて寺脇から逃れると、笑うような声で言った。

「おれは撃てる」

破裂音がした。倉庫の中に埃《ほこり》が舞ったと見えるほどの大きな音だった。

部下の八百板元《はじめ》が、ヤードの中の様子を確認に行った。彼は小河原弘の班の最年少捜査員で、身軽だった。同僚の手助けも借りずに高さ二メートル以上の塀を軽々と乗り越え、内側に降り立ったのだ。

ほどなく小河原のイヤフォンに、抑えた声で報告があった。

「例のセルシオがあります」

ずばり安城係長の推測は的中だった。あの丸刈りの男のセダンがここにある。樋口雅人はおそらくそのセダンに移され、ここに連れて来られたのだ。樋口の身元はすでにばれているのかもしれない。警官であることがばれていたとして、その上で解放されていないとなれば、樋口はかなり危ない状況にある。

小河原は訊《き》いた。

「ひとの姿は？」

「見えません。倉庫の中のようです」

「ゲートのロック、はずせるか？」

「いますぐ」

十秒後、ゲートが開き始めた直後だ。そのヤードに到着していた一課捜査員たちの耳に、短く破裂音が聞こえた。

銃声？

すぐそばではない。遠くというよりは、こもった音のように聞こえた。室内？　建物の中での銃声か？　ゲート外側で、小河原はイヤフォンマイクを通じて言った。

「銃声です」

一拍遅れて、安城和也係長の指示が返った。

「連中、一線を超えた。樋口救出最優先です。やれますか」

「やれます。武闘派はひとりかふたり。六人で制圧できる」

「増援を待つほうがいいなら、そう言ってください」

「いまの銃声で、事態は変わりました。待ったら悪くなるだけです。やらせてください」

「では、拳銃使用を許可する。発砲の判断はきみたちにまかせる」

「了解。まず、ヤードの内側に突入します」

すでにこのゲートの前には、チームの三台目の車も到着していた。捜査員たち全員が突入を待っているところだった。二台の車が、ゲートをふさぐかたちで停まっている。そのうしろに、遅れて到着した一台。

門扉《もんぴ》が完全に開いた。敷地内を照らす屋外照明がついている。奥に廃車の山があり、ゲート右手に倉庫らしき建物。倉庫には壁の高い位置にいくつか窓があって、中の照明がついていることがわかる。倉庫の前に三台の乗用車が停まっていた。ひとの姿はない。乗っていた連中は倉庫の中ということだ。

倉庫の脇《わき》には、工事現場用のプレハブ住宅。それが事務所代わりか。しかしこちらの内側に明かりはついていない。

八百板は手で合図してくる。自分は歩いて倉庫の右手の建物の側に回る、と。

小河原はうなずいた。

運転席の飯塚秀基《ひでき》が車を急発進させた。もうここまできているのだ。音を忍ばせる必要はない。光はむしろ強く当てたほうがよい。大人数で包囲していると思わせるのだ。

敷地内は砂利敷きだ。タイヤが砂利を激しく搔《か》き上げて音を立てた。十メートルほどを走ると、駐車している車のすぐ後ろに急停車。小河原は足元からハンドマイクを取り上げて、助手席から降りた。

自分を含め五人が車を降り、ドアの陰で拳銃を構えた。

小河原はハンドマイクのスイッチを入れて、大声で言った。

「警視庁だ。中にいる連中、十秒やる。手を上げて出てこい」

想像していた以上に、その声は夜のヤードに大きく響いた。中にいる連中が聞き取れないのはありえないだろう。

シャッター脇にある通用口のドアのガラスから、明かりが消えた。窓も暗くなった。

小河原は続けた。

「包囲されているぞ。すぐに手を上げて出てこい」

そのとき、車のヘッドライトがヤードの内側をなめた。小河原は振り返った。幹線道からこのヤード入り口に通じるアプローチに、一台の車が突進してきたところだった。

小河原は目を細めて、その車を見つめた。白いミニバンのようだ。

うちの車か？　それとも、連中の？

「気をつけろ。うしろにもいた」

小河原はその場で腰を落とし、拳銃を両手で握って構えた。ミニバンは、ゲートの前で急停車した。

はさまれた？　自分たちは、閉じ込められたのか？

部下たちが、倉庫とミニバンと交互に目をやりながら戸惑っている。

小河原は腰を伸ばし、ミニバンの真正面に向かって立つかたちで、左手で警察手帳を掲げて示した。いまライトがなめたとき、相手は小河原たちが着ている濃紺のジャンパーの背中も確認できたろうか。その背には、大きく文字が縫い取られている。「警視庁　POLICE」と。いましがたヤードのゲート前に停まったところで、全員に着用させたのだ。

ミニバンのヘッドライトが消えた。助手席の男が窓から手を出している。警察手帳だ。

小河原は自分の警察手帳をおろした。

誰だ？　一課二係の捜査員ではない。八王子署？

ミニバンから三人の男が飛び下りてきた。スーツ姿がひとり、ジャケット姿がふたり。

助手席からおりてきたのは、スーツ姿の四十代。自分とほぼ同年代と見える。その男が言った。

「組対五課だ、薬物第七の長嶺《ながみね》」そう名乗った男は警察手帳を示した。身分証明書の階級は警部補だった。自分と同格だ。「あんたたちは？」

小河原は答えた。

「組対一課第二。主任の小河原です。どうしてここに？」

「うちの捜査員が連れ込まれた」

小河原は、かすかに戦慄《せんりつ》を感じて言った。

「うちの捜査員もだ。いま銃声があった」

「銃声？」男の顔色が変わったのがわかった。夜目でも、はっきりと。

「相手は何人？」

「最低でも三人。六人かもしれない」

「そっちは」

「六人」

「どうするつもりだ？」

「突入する」

「無茶だ」

「これで九人になった」

「うちの捜査員がいるんだ。ここはまかせろ」

小河原は相手の横柄《おうへい》な物言いには応《こた》えず、逆に指示した。

「そっちの車のライトを、事務所のほうに向けてくれないか。あっちのドアをまかせる」

こいつらは、増援として使わせてもらう。使える。数人分、余裕ができた。

小河原は自車の助手席側ドアのうしろに戻ると、イヤフォンマイクを通じて安城警部に言った。

「聞こえましたか？　五課がきました。薬物捜査第七係。中に捜査員がひとりいるそうです」

「聞こえてます」と安城警部。「互いにそれを知らないとなると、厄介だ」

「外に警察がきたことは、わかったはずです」

「連中がパニックを起こしたら、危ない。その場のサポートを向こうにまかせてください」

つまり、現場指揮はお前が執れ、ということだ。

「はい」

「いま、立川署の盗犯の捜査員とつながりました。以前そこの実況見分をしている。建物の配置がわかる。小河原さんの携帯にかけさせます」

「は」

自分の携帯電話が鳴った。小河原は携帯電話を耳に当てた。

「立川署の堺《さかい》といいます。前原興産のヤードの件ですね」

「いま、そこにきています。倉庫の中にマル暴がたてこもった。入り口は？」

「プレハブの事務所のある側にひとつ。ふたつのシャッターのあいだにもドアがひとつ」

「裏手は？　駐車場から見えない側」

「増築された資材置き場があって、その後ろにもひとつドアがあります。夜だとわかりにくいだろうけど」

「裏から逃げられますか？」

「金網です。乗り越えても、道路を歩けばけっきょくゲート前に出る」

「敷地のうしろは？」

「山林です。都立滝山自然公園。そっちに逃げられると厄介かもしれない」

「どうも」

携帯電話を切ると、小河原は振り返って大声で指示した。

「久賀、諸田、倉庫の左側、奥に回れ。あっちにも出入り口がある。手斧《ちょうな》を忘れるな」

久賀たちがすぐに車から離れて、指示された方向へ駆けて行った。

ちらりと後ろに目をやった。組対五課の三人が事務所の脇にまわったのがわかった。

一分遅れた、と小河原は苦々しく思った。このミニバンのおかげで、十秒やる、という条件をこっちでゆるめたことになった。中の連中の動揺も収まったことだろう。反撃する時間を与えてしまったかもしれない。

そこに、五課の長嶺が腰を屈《かが》めてやってきた。彼もすでに拳銃《けんじゅう》を抜いて握っている。

「応援はくるのか？」と長嶺が訊いた。

「くる。しばらくかかるが」

「銃声は一発だけ？」

「聞こえたのは」

「ほんとにこの人数でやるのか」

「増援を待ってるわけにはいかない」

「相手の武装は？」

「知るか！」小河原はいらついて長嶺に言った。「だけど、軍隊相手なわけじゃない」

「もうひと班があと十五分で着く」

とうとう小河原は声を荒らげた。

「もう、一発撃たれてるんだ！」

長嶺が気押《けお》されたような顔で訊いた。

「どうやるんだ？」

「フラッシュバンを使う」小河原は、シャッターの脇のドアを示した。ガラスがはまっている。「あそこから、フラッシュバンだ。それを合図に、ふたつの通用口から捜査員が突入、抵抗する者は撃つ」

フラッシュバンは、スタングレネードとも言う。人質事件などで使われるようになった、閃光《せんこう》と爆音を放つ手榴弾《しゅりゅうだん》だ。これが間近で爆発すると、周囲の者は数十秒間、目と耳が使えなくなる。福岡県警がバスジャック事件の際に使って有名になった。

長嶺が意外そうに言った。

「機動隊の手口だ」

「だから？」

「用意してたのか」

「当然だ」

「こっちはどうしたらいい？」

「事務所側のドアだけ頼む。突入しなくていい。出てくるやつがいたら、身柄を押さえてくれ。正面と後ろはうちでやる」

「うちの捜査員の救出は、うちがやる。同時に突入する」

「いいだろう。まちがえて警官を撃つな」

「お前たちもだ」

長嶺はうなずきもせず、無言のまま戻っていった。とりあえず反対はしなかった。不本意ながらだが、了承するということだろう。小河原は口調を変えて部下たちに指示した。

「聞こえていたな。フラッシュバンを使う。その音を合図に三方から中に突入。武器を持っている相手は撃っていい」

小河原は、裏手に回った久賀と諸田に訊《き》いた。

「着いたか？」

「ええ」と、くぐもった返答。もう裏手のドアのすぐ脇にいるのだろう。

「飯塚たちが正面ドアのガラスを割って、フラッシュバンを投げ入れる。爆発が合図だ。ドアがロックされていたら叩《たた》き壊せ」

飯塚が小さなジュラルミン・ケースを下げて倉庫正面のドアに近づいた。建物の前面中央の柱のすぐ脇だ。ドアはアルミ製に見える。さほどの強度があるものではない。山本と八百板も、腰を屈めて車の間を抜けて飯塚を追った。

小河原は左右を確かめてから、マイクを通じて安城係長に言った。

「突入、あと三分で始められます」

「その突入の指示はわたしが出します」と、安城から返事があった。「とりあえず投降をもう一度うながしてください。一分と時間を区切って。栗田さん、池端さんもそっちへ向かいます」

「はい」

小河原はまたハンドマイクに手を伸ばした。

安城和也は、第二方面本部ビル内の臨時の指令室で部下たちの顔を見た。栗田と池端は、もう立ち上がっている。

和也は栗田に言った。

「現場に」

準備を始めたふたりを横目に、和也は瀬波寛の顔を見た。彼の顔は青ざめ、こわばっている。和也と同じことを想像しているのだ。樋口雅人が撃たれたと。

小河原から直接報告はなかったが、いま現場であったやりとりは耳に入った。五課の薬物捜査第七係が、同じ組織に捜査員を送り込んでいた。現場では、何か混乱が起こっている可能性がある。数分前の銃声が不気味だ。お互いに相手の素性を知らない捜査員同士が、相手を暴力団員と思い込んだまま、何か不測の事態に陥ったのでは？

和也はごくりと唾《つば》を呑《の》み込んでから、イヤフォンマイクをはずし、携帯電話を取り上げた。

二度の操作で、すぐに相手が出た。

「どうした？」

一課長の松原裕二だ。何か音楽が聞こえてくる。笑い声も。酒場だろうか。

「安城です。五課長と連絡は取れますか。緊急です。うちと、五課の捜査がかち合っている可能性が出てきました。分担を決めたほうがよい情勢です」

松原は不機嫌そうに言った。

「それをいまから？」

「先方が断るだろうとは予測しております。ただ、この時刻で申し入れしたことだけでも五課長に記憶させたいのです」

言いながら腕時計を見た。

午後の八時十五分になるところだった。

松原は少しのあいだ、言葉を返してこなかった。

和也は、松原から問われた場合どこまで事情を説明するか、考えた。

「五課長には、いま電話する。こちらから緊急に捜査分担のすり合わせをやりたいという申し入れだな」

「はい」

「いったん切ってくれ」

「はい」

イヤフォンマイクをつけなおすと、小河原の声が聞こえた。またマイクで犯罪者たちに呼びかけているようだ。

「手を上げて出てこい。一分、時間をやる。人質を解放し、手を上げて出てこい」

栗田と池端が、壁にかかっていた濃紺のジャンパーを手に取って部屋を出ていった。当然ふたりの脇《わき》の下にも、拳銃を収めた革のホルスターが装着されている。

ふたりが出て行くと、瀬波が少し言いにくそうな顔で言った。

「増援を頼みませんか?」

和也は首を振った。

「三分で、決着がつく。SATを待てば、解決まで数時間だ。その余裕はない」

そのとき和也の携帯電話が鳴った。発信人を確かめると、課長の松原だった。

「五課長は、いまからじゃ無理だと断ってきた。明日朝いちにしようと。それでいいのか?」

「はい。申し入れを五課が断ったと記憶します」

「どうなってるんだ?」

和也は手短かに説明した。薬物密売の新興勢力と思われるグループに、部下の捜査員が接触した。きょう、その捜査員が所在不明となったが、八王子のヤードに連れ込まれたらしいとわかった。先ほど、捜査員たちが現場に到着したところだと。そこに、遅れて五課の捜査員が到着した。五課も同じグループに捜査員を送り込んでいたらしい。いましがた銃声があった。

捜査員救出のため、突入を指示しました、と和也は伝えた。部下たちが現在ヤードの敷地外にいるのか、倉庫のすぐ側《そば》にいるのかは、はっきり告げなかった。まだ外にいると誤解させておけばよいのだ。

松原は、一瞬うめくような声を発してから言った。

「突入指示は了解した。現場では誰が？」

「小河原主任です。五課も含めて、現場の指揮を執っています」

「うちが仕切っているのか」

「はい」

「うちが仕切った現場で、五課の捜査員にもしものことがあれば、お前、本庁にはいられなくなるぞ」

考えてもみなかった。しかし、自分たちは捜査員の救出を最優先に連中を追い詰めたのだ。ここで指揮を譲るわけにはゆかなかった。ましてや、一刻を争う事態だ。より上級の判断を仰ぐわけにも。

「情勢を逐一報告しろ」

「はい」

電話を切ると、すぐまた着信があった。発信者を確かめて和也は驚いた。樋口だった。

でも彼はいま……。

そのとき瀬波が、モニターの一台を見て言った。

「樋口の携帯、電源が入ったぞ。位置は八王子のヤード、ドンピシャだ」

和也はマイクを通じて小河原に命じた。

「突入、ちょっと待って。樋口の携帯から電話だ」

和也は一呼吸してから携帯電話を耳に当てた。

「安城だ」

返ってきたのは、樋口の声ではなかった。

「樋口を預かってる。車を全部移動させろ」

「何？」

「聞こえたろう。お前が何者かは、この野郎から聞いた。そこから車をどかせ。遠くまで離すんだ。追ってくるなよ。そうしたら樋口は返してやる」

電話しているのは、例の丸刈りの男だろうか。声の性質はあの身体《からだ》つきに似合っているように思えるが。ただし、少しナーバスになっているようだ。

そしていま、やつは言った。そこからどかせ。

やつは八王子の現場に電話の相手、つまり安城和也がいると思い込んでいる？　その誤解は吉と出るか凶と出るかわからない。しかしいま、こちらから解いてやることでもないだろう。

もうひとつ、判断に悩む点。この電話番号の相手が誰か、ほんとうに樋口が教えたのか？　だとしたらいつ？　いまか？　それとももっと早い段階でか？　いま訊き出したのだとしたら、樋口は生きていることになるが。

どう反応すべきかためらっていると、相手は続けた。

「聞こえたよな。一分以内に、車を全部出せ。ぐずぐずしてると、一分ごとにこいつの指を一本折るぞ。脅しじゃない」

「待て。お前の名前は？」

「誰だっていいだろ」

「呼びかけるのに、名前が必要だろう。誰だ？」

男は、少し前の総理大臣のフルネームを口にした。

「そういうことでいい」

「小泉、あきらめろ。もう十台もの車が包囲している。増援も向かってる。一分で動かすことなど不可能だ。もうおれがどうこうできることじゃない」

「早く」

「それより小泉。もうひとりの刑事がいるはずだ。そいつはどこだ？」

「ここにいる」

「さっきの銃声はなんだったんだ？」

「脅しただけだ」

「人質をふたり抱えるのは厄介だぞ。しかもふたりとも刑事だ。放したほうがいい」

「いまから一分待つ。一分後に、また電話する。樋口って部下の悲鳴を聞かせてやる」

「待て、待て、小泉」

「まだ何かあるのか」

「警官が殺されたり怪我《けが》をした場合、警官は黙っていない。裁判にかける以前にけりをつける。それは承知だよな」

もちろんブラフだ。だが、そういう伝説が暴力団員のあいだに流れていることも事実だった。

小泉が答えた。

「ああ」

「車は動かせない。増援もくる。ライフル抱えて、特殊部隊も向かってる。おれをどう脅そうと、お前たちはけっきょく樋口を殺してしまうことになる」

「そうしてやるさ」

「いいか、警官がひとり死ねば、お前たちのうちひとりが確実にここで死ぬ。警官がふたり死ねば、ふたり死ぬ。管理職がどう言おうと、現場の警官は帳尻《ちょうじり》を合わせる。わかっているな」

小泉は鼻で笑った。ときどき強気になりすぎた男はこの伝説を忘れる。結果として、ひどい報復を受ける。

「特殊部隊はもっと非情だ。取り引きなんて絶対にできない。投降するならいまだ。いましかない。小泉、手を上げて最初に出てこい。最初に出てきたら、お前は助かる。裁判にかけられる。もし警官がひとり死んだら、最後に残った男は、確実に死ぬ」

こんどは鼻で笑ってこない。和也の言葉が、意味を持って相手の胸に届いたのだ。和也はたたみかけた。

「最初の男は助かる。二番目もだ。お前たちは何人いる？　三人か？」

沈黙。相手は和也との交渉を拒んでいない。いや、すでに交渉は始まっている。この沈黙自体が返答である。こっちのペースに巻き込んだ、ということでもあった。

「四人か」

「いや」

「五人？」

「ああ」

「樋口は生きているんだな」

「ああ」

「もうひとりは？」

返事が一瞬だけ遅れた。

「ああ」

「殺したな」和也は冷たく言った。「おれたちは、五人目を撃つぞ」

無言だ。殺したことを認めたのだ。

「小泉、最初に出てこい。少なくともお前だけは助かる。護送車で、警視庁の留置場に送る。いまお前が安全なのは、留置場の中だけだ」

小泉は無言のままだ。

「もうじき特殊部隊がそこに到着する」ミスった。自分も、そこ、と言ってしまった。相手は気づくだろうか。「その前に、終わらせるぞ。樋口を先に出し、そのあとから出てこい。手を上げて、武器を持たずに」

「樋口って男は怪我をしている。歩けない」

誰がやった？　と訊《き》くのをこらえた。

「生きているんだな？」

「声を聞かせてやる」

数秒の沈黙があった。瀬波が、息を詰めた顔で和也を見つめてきた。

「話せ」という、小泉の声。

しかし、次に携帯電話から漏れてきたのは、苦しげな呼吸の音だけだった。

小泉が言った。

「死んではいない」

「正面のドアまで、そっと運べ。ドアを開けて、樋口を出せ。こっちで引き取る。そのあと、お前が最初に出てくるんだ」

通話は向こうから切れた。

瀬波はまだ和也を見つめたままだ。いまの和也のやりとりに不服があるようにも見える。

「連中、ほんとに樋口を殺しませんか」

「大丈夫だ。もう取り引き材料にもならないと承知している。ただ、五課の捜査員は、もう死んでいるかもしれない。口調が、おかしかった」

小河原の声がイヤフォンに入った。

「やりとり、聞いていました。あとどのくらい待ちます？」

「指示を出します。相手も数分以内に動く。相手次第です」

「ほんとに投降する気でしょうか」

「いや。必ず裏をかいてくる。条件交渉に乗るふりをしてくる」

「指示、待ちます」

和也はテーブルのコーヒーカップに震える手を伸ばした。

倉庫の中にはいま、一個の据置き型懐中電灯の明かりがあるだけだ。光が窓の外に漏れないよう、フォークリフトのボディを衝立《ついたて》にするかたちで、置かれている。

目も慣れて、その一灯だけでも倉庫内のかなりの部分に目が届く。もしいまこの瞬間、警官が突入してきたとしても、映画館に途中入場するのと一緒だ。連中には何も見えない。こちらは相手方をひとりひとり鮮明に見分けられるが。

「どうした？」と、遠藤秀介《えんどうしゅうすけ》が訊いた。彼には先ほど福田と名乗らせていた。弟分で、自分とはもう三年ほど悪さを一緒にやっている仲だ。「人質を勝手に殺せという返事か？」

遠藤は自分の表情を読んだようだ。最初の脅しが通じなかったと理解している。

「ちがう」

「じゃあ、何だ？　皆川《みながわ》？」

自分の本名は皆川孝夫《たかお》だ。きょうは警察には小泉という偽名を名乗っているが。

皆川は、あとからこのヤードにやってきた仲間三人を見た。このうちふたりは、以前からの顔見知りだが、若いひとりは最近知ったばかりだ。たしか佐久間がつい一週間ぐらい前に引っぱりこんだのだ。疑う必要もないワルだということで、テストはまだやっていなかった。松本順《まつもとじゅん》と言ったはずだ。七分丈のズボンを腰で穿《は》いて、キャップを斜めにかぶっている。ハーレムのチンピラ黒人少年という格好だ。

皆川は樋口という刑事の携帯電話を胸ポケットに収めると、遠藤に言った。

「投降しろと言ってる」

「窓から見ても、いまはまだ警官の数も少ない。いちかばちか、やってみる価値はあるぞ。一気に飛び出す」

「車は四台か？　塀の外にはもっといるんだろう？」

「見えない」

承知の上だ。電話の相手は、いましがたついうっかり、そこ、と言った。やつがいるのはずっと遠くだ。つまりここにいる警官は、四台の車で駆けつけた人数だけの可能性が高い。せいぜい十人だろう。こっちは五人いる。やつらは、味方が三十人ほどになるまで、何もやるはずはない。

「裏手の廃車置き場のほうは真っ暗だ。暗闇《くらやみ》まで走れば逃げきれる」

皆川はフォークリフトの陰に歩くと、ジャケットの左のポケットから拳銃《けんじゅう》を取りだした。いましがた、潜入していた刑事を撃ったものだ。そのあと遠藤が、弾倉にカートリッジを詰め直している。皆川はハンカチを引っぱり出して、拳銃全体をきつくぬぐった。指紋が残らぬように。ぬぐうと、グリップにハンカチを巻いたままポケットに収め直した。

明かりの届く範囲に戻ると、皆川はあらためて樋口という刑事の携帯電話を取り出した。

「小泉だ」

相手が言った。

「いまから投降だな」

「そうだ。手順を確かめたい。正面のシャッター脇《わき》のドアから、まず樋口って男を出すんだな？」

「そうだ。ドアを開けて、樋口を解放しろ」

「この刑事、歩けないんだ。四人がかりで抱えて出る」

「外で引き取る」

「撃たないな」

「同僚を抱えているのに、撃てるか」

「四人がかりで出すからな」

「四人だな」

「ああ」

五人目は勝手にするがいい。裁判ぬきの私刑のために、ひとり差し出してやる。そういう意味だ。

相手が言った。

「いまからきっかり一分後」

「二分くれ」

腕時計を見た。八時二十一分。

「よし、二分。もう特殊部隊が近くまできている。特殊部隊が到着したら、もう交渉はできないからな」

「わかってる」

携帯電話を切ると、仲間のうち小太りの藤田《ふじた》が言った。

「降参するのか？」

「できるか、阿呆《あほう》」皆川は藤田を怒鳴りつけた。「おれは刑事を殺した。逃げる。あっちのアジトは割れていない」

「どうやるんだ？」

「裏手から飛び出す。そっちにドアがあることは知られていないはずだ。裏手は自然公園。北へ突っ切って、車を盗む。二手に分かれて逃げるんだ」

皆川は、新入りの若い男に近づいた。

「松本。お前がとうとう役に立つぞ。おれたちが奥のドアまで行ったら、お前はこの懐中電灯を正面のドアの前まで持ってゆくんだ。床に置いてこい。裏手には誰もいない。おれたちについて、逃げろ」

皆川は拳銃を逆手に持って松本に差し出した。松本はほとんど反射的にその拳銃を握った。

「これは？」

「ここを出るとき、あのもうひとりの刑事を撃ってこい。テストだ。それで本採用が決まる」

松本は皆川の顔と拳銃とを交互に見つめた。よく、理解できていないという顔だ。いまテストされるということ自体に、納得がゆかないのかもしれない。

皆川は言った。

「合格したら、カネが入るぞ。車とマンションと女だ。わかってるな」

ようやく松本は顔を上げ、皆川にうなずいてきた。顔がほころんでいる。車とマンションと女、という言葉に反応したのだ。もっとも皆川は、この若い男にとって、人生の願望がいまの言葉の順でよかったのかどうかは知らない。でもそのうちの少なくともひとつは、ひとを殺してでも手に入れるべき夢なのだろう。

皆川は、倉庫の正面側のドアを指さして、あごで指示した。行け。

松本は、左手に懐中電灯、右手に拳銃を持って、フォークリフトの陰から歩き出した。

皆川は遠藤に目配せし、倉庫のもっとも奥にあるドアへと向かった。照明が遠ざかったせいで、途中から慎重に、足を滑らせるように歩かねばならなかった。遠藤やほかのふたりもついてくる。歩きながら、皆川は手近にあった工具箱から、スパナを取った。長さ四、五十センチという、持ち重りのする工具だった。

そろそろこのあたりというところで、足が床の廃材か何かにぶつかった。もう照明は届いていない。ドアまであとほんの数メートルのはずだが。うしろの連中も足を止めた。

振り返ると、正面側のドアの前では松本が懐中電灯を床に置いたところだった。

小河原のイヤフォンに久賀から連絡があった。

ひそめた声だ。

「こっちのドアの内側に、ひとの気配です」

飯塚からも。

「明かりが、こっちのドアにも近づいてきました」

これは自分にも確認できる。相手は二手に分かれた。投降する意志はない。

小河原は安城係長に言った。

「やつら、動きました」

「聞こえた。いまだ。やります」

「了解」

小河原は、飯塚に顔を向けて言った。

「フラッシュバン、投入」

「はい」

山本が、手斧《ちような》でドアについているガラスを割った。ガシャリと大きな音がした。割れた穴から、飯塚が黒い円筒状のものを放り込んだ。缶コーヒーほどのサイズの手榴《しゆりゆう》弾《だん》だ。

小河原は大声で言った。五課の捜査員たちにも聞こえるように。

「目をつぶれ。耳をふさげ」

ほんのひと呼吸あって、爆発音が響いた。どおんという、激しい衝撃波。つぶった目の網膜にも、いまこのあたりに強烈な閃光《せんこう》が走ったのがわかった。窓やドアのガラスから漏れたのだ。中にいた人間はいま、何も見えず、耳鳴りのせいで身動きできなくなっているはずである。ただし、傷ついてはいない。

小河原は正面のドアへと駆けながら、大声で指示した。

「突入。拳銃を持っている者がいたら撃っていい」

飯塚がドアの正面で腰を落し、両手で拳銃を構えた。山本が手斧でロックを叩《たた》き壊した。飯塚がそのドアを蹴飛《けと》ばした。ドアが開くと、まず八百板が腰を屈《かが》めて倉庫の内側に飛び込んでいった。

右手、五課が受け持った方向でも物音がする。連中も突入したのだろう。

銃声があった。正面ドアの近くだ。

一発だけ。

小河原ももう背を伸ばしたままで駆けて、ドアの脇に立った。

倉庫の左手奥では、激しい物音がしている。ガラガラと何かが崩れるような音。短い衝撃音もいくつか重なった。久賀たちが、格闘している？　短い悲鳴も聞こえた。ひょっとしてあちらには、動ける者がいた？　フラッシュバン投入を予測した者がいたのか？

小河原は、倉庫の内側に入って呼びかけた。

「大丈夫か」

中は暗い。閃光の効果はもう消えていた。

飯塚の声。

「大丈夫です。ひとり撃ちました」

ほとんど同時に、倉庫の中の照明がついた。チカチカと数回の点滅のあとに、白々しい蛍光灯の明かり。八百板がスイッチを見つけて点灯したのだ。

奥のほう、ドアの外で叫び声がする。

「止まれ。撃つぞ」

久賀の声のようだ。

続いて銃声二発。

目の前を五課の捜査員たちが駆けていった。

小河原は、素早く倉庫の中を見渡した。

目の前に、半ズボンのようなパンツを穿いた若い男が倒れている。腹に赤いしみ。苦しげだが、呼吸はしている。八百板がその若い男に手錠をかけようとしていた。

奥の柱のそばにも、ひとり倒れていた。柱には、縛りつけられた男。樋口だった。すぐ脇に飯塚がいる。

小河原も樋口のそばに駆け寄った。

ひどい顔だ。殴られたのだろう。衣類はびしょ濡《ぬ》れだ。うつむいている。しかし息はあるようだ。

樋口の前に膝《ひざ》をついて言った。

「樋口。おれだ。小河原だ。大丈夫だ」

樋口が反応した。顔を上げようとしたようだ。

飯塚が言った。

「大丈夫です。助かります。ただ、右手がひどい」

小河原のうしろに、長嶺が駆け寄ってきた。振り向くと、長嶺は床に倒れている男のそばにしゃがんだ。長嶺が絶叫した。

「寺脇！」

小河原は倒れている男を見た。長嶺が上体を抱き起こしている。額に穴が開いていた。検視を待つまでもなく、それはもう死に顔だった。

奥のドアのほうでは、まだ声がする。

「伏せてろ。撃つぞ」

久賀の声がまたイヤフォンに入った。

「ひとり逃げられました」

「逃げた？」小河原は立ち上がった。「全員確保できなかったのか」

奥のドアのほうに目を向けた。三人の男が床に尻《しり》をつき、五課の捜査員たちに囲まれている。すでに全員、後ろ手に手錠をされているようだ。その中に、セルシオに乗っていた丸刈りの男の姿はなかった。

倉庫の中をもう一度見渡した。

手錠をかけられた若い男はまったく無抵抗だ。

確保できたのは四人。さっきの安城警部とこちらのボス格の男とのやりとりでは、一味は五人いたはず。裏手から逃げたひとりを足して五人か。

イヤフォンに声が入った。

「安城です。いま様子は？」

小河原は、苦い想《おも》いを呑《の》み込んで言った。

「樋口は大丈夫です。拷問《ごうもん》を受けていたようですが、意識はあります。五課の潜入捜査員は亡《な》くなっているようです。ひとり逃がしました。例の丸刈りの男です。久賀たちが追っています」

「ということは、四人確保？」

「ええ。ひとりは撃ちました。生命《いのち》は助かります」

「樋口は助かったのか。わたしもそっちに向かう。関係筋にはわたしから連絡する」

和也はいったんイヤフォンマイクを頭からはずすと、瀬波に言った。

「樋口は助かる」

「五課の捜査員が撃たれたんですね」

「最初の銃声がそうだったんだろう」

「しかも、ひとり逃がした」

「何を言いたいんです？」

「六人では、足りなかった」

「刈部さんの班は、佐久間を追っている」

「増援のことです。わたしは、樋口を救うためならこのタイミングは適切だったと思います。でも上のほうは、増援を呼ばなかったことを問題にしますよ」

「わかっている」思わず荒い声になった。「わたしの責任だ」

「それを言いたいわけじゃありません」

和也はもう一度イヤフォンマイクをつけてから言った。

「刈部さん、聞いていたと思います。八王子で、樋口を救出。ひとりが逃げました。現地に向かってくれますか。刈部さんの班全員」

刈部が応《こた》えた。

「こっちは終了ですね」

「中止です。小河原班を応援する」

「了解です」

和也はついで部屋の本部系無線機に近寄り、マイクを取り上げた。

「本庁組対一課二係、係長の安城です。八王子で発砲事件がありました。警官がふたり怪我《けが》をしています。救急車の手配をお願いします。二台」

通信指令室の担当の声。

「八王子のどこか、正確にわかりますか」

和也は、壁に留めてあるメモを見ながら、その正確な位置を伝えた。

「怪我した警官の名は？」

「樋口雅人。組対一課第二。それから五課薬物第七の寺脇」

言ってから突然思い至った。五課の寺脇というのは、寺脇拓のことか？

そうだとしたら、自分が捜査四課捜査員だった当時、加賀谷仁警部の部下だった男だ。直接の部下ではなかったが、彼もまた加賀谷から目をかけられていた。

和也は当時の捜査四課を思い起こしながら言った。

「現地には、うち、組対一課と五課がいます。わたしはこれから、現地に向かいます。あとは車両の本部系無線で」

車両ナンバーを伝えて、和也は無線通信を切った。

それと同時に携帯電話が鳴った。取り出すと、相手は松原一課長だった。

和也は言った。

「いまご報告しようとしたところでした」

「もう聞いた」松原の声にははっきりと怒りがある。「五課から連絡があった。五課の捜査員がひとり死んだそうだな。犯人のひとりは逃走」

「追っています。まだ逃げきっていません」

「どうして増援を呼ばなかった。増援がくるまで待たなかった？」

「銃声がありました。一刻の猶予《ゆうよ》もないと判断しました」

「相手が五人。しかも拳銃《けんじゅう》を持っているというのに？」

「とにかく時間との勝負でした。現場にいる捜査員だけでもできることをやろうと」

「監察は覚悟しておけ」

「はい」

「機動捜査隊が現地に向かう。何かほかの部署に要請はあるか」

和也はモニターの地図に目をやった。

「都立滝山自然公園を囲むように、緊急配備を」

「要請する」

「わたしもこれから現地に向かいます」

「いいだろう。わたしは本庁に行く」

「はい」

和也はイヤフォンマイクを頭からはずすと、分配器からコネクタを引き抜いてケーブルを巻き取った。

「瀬波さん、行きましょう」

瀬波はすでに立ち上がっていた。


五課の二台目の車が到着した。白っぽい目立たない捜査車両だった。この車もたぶん、自分の課の潜入捜査員をずっとつけていたのだろう。一課の自分たちと同様、どこかで相手に気づかれ、まかれたという事情のはずだ。

その車から降りてきたのは、ふたりの男だった。助手席から降りてきた体格のよい四十男に、小河原は見覚えがあった。本庁の中でももちろん見たことはあるが、それよりテレビで目にした印象の方が鮮烈だ。彼はバルセロナ・オリンピックのときの日本代表柔道選手のひとりだ。出場したとき、彼はすでに警視庁の職員だったのだ。安《やす》中信《なかまこと》という名のはずだ。

小河原は、倉庫前の駐車スペースにいた。捜査車両はすでに駐車場の端に寄せられ、救急車を迎え入れられるようにしている。五課の長嶺が、小河原の横でしきりに携帯電話で何事か話している。言葉の調子から察するに、上司への報告なのだろう。

安中が近づいてきて、小河原を睨《にら》みながら小さく頭を下げた。

電話を終えた長嶺が、安中に言った。

「寺脇が死んだ。撃たれた」

安中の凝灰岩じみた顔には、驚きは現れなかった。すでに連絡を受けていたのだろう。

「撃ったのは、誰です？」

「わからん。拳銃を持っていたのは、若い男だ。そいつは一課が撃った」

安中が小河原に目を向けてきた。

「一課が追ってたんですか、その野郎を」

自分への質問だろうか。小河原はとまどいながらも答えた。

「このグループを追ってた。うちも、潜入捜査員が重体だ」

「つまり」安中はまた長嶺に顔を向けた。「一課が余計なことをしたんで、寺脇の正体がばれたってことですか」

長嶺は首を振った。しかし、あまりきっぱりした否定ではないように見える。

「バッティングしていた」と小河原は言った。「双方が同じ組織を追ってたんだ」

「あんたらがここに到着したとき、寺脇は生きていたのか？」

「わからん。着いたときに銃声が聞こえた」

安中はまた長嶺に顔を向けた。

「寺脇はどこです？」

「倉庫の中だ」

「連中は？」

「みな倉庫だ。手錠をかけて転がしてある」

「拳銃を持ってた男も？」

「中だ。半ズボンみたいのを穿《は》いてる若いのだ」

遠くで救急車の音が聞こえた。急接近してくるようだ。そのうしろには、別のサイレンの音。機動捜査隊も駆けつけているのだろう。もちろん、八王子署の地域課の車も急行中だろうが。

安中は、ジャンパーの裾《すそ》をたくし上げると、腰のホルスターから拳銃を抜き出した。

小河原は、反射的に安中の前に出て両手を広げた。

「待て」

安中は小河原に真正面からぶつかり、足払いをかけてきた。反応する間もなかった。

小河原はあっけなく地面に転がった。

長嶺がうしろから叫んだ。

「やめろ、安中」

安中は止まらなかった。拳銃を右手に下げたまま、正面のドアへと向かって行く。

小河原は飯塚たちに叫んだ。

「そいつを止めろ。被疑者を撃つぞ」

ドアの前で飯塚が立ちはだかり、拳銃を構えた。

安中が足を止めて言った。

「警官を撃つ気か？」

「撃つ」と飯塚は答えた。「私刑はさせない」

「仲間を殺されたんだ」

「裁くのは、おれたちじゃない」

「どけ」

「もう一歩近づいたら撃つ。本気だ」

長嶺がもう一度うしろから安中を止めた。

「安中、馬鹿《ばか》はやめろ。五課と一課で撃ち合いする気か」

安中の肩のこわばりが、一瞬ゆるんだように見えた。そこに五課の三人の捜査員が駆け寄った。ひとりが前から両腕をつかみ、もうふたりが、脇から腕を入れた。安中は鼻の穴を大きく広げて息を吐いた。

小河原は立ち上がって、あらためて部下たちに指示した。

「救急車と護送車がくるまで、誰も入れるな。五課の刑事もだ」

飯塚が拳銃を少しおろしてうなずいた。


和也は中央自動車道を八王子方向に向かっていた。後部席にチーム捜査用通信設備一式を搭載したミニバンである。もちろんPCもあり、簡易型のトイレさえ備えていた。第二方面本部に設置された臨時の指令室の、さらにその移動式タイプと言える車だった。八王子の現場に急ぐためには、大排気量のセダンのほうがほんとうは適当だ。

しかしきょう、自分たち組対一課二係が使える捜査車両はすべて出払っている。この重いミニバンを使う以外になかったのだ。

その捜査車両を運転しているのは、瀬波である。和也は自分が運転すると言ったのだが、瀬波が上司に運転手をさせるわけにはゆかないと拒んだのだ。正直なところ、サンデードライバーの瀬波に運転させるのは気が進まなかった。しかし彼は言った。運転と、捜査指揮と、ひとりがふたつを同時に完璧《かんぺき》にこなすことは不可能だと。そう言われれば、瀬波の言葉に従うしかなかった。和也はシートベルトを心持ちきつめに締めて、助手席に乗っているのだった。

高井戸インターを通過して十分ほどが過ぎたときだ。小河原の声がイヤフォンに入った。

「いま、樋口が救急車で運ばれてゆきました。意識はありました」

和也は訊《き》いた。

「病院は？」

「武蔵野赤十字病院だそうです。八百板がついてゆきました」

「八王子の東京医大医療センターじゃないのか？」

八王子で夜間、緊急の外来患者を受け入れる三次医療機関としては、東京医大八王子医療センターがある。和也はてっきり樋口はそちらに搬送されるものと思い込んでいた。

「そっちには、五課の寺脇という捜査員が運ばれます」

和也は思わず安堵《あんど》の声を出した。

「助かるのか」

「いえ。心肺停止と言っているのが聞こえました。一応はという意味だと思います」

「撃たれた被疑者は？」

「立川です。国立病院機構災害医療センター。うちの久賀と諸田をつけました」

「怪我の程度は？」

「腹部貫通です。救急隊員の話だと、三、四日で質問には答えられるようになるだろうと」

和也は運転する瀬波を見た。瀬波は、どうします、と訊いてくる。

和也は小河原に言った。

「わたしは武蔵野赤十字病院に寄る。現地にはそのあとに」

マイクを切ってから、和也は言った。

「武蔵野赤十字病院にやってください。助かったようだ」

瀬波は、ナビを見てから言った。

「調布《ちょうふ》インターで降ります。こっちが先に着くかな」

その言葉どおりだった。ミニバンが武蔵野市の武蔵野赤十字病院救急出入り口前に到着したときは、まだ救急車は到着していなかった。通信指令室経由で確かめてもらうと、救急車は武蔵境通り野崎交差点付近を病院に向かって走行中とのことだった。

和也は、出入り口の横にミニバンを停めて、到着を待つことにした。

小河原からまた連絡が入った。

「逃げた野郎はまだ確保できていません。五課の課長補佐がこっちに向かってるようです」

「自然公園の周辺では、検問は始まっているんですね」

「ええ。八王子署が、気合を入れてやっています。警官が撃たれたってことで」

そのとき、救急車のサイレンの音が聞こえてきた。かなり近づいている。

「樋口が到着したようだ。いったん切る」

一分もしないうちに、エントランスの前に救急車が停まった。後部ハッチを出入り口に向ける格好だ。すでに和也は瀬波と一緒にミニバンを降りていた。救急車からふたりの救急隊員が飛び下りてきて、ストレッチャーを車から降ろした。患者の顔には人工呼吸器のようなものが置かれ、点滴されている。顔が判然としなかった。

和也は駆け寄って救急隊員に訊いた。

「八王子からですね？　警官ですよね？」

「そうです。よけてください」

振り返ると、女性看護師がふたり、出入り口のガラス戸の向こうで待っていた。そのうしろに、医師らしき服装の女性がいる。看護師たちに何か指示していた。

ストレッチャーの後ろについて出入り口に向かったところで、和也は瞬《まばた》きした。医師らしき女性は、知っている人物だ。相手も大きく目をみひらいたのがわかった。

永見由香。かつて自分の恋人だった女性。東京消防庁の女性救命士だった。和也が加賀谷仁警部の覚醒剤《かくせいざい》所持を警務部に告発した朝、彼女も加賀谷と一緒にいた。目黒駅に近い集合住宅からドイツ製のセダンで加賀谷が出てきたとき、彼女は助手席にいたのだ。加賀谷同様に任意同行を求められ、尿検査も受けたはずである。逮捕されなかったから、覚醒剤使用の証拠は出なかったということだ。その後、彼女は東京消防庁を懲戒免職になったと聞いていた。覚醒剤所持容疑の男と一緒にいたという事実だけで、処分理由として十分という判断だったのだろう。そこから先のことは、耳にしていない。

すぐに永見由香は視線をはずして、看護師たちに指示した。

「こっちへ」

ということは、彼女はやはり医師だ。この病院の今夜の救急担当医なのか？

看護師たちがストレッチャーを押してゆく。永見由香は救命士たちから受け取った書類ホルダーにちらりと目を落してから、看護師のひとりに何か言った。薬品の名前のようだが、和也には聞き取れなかった。

和也は廊下を大股《おおまた》で歩く永見由香に並んで言った。

「同僚なんだ。助かるだろうか」

意識せずに、顔見知りとしての口調になった。

永見由香は一瞬だけ和也の顔を見て言った。

「大丈夫です。骨折は右手の第五、第四の基節骨だけのようです。裂傷等はありません。内出血も、目視ではさほどではない。出血もわずかです」

自分の記憶にあるものよりも、彼女の声は、硬い調子に聞こえた。それはこの状況のせいか、それとも流れた年月のせいか、和也には判断がつかなかった。

「心配なのは、神経なんだ。拷問《ごうもん》を受けた」

また永見由香は和也に目を向けてきた。さすがに衝撃が顔に表れている。

和也は続けた。

「潜入捜査だった。身元がばれて拷問を受けた。そういう傷なんだ。ただの外傷じゃない。立ち直れるかどうか」

だから精一杯の、全力での治療を、と言ったつもりだった。

永見由香がきっぱりと言った。

「ひとは、たいがいのことには耐えられる。立ち直れます。安心していい」

ストレッチャーが止まった。ちょうどスチールの両開きのドアが左右に開いたところだった。

「ここまでです」と、永見由香は言った。

ストレッチャーのあとについてその部屋に入ろうとする永見由香を、和也は呼び止めた。

「ひとつだけ」

永見由香が振り返って和也を見つめてきた。そこにあるのは、甘さも弛緩《しかん》もない、現場にいる職業人としての顔だった。かつて自分が恋をしたと意識したのも、彼女のこの表情を見たときだった。あれは目黒署勤務の新米警官時代、交通事故の現場で、彼女はまったくいまと同様のこの顔で、怪我人《けがにん》の救急治療に当たっていたのだった。

和也は訊いた。

「いつから、医者に？」

永見由香の口の端がかすかにゆるんだ。それはあるいは意識しない微笑であったかもしれない。由香は言った。

「去年から研修医。やり直すと決めて、猛勉強して医大に入り直したんです。救急医療の仕事を捨てたくなかったから」

部屋の奥から看護師が呼んだ。

「永見先生」

永見由香は和也に小さく頭を下げると、くるりと踵《きびす》を返して救命治療室に入っていった。目の前でドアが閉じられた。

横に立った瀬波が、ふしぎそうに訊いた。

「知り合いですか？」

和也は瀬波に視線を向けずに答えた。

「ええ。でも、九年ぶりだ」

和也が到着したとき、すでに献花は始まっていた。

青山葬儀場に設けられた式場である。正面の祭壇には、制服制帽姿の寺脇拓巡査部長の顔写真。いや、彼は殉職によって二階級特進し、警部としてこの警察葬で送られることになったのだ。

僧侶《そうりょ》を入れての仏式の告別式は、すでに身内だけで済ませたという。いまは、宗教色のない、音楽と献花による葬儀が続いているところだ。祭壇の下に、警視庁音楽隊が小編成で並んでいる。彼らが繰り返し吹奏しているのはスローテンポに編曲された「警視庁の歌」と「警視庁警察学校校歌」だ。

祭壇の真正面に通路があり、椅子席《いすせき》はその左右だ。組対一課の面々は前寄りの左側にいる。ほとんどが警視庁の甲種制服を着ていた。

通路をはさんで右側には、五課の同僚警官たちがいるようだ。椅子席の後方には、ほかの課の制服警官が合わせて百人ほどだろうか。いま中央通路に列を作っているのは、身内なのだろう。みな喪服姿だ。順に左手にいる女性警官からカーネーションを受け取り、祭壇正面に進んで、写真の前に花を置いている。献花のあとに頭《こうべ》を垂れてから、誰もが合掌していた。数珠《じゅず》を持った手を合わせる者もいた。

ひととおり身内の献花が終わった。ついで左側の席から制服警官たちが立ち上がった。最初に立ったのは、一課長の松原警視正だった。そのうしろに、一課の同僚たち。

和也は制帽を取ると、脇《わき》に抱えて中央の通路を進んだ。

右側の席にいる参列者の視線が意識された。五課の面々だ。安城だ、という声も聞こえたような気がした。声には非難の調子があった。

五課に言わせるならば、寺脇殉職の責任は和也にあるのだ。五課を出し抜くように覚醒剤密売の新興勢力に捜査員を接触させた。情報はいっさい他部署には流さず、独自に手柄を挙げようとした。あげく、五課の潜入捜査を失敗に導き、捜査員ひとりの殺害を許した。なによりその現場には、寺脇の殺害前に一課が到着していた。なのに殺害を防ぐことはできなかった。その一連の捜査の指揮を執ったのが、まだ新任の係長、安城和也警部だったのだ。

和也たちの認識とは異なるけれども、それが五課の理解だ。

もちろん寺脇の身内はそこまで詳しい情報や経緯は知らない。和也を責任者と恨むことはないだろう。

気にするな、と和也は自分に言い聞かせた。警視庁の同僚職員からこのような視線を向けられることは、何もきょうが初めてではない。課全員から距離を置かれ、無視され、会話すら拒まれた時期だってあった。それでも自分は、生き延びたではないか。警視庁職員として、サバイバルしてきたではないか。和也はつとめて無表情を装《よそお》い、献花を待つその列のうしろに並んだ。

瀬波がすっと和也のうしろについて、小声で言った。

「出席しないのかと思っていました」

「まさか」和也も小声で応《こた》えた。「監察が延びた」

「終わったんですか？」

「まだ続くだろう」

松原一課長は、黙礼したあと、写真に向かって敬礼した。そのあとに続いた制服姿の男たちはみなこれにならった。

和也は少しずつ列の動きに合わせて前進し、カーネーションを受け取ってから、祭壇の前に歩いた。寺脇の写真は、おそらく巡査部長昇任のときに、身分証明書用に撮られたものだろう。カメラのレンズを睨《にら》んでいる。少しカメラを意識しすぎのような、こわばった表情だった。

和也はその写真の前で合掌し、深く頭を下げた。

潜入捜査員、寺脇拓警部。彼は撃たれるとき、自分の任務を呪《のろ》ったろうか。命乞《いのちご》いしようと考えたろうか。それとも、恐怖を意志の力で押さえ込み、平然と相手を見据えることができたろうか。

顔を上げて敬礼し、振り向いて中央の通路を出口に向かって歩き出した。こんどは五課の捜査員たちの顔がはっきりと目に入った。その視線には、明らかに敵意が、憎《ぞう》悪《お》があった。寺脇拓の殉職はお前のせいだと、和也を責める目だった。

椅子席のはずれまできたときだ。左手にいた制服警官の中から、ひとりが立ち上がった。体格のよい警官だった。和也は次に起こることを予想した。たぶんこの男は――

次の瞬間、その体格のよい警官は和也の前に飛び出して、殴りかかった。身体《からだ》はこれを避けるように反応したが、左の頬に衝撃があった。

一課の同僚たちが、わっと和也を囲んだ。栗田がその警官に体当たりして、和也から遠ざけようとした。葬儀場の警官たちが、みな立ち上がった。五課の捜査員たちがその場に殺到し、最初の警官に味方した。もみあいが始まった。

「やめろ！」

誰かが怒鳴っている。

「場所をわきまえろ！」

「遺族がいるんだぞ！」

女性の悲鳴も聞こえた。

和也の身体は、リレーのバトンのように後方の一課員たちの方に回された。鼻孔に、生温かい感触がある。血が出たようだ。和也は身を屈《かが》めたまま、ハンカチで鼻を押さえた。

ほんの数秒の後だ。ふと、静かになった。音がしない。揉《も》み合いが収まったようだ。

なぜ？

背を起こして顔を上げると、通路にいる警察官たちの視線は、すべて同じ方向を向いていた。和也もその方向に目をやった。式場の入り口だ。外からの光のせいで、シルエットになった男が見えた。

男は通路をまっすぐに進んできた。和也はふたつめの拳《こぶし》をくらったように感じた。

加賀谷仁だ。

和也の告発のせいで、警視庁を依願退職した男。いや、依願退職を強要された後、覚せい剤取締法違反で逮捕された、もと捜査四課の警部。いまは三浦半島のどこかで、細々と釣り船屋をやっていると聞いていた。いわば完全に隠棲《いんせい》したと思われていた男だ。しかしかつての部下の葬儀とあって、ここに現れたのだろう。

加賀谷が進んでくると、通路の中央が開いた。一課も五課も、引き下がって加賀谷に道を作ったのだ。

加賀谷は、髪が少し白くなり、逆に顔は潮灼《しおや》けなのか、黒くなっている。着ているものは、くたびれたグレーのアウトドア用ジャケットに、黒っぽいシャツ、グレーのパンツだ。かつての洒落者《しやれもの》の面影はない。しかし、眼光の鋭さは以前のままだ。胸の内に何かしら鬱屈《うつくつ》を抱えているように見える。釣り船屋の親爺《おやじ》の人生を楽しんでいる男には見えなかった。

和也と一瞬だけ目が合った。和也は表情を変えぬよう努めた。自分の立場では、黙礼することもおかしい。黙っている以外にはない。加賀谷は和也と視線が合ったときも、表情を変えなかった。和也に気がつかなかったのかとさえ思えた。忘れることのできない顔であるはずだが。

加賀谷はカーネーションを受け取って祭壇の前に立つと、花を置いてから頭を下げた。式場にいるすべての者が加賀谷のその姿を注視した。警官以外の者も。

黙禱《もくとう》は長く続いた。およそ一分以上も続けてから、加賀谷は頭を上げて敬礼し、振り返って通路を戻り始めた。入ってきたときよりも、強い感情がその顔に表れていた。苦々しげであり、憤《いきどお》りをこらえている顔とも見える。

和也の三メートルほど手前まできたとき、左側の椅子席からふたりの男が出てきて加賀谷の前に立った。スーツ姿の男たちだ。そのふたりの顔には見覚えがあった。加賀谷が身柄拘束された日、その現場にいた警務部の職員たちだ。加賀谷が足を止めた。

「加賀谷さん」と年長のほうが言った。「このとおりのざまなんです」

何のことを言っている？　八王子のヤードの件？　それとも葬儀場のこの身内同士のもみあいを指しているのか？

警務部の職員は続けた。

「考え直してくれませんか。戻ってくれませんか」

和也は驚いた。これは、復職の要請？　警視庁は以前にも彼に、復職を打診していたのか？　いまの言葉はそのように受け取れるが。

周囲にいる警官たちはみな、息を殺して加賀谷の返事を待った。

加賀谷は、警務部の職員の目を睨むように見据えて言った。

「戻る」

7

本庁のそのフロアの空気には、微細なガラスの破片でも無数に浮遊しているように感じられた。一歩進むたびに、むきだしの肌が痛んだ。組織犯罪対策部一課長の部屋に着くまでには、顔じゅうが傷で血まみれになったようにさえ感じられた。部屋に着くまでのあいだ、誰とも視線が合わず、誰の微笑にも出会わなかった。

安城和也は、ドアの前で立ち止まり小さく息を吸い込んでから、ドアの奥に向けて言った。

「安城です」

答を待つ必要はなかった。一課長である松原裕二から呼ばれたのだ。和也はドアノブに手をかけてドアを開けた。

「おはようございます」

中には、松原一課長のほかに、もうひとり幹部らしき男がいた。和也の知らない顔だ。松原は真正面のデスクの向こう側で椅子に腰かけており、もうひとりのスーツ姿の五十がらみの男は、その前でズボンのポケットに両手を突っ込んでいた。その様子からは、ふたりの階級差を判断できなかった。

五十がらみの幹部が和也を見つめてきた。

髪が薄く、小さくて腫《は》れぼったい目をした男だ。不機嫌そうな口もとは、ひとを使うことに慣れた人間に特有のものだった。

「これが三代目か」と、松原に問うように男が言った。

松原が応えた。

「三十三歳で警部。打たれ強い」

「頼もしい」

その幹部は名乗りもしないまま、和也の脇を通って部屋を出ていった。

和也は松原のデスクの前まで歩いた。いまのはどなたです、と訊《き》きたいところだったが、紹介する必要があれば松原はそうしていただろう。余計な質問かもしれなかった。

和也を見つめる松原の表情は、こわばってはいるが、そこに憤りの色は見えない。少なくとも和也に対しての怒りはないようだ。もしあるとしても、その対象は和也ではないのだろう。

「十時から、課長会議だ。最初、お前がつるし上げられる。覚悟しておけ」

覚悟ならできていた。きょうの課長会議には、一課の第二対策係長、和也と、五課第七係の長嶺が、べつべつに呼ばれることになっている。あの八王子のヤードでの一件について訊かれるのだ。すでに警務部にも十分尋問されたことであるし、自分の指揮にとくべつ過誤があったとは判断されないだろう。だからきょうは、警務部に対してと同じように答えるだけでよいはずだ。もちろん五課長からの質問はそうとうに厳しいものになるだろう。和也を被疑者扱いするに違いない。

「いいか」と、松原は言った。「お前はただでさえ、上には受けが悪いんだ。口を開けば、まわりを怒らせる。お前は質問にだけ、必要最小限の言葉で答えていればいい。反論はおれがする。お前は殊勝な態度を見せていろ」

つまり、戦うのは松原が引き受けてくれるということだ。上司がそのつもりでいるなら、部下の自分はでしゃばって前面に出る必要もないだろう。まかせておけばいい。

松原は、腰掛けろと指示しないままに続けた。

「五課には、いくつもの弱みがある。タイミングは微妙だったが、こっちから捜査のすり合わせを申し入れたのを拒絶している。情報を共有しろという上からの指示についても、しらんぷりだった。あげく、あの夏の——」

松原は八月に起こった芸能人夫婦の覚せい剤取締法違反による逮捕事件について口にした。組対では、あの事件は大物逮捕の成功例ではなく、泳がせ捜査の失敗として認識されている。夫に対する自動車警ら隊の勇み足の職務質問に対して、これをうまく組織内に回収して処理することができなかった。大物芸能人である妻までその場に駆けつけて、報道陣に把握された。結果として、芸能人常習者たちの庇護者《ひごしゃ》を装っていた協力者の存在まで公《おおやけ》のものになってしまったのだ。五課は、その芸能人ルートによる組織摘発、その協力者の情報による常習者の摘発という、ふたつの可能性をつぶしたのだ。

「こっちはエスを殺されてる。その時点で五課から十分な情報を受けていたら、という言い分には説得力があるんだ。お前をうちに呼んだときに言ったように、この大失態は、組対を改革する根拠のひとつにできる。いや、そうしないことには、寺脇だって浮かばれない。くだらない部署存廃の議論や責任者探しだけで終わらせない。お前は、うちこそ組織の欠陥の被害者だという顔をしていろ。堂々とだ」

堂々たる被害者。難しい役割だと和也は思ったけれども、口には出さなかった。

松原は時計に目をやった。九時四十分だ。課長会議が始まるまで多少時間はある。

「その後は？」と松原が訊いた。

和也は答えた。

「佐久間を挙げます。監視を続けています」

「佐久間は五課も追っているはずだが」

「五課の主眼は、寺脇を殺した皆川の確保です」

セダンに残されていた指紋から、丸刈りの男は皆川孝夫と特定された。傷害で前科のある男だ。神奈川の暴力団の構成員だったが、服役中に組は解散していた。いまの所属は不明である。

和也は続けた。

「ただ、そのためにも佐久間の身柄は狙《ねら》っているはずです」

「出し抜かれないか」

「やつは八王子の事件の当夜から、潜伏しました。われわれだけが居場所を把握しています」

「いつでも挙げられるということか」

「もう少しです」

「罪状は？」

「恐喝。飲み屋でゴタゴタやったことがありました」

「佐久間の組織の全体はまだ見えないのか」

「残念ながら、関係者の口はいっそう固くなってしまいました」

「佐久間が始末される心配は？」

「ありうると思います。最初は佐久間たちは新興勢力かと推測していましたが、背後にいるのは既存のおおどころの可能性もあります」

「始末させちゃならない」

「監視班は、その危険が出たときには、即座に身柄確保します」

「佐久間が押さえられたら、寺脇射殺犯も挙げられるな？」

「確実です」

「あまり時間をかけるな。五課との競争になっている以上は」

「はい」

松原はデスクの背後で立ち上がった。


警務部人事一課の斉藤優《まさる》は、警視庁本庁舎の一階ロビーで、腕時計に目を落とした。

午前九時五十分だ。

出勤時とはちがい、ロビーにはさほどひとはいない。また、入ってくる職員や捜査員よりも、ビルを出て行く者の数のほうが、むしろ多かった。

いま斉藤は、一昨日の寺脇拓警部の警察葬に姿を見せた加賀谷仁元警視庁職員を待っているのだった。加賀谷はあの日、復職を承諾していた。承諾を受けて、きょう辞令が出る。配属は、警視庁組織犯罪対策部第五課特別捜査隊。階級は警部であり、係長だ。ただし部下はいない。係長といっても彼ひとりだけのチームだ。任務は五課の暴力団情報、とくに覚醒剤《かくせいざい》と拳銃《けんじゅう》に関する情報を組織の枠にとらわれることなく集め、関係部署に渡すことである。

その加賀谷は、警察葬のときもスーツ姿ではなかった。警視庁を依願退職したあと、彼はスーツを必要としない生き方をしていた。たぶんきょう復職するということになっても、スーツは着てこないだろう。もし警察葬のときと同様の風体でエントランスに現れたなら、門衛の若い制服警官は確実に加賀谷の前に立ちはだかり、名と用件を訊く。その場合、加賀谷が素直に、にこやかに応《こた》えるとは思えなかった。警官たちを刺激する言葉で、通せと求めるだろう。となれば、門衛の警官たちはむしろ絶対に庁舎内には入れまいとするはずだ。応援を呼んですぐに職務質問ということになるかもしれなかった。

ＶＩＰ扱いする必要はないが、警視庁は加賀谷の復職を歓迎しているという態度を見せる必要があった。だからきょう斉藤と部下の石原は、警視庁本庁舎のエントランス内側で、加賀谷を待っているのだった。トラブルなく加賀谷を警務部のフロアまで通すためである。

斉藤の横で石原が言った。

「寺脇の死が復職のきっかけになるとは、思っていませんでした。昔の部下が死んだからといって、人生を変えたりするタイプには見えませんでしたから」

「そうか？」斉藤は首を振った。「やつは、人情家だった。こわもてに見えたけど、じつはおセンチな律儀者《りちぎもの》だったんだ」

「律儀でしたか？」

「思い出せ。公判でも、覚醒剤所持は組織の指示だと言いながら、具体的に誰がどのように指示したかについては証言を拒んだ。警視庁にリベンジしてやろうという気はなかったんだ。おかげで首のつながったお偉いさんが何人もいたことだろう。もちろん覚醒剤入手についての暴力団との関係にも一切口をつぐんだ。相手が暴力団でも、仁義は守ったんだ。有罪判決を引き受ける覚悟で。律儀な男だろう」

「たしかに、自分を切り捨てた組織なのに、加賀谷の忠誠心はゆるがなかった。その結果、見事復職ですものね」

斉藤は注意した。

「加賀谷警部だ」

「失礼しました。加賀谷警部です」

「幹部の名も、暴力団の名前もうたわなかったことで、やつは警視庁最強の警部として復活だ。本人も、こんな事態は想像していなかったろうが」

「見えました」

斉藤はエントランスの外に視線を向けた。ちょうどエントランス前のステップの下に、加賀谷が立ち止まったところだった。アウトドア用のウィンドブレーカー姿だ。長めの髪には櫛《くし》は入っておらず、右手をジャケットのポケットに突っ込んでいる。ウィンドブレーカーの下に、いくらかカジュアルなジャケットを着ているのかもしれない。暴力団員には見えないが、その面構《つらがま》えから、誰もその男を温厚で無害な社会人とは判断しない。門衛たちも動く気配を見せた。

斉藤は石原をうながし、エントランスを抜けてステップを駆け下りた。

門衛たちが立ちはだかる前に、斉藤たちは加賀谷の前に立った。加賀谷は立ち止まり、かすかに怪訝《けげん》そうな表情を見せた。入庁を阻止されたと思ったのかもしれない。

石原が敬礼して言った。

「おはようございます。警部」門衛にも聞こえるだけの声だ。「お待ちしておりました。ご案内します」

加賀谷がうなずいた。

斉藤は警務部長室のドアをノックした。

「どうぞ」という、濁りのない男の声が返った。

ドアを開けると、警務部長の太田《おおた》伸也《しんや》警視長がスーツのボタンをかけながらデスクの向こうで立ち上がったところだった。四十代前半のキャリアだ。一時外務省に出向し、駐仏大使館に勤務していたこともあるという。そのような経歴がよく似合う、いかにも有能そうな外貌《がいぼう》の男だった。

斉藤と石原は、加賀谷をあいだにして、デスクの前に立った。

「警務部長の太田です」と、太田が名乗った。「復職、おめでとうございます」

斉藤は加賀谷を横目で見た。加賀谷は無言だ。小さくうなずいたかもしれないが、上級職を前にしても、彼の不遜《ふそん》な顔はそのままだ。

太田が苦笑して言った。

「おめでとう、は、まずかったかな。加賀谷さんのことは、いろいろ耳にしていました。現役時代の活躍、公判の一部始終など。無罪と決着がついて、ほんとうによかった。そもそも、うちの逮捕自体、大失策だった」

斉藤はすぐに訂正した。

「逮捕したのは、生活安全部です。警務は、彼を監察しただけ。彼の捜査は、違法性はもちろん、服務規程違反でもないことは確認しています。逮捕は、加賀谷警部が依願退職したあとのことです」

「そうでしたか？　当時の事情の詳細は知りませんが、当時の生活安全部が、事実把握の面でやや突っ走ってしまったのでしょうね。司法判断は無罪だったのだから」

それは、自分を含めた警務部の仕事ぶりに対する批判でもあるのだろう。たしかに、警務部がつかんだ情報をもとに生活安全部が加賀谷を逮捕して、けっきょく有罪にはできなかったのだ。逮捕、立件が過《あやま》ちであったと判断されることはやむをえない。じっさい二審に入ってからは、警視庁内部でさえ、被告としての加賀谷の態度を賞賛する者が増えていた。捜査指揮の詳細も、協力者との関係も、頑《がん》として加賀谷は証言しなかった。あれこそ警視庁職員のあるべき姿、マル暴捜査員の模範ではないかと。その一変した評価が、きょうの彼の復職につながっている。警視庁は加賀谷の復職を、許した、のではない。請《こ》うて復職してもらったのだ。

加賀谷が口を開いた。

「辞令は、いつ出るのでしょうか」

それまでの太田の言葉などまったく耳に入っていないような言い方だった。

太田は、加賀谷と打ち解けた世間話をするのはあきらめたようだ。すっと表情を変えた。有能で権力の行使に慣れたキャリア官僚の面に戻った。

「もう出ている。組対配属だ。わたしは、その前にこの復職を認めた責任者として、きみの顔を見ておきたかっただけだ。逮捕歴のある者の復職は、警視庁の歴史の中でも類のないレアケースのはずだからな」

加賀谷はなお、どこか不遜な顔のままに立っている。少なくともこの復職に、恩義を感じていない表情だ。

斉藤は太田に言った。

「もし、復職にあたって何かご注意などあれば」

「ああ」太田は斉藤にうなずいてから、加賀谷に顔を向けた。「伊達《だて》や酔狂《すいきよう》で復職を認めたわけじゃあない。報奨でもなければ、失業対策でもない。逆転の一発を期待してのことだ。期待に応えてくれ」

応えようとしないので、斉藤はあわてて促した。

「加賀谷さん」

加賀谷が言った。

「わたしの捜査手法を了解してもらったと理解してかまいませんね」

太田が言った。

「いや。きみがいったん去ってから、九年たっているんだ。それはもう警視庁では通用しない」

「じゃあ、わたしにできることはない」

「そんなことはない。復職した、という事実だけでも、きみはあっちの業界にリスペクトされる。きみは組対の誰よりも有利な位置についたんだ。それを生かしてくれ」

「ひとりで？　裸で？」

「何が欲しい？」

「自由です」

「服務規程の範囲内で、存分にやるといい。当面きみには、あれこれ指示したり、配置についてうるさく問うような上司はいない。監督責任者が名目上つくだけだ」

「当面とおっしゃいますが、いつまでです？」

「組対のあのザマを逆転するまで。時間はそういらないだろう？」

それは質問ではなかったのだろう。加賀谷も黙ったままだ。

太田が言った。

「行っていい。復職の手続きやらなにやらがある」

斉藤は、加賀谷をうながした。

「行きましょう」

斉藤は警務部長室を出て、警務一課のフロアを歩いた。先ほど入ってきたときと同様、興味深げな視線を向けてくる警務課の職員たちがいる。たしかに太田の言うとおり、警務部員たちも興味を惹《ひ》かれるレアケースなのだ。覚せい剤取締法違反で逮捕された元警視庁職員が、無罪判決を受けたのち復職するとは。

斉藤自身、警務一課勤務は長いが、同じような復職のケースは記憶になかった。あったとしても、懲戒処分未満の不始末で依願退職した幹部が、ほとぼりもさめたころに組織本流からはずれた部署に温情で復職した、というくらいなものだ。加賀谷もたぶん自分の立場は十分に意識できているにちがいない。

会議室では、組対五課長の木崎啓《ひろし》が大声を上げたところだった。

「うちの捜査員がひとり死んでいるんだ！」

木崎の目は、和也に向けられている。和也はあらためて、一課第二係の当日の捜査に問題はなかったことを訴えたばかりだった。挑発的な、あるいはほかの部局を非難するような口調にならぬよう注意しながら、謙虚に、多少は反省の調子も滲《にじ》ませつつだ。

しかし、木崎は怒鳴ったのだ。

「その言い訳はもう聞き飽きた。捜査員が死んだというだけで、大失態だ。手続きが正当だったかどうかなど、問題にしていない。どうして捜査員が撃たれて死んだ？あの時点でのすり合わせの申し入れなど、アリバイ作りだってことは、誰だってわかる。手遅れだったんだ！」

木崎に怒鳴られるのは、これで二度目だ。八王子の事件翌日の一課五課合同捜査会議でも怒鳴られた。どんなに罵倒《ばとう》されようと、なじられようと、一度はしかたがないと思っていた。しかし二度目となると反発もしたくなる。同じことを怒鳴り続けていれば事態が改善するとでも思っているのかと。しかし和也は、その想《おも》いがほんのかすかにでも表情に出ぬよう自制した。ここはひたすら殊勝な態度で通すしかない。木崎自身も、それが半分はほかの課の幹部連中へのアピール、自分たちが被害者であることを訴える演技と意識しているはずである。いわばこの会議で彼が和也に憤《いきどお》りをぶちまけることも、様式にすぎない。台本の一部なのだ。

正面のテーブルで、コトリと硬い音がした。会議室にいる男たちの意識が、そのテーブルに向いた。組対部長の藤堂が、うんざりだという顔で木崎に目を向けている。木崎も藤堂の視線に気づいて、口を閉じた。

木崎の言葉が消えたところで、藤堂が言った。

「わたしの指示が無視された結果がこれだ。長官指示の緊急課題に、セクショナリズムはなくして、組対一丸となって取り組むはずの捜査が、この始末だ。しかも尊い警察官の生命《いのち》まで奪われた。経緯はもう理解したが、今後はどうなるんだ？　この事態にどう対処するつもりなんだ？」

藤堂が木崎に顔を向けた。

木崎は、咳払《せきばら》いしてから言った。

「明日、予定していた一斉家宅捜索を前倒しで実施します。三カ所のマル暴事務所、アジトです」

「五課だけで？」

「ここで、ほかの課にも協力を依頼するつもりでした」

「こんどの寺脇くん殺害に直接関係のある場所なのか」

「それをはっきりさせようという家宅捜索です。これまでの捜査で、すべて覚醒剤《かくせいざい》密売買に関与していることが判明しています。今朝、ご承認いただきましたが、すでに四人の逮捕状を取っております」

四課長が訊《き》いた。

「名前は？」

木崎が答えた。四人のうちふたりは、外国人の名前だった。イラン人だという。

これをほかの出席者たちがメモした。もしその中に、自分の部署で使っている協力者などがいる場合、逮捕状の執行を猶予《ゆうよ》してもらうなどの対応が必要となる。

藤堂は、こんどは和也の右にいる松原一課長に目を向けた。

「一課は？」

松原は背を伸ばした。きょうの藤堂の言葉の鋭さのせいか、少し緊張気味と見えた。

「八王子で逮捕した四人については、五課に引き渡しました。これらは五課との捜査協力の成果ですので、取り調べはおまかせしています」

五課は捜査員ひとりを失っている。逮捕者全員を五課に引き渡せという要求を呑《の》むのは、やむをえないものだった。一課は逮捕者の取り調べから手を引く以外なかった。

「五課の明日の家宅捜索に協力します。また引き続き、協力者が殺害された件で捜査を続行中です。先日の五課とのバッティングも、その捜査過程で発生したことでした」

木崎が鼻で笑ったのがわかった。

松原は続けた。

「明日、関係者のひとりの身柄を押さえます」

「誰だ」

「佐久間伸一」

木崎が、意外そうな目を松原に向けた。佐久間は五課も監視対象にしていたのだ。しかし八王子の事件当夜以来、見失っているはず。一課が、身柄確保できる状態まで迫っているとは、予想外だったのだろう。

松原は続けた。

「またすでに、関係部局にはレポートのかたちで配付してありますが、この一カ月、うちが監視対象としている都内南部をシマとする暴力団の組織的な動向については、詳細を整理して流してあります。昨日四課が摘発した新橋の投資コンサルタント会社の特別背任の一件では、うちの情報が決定的であったと、四課長にもお墨付きをいただきました」

四課長がうなずいた。

さらに松原は言った。

「情報の共有とセクショナリズムの排除については、目に見えて成果が上がっているという感触があります。先日の八王子の事案は、双方が捜査員の身分を隠して相手と接触させるという、いわば機密性の高い捜査手法を取ったために起こったことであります。例外中の例外であって、二度ともうあのような事案は起こらないものと思っております」

藤堂が皮肉に確認してきた。

「もう、絶対に起こらない？」

「起こりません」

「なら、いいだろう」藤堂が視線を和也に移した。「安城くん」

和也は驚いて応《こた》えた。

「はい」

部長から何を言われることになるのだ？　叱責《しっせき》か？　処分か？

藤堂は言った。

「きみは同じ部の捜査員の生命を奪われるという取り返しのつかない失策を犯した」

取り返しのつかない失策……そのとおりだ。自分が指揮し、部下たちが仕切っていた現場で、殉職者を出してしまったのだ。下級管理職とはいえ、捜査指揮の直接の責任者は自分である。責めは自分ひとりが負うのでよい。処分も覚悟する。ただ、この事案が一段落するまで、関係者たちの逮捕、立件にこぎつけるまでは、この職に留めて欲しい。自分はこの事案を解決することによってしか、失態を償えないのだ。

「父君が、覚醒剤中毒の暴力団員に撃たれて殉職した、という事情は承知している。きみが仕事に賭《か》ける想いの熱さもわかる。だけど、意気込みは空回りしていないか？　もしきみが、父君安城警部の復讐《ふくしゅう》とか弔い合戦とでも意識しているなら、それは危険だ。警察官が任務にあたって持ってはならない動機だ。もしそれを捨てるということが約束できないなら、きみをいまの職から解かざるを得ない」

和也はあわてて言った。

「いえ、そういう個人的な感情は無関係です。復讐とか、弔い合戦だなんて、考えたこともありません。わたしが仕事をするにあたって、あの事件はいかなる影響も及ぼしてはおりません」

「ほんとうだな」

「はい」

「始末をつけろ。ただでさえ、きみはうちで特別待遇ではないかという声があるとも聞いている。殉職した父君の威光を利用して、組織の規律をはみ出しているとも」

何のことだ？　和也は戸惑った。藤堂部長が言っているのは、何の件だ？　父の威光？　規律をはみ出す？　まさかこの年齢での警部昇任についてではないと思うが。ようやくひとつ思いついた。捜査手法をめぐって警務から監察を受けたときの一件か。自分はたしかに、当時の警視庁の中枢《ちゅうすう》近くにいた幹部と直談判《じかだんぱん》し、それ以上の監察を中止させた。警視庁最上級幹部の過去の弱みを握っていると明かしたうえでの秘密裏の取り引きであったけれど、あれから二年もたてば、関係者の口もゆるみ、その事情も語られるようになるということか。詳細はともかく、あの男は警務と渡り合って監察を引っ込めさせたことがある、として。

それにしても特別待遇、とは——。特別待遇。規律をはみ出す。その言葉はひとりの男を連想させた。自分が素行を内偵し、それが直接の根拠となって警視庁を離れた男。先日、寺脇拓の警察葬の場で九年ぶりに会った。加賀谷仁。復職するという、かつての豪腕警部。彼もまた、特別待遇と陰口を叩《たた》かれ、規律を乱していると、一部の幹部には苦々しく見られていたのだ。いまの自分は、あの当時の加賀谷と同じ立場にあると認識されているのだろうか。

返す言葉も見つからないうちに、藤堂が言った。

「今回の件では、処分はしない。しかしきみは、この失策を結果で埋め合わせなければならない。組対の、いや警視庁四万の職員の士気を維持するためにも、それが必要になる。心しておけ」

「はい」

和也は頭を下げた。

結果を出すまでは、とりあえずこの職に留まることができるということだ。藤堂の胸のうちの刻限がいつなのかはわからないが。

藤堂が、こんどは視線を会議室全体に向けながら言った。

「五課には、ひとり増員がある。以前捜査四課で実績を挙げていた加賀谷仁だ。不幸なことがあって警視庁を依願退職していたが、このたび復職が決まった」

会議室が少しだけざわついた。この場にいる大部分の者はその情報をすでに耳にしていたはずだが、やはりほんとうだったのかという驚きなのだろう。

「わたしは直接知らないが、捜査四課では彼ひとりで係ひとつに匹敵すると言われていたそうだな。たいへんな人脈を持ち、情報収集能力にたけていると聞いている。心強い」藤堂は五課長の木崎に訊いた。「配属は、五課か？」

木崎が答えた。

「いえ、特別捜査隊。五課の支援の担当です。といっても、加賀谷はひとりでやることになりますが」

「デスクは？」

「本庁《ホンブ》ではなく、富坂庁舎の組対の部屋です。組織捜査に組み入れるよりも、ある程度柔軟な勤務態勢にしてやったほうが、いい実績を出せそうですので」

「せっかくの異例人事だ。うまく使ってくれ」

「はい」

藤堂が、テーブルの上にまたボールペンを転がした。次の話題に移れ、ということだろう。

警務部のフロアから廊下に出ると、斉藤は加賀谷に庶務係の部屋に入るよう指示した。

三人が小部屋に入ったところで、石原が加賀谷にデスクを示して言った。

「いろいろサインしてもらうことがあります」

加賀谷は素直に椅子《いす》に腰をおろした。石原が向かい側の席に着き、デスクの上に用意してあった書類の山から、まず一通を加賀谷の前に差し出した。

加賀谷はその書類を受け取ると、目を細め、渋い顔を作った。斉藤は、サインすることが気に入らないのかと思った。次の瞬間、勘違いだと悟った。加賀谷は書類を顔から離して見つめたのだ。

老眼だ。

五十五歳だから、その程度に老眼が進行していてもおかしくはないのだが。じっさい加賀谷より二歳年下の斉藤自身も、デスクの引き出しには老眼鏡を入れている。

斉藤は説明した。

「住宅は、富坂署の独身寮になる。住民登録を移す必要はない。電話番号は、携帯電話番号でいい」

書類にサインする作業は三十分近くかかった。

「これが最後です」と、石原が書類をデスクの上に滑らせた。「支給品、貸与品の受け取りです。品物と照らし合わせて、揃《そろ》っていればサインを」

石原は、デスクの脇《わき》のワゴンを示した。上に、警視庁の制服、制帽一式をはじめとした品々の山ができていた。

加賀谷はちらりと見ただけで、書類にサインした。

斉藤は時計を見た。午前十一時になろうとしていた。そろそろ組対の課長会議も終わったところだろう。斉藤は言った。

「これからいったん五課に降りる。五課長から辞令が出る。ロッカーも指定されるから、これらの品物は加賀谷さんが持っていってくれ。そのあと、健康診断を」

加賀谷は立ち上がって、支給品の山を見下ろし、手を伸ばした。

取り上げたのは、制帽の前に置かれていた警察手帳とホイッスルだった。

石原が言った。

「身分証明書、確かめてください。暫定《ざんてい》のものです」

加賀谷が警察手帳を開いて、ラミネート加工された身分証明書に目を向けた。

「いつの写真だ？」と、加賀谷がふしぎそうに言った。

「逮捕されたときのものです。あれがうちにあるいちばん新しい写真だったものですから。数日中に写真は撮り直していただきます」

加賀谷は何も言わず警察手帳とホイッスルをジャケットの内ポケットに収めた。あとは、拳銃《けんじゅう》にも制帽にも関心を見せなかった。

「それだけ？」と、斉藤は訊《き》いた。

加賀谷が答えた。

「ロッカーに放り込んでおいてくれたらいい」

石原が、困ったような顔を斉藤に向けてきた。かまわない。加賀谷に支給品を運ばせるのは、五課長から正式の辞令を出させたあとでもいい。

「行こう」と、斉藤は加賀谷をうながした。

五課長室に入って待っていると、五分ほどしたところで、木崎啓が部屋に入ってきた。

斉藤は、加賀谷、石原と一緒に立ち上がった。

木崎は加賀谷の前に立ち、興味深げに頭から足先まで目をやった。年齢は木崎が加賀谷よりも五歳ほど若い。木崎は本庁勤務が長い男だが、以前は生活安全部だった。捜査四課だった加賀谷とは勤務するフロアがちがう。面識はないのだろう。

「加賀谷さんか」と、木崎が言った。「木崎です」

斉藤が補足した。

「五課長の木崎警視正」

加賀谷が木崎に小さく頭を下げた。

「加賀谷です」

斉藤は、加賀谷のそのあいさつに驚いた。さきほど警務部長の太田に対しては、無礼とも言える物腰だったのだが。ただ、この木崎は、いかにもマル暴担当らしい風体と風貌《ふうぼう》の中年男だ。警視庁採用のノンキャリアということもある。太田警務部長とはちがい、多少の親しみを感じたのかもしれない。

斉藤は、加賀谷の言葉についても補足した。

「警部として復職します」

木崎はデスクのうしろに回ると、書類入れのいちばん上から、事務用の紙を取って、デスクの上に滑らせてきた。

「形式的なことはしなくてもいいだろう。加賀谷さんには、特別捜査隊係長を命ず、だ。わたしの指揮の下に入る。デスクは富坂庁舎の中」

加賀谷がデスクの前に立ち、その辞令にちらりと目を落としてから言った。

「ひとりで、自由にやらせてもらえるんですね」

「ああ。部下はいない。あんたは警部だし、タイムレコーダーに縛られるわけじゃない。勤務の詳細は、直属上司のわたしにだけ報告してくれたらいい」

「任務は？」

「聞いていませんか？」

「おおまかにしか」

「都内の薬物売買をめぐる情報収集。状況が変わったんだ。新興組織が出てきている。売人たちが一本釣りされた。しかも寺脇のことのように、警官殺しもいとわない連中だ。ただ、正体、全貌がまだよくわかっていない。既存組織との関係もだ。話をつけたのか、抗争前なのか、それともすでに抗争に入っているのか」

「その程度のことも、わかっていない？」

「情報が錯綜《さくそう》してる」

「新興組織といっても、メンバーは特定されているんでしょう？」

「何人かは」

「メンバーがわかれば、系列はわかる。難しい話じゃない」

「五課がノーマークだった連中だ。関係する組織や卸しルートがわからない」

「引っ張ってきて吐かせたらいいでしょう」

木崎は難しい顔になった。

「当然やってる。ほんとに知らないのか、のらりくらりかわそうとしているのか、それとも嘘八百《うそ》を並べているのか、いまだにわからない」

「いつごろからなんです？」

「今年の春ごろから、末端の売人たちが仕入れのルートを変えたようだと情報が入っていた」

斉藤は割って入った。

「加賀谷は、まだきょうは発令当日ということで、庶務関連の用事がもう少しあります。ちょっと借りてもよいでしょうか」

木崎はうなずいた。

「話を続けたい。ここに戻ってきてくれ」

「死んだ寺脇は、どこの所属でした？」

「第七」

「第七の係長とか主任にも、話を聞けますか」

「呼ぶ。いや、ここじゃなく、富坂でやろう。邪魔が入らない」木崎はデスクの電話に手を伸ばしてから、加賀谷をもう一度見つめて言った。「明日、大捕り物がある。三カ所、一斉家宅捜索だ。四課、一課の応援ももらう。六本木の班を応援してくれ」

「どこです？」

「沢島《さわしま》興業。知っているか」

「何人かは」

斉藤が横から言った。

「申し訳ありません。すぐ戻しますので」

木崎がうなずいて、またここに、と言うように指を回した。

五課長の部屋を出てから、斉藤は言った。

「順序は逆になってるが、次は健康診断。通り一遍のものだ。持病は？」

「ない。思いつかない」

「うらやましい。おれなんて、慢性胃炎だ」

石原が斉藤に確認した。

「デスクはここじゃなく、富坂庁舎なんですね」

斉藤は加賀谷に言った。

「貸与品、支給品は、そっちに持ってゆく。手伝う」

加賀谷は無言でうなずいた。返事をするのも面倒という態度は消えていないが、それでも少しずつ反応が目に見えるものになってきている。うなずきかただって、少し大きな、わかりやすいしぐさになってきていた。

斉藤たちは、エレベーター・ホールへと歩いた。

和也は、松原と並んで廊下を歩いた。課長会議が終わったあとも、少し会議室に残っていたのだ。明日の五課の一斉家宅捜索にどの班の誰を振り向けるか、相談する必要があったのだ。

松原が言った。

「小河原班は出すな。五課の連中がナーバスになる。刈部の班だ」

「はい。全員を振り向けますか」

「面《めん》が割れないほうがいい捜査員がいたら、はずせ」

「そうします」

会議室を出て廊下を歩き、エレベーター・ホールの前まできたときだ。三人の男がちょうど扉が開いたエレベーターに乗り込むところだった。中に入って男たちは、入り口側に振り返った。

真ん中の男が、加賀谷だった。視線が合った。一昨日《おととい》葬儀の場でも目が合ったが、あのときはいまいましげであり、激しく不機嫌そうであった。それが和也に向けられたものであったかどうかはわからないが、どうであれそこには生の感情が露出していた。和也が思わずたじろいだほどに。

しかしいま、扉が閉まるまでのわずかな時間に見た加賀谷の顔は、平静だった。怒りや憤《いきどお》りは収まっていると見えた。むしろ彼の顔には、かつて自分が知っていた捜査員の表情が戻っているようにさえ見えた。ハンティングを楽しむイヌ科の動物の目とも見える。

松原が、エレベーター・ホールの前を通りすぎながら言った。

「いまエレベーターに加賀谷が乗っていたな」

松原も警察葬の場で加賀谷を目撃している。

「釣り船屋の親爺《おやじ》をやっているとか聞いていたけど、あれじゃ誰が見ても刑事だ」

「ええ」

同感だった。加賀谷はおそらく、すでにかつての自分を取り戻したのだろう。べつの言い方をすれば、彼には短い時間で戻れるだけの下地が残っていたということになる。

8

その雑居ビルは、六本木、というよりは、むしろ麻布十番に近いエリアにあった。鳥居《とりい》坂《ざか》下交差点から百メートルほど南西である。一階に寿司《すし》屋《や》、二階に金融業者の看板の出た小さな四階建てのビルだ。全体が沢島興業の所有である。事務所が三階に、組長の自宅が四階にある。

十台以上の捜査車両が通りを埋めるようにビルの前に並んでいる。麻布署の地域課警官が、交通整理を始めていた。通りに進入しようとする自動車を迂回《うかい》させている。通行人たちが、そのものものしい雰囲気に驚き、足早に通りから遠ざかっている。

放送局のクルーが、すでにカメラで周辺の撮影を始めていた。大型のスチルカメラを持ったカメラマンたちの姿も十人以上見える。五課がきょうの一斉逮捕、一斉捜索の情報を報道各社に流したのだ。この大がかりな逮捕、捜索の様子をメディアで流してもらえば、先日の大失態の記憶の上書きになる。警視庁はよくやっているではないかという評価も出てくるはずだ。この場に報道陣は欠かせなかった。

午前八時だ。捜査員たちが一斉に車両から降りた。五課第七係の係長、大島功《おおしまいさお》と、部下の長嶺大輔《だいすけ》がまず建物の正面入り口の前に進んだ。

シャッターの降りた入り口で、係長の大島がインターフォンに向かって言った。

「警視庁組織犯罪対策部だ」

インターフォンはモニター付きではなかった。大島はシャッター上部の軒下に目を向けた。ここに監視カメラがある。大島は、カメラを睨《にら》みすえながら続けた。

「覚せい剤取締法違反容疑で、沢島保二《さわしまやすじ》に逮捕状が出た。沢島、おとなしく出てこい。同時に家宅捜索を実施する。邪魔をする者は公務執行妨害で全員逮捕する。聞こえたか、沢島」

少しの間のあとに、インターフォンから声が返った。

「いつそういう話になったんだ？　上は通ってるのか？」

「沢島だな」

「そうだよ。いきなりすぎないか」

「時期は、こっちが選ぶ。さ、開けろ」

「汚ねえぞ。貴様らみんな」

「取り調べ室で聞く。開けろ」

「風呂《ふろ》ぐらいゆっくり入らせろ」

「十秒待つ」

「風呂だって」

「こんな場合だ。お前が裸でもかまわん。十秒だ」

「パンツぐらい穿《は》かせろ」

「十秒で開かなければ、シャッターをぶち破るぞ」

「勝手にしろ」

大島が長嶺にうなずいた。

長嶺は振り返り、後方で待機していた部下たちに合図した。三人の若手の部下が、掛矢と斧《おの》、それに金属カッターを用意している。その三人が一歩前へと進んだ。

大島は時計を見てから言った。

「やれ」

斧を持ったひとりが、シャッターの端に刃先を叩《たた》き込んだ。激しい金属音が響いた。通りにいた多くの者が、顔をしかめた。

いくら脇《わき》の甘い暴力団でも、組事務所に覚醒剤《かくせいざい》を大量に保管してはいない。五課長も、きょうここで覚醒剤が押収《おうしゅう》できるとは期待していなかった。覚醒剤はべつのところにある。べつの場所から発見される。きょうここでは、沢島保二の逮捕が主眼であり、シャッターを破壊するのはついでの嫌がらせだった。

そのビルの前に、暴力団員ふうの男たちが駆けつけてきた。家宅捜索を知らされた組員たちが一部ここに到着したようだ。エントランス前を囲んでいた捜査員たちとすぐに揉《も》み合いとなった。

「通せ。馬鹿《ばか》野郎」

「天下の公道じゃねえか」

「事務所に用事があるんだよ。通せよ」

最初、三人。すぐにそれは四人になり、五人となった。

斧と掛矢では、シャッターを開けることができなかった。電動カッターの出番となった。耳障《みみざわ》りな高い金属音が鳴り始めた。その場にいる者の多くが、こんどははっきりと顔をしかめ、音源からそむけた。金属カッターの音は、一分以上も断続的に響いた。

そこにまた、組員たちが現れた。鳥居坂下交差点方向から駆けてきたのだ。この三人も、現場を固める五課の捜査員たちに阻《はば》まれ、揉み合いとなった。そのうちの三十代後半かと見える男が、怒鳴っている。

「自分の事務所に行くのに、何が問題だってんだ？　触るなって言うんだよ」

白っぽいスーツを着た男だ。芸能関係者に見えなくもない。

その脇で、若い男がひとり、捜査員に転がされた。もうひとりの若い男が、その捜査員に殴りかかろうとした。怒鳴っていた男が、これに加勢しようと動いた。そこに、五、六人の捜査員が殺到した。揉み合いは小突き合いに変わった。

捜査員の数のほうが、暴力団員を圧倒していた。ほどなく三人の男たちはそれぞれふたりずつの捜査員に両腕を摑《つか》まれ、後ろ手にねじ上げられた。

指揮を執っていた大島が、三人を捜査車両に連行するよう指示した。

加賀谷仁は、そこまで一部始終を見ていた。通りに停めた五課の捜査車両の助手席からだ。

暴力団員たちは、通りの反対端のワゴン車に乗せられるようだ。加賀谷は捜査車両から降り立ち、ジャケットのボタンをはめながら、引き立てられてゆく暴力団員を追った。

捜査員や、まだ揉《も》み合いを続けている暴力団員たちが加賀谷に気づいた。暴力団員たちは、揉み合うのを止《や》めた。

脇を通りすぎるとき、暴力団員のひとりが目を見開いて漏らしたのが聞こえた。

「加賀谷」

揉み合いが止まったせいか、その場が静かになった。カッターを扱っていた捜査員も手を止めて振り返った。通りにいた男たちが、加賀谷の前に道を開けた。

三人の暴力団員を引き立てていた捜査員たちも、その場の空気が変わったことに気づいた。驚きと当惑とが、この場に沈黙をもたらしている。あっという顔で口を開けた者が何人もいた。

加賀谷は、白っぽいスーツ姿の男に向かって歩いた。両腕を取られていた男も、信じがたいものを見ているという表情で口を開いた。

「帰ってきたのか？」

加賀谷は、男のすぐ前まで歩いて答えた。

「ああ」

「警視庁に？」

「ああ。久しぶりだな。入江」

捜査員たちが、困惑を見せて加賀谷に顔を向けてきた。

加賀谷は、警察手帳を取り出し、年長のほうの捜査員に向けて訊《き》いた。

「こいつにも逮捕状出ているのか？」

年長の捜査員は答えた。

「いえ、公務執行妨害、現行犯で」

要するに、この場の捜査員の胸ひとつということだ。

「特別捜査隊の加賀谷だ。おれが預かってもいいかな」

その言い方は、この男は自分の協力者である、というニュアンスにも聞こえる。逮捕状執行の相手ではないのだし、然《しか》るべき権限を持った警察官がそう言うなら、下級の警官は了解するしかない。

「ええ」

年長の捜査員は、もうひとりにうなずいて、男から手を離した。

入江は、わざとらしくスーツのたるみを直してから、加賀谷に目を向けた。

「ほんとに戻ってきたんですか」

「このとおりだ。顔貸せ」

「うちが家宅捜索なんですよ」

「お前が止められることじゃない」

入江は小さく溜《た》め息をついて言った。

「どこに行けばいいんです？」

「車の中」

「勘弁してください。逮捕と一緒じゃないですか」

「話を聞かせてもらうだけだ」

「広いところで」

「いいだろう」

入江が加賀谷を見つめた。この男も、加賀谷の言う話とは情報提供のことだともうわかっている。問題はどの程度の深さの情報提供かということになる。

入江は言った。

「うちの若い衆、放してください。あれで逮捕じゃひどすぎる」

「待ってろ」

加賀谷は、ちょうど暴力団員たちが押し込まれようとしていたワゴン車に近づき、第七係の捜査員たちに言った。

「そいつらも放していい。もう充分だろう」

捜査員たちは加賀谷を見つめると、仕方がないとでも言うように肩をすぼめて、ふたりの若い暴力団員たちを放した。

加賀谷は入江のそばに戻って言った。

「これでいいな。こい」

二人は、沢島興業のビルを道路の向かい側にみる集合住宅の屋上にいた。加賀谷は管理人に警察手帳を見せ、入江も同僚であるかのように見せて、エレベーターでここまで上がったのだった。

加賀谷はスチールの手すりにもたれかかった。入江は逆に手すりに肘《ひじ》を置いて、自分の事務所を見下ろす格好だ。

加賀谷は言った。

「復帰したばかりだ。事情に疎《うと》くなっている。わかりやすく教えてくれ」

入江は加賀谷に目を向けて訊いた。

「たとえば？」

「薬物売買をめぐるビジネスの最新情報。様変わりしたそうだな」

「うちは、そっちの商売には関わっていませんよ。誤解されてるようだけど」

加賀谷は口をへの字に曲げて鼻を鳴らした。それが事実かどうか、ここで確認するつもりはなかった。

「一般的な話だ」

入江はまた通りを見下ろした。

「一般論では、この春ぐらいから、東京の事情が変わりましたね」

「具体的には？」

「ブツが増えたようなんです。あ、いや、増えたようだという話を、ときどき耳にしました」

「あふれたと？」

「末端の売人たちが、売れなくなったとぼやいていたと聞きましたよ。同じころから、売人たちが少しシマを変えてた、という話も耳にしました」

「卸し元も変わったということか」

「そうなんだと思いますが、はっきりしたことは知りません」

「新しい組織が出てきたのか？」

「そうなんでしょう。これまで東京で扱っていた組織も、最初は面食らっていたみたいだ。何が起こっているのかってね」

「出てきたのは、どういうところなんだ？　関西から？」

「そのへんがはっきりしません。関西の組織の進出なら、東京の業界も黙っていないでしょう。だけど、とくに抗争も起きてない」

「お前らも、抗争には入っていない」

「うちは扱っていませんって」

「ブツが売れなくなったとしたら、扱ってる組織にとっては死活問題だ。総力あげてつぶしにかかるんじゃないのか」

「いまは、そういう時代じゃありませんよ。表のビジネスだって、そうでしょう？　新規参入を拒むわけにはゆかない。競争ですよ。それが市場原理だ。いい品を安く供給できて、しっかりした流通ルートを確保したほうが勝ち。それが気に食わないって抗争なんかやった日には、誰も得をしないことになる」

「そういう言葉を使うようになったのか」

「最近はおれたちだって、この程度のことは言いますよ」

加賀谷は言葉の調子を変えた。

「きょうの家宅捜索、思い当たることはあるんだろう？」

「親爺《おやじ》が、覚せい剤取締法違反なんですって？」

「とぼけるなって。五課は十分に内偵していたんだ」

「家宅捜索したって、何も出ませんよ。ついでに言いますけど、あの八王子の刑事殺し。あれがうちと関係あると疑われているんなら、まちがいですよ」

「どうしてあっちの件と関係があると思うんだ？」

「このタイミングだから」

「無関係だと、そう確信持って言えるのはどうしてだ？　子分たち全員から聞き取り調査でもやったか」

「やらなくたってわかる。無関係ですから」

「撃ったのは誰か知っているな？」

答が早すぎた。

「知りません」

加賀谷は、沢島興業とはライバル関係にある暴力団の幹部の名を出した。

「坂本正樹《さかもとまさき》って野郎だ」

「え？」

驚愕《きょうがく》はほんものだ。

「嘘《うそ》だよ。知っているんだな？」

「いや、全然」

「坂本じゃないと知っていた」

「いや、まさか、やつの、坂本のはずはないと」

しどろもどろだ。

「皆川孝夫って男だ。知っているな」

「いえ」

「神奈川の浮田組」

「解散したでしょ？」

「皆川が別荘から出てきたときには、なくなってたんだ。もう認めろ。皆川だと知っていたな」

入江は、額に汗を浮かべ始めた。十一階建てのビルの屋上で、十月の朝の風にあたっているのにこの汗だ。何か強いストレスを感じている。

「皆川について知ってることを、しゃべってしまえ」

「その」

下の通りが騒がしくなった。加賀谷も通りを見下ろした。ちょうどビルの入り口から、捜査員ふたりに両脇《わき》を取られて、中年の肥満した男が出てきたところだった。グレーのジャージ姿だ。手錠をかけられている。沢島保二だろう。報道陣がその周辺にわっと群がった。沢島保二と入れ代わりのように、外で待機していた五、六人の捜査員がビルの中に入っていった。

加賀谷は入江に顔を向け直して言った。

「皆川だと、どうして知ってたんだ？」

入江が、苦しげに言った。

「たまたま耳にしたんです」

「どういう話を？」

「売人の引き抜きをやっているひとりは、どうやら皆川だと」

「それでお前は？」

「おれには関係ないですよ。何もしてません」

「皆川の背後を調べるくらいのことはしたろう？」

「あちこちの組織が気にしてるという話は耳にしました」

「結果は？」

「そのころ、あの芸能人夫婦の逮捕があったじゃないですか。東京のあっちのビジネスにからんでいた連中は、みな商売を一時休業にしましたよ。自分のルートに警察の協力者が紛れ込んでいるんじゃないかって疑心暗鬼になりましたし。皆川についても、そのまま誰も何もしようとしていないんだと思いますよ」

「背後については、何も情報がないと？」

「ええ」

「お前たちなら、皆川と聞いただけで思い当たることがあるんじゃないのか」

「たとえば？」

「それを訊《き》いている。人脈。関係。ケツ持ち。皆川が独立独歩の屋台引きだとは、誰も信じない」

「ほんとにわかりません。ただ、どこかの組織のダミーか、少なくとも仁義は切ったところだろうとは想像できますよね。ずいぶん堂々と売人の引き抜きなんてやってるんだから」

「まったくの新参じゃないと」

「それなりに、あの、あのビジネスのあれやこれやを知っている連中でしょう。だけど、刑事まで撃つというのは、素人《しろうと》だとも思えます。一線を超えてる」

「外国人組織という見方はどうだ？」

「わかりませんが、卸し元がそうだとしてもおかしくはない」

「具体的な話は？」

「まったく耳にしていません」入江は、懇願するように言った。「加賀谷さんとこうして長話していると、おれが親爺を売ったように思われます」

「あのまま逮捕されたほうがよかったか？」

「そろそろいいでしょう」

言いながら、入江は手すりから離れた。

皆川孝夫という男のことが、こいつらのあいだでは新興密売組織の関係者として知られていた、それを確認できたことは収穫だ。抗争が起きていないことについての入江の解釈も面白いものだ。ダミーか、仁義を切ったか。べつの言い方をすれば、すべてを承知している組織なり組織の幹部なりが、既存の業界内にいるということだ。

「降りていいですね」と、入江が確認してくる。

加賀谷はうなずいて、屋上の端にある出入り口へと歩き出した。

安城和也は、指揮車の中でもう一度、部下たちの配置を確認した。

きょう、刈部の班は五課の応援に行っている。イラン人を含め四人逮捕の予定というが、そのうち六本木の暴力団事務所の家宅捜索と組長逮捕の応援に出たのだ。もっとも、じっさいにすることはほとんどないだろう。というか、五課は手を出させないだろう。ただ、六本木という場所柄、ここには報道陣が多く集まるだろうと予想できる。その際、動員された捜査員の数は少しでも多く見えたほうがよいのだ。警視庁の薬物対策への本気ぶりをアピールすることができる。だからきょうの応援には、にぎやかし以上の意味はない。しかしこうしたいわば広報活動への協力も、自分たちの仕事の一部であるのはたしかなのだ。

京急蒲田の駅に近いエリアだった。商店街からははずれるが、それでもその通りにはコンビニやら小さな飲食店やらの看板が連なっている。木造賃貸アパートは見当たらない。それらはおそらくこの二十年ほどのあいだに、四、五階建て程度のビルに建て替えられてしまったのだろう。建て替えられたビルのひとつが、きょうの目標だ。建物名は蒲田フラット。このビルの三階は、ある会社の借り上げ社宅という扱いであり、四戸のユニットでその会社の従業員七、八人が共同生活している。つい先日まで住人は外国人女性ばかりということだったが、三日前からひとりの日本人男が加わった。

佐久間伸一だ。

ワゴン車の中にいる和也のイヤフォンに、小河原の声が入った。

「配置につきました。指示を」

小河原の班は、先日に引き続いての捕り物への出動だった。それに、刈部班の若手ふたりも加わっている。先日八王子で逮捕した連中をすべて五課に引き渡してしまったこともあり、小河原班の意気は上がっていた。協力者だった加藤義夫の殺害犯逮捕は、絶対に自分たちでやると。あれがもし皆川孝夫の犯行であれば、一課は同時に寺脇拓殺害犯も挙げることになる。佐久間は、その皆川逮捕に直接つながる重要参考人だった。

和也はマイクに言った。

「気をつけてください。やつも必死になるはずだ」

きょうも和也は、捜査員全員に拳銃《けんじゅう》の携行を指示した。八王子では、じっさいに拳銃が使用されている。佐久間が拳銃を所持しているという情報はつかんでいないが、持っていてもおかしくはない。彼が寺脇拓殺害の共犯として立件されれば、罪は軽くないのだ。なんとしてでも逮捕を逃れようとする。拳銃が持ち出される可能性はけっして低くなかった。

「了解です」と小河原の声。

和也はいま一度、全体の状況を思い起こした。

佐久間はいま、あのビルの一室にいる。彼は八王子の事件があった夜のうちに、いったん行方をくらました。携帯電話はその深夜から電源が切られている。刈部班も追跡を切り上げていた。翌日から、刈部班は予想される立ち回り先を監視し、一昨日川崎駅のそばのフィリピン・パブで再発見に成功した。その後の追跡により、潜伏場所が判明した。刈部の班はきょう未明まで、この潜伏場所を監視、佐久間の再度の逃走を警戒していた。

一方で第二係は、五反田のフィリピン・パブにいたホステスを入管法違反容疑で現行犯逮捕、佐久間自身の入管法違反容疑を固めて逮捕状を取った。そうしてきょう、第二係は潜伏先である蒲田の集合住宅に向かったのだった。佐久間の携帯電話に昨日深夜にも電源が入れられ、彼がビル内の一室にいることは確実だった。

携帯電話の位置情報では、三階のどの部屋にいるかは判断に迷うところだった。数メートルの誤差は出るのだし、四戸あるうちのふたつの部屋のどちらか、とまでしか絞れなかった。しかしビルオーナーの話から、予備部屋的に使われている部屋があるとわかった。階段踊り場側から見て右手だという。男の犯罪者がひとり、数人の女たちが共同生活している部屋で落ち着けるはずもなく、いるとしたらひんぱんに空になる予備の部屋のほうだ。

管理人の話では、二階にも四階にも、ホステスらしいアジア人女性がいるという。ただし、借り上げている会社の名義は、佐久間とは無縁だ。

ビルの正面から六人の捜査員が向かう。予備の部屋のベランダからは非常階段に出ることはできず、できるのは隣りの部屋に移ることだけだ。よって正面に六人を配置するだけで、部屋から逃すことはない。ただしベランダから中通りに飛び下りて、裏手の呑川《のみがわ》側に逃げることは可能だった。こちらには、一課第七係の一班が応援にきている。捜査車両は、ビルの正面入り口と裏手、呑川側に停めてある。

そこに、小河原班の飯塚の声が入った。

「窓に人影です。男。外の様子をうかがってますね」

気づかれたか。

行くぞ、と指示を出そうとした矢先だ。佐久間の携帯電話位置情報を示すＰＣの画面に、ポインタがついた。電源が入ったのだ。佐久間が誰かに電話している。

「やつはいま、誰かに電話している。行ってくれ」

「はい」

和也は、今朝ワゴン車のドライバーを務めている原口貴志に声をかけた。

「行こう」

「はい」

原口がその通りにワゴン車を発進させた。ビルまで五十メートルほどだ。

また小河原の声。

「フィリピーナがふたり、ビルを出ます」

「外出?」

「いや。ゴミ出しかな」

「佐久間の部屋かな」

「はっきりしません」

「邪魔はしないで。部屋に戻ろうとしたら、止めて」

フロント・ウィンドウごしにも、通りに出てきたそのフィリピン女性らしい女たちが見えた。軽装でサンダル履きだ。笑顔で話をしている。ふたりとも、ビニール袋を手にさげていた。たしかにゴミ集積所に向かうようだ。ビルの入り口前には、もう小河原たちの姿はない。セダン型の捜査車両はビルのエントランスをふさぐかたちで停車中だった。

　原口が、そのセダンのすぐ前にワゴン車を停めた。朝のこの時間だ。通りには、仕事に出ると見える勤め人たちの姿が多かった。ワゴン車から降りた和也たちに、彼らはいぶかしげな目を向けてきた。フィリピン人女性たちも、まばたきして和也を見つめている。和也は素早くふたりを観察した。遠くに外出する格好ではない。自分たちの入管法違反による検挙を恐れての逃走ではないだろう。ふたりの女は、通りのガードレール脇にあるゴミの山の上にビニール袋を置いた。燃えるゴミが詰まっているようだった。かなり大量にゴミの入った袋と見えた。どうやら彼女たちは、警察に囲まれているとはまだわかっていないようだ。

　小河原の声が入ってきた。

「部屋の前です。始めます」

　和也はビルに視線を戻して言った。

「やってください」

　小河原の次の声の調子が変わった。

「佐久間伸一。警視庁だ。出てこい。いることはわかっている」

　階段室を通じても、その声が響いてきた。

ドアを激しく叩《たた》く音も。

返事があったようだ。

小河原が言った。

「警視庁だ。出てこい。大至急出るんだ」

少しの間を置いて、また小河原の声。

「入国管理法違反だ」

三秒ほどの間を置いて、小河原から和也への報告。

「服を着るまで待ってくれとのことです」

素直だ。このタイミングでの逮捕を覚悟していた？ それとも、どこかの時点から監視に気がついていたか。

和也はマイクに言った。

「警戒を。逃げるなら、このタイミングだ」

和也は階段室の上方に目をやって耳をすました。異常な物音は聞こえない。ビルの内側からも、外側からも。原口は通りの反対側に移動して、ビルの全体を監視している。

一分ほどたってから、小河原の声。

「佐久間伸一だな」

「警視庁だ。お前に逮捕状が出ている」

「入国管理法違反だ」

相手の声は聞こえない。和也のイヤフォンに入ってくるのは、小河原の声だけだ。佐久間伸一は、いっさい抵抗せずに部屋を出てきたようだ。

「午前八時十二分。佐久間伸一逮捕」

「捜索令状。中を見せてもらうぞ」

「お前が立ち会うんだ」

ビルの脇《わき》に配置していた飯塚たちが、エントランスに現れた。応援の第七係の捜査員もいる。彼らはみな濃紺のキャップをかぶり、ジャンパーを着ている。それぞれがショルダーバッグや段ボール箱を手にしていた。大型のデジカメを胸にさげた者もひとり。

和也はうなずいた。佐久間の身柄は確保した。あとは部屋の中をあらため、彼の持ち物すべてを押収《おうしゅう》しなければならない。どれが彼のものか、フィリピーナたちのものか、ひとつひとつ確認させる必要があった。もちろん、本人が自分のものと認めなくても、禁制品や犯罪に関わると思える品があればすべて押収する。飯塚たちは、階段を駆け上がっていった。

「室内、捜索にかかります」と小河原。

「やってください」

もちろん佐久間は、姿を隠したときに非合法な品々はすべて処分しているはずだ。覚醒剤《かくせいざい》、拳銃はおろか、この隠れ家から違法DVDもブランドもののコピー品も出てくることはないだろう。もし隠しきれていないものが見つかれば、それは僥倖《ぎょうこう》というべきだ。その可能性は、せいぜい一パーセントほどだろうが。

ふと思いついて、和也は振り返って原口に合図した。彼は通りを駆けて渡ってきた。

和也は通りの後方に目をやって言った。

「さっきのフィリピン女性たちは、どこだろう？」

原口も同じ方向に目をやった。

「そのままどこかに行きましたか」

「ゴミ袋。あれを回収してくれ。覚えているか」

「たぶん」

原口はゴミ集積所に向かって駆けだした。

その直後、階段室に靴音が響いてきた。

すぐに小河原を含めた四人の捜査員たちが、佐久間伸一をはさんで階段をおりてきた。佐久間は寝起きのぼさぼさの髪に黒いジャージの上下姿だった。和也と目が合うと、皮肉っぽい笑みを見せた。逮捕容疑の欺瞞《ぎまん》を嘲笑《あざわら》ったのかもしれない。

和也は小河原に言った。

「第二方面本部に」

小河原たちは、入り口前に停めてあったセダンの後方席に佐久間を押し込んだ。ほかの捜査員たちが、段ボール箱をべつの捜査車両に載せ終えたところに、原口が駆けて戻ってきた。

「ゴミ袋、なくなっています」と原口は報告した。「ぽんと山の上に載っけたやつ、ありません」

和也は訊《き》いた。

「女たちは？　このビルには戻ってきていない」

「交差点まで行ってみましたが、見当たりません。あの格好のまま、消えたようです」

和也は、背中に冷気を感じた。重大な証拠品を隠匿《いんとく》、処分されてしまったのか？まさかきょうまで持ち歩いているはずはないという判断だったが、こっちの読みよりもずっとずさんだった？　いや、うまく処分したのだとしたら、佐久間はむしろ巧妙な男ということになる。

捜査車両の列が、第二方面本部に向かう途中だ。五課の応援に回した刈部から和也に電話が入った。

「六本木の沢島興業、家宅捜索が終わりました。引き上げます」

和也は訊いた。

「沢島保二は逮捕できました？」

「ええ。それとはべつに、気になることを耳にしました」

「なんです？」

「べつの班が向かった先です。川崎で、覚醒剤密造工場を摘発したそうです」

「密造工場？」

五課長の木崎は以前の会議で、国内に密造工場がある可能性に言及していた。しかし密造工場はありえない、と和也は判断していた。末端価格に影響を与えるような大規模施設が、国内にあるはずはないと。なのにきょう、五課が家宅捜索したうちの中に密造工場があったとすると……。

新興組織はかなりの規模であり、五課はその組織の実態について、かなりのところまで解明していたということか。会議では捜査が進んでいないというニュアンスで報告していながら。

負けたか、という想《おも》いがふと胸をよぎった。

加賀谷はインターフォンに向かって言った。

「江藤に会いたい」

インターフォンからは、怒声に近い声が返ってきた。

「どいつだ！　そんな口をきく野郎は」

加賀谷は動じることなく名乗った。

「加賀谷だ」

「カガヤ？」ひと呼吸のあとに、相手は言った。「あ、どうぞ。開きます」

加賀谷は身体《からだ》を九十度ひねって、ガラス戸に向かった。戸は自動で開いた。

廊下の奥から、ふたりの男があわてた様子で駆けてきた。

四十年輩の男のほうが、深く一礼して言った。

「加賀谷さん、お久しぶりです」

「江藤はいるか？」

「はい。外出されるところですけど」

エレベーターで三階に上がって、案内された部屋に入った。ダブルのスーツを着た男が、おおげさな笑みを浮かべて近寄ってきた。

「加賀谷さん、本当に帰ってきたんですね」

江藤だ。

加賀谷は足を止めた。江藤が右手を差し出してきたが、加賀谷はポケットから手を出さなかった。江藤は顔色を変えることなく、右手を戻した。

「世話になった。カネも返せないままに」

「なあに。無罪放免になったときに、申し上げたじゃないですか。むしろこっちが、いろいろ配慮してもらった。帳消しですよ。で、こんどはどちらです？」

「組対特別捜査隊」

「もったいない。こっちの世界に戻る気があるんでしたら、うちが誘ったのに」

「忙しいんだって？」

「ちょうど成田に向かうところで。でも少しなら」

正面のデスクの脇に、波形鉄板を模したスーツケースがふたつ置いてある。若い子分が、興味深げな表情で、加賀谷に目を向けていた。

　加賀谷が言った。

「うちの刑事が撃たれた。五課で薬物捜査をやってたやつだ」

「ニュースを見ました。警視庁に喧嘩《けんか》売るような連中がいるんですね」

「警視庁はいきり立っている。皆川って男を追ってる。皆川の組織も、本気でつぶしにかかる」

「わかりますよ。そうして当然だ」

「皆川のバックについて、情報を集めてる。知ってることを、教えてくれ。どんな些《さ》細《さい》なことでもいい」

「何も知りませんけど、荒っぽいことを始めてるそうですね。時間、いただけます？　できるかぎりのことを調べてみますから」

「どのくらい？」

「これからソウルに行くんです。一泊二日のトンボ帰りなんですが、そのあと。それまでに社員たちにも情報を集めさせますよ。席を設けます」

「関西の組織でまちがいないか？」

　江藤は加賀谷の目をのぞきこんだ。言葉の裏の意味を探っているかのような目だ。

とぼけているのか、ほんとうに知らないのか、それを見極めようとしているのだろう。

「よく知りません」と江藤の答も同じだった。

「外国人組織という噂《うわさ》も耳にした」

「どうなんでしょう。そういうところも含めて、調べておきますよ」

「明日か」

「申し訳ないです」江藤は振り返って子分に言った。「荷物、積んでしまえ」

加賀谷が振り返った。

「明日」

江藤が言った。

「連絡先は？　携帯の番号を」

「おれがここに伝えておく」

「お送りしますよ。警視庁《ホンブ》ですね」

「いや、富坂の庁舎のほうだ」

「じゃあ、表に車を回します。どうぞ、降りていてください」

江藤はまた子分に言った。

「野島《のじま》に言え。加賀谷さんをお送りするように」

加賀谷はあいさつせずにそのまま部屋を出た。

野島という江藤の子分は、三十代後半といったところか、背の高い男だった。黒いスーツもよく似合っている。かといって、さほど暴力的な印象はない。クラブの黒服上がりのような雰囲気もあった。用心棒として使うとき、場所によっては都合がいい。黒い鞄《かばん》を持たせれば、秘書と誤解してもらえるかもしれなかった。

ドイツ製のセダンの助手席に乗ったあとは、加賀谷は野島の質問にもろくに答えなかった。野島はすぐに、一切の質問も詮索《せんさく》もやめた。勘も悪くないということだ。

春日《かすが》通りの富坂上交差点まできた。富坂庁舎は、この交差点を左折して、一方通行の中通りを南方向に進んだ先にある。野島はセダンを道路端に停めると、サイドブレーキを引いて加賀谷に言った。

「社長からですが、この車、お使いくださいとのことです。ダッシュボードの中に、カードが入っています。ガソリンもそれで入れてください」

加賀谷はうなずくこともなく、黙って助手席から降りた。

野島は運転席を降りると、加賀谷に小さく頭を下げ、ちょうど通りかかったタクシーを停めた。タクシーは野島を乗せて、すぐに伝通院《でんづういん》方向へと走り出していった。

加賀谷は提供されたセダンの運転席に身体を入れると、シートの位置を自分の身体に合わせて直した。

ナビと一体型のテレビのスイッチを押した。ちょうど昼のニュースが放送されていた。警視庁が今朝実施した大がかりな薬物関連事件での一斉逮捕、一斉摘発が報じられている。六本木の沢島興業の事務所とはべつに、イラン人が作ったという覚醒剤密造工場の摘発のことにも触れられていた。

そのニュースが終わったところで、加賀谷はサイドミラーを確かめ、セダンを発進させた。

9

安城和也は、第三方面本部の庁舎内にある臨時の第二係の部屋で、きょう二杯目のコーヒーを飲み干したところだった。

コーヒーは給湯室の隣りにある自動抽出機のもので、あまり好みではなかった。しかし、缶コーヒーよりはましだ。紙コップから四分の一ほど給湯室のシンクに流し、代わりに湯を足して飲んでいる。

もう一杯、同じものを飲むか。少し考えてから、和也はそこで切り上げようと決めた。自分はいまコーヒーを本当に欲しているのではない。喫煙者と同じだ。この間を持て余しているだけだ。今朝、佐久間伸一を逮捕したことの結果が、まだ出ていないのだ。

時計に目をやった。一時を少し過ぎたところだった。テレビに目をやると、民放のニュースショーで、今朝の一斉摘発の映像が流れている。最初は鳥居坂下の沢島興業事務所の前でのもの。続いて、川崎市の住宅街で、イラン人の覚醒剤《かくせいざい》密造工場の家宅捜索の映像。音声は消してあるが、和也はきょうの警視庁の広報の発表でその内容は承知していた。

今朝、五課が覚醒剤密造工場にも家宅捜索に入ったという情報を知ったとき、けっきょく事件は五課が完全解決したかと落胆した。しかし、警視庁発表の詳細を聞いて、和也は安堵《あんど》した。これは「工場」と呼べるレベルの施設ではなかった。中学生の理科実験の規模の「覚醒剤密造」であり、精製設備だ。こんな設備を摘発せざるを得なかったということは、すなわち五課の焦《あせ》りを示している。これだけの内偵を進めていたと、きょうのトップニュースで扱って欲しかったのだろうが、むしろニュースの印象は「しょぼい」ものだ。この件が現在の東京の覚醒剤密売買ネットワークの再編成の理由ではないこともはっきりしていた。

それとも、五課はまだ大物なり大組織の内偵について隠しているのか？　内偵対象を油断させるために、この程度の摘発を大々的に発表したのか。

そのとき携帯電話が鳴った。部下の原口貴志からだった。

携帯電話を耳に当てて、和也は訊いた。

「どうだった？」

原口が、無念そうに答えた。

「駄目です。知らぬ存ぜぬ。突っ込むと、日本語がわからないふりをする」

佐久間伸一を逮捕したとき、彼が逮捕直前にも使っていたはずの携帯電話が見つからなかったのだ。いや、一台はたしかにあった。しかし番号は和也たちが把握していないものであり、登録されている番号はあたりさわりのない飲食店とか車のディーラーなど。通話記録も、この一週間に二回だけというものだった。樋口が教えられていた携帯電話とはちがうものだ。

逮捕の直前、佐久間の潜んでいたビルから、ゴミ捨てにでも行くような格好で、フィリピン人らしい女性がふたり出てきた。そのときは佐久間のいるフロアから下りてきたのかどうかはわからず、むしろ警察が来ていると騒がれることのほうを懸念《けねん》して通した。また佐久間は身柄確保の際、意外に素直に従った。捜査員殺しの関係者として警察が追っていることを承知していたはずにしては、妙だった。和也はすぐ、確保直前にビルを出たフィリピン人女性を追わせ、ゴミ袋も回収しようとした。しかしふたりは姿を消し、一度捨てられたはずのゴミ袋も消えていた。踏み込む直前、佐久間が女たちに処理を命じたのだと想像できた。それは佐久間と、寺脇捜査員射殺犯・皆川孝夫との関係を証明する重要な証拠品であった可能性が高いのだが。

身柄確保のあと、和也は原口ともうひとりの捜査員を現場に残し、フィリピン人女性を探させていたのだ。二時間後に女たちはビルに戻ってきたが、佐久間との関係は否定した。佐久間が潜んでいたのと同じフロアに起居していた女たちだったが、佐久間という日本人男性は知らないと、言い張っているという。パスポートとビザの提示を求めたが、女たちは書類上は合法滞在、逮捕して部屋を捜索することもできない。その挙句、原口のいまの報告だ。

「わかった。戻ってくれ」

携帯電話を切ってから、ホワイトボードに目をやった。加藤義夫殺害から始まった一連の事件についての、関係者、当事者たちのつながりがチャートにされている。入手できた者については、写真も貼《は》られていた。八王子のヤードで逮捕した者たちは、赤い線で囲んでひとかたまりとしており、赤丸の外、右にはずれたところに、未逮捕の皆川孝夫の写真がある。

その皆川の写真と破線で結ばれているのが、佐久間の写真。佐久間の写真の下には、彼の運転手の写真と、フィリピン・パブの経営者として、三人の男女の顔写真が並んでいる。

加藤義夫の殺害も、寺脇を殺し、樋口の指の骨を折った皆川が実行犯であると推測がついている。そして加藤が失踪《しっそう》したちょうどそのとき、そこに佐久間がいたという事実もある。佐久間の監視で、皆川との接点も判明していた。つまり、佐久間も皆川も同じ犯罪者グループを構成しているということだ。しかし、いまのところ二係はそのグループの全容を解明できておらず、ましてや背後についでは、手がかりもつかめていなかった。ただ事実として確認できるのは、佐久間がグループの渉外担当・表の社会との接点であること、皆川が裏のチーフ格であり、示威行為の担当であるという役割分担だけだ。

佐久間は暴力団員ではなく、かといって裏稼業《うらかぎょう》で成功しているカネまわりのいい男でもない。覚醒剤の卸元というビジネスをやるには、不相応の小物である。その背後に、資本力のあるそこそこの規模の組織があるのは確実だった。ただそれにしても、佐久間の在籍するグループが完全に組織の傘下《さんか》なのか、それとも大手組織から独立したのか、あるいはいわば提携という形を採っているのかどうかはわからない。

いまのところ二係はどの疑問についても、真相にたどり着けていなかった。グループのうちなんとか佐久間の身柄を押さえることができたが、五課のほうは八王子で皆川を除く四人を確保している。真相究明には、五課のほうがやや有利である。

和也がホワイトボードを眺めているところに、小河原弘が顔を出した。

「佐久間の弁護士が到着しました」

逮捕された被疑者は、警察官から弁護人選任権と黙秘権を告げられる。顧問弁護士を持つ被疑者であれば、その弁護士を選ぶ。あてのない被疑者は、国選弁護人を頼む。佐久間は第二方面本部に連行されたとき、迷うことなく、弁護士を指定していた。中《なか》沢達夫《ざわたつお》。検事を退官後、弁護士となった、いわゆる辞め検である。顧客は暴力団の大物幹部や総会屋がほとんどで、警視庁では「あっちに行ってしまった検事」として有名な男だ。そんな辞め検弁護士を選任したことで、逆に佐久間のやっていることが浮きぼりになる。ただ、中沢の到着は予想よりも遅れた。佐久間の逮捕を聞いて、何か調整すべきことでもあったのかもしれない。

和也は言った。

「五分待たせてくれ」

「はい」

和也はそのまま部屋を出て取調室に向かった。取調室には、瀬波寛と栗田弘樹がいた。瀬波がデスクの向かい側に腰を下ろして、情けの刑事、栗田が佐久間の横に立ってこわもての刑事、という分担だったようだ。

ふたりが振り返ったので、和也は言った。

「弁護士が来た。ちょっとだけ代わってください」

瀬波が椅子《いす》を空けた。

和也が腰を下ろすと、佐久間は意外そうな顔で訊《き》いた。

「あんたが上司なのか？」

「係長だ。いちおう、責任者だ」

「入管法違反なら認めると、このふたりには言ったよ。弁解録取書《べんろくしよ》にサインもすると言っている」

取り調べに慣れていることがうかがえた。前科は一犯でも、取り調べは複数回経験しているのだろう。彼の逮捕歴は三度だったろうか。

「被疑事実は認めると？」

「そうだ。なのにメモも取ろうとしない。訊いてくるのは、おれとは無関係な話ばかりだ」

「たとえば？」

「あんたの指示だろうに。ミナガワって男のことか、ワカバヤシとか、携帯電話がどうしたとか」

「被疑事実に関連があるようなんだ」

「無関係だ。別件逮捕だろ。違法だ。弁護士が来たんだから、そのことを念押ししてもらおうか」

「それより、このまま釈放がいいかどうか、確認しておきたい」

「ほら、釈放するしかないわけだろ。その程度のあいまいな容疑だったんだろ？」

「知ってるとおり、先日八王子で、組対五課の捜査員がひとり、銃弾を額にぶちこまれて死んだ。組対の五課はいきり立ってる」

「聞いた」

「五課は、あんたが関係していると睨《にら》んでいるようだ。あんたを釈放した場合、五課はすぐに何かしら別の容疑で、あんたを本庁に引っ張る。取り調べは、厳しいものになるぞ。ビデオ撮影してくれと泣きながら要求するくらいのな。あんた、取調室から無事に出られると思うか？」

佐久間が、顔から微笑を引っ込めた。

「どういう意味だ？」

「何年か前、神奈川県警が取り調べ中に、極道がピストル自殺した事件があった」

「知ってる。あれが自殺だって？」

その事件というのは、拳銃《けんじゅう》不法所持容疑でひとりの男が逮捕されたところから始まった。被疑者は、取調室にいた刑事から問題の拳銃を奪い取り、自分の口の中に銃口を入れて引き金を引いた。神奈川県警は自殺として処理し、検察もこの言い分を認めた。しかし暴力団員のあいだで、神奈川県警の発表を信じている者はいない。いや、警察官にもいない。警察官なら、取調室でそのとき何が起こったか、容易に想像がつく。捜査員が銃口を被疑者の口に突っ込み、恫喝《どうかつ》したのだ。捜査に協力しろ。正直に話せと。しかし薬室にはカートリッジが装塡《そうてん》されていた。捜査員が演技のしすぎで引き金を引くと、あるいは「ついうっかり引き金にかけた指に力をこめる」と、当然ながら実弾が飛び出した……。暴力団や現場警察官のその想像は、さほど真相とはちがっていないはずだ。

和也は言った。

「あれがほんとうに自殺かどうか、わたしは知らない。だけど、捜査員をひとり撃ち殺された部署が、参考人を法律に従って公判にかけるかどうか、わたしも確信がない。警視庁も神奈川県警も、同じ文化の中にあるんだ。警視庁で似たような事件が起こってもふしぎはない」

「脅しているのか?」

「いいや。この件で、早期釈放を望むかどうか、気持ちを聞いているんだ。入管法違反で送致するのはゆっくりでもいい。二十三日間、使える。あんたが望むなら、そのあと、詐欺罪《さぎざい》で再逮捕してもいい」

「詐欺罪?」

「不動産を借りるときに、別名義を使っている。あんたにとってさいわいなことに、詐欺罪を構成する。さらに二十三日間、うちがあんたを監視して、守ってやる。こっちの事件の取り調べが続いているあいだは、五課に身柄を渡すことはない」

「もし、いま釈放しろと言った場合は?」

「きょうじゅうに釈放する。関係各方面に連絡してから」

佐久間は和也の目を凝視してくる。その言葉の意味を必死に解釈しようとしている顔だ。

和也はたたみかけた。

「あんたが釈放されると聞いて、動き出すのは五課だけじゃない。あんまり釈放が早ければ、あんたの後ろにいる連中は、あんたがすべてうたったと思うかもしれない。以前から警察のエスだったと疑うかもしれない。素知らぬ顔で何もかも警察に伝えていたと」

「誤解するわけがない」

「だといいけど、自分たちをこけにしたとわかったとき、あんたの同業者がどういう反応をするか、承知しているよね」

「知らん」

「五課のほうも、じつは取調室で事故が起こったなんていう面倒なことにはしないかもしれない。同僚殺しの復讐《ふくしゅう》をするには、ここから釈放されたあと、あんたを再逮捕しないというだけでもいいんだ。すぐにあんたの関係者が、あんたを迎えにくる。五課が期待するとおりのことを、あんたの仲間がやってくれる」

佐久間は落ち着きなく左右に目をやってから訊いた。

「もし、留置したままでかまわんと言ったら、どうなるんだ？」

「法律に従って厳正に処理する。あんたが何をやったにせよ、だ。被疑者としての人権を守り、きちんと検察に送ってやる」

「おれは何をすればいいんだ？」

「入管法違反事件の取り調べの合間に、ふと思い出した世間話をするというのはどうだろう。自発的に語ってくれればいい。耳は傾ける」

佐久間の目の奥に、激しい葛藤《かっとう》が見えた。脅しは効いたようだ。

佐久間は言った。

「とにかく弁護士に会わせてくれ」

「どう言うんだ？」

「入管法違反については、おれは無実だ。警察が信じないなら、検事に訴えると」

「いい判断だと思う。だけどついでに、別件逮捕だ、なんて言い出さないだろうな」

「ちがうんだろう？」

「まったくちがう。ただ、世間話は、弁護士が帰ったあと、すぐに始めるか？」

「いや」佐久間はきっぱりと首を振った。「きょうは、まだ頭が真っ白だ。世間話ができる状態じゃない」

「なんとか気分を鎮《しず》めてくれ。同じ係じゃないけど、殺されたのは同僚なんだ。うちの捜査員も、カリカリしてる」

「弁護士。そのあと昼飯」

いいだろう。和也は了解した。とにかく、別件逮捕は承知で留置されることには同意したのだ。十分だ。多少の協力は期待できる。弁護士の中沢が余計な知恵を付けなければ。

和也は栗田に目で合図した。弁護士をここに、と。

十分後、弁護士を帰し、いったん佐久間を留置場に送る手続きを取った。留置場はこの第二方面本部に近い品川署である。午後にはまたここに佐久間を連れてきて、取り調べとなる。

和也は昼食後に本庁に戻り、一課の係長級会議に出席した。会議は、午後五時まで続いた。

午後六時すぎに第二方面本部の二係の部屋に戻ると、捜査員の大半が集まっていた。聞き込みに回っていた連中も帰ってきている。いないのは、三人だけだった。和也は捜査員たちの報告をすべて聞いた。直接、皆川孝夫の消息に関する情報は誰も得ていなかった。佐久間たちの背後にあるものの正体についても、まだ確かな事実は何もつかめていないままだ。

佐久間は、午後の取り調べになると、黙秘権を使うと宣言した後、のらりくらりと質問をかわしはじめたという。中沢の助言を受けたことはまちがいないようだった。時間稼ぎに入ったのだ。取り調べは、進まなくなってしまった。午後の六時で、この日の取り調べの続行は断念、佐久間を留置場に戻す手続きをとったとの報告だった。

解散を告げると、部下の一部は本庁に戻るという。

和也は部下たちを呼び止めて言った。

「佐久間の監視から始まってきょうの逮捕まで、お疲れさまでした。ひと区切りつきました。新橋で、一杯いかがですか」

和也は、警視庁職員がよく使っているガード下の居酒屋の名を出した。

すっと視線をそらした者がいた。はっきりと顔に困惑を浮かべた者もいる。

いやか？　きょう飲むことが？　それともこの自分が拒否されたのか？

瀬波が和也に顔を向けて言った。

「まだわたしたち、集まって酒を飲むのは控えたほうがいいかもしれません。あそこはうちの役所の目もある。何を言われるかわかりませんから」

警視庁組対の職員の自分に対する目が厳しいという意味なのだろう。いや、刑事部の職員も同様なのかもしれない。

瀬波の言葉はありがたかった。自分はいま、幹部に睨まれているだけではない。同僚や職員たちにも、一挙手一投足が注目されているのだ。それは必ずしも支持、支援の注目ではない。もしまた失策を犯せばいつでも引きずり下ろしてやるという意志のこめられた注目だ。部下たちはさすがに、そこまで自分の上司ぶりに反発してはいないと思うが、それでも親しく酒を飲んでいる場面は、ほかの職員にはできれば目撃されたくないのだろう。その心情は理解できないでもない。二係はいま、オウンゴールで相手に一点を献上してしまったサッカー・プレーヤーみたいなものなのだ。殊勝な顔でいるべきだった。

部下たちはひとりひとり黙礼して、部屋を出ていった。

瀬波ひとりが残った。

「わたしでよければ、一杯ご一緒しますよ。この近所、立会川《たちあいがわ》あたりで」

和也は安堵《あんど》を感じて言った。

「ごちそうさせてください」

加賀谷仁警部は、警視庁富坂庁舎の二階へ階段を使って上がり、組織犯罪対策部五課七係の使っているスペースに入った。

組対五課は組織上本庁舎内に置かれているが、今朝は一斉摘発で四人を逮捕した。このため、大半の捜査員が、取調室に余裕のあるこの富坂庁舎のほうに来ている。逮捕者を交替で取り調べるため、そして供述の裏をすぐに取るためだ。

部屋にはテレビが一台置かれており、ちょうど夕刻のニュースを流しているところだった。数人の捜査員たちが、ニュースに目を向けている。加賀谷も足を止めて、テレビ画面を見つめた。

今朝の一斉摘発の様子が放映されていた。鳥居坂下のビルのエントランスから、沢島興業の沢島保二が捜査員に両脇《わき》を抱えられて出てくるところだ。手錠の部分には、モザイクが入っている。沢島は、報道陣の様子を見て、不敵そうな笑みを見せた。逮捕自体を恐れてもいなければ恥とも屈辱とも感じていない、という様子だ。半分はったりにせよ、暴力団の組長にとって、自分の逮捕の場面が全国に放送され、名前が繰り返し語られることは、けっして不利益ではない。むしろ組の名を売ることができて、その後のビジネスがやりやすくなるという一面がある。刑務所に入る期間次第では、派手な逮捕とその報道は、歓迎してよいことなのだ。博徒《ばくと》の稲積会《いなづみかい》系とはいえ、組員三十人足らずの小組織としては、きょうの摘発、組長逮捕はいくらでもプラスのカードに変えうる。

しかも家宅捜索では、自宅から覚醒剤《かくせいざい》が一包み見つかっただけだ。それは自家消費用であって、覚醒剤密売に手を染めているわけではないと主張できる。判決は執行猶《ゆう》予《よ》つきの三年半というところか。きょうの摘発全体がそうだが、とくに沢島保二の逮捕については、五課はこのとおり仕事をしていますというアピールの意味合いが強い。

ニュースはついで、川崎市のイラン人逮捕とそのアパートの家宅捜索の様子となった。ニュースキャスターは、アパートは覚醒剤密造工場であったと説明している。輸入した風邪薬から覚醒剤を精製していたと。これも、話題性だけの逮捕であり、家宅捜索だ。密造工場という呼び方は、滑稽《こっけい》とさえ言えた。

ニュースが終わる前に、捜査員たちが加賀谷に気づいて立ち上がり、黙礼してきた。

ひとりは、係長の大島功だった。彼は加賀谷に近寄って、報告口調で言った。

「沢島には、いま休憩させています。まだとくに何も供述していません」

加賀谷は大島の顔を見つめて訊《き》いた。

「何をしゃべると期待しているんだ？」

大島は、ばつの悪そうな顔になった。

「被疑事実についてですが」

「ちょっとだけいいか？」

「かまいません。いま、長嶺がいます」

　加賀谷は指定された自分のデスクの上に、一枚のメモ用紙が置かれていることに気づいた。近づいて取り上げてみると、男の字でこう記されていた。

「元浅草署、内堀《うちぼり》さまから本庁に電話。都合がよければ電話欲しいとのこと」

　そのうしろに、十一桁《けた》の数字。

　加賀谷はメモをジャケットの胸ポケットに入れた。内堀というのは、加賀谷が逮捕されたあと、警視庁を懲戒免職になったマル暴刑事だ。内堀大蔵《たいぞう》。直接の面識はない。免職になったときは警部補だったはずだ。暴力団員との癒着が理由だと、あとになって耳にした。加賀谷の逮捕から始まった、一連の粛清人事の事例のひとりだ。

　それにしても、退職者のあいだにも、自分の復帰はもう知られているのか。どういう用件かは知らないが、加賀谷の復帰の事実を知っているのだ。復帰の理由についてもわかっているということだ。それに関する用件なのだろう。あとで電話を返すべきだ。

　大島が加賀谷の先に立って部屋を出た。沢島のいる取調室は、廊下の向かい側だった。加賀谷は、ドアの前で、ガラスごしに中の様子を確認した。沢島は壁を背にデスクに着いていた。デスクの上には、ほぼ空になったコンビニ弁当が載っている。彼はいま、ペットボトルのお茶を飲んでいるところだった。

加賀谷が入ると、長嶺ともうひとり、安中が少し驚いた様子を見せた。

沢島が顔を上げ、愉快そうに言った。

「加賀谷さん、死んだものと思ってたよ」

加賀谷は沢島の向かい側のパイプ椅子《いす》に腰を下ろして言った。

「おれもだ」

「おれを覚醒剤のワンパケで逮捕だなんて、何を考えてるんだ？」

「知らん」加賀谷は長嶺に顔を向けて言った。「少しだけはずしてくれ」

長嶺は、一瞬だけとまどいを見せたが、逆らわなかった。すぐに安中と一緒に部屋を出ていった。

もっとも、どうせ隣りの部屋のガラスごしに、部屋の中の様子は監視されるのだ。マイクもある。音声だって、長嶺たちには伝わる。ただ、沢島の心理的な負担を軽くしてやっただけだ。

沢島は期待どおりにデスクに身を乗り出してきた。

「協力もしてきたのに、これかよ」

「おれが決めたわけじゃない」

「何の芝居なんだ？」

「広報活動だろう」

「あの刑事殺しの報復だって言うんなら、おかどちがいだぞ」

「知っている」

「撃たれた刑事、部下だったんだって？」

「捜査四課のころのな」

「潜入してたと聞いた」

「さあ」

「あんたを売った部下も、同じ現場にいたんだって」

「皆川って男を追ってた」

「皮肉だな。あんたにしてみれば、息子を失《な》くしたような気分か。自分を売った部下と、可愛《かわい》がった部下がいて、ひとりのへまのために、もうひとりが死んだ」

何か反応を待っている目だった。

加賀谷は言った。

「一人前にしておくべきだった」

「そうすりゃ、あのざまは避けられた？」

「余計なことだ。おれが質問するから答えろ」

「あんたを見習うつもりだよ。あんたが取り調べでも公判でも、何もしゃべらなかったって話、極道の世界でも有名だ」

「粋《いき》がるな」加賀谷は鋭く言った。「おれを極道と一緒にするな」

沢島は鼻白んだような顔で、背を起こした。

「お前の大事なものに順位をつけてみろ。娑婆《しゃば》の空気か。シマか。不動産か。それともほかの何かか」

「何だよ、いきなり」

「何を守るためなら、しゃべる気になるか、って話だ」

「知ってることなら何でも話すさ。話しようのないことは、話せない」

「押収《おうしゅう》されたのはワンパケ。不法所持だ。執行猶予がつくかもしれない。ただし五課は、お前の余罪をいくつも把握している。送検するのが面倒というほどのな」

「何を喋《しゃべ》れば、不法所持だけで送ってくれるんだ?」

「お前が言いたくないことだ。覚醒剤の卸元」

「うちはやってないって。押収されたものは、たまたまおれが個人的に使おうとしてたものだ。六本木の路上で、知らないイラン人から買ったんだ」

「マニュアルは忘れろ。うちの捜査員がひとり殺されてるんだ。いつもの取り調べとはわけがちがうぞ」

「無法やるって言うのか？」

「身内が殺されたとき、自分ならどうなるか想像してみろ」

沢島は少しのあいだ、加賀谷の目を見つめていたが、気持ちを決めたように言った。

「関西からだ」

「誰だ？」

沢島は、デスクの上に右の人指し指で十字を書いた。いや、十字ではない。指は、最後に撥《は》ねたのだ。ローマ字でもない。漢字だ。関西の卸元ということだから、つまり丁の字のつく組織だ。

「利口だ」加賀谷は、質問を変えた。「入江にも話を聞いた。うちの捜査員を撃った男、まったく心当たりはないのか」

「佐久間という男とつるんでいた、という話は知っているのか？」

「ああ。佐久間もきょう逮捕だ」

「じゃあ、すぐにわかるんじゃないのか？　おれはそれ以上は知らん。業界の誰も知らない。外の連中なんだろう」

加賀谷は立ち上がった。

沢島がふしぎそうに言った。

「もういいのか？」

「もっと何か知っているのか？」

「いや」

「じゃあ、十分だ」

加賀谷は、左手の壁の鏡にうなずいた。鏡の向こう側では、長嶺が加賀谷たちのやりとりを注視していたはずだ。話が終わったと了解したことだろう。加賀谷は取調室を出た。

廊下を進むと、長嶺と安中が追いかけてきた。

長嶺が訊いた。

「関西の誰と言ってました？」

加賀谷は歩きながら答えた。

「丁場家《ちょうばや》だ」

韓国の覚醒剤を密輸入している暴力団だ。加賀谷がまだ捜査四課にいたころ、東京にも進出して、卸しのルートを作った。組織はあのころよりは多少大きくなっているかもしれない。

「誰かすぐ引っ張りますか？」

「まだだ」

「丁場家なら、ひとりふたりいつでも引っ張れますよ」

「いまやれば、沢島情報だとばれる。やつは出たところで殺される」

「マル暴ですよ。かまわんじゃないですか」

加賀谷は足を止め、長嶺を見つめて訊いた。

「本気か？」

「何がです？」

「極道なら、殺されてもいいと」

長嶺は不服そうに頬をふくらませてから言った。

「寺脇が撃ち殺されているんです」

「殺したのは皆川だ」

「同じ連中でしょう」

「別々の男だ」

「甘えさせることはない。十年前とはちがいます」

「おれは請《こ》われて戻ってきた。おれのやりかたでやる。いま丁場家の名前を聞き出したが、手をかけるのは、まだだ」

長嶺は黙ったままだ。返事をしない。

「いいな？」

やっと長嶺はうなずいた。

「はい」

加賀谷は安中にも目を向けた。

安中もうなずいた。

そこは、大井競馬場に行ったあとの客がよく使っていそうな店だった。駅に通じる商店街の中にあって、安物のテーブルと、揃《そろ》っていない椅子やらスツールが組み合わされている。照明はしらじらとした蛍光灯で、木目プリントの壁紙には、お勧めのおつまみを記した短冊《たんざく》がぎっしりと貼《は》られていた。値段を見れば、競馬で大儲《おおもう》けした客が主な対象ではないことは一目瞭然《いちもくりようぜん》だった。むしろ持ち金の大部分をすってしまった客が中心なのだろう。千円あれば、焼酎《しようちゆう》二杯とつまみひと皿を取ることができる。その通りには似たような雰囲気の店がいくつも並んでいた。ただ、競馬開催日ではないせいか、夕刻という時間のせいなのか、六脚のテーブルの半分は空いていた。

和也と瀬波は、もっとも入り口寄りのテーブルに着いた。和也はビールを、瀬波は焼酎のお湯割りを注文し、ふたりはしばらく無言のまま、その酒を口に流しこんだ。

やがて瀬波が口を開いた。

「昨日、たまたまですけど、新橋の居酒屋で五課のひとりと一緒になりましたよ」

和也は、ジョッキをテーブルに置いた。

「七係の？」

「いえ、べつの係の、わたしとほぼ同期の男なんですけどね」

「何かわたしの」言い直した。「こんどのことでも話題になりました？」

「こんどのことは、もちろん。いま組対の関心ごとはそれが八割です」

「あとの二割は？」

「加賀谷警部の復帰」

予想できないことではなかった。

「このタイミングでの復帰です。期待されているでしょうね」

「組対では、噂《うわさ》されているそうです。加賀谷警部が復帰した理由について」

「組織犯罪対策の応援、とは別に？」

瀬波は、モツの煮込みを箸《はし》で取って口に入れた。どう答えるべきか考えているように見えた。和也は瀬波の言葉を待った。

瀬波は、モツを呑《の》み込むと、棒読みの台詞《せりふ》のように抑揚をつけずに言った。

「部下だった寺脇を殺されたことに、落し前をつけることがひとつ」

「落し前は、警官が言っていい言葉じゃない」

「わたしが言っているんじゃありませんよ」

「もうひとつは？」

「係長に対する報復。返礼」

「そう加賀谷警部が言ったというんですか？」

「いえ、そう話されているというだけです。寺脇の葬儀の場で、加賀谷警部はそれを決めたのだと」

和也は笑った。笑う以外に、反応のしようがないように思った。冗談として聞き流すのがいい。

「落し前とか報復とか返礼とか。警察組織で語られるべき話じゃない」

「わたしも、こんな話を信じているわけじゃありません。でも、注意したほうがいい」

「何をです？」

「加賀谷警部の動き。いや、五課七係の動きですね。係長を引きずり落とすことが、連中の暗黙の目標ですよ」

「引きずり落とすなんて、どうやって？」

言ってから思い至った。素行の内偵？　服務規程違反の証拠を集めて警務部に告発か？　もしかして、それはすでに始まっている？　自分の素行には何の瑕疵《かし》もないと、胸を張って言い切れるが。

「想像できるのは」と瀬波が、焼酎をもうひと口飲んでから首を振った。「仕事上でのミスを誘うことです。処分か、最低でも進退伺いを出さなきゃならないぐらいの」

「具体的には？」

「凶悪犯の身柄確保の失敗。誤認逮捕。強引な捜査指揮と、その結果としての立件断念。あるいは一審無罪。そういうことじゃないかと思います」

こんどは、純粋に笑うことができた。なるほどそれをやれば処分は免れないだろうが、五課や加賀谷が狙《ねら》ってできることではない。現実の捜査活動の中で仕組むのは不可能だ。

「意図してやれるものじゃありませんね」

「でも、期待はできる。うちが皆川の潜伏場所を突き止めたとして、五課が身柄確保を妨害することは可能ですよ。向こうに、情報を流してやればいいんですから」

「情報を流すことができるなら、五課が身柄確保に向かうでしょう」

「一刻を争う競争で負けるとわかったとき、連中はそれを仕掛けてくるんじゃないかという気がします」

「つまり」和也はジョッキを持ち上げた。知らないうちに喉《のど》が渇いていた。「それほどわたしは、組対で嫌われていると」

瀬波は直接には答えずに言った。

「うちは、失点の回復が急務なんです。八王子のヤードの件は、大きな失点でした」

瀬波の焼酎のグラスが空いた。もう一杯どうですと訊《き》くと、瀬波は首を振った。

「今朝が早かった。きょうはこれまでにしておきます」

和也はうなずいて伝票を手前に引いた。

京浜急行の立会川の駅のホームに出ると、ちょうど蒲田方面行きの電車が入ってくるところだった。川崎に住む瀬波は、その電車に乗る。和也は品川で乗り換えだった。ホーム上を、十月の風が吹き抜けていた。

瀬波が言った。

「うちの面々は、係長を信頼してます。さっき酒を断ったのは、係長と飲みたくないんじゃない。いまは自粛しようということです」

「ありがとう」と和也は礼を言った。「瀬波さんにそう言ってもらえて、悩まずにすみます」

「係長が加賀谷警部を告発したこと、わたしは正しいと思っています。わたしは所轄《しょかつ》を含めてマル暴が長いけれども、加賀谷警部のような捜査方法には賛成できなかった。個人的な取り引きをやるようになったら、それはもう警官じゃない。わたしのスーツは安物ですが、情報を取るためにブランドものを着て張り合おうとは思わないんです」

入ってきた電車が、ホームの定位置で停まった。瀬波は和也の目を見つめてから、出すぎたことを言った、と言うように頭を下げた。和也は首を振った。気にしないでください、という気持ちを込めたつもりだった。

瀬波はもう一度和也を見つめてからくるりと踵《きびす》を返し、ドアの開いた車両に向かって歩いていった。

事実上の復帰第一日目が終わろうとしていた。加賀谷はちらりと腕時計を見てから、東京メトロ浅草駅の改札口を抜けた。

男は一番出口の前に立っていた。ひと待ち顔は、その男だけだ。これが内堀大蔵だろう。

ここを待ち合わせ場所に指定してきたのは内堀だった。車を使わないほうがよい理由があるのだろう。そう想像できたので、加賀谷は地下鉄で来た。借り物のセダンは、富坂庁舎の駐車場の中だ。

内堀は、痩《や》せていて、やや小柄な男だった。歳《とし》は六十代なかばというところか。薄い髪が風になびいていた。小さな、猜疑心《さいぎしん》の強そうな目。古びたコートの下には、化繊のポロシャツふうの襟がのぞいていた。膝《ひざ》の抜けたパンツ。形のくずれたカジュアルシューズ。荷物は持っていない。少し職務熱心な制服警官なら、職務質問をしたくなる雰囲気がある。

内堀は自分から加賀谷に近づいてきた。釣り用のジャケットを着ていると電話で伝えていた。もっとも、元警視庁警部が逮捕された、という報道で、加賀谷の顔写真ぐらいは目にしていたかもしれないが。

男が言った。

「加賀谷警部かい。さっきの電話の内堀だ」

息には、タバコが強烈に臭《にお》った。

加賀谷はなんとか顔をしかめるのをこらえて言った。

「加賀谷です。いい情報があるとか」

「そうなんだ」内堀は、少し卑屈そうな微笑を浮かべて言った。「なんたって元マル暴だったんで、警視庁を辞めたあともいろいろそっち方面のことは耳に入ってくる」

「何か犯罪に関する情報？」

「いま、五課が一生懸命取ろうとしているネタだと思うよ」

「どうしてそういう情報をわたしに？」

「加賀谷警部だからさ。情報の価値がわかる刑事のはずだ」

そうか。加賀谷は納得した。情報にカネを払って欲しいということだ。

内堀という元警視庁捜査員のいまの雰囲気は、かつて加賀谷が使っていた幾人かの情報屋そのものだ。もっとも内堀の場合は、道を完全に踏み外し、捜査対象だったはずの業界に片足を突っ込んで、この雰囲気を身につけてしまったのだろう。競馬と、安酒と、情報の売買。あるいはたかることのできる獲物《えもの》探し。そんな毎日が、いつしかかつての捜査員を、このような男に変える。いかがわしさとわびしさとが混じり合った、転落した男の印象。

「立ち話もなんだ」内堀は周囲に目をやって言った。「近所で落ち着かないか。安くていい寿司屋《すしや》がある」

食わせろということだ。酒も飲ませなければならないだろう。そうなることは予想していた。

「案内してください」

情報屋ではあるが、警視庁職員としては先輩だった相手だ。加賀谷は内堀に対して敬語を使った。もしかしたら、彼は加賀谷追放のとばっちりを食らった、ある意味ではあの粛清の被害者のひとりなのかもしれない。残念なことに、内堀には加賀谷ほどの実績も、そして後ろ楯《だて》もなかったのだろう。

その寿司店は、浅草のランドマークにもなっている巨大ビルの裏手にあった。値段がすべて壁に表示されている、大衆的な店だ。加賀谷は内堀をテーブル席にうながした。内堀はためらいがちに、松竹梅三段階のうちの竹コースを注文した。加賀谷も同じものにした。それに冷酒。

内堀はほんの五分ほどでその握り寿司のセットを平らげてしまった。加賀谷は、お好きなものを、と追加を注文させた。内堀はこんどは遠慮を見せずに、白身の魚ばかり三貫を注文した。

寿司を口に運びながら、内堀が訊いた。

「このあいだ殺された寺脇って、捜査四課があったころ、加賀谷さんの部下だった男でしょう？」

加賀谷は答えた。

「わたしは直属上司じゃなかった」

「現場には、組対一課の安城ってのもいたとか。こいつはたしか、加賀谷さんを売った部下ですよね」

加賀谷は返事をしなかった。代わりにガリに箸を伸ばし、口に運んだ。

内堀がすべて食べ終え、冷酒をあらためて注文したところで、加賀谷は訊いた。

「それで、五課が欲しがっている情報というのはなんです？」

内堀は、少し赤くなった顔で言った。

「ちょうど半年ぐらい前、いや、ちがう、二月だ。赤坂の」内堀は赤坂を縄張りとする博徒《ばくと》系の暴力団、誠敬会《せいけいかい》の名を出した。「そこの若いのが、覚醒剤《かくせいざい》の売人を紹介しろと回っていた男を拉致《らち》ったんですよ。警察じゃないし、ただ薬欲しいだけのようでもなかったらしくて。拉致ったところをべつの暴力団に目撃されていた。赤坂のもうひとつの」

内堀はテキ屋系の暴力団、桜井組の名を出した。互いに系列はちがっている。

「それで赤坂が一触即発ということになった夜があったんだ」

「どうしてです？」加賀谷は首を傾けた。「男は、桜井組の組員だったってことですか？」

「いや、事情がわからないまま、もしかしてこれはどこかが送ってきた鉄砲玉かということになって、桜井組も警戒した。何か始まる、赤坂で下手なことはやらせるなって」

「で、けっきょく？」

「真夜中に、男が解放されて決着。男はかなりぼこぼこにされてたんだけど、男の組からの報復ってことにもならなかったね」

「どこの組だったんです？」

「はっきりわからない。マル暴じゃないのかもしれない。だけど、東京の裏稼業《うらかぎょう》連中の上のほうが動いた。手打ち、あるいは仲裁ということで。あるいは、おれの想像だけれど、ほんとうはとっくに話がついている件だったのに、誠敬会のチンピラには伝わっていなかったとか」

加賀谷は内堀を見つめた。これが、彼の手持ちの情報のすべてだとしたら、寿司の竹コースとは釣り合わない。これほど漠とした情報に、カネを出す者はいない。

その想《おも》いが顔に出たのだろう。内堀は続けた。

「ぼこられたのが、皆川って男だった」

加賀谷は、無表情を装《よそお》った。あの八王子の事件で、警察官を撃ったのが皆川孝夫という男だとは、すでに発表されたろうか。五課はいま懸命に彼を追っているが、内堀はその情報すら知っていて、その名を出したのか？

内堀が言った。

「驚かない？」

「どうして驚くと思うんです？」

「あの八王子の刑事殺しのあとから、皆川孝夫って男のことで、盛んに聞き込みしてるじゃないの」

知っていたのか。

「その皆川と、皆川孝夫は同一人物だということなんですね」

「はっきりはわからん。ただ、話したいのは、そのあとのことだ。監禁現場まで皆川って男を引き取りにきたのが、六本木の有名クラブのマネージャーだったそうだ。トレントっていう」

その名には聞き覚えがある。芸能人や新興企業のオーナーたちが多く遊びにくるクラブだ。捜査四課時代、その店の常連のひとりを逮捕したことがある。覚醒剤所持容疑だったが、彼が持っていたのはコカインだった。彼の言い分では、その店の客たちは覚醒剤などださくて使わないとのことだった。お洒落《しゃれ》なのはコカインだ、と彼は笑いながら言ったものだ。

当然ではあるが、トレントというクラブの成り立ちや資本関係についても調べた。親会社のオーナーは熊谷冬樹《くまがいふゆき》という若手の実業家だった。不動産業者だが、グループ企業の中には芸能プロダクションがあり、アパレル・メーカーもあった。彼自身が、芸能人のあいだではちょっとした顔だとわかった。彼が自分のクラブで自ら開いた誕生パーティには、若手芸能人、俳優、モデルなどが百人以上も集まったとか。何人かの芸能人の後援会長でもあるという。新しいタイプのタニマチということなのだろう。

皆川を引き取りにきたのが、その熊谷の持つ店のマネージャーだった……。そのふたりのあいだで完結する単純な関係なのか、それともトレントという店を通じて、熊谷冬樹までつながる関係なのか。いまの情報だけでは見当がつかない。ふつう実業家や堅気《かたぎ》は、暴力団員ふうの男が監禁されたトラブルなどに関わろうとはしない。避けようとする。熊谷だって、その点については慎重だろうが。

加賀谷は内堀に訊いた。

「五課がその夜の件を知らないのはどうしてです？」

「さあ。知ってるのかもしれんよ。ただ、拉致から三時間か四時間で決着がついて、いっさい警察沙汰《ざた》にはならなかった。あとも引いていない。関心がないのかも。おれだって、ずいぶんたってから、耳にしたんだ。皆川孝夫って男のことで聞き込みが始まったから、結びつけて思い出した」

「ほかに、わたしの耳に入れたい情報はあります？」

「五課が必要としてるネタは、こんなものかな。もしあんたがもっと知りたいって言うなら、足になってやってもいいよ。あんたが警視庁を辞めてから、裏稼業の事情もずいぶん変わった。あんたの知識は、もう通用しないだろうから」

加賀谷は、テーブルの伝票を手に取って内堀に言った。

「どうも、いい情報をありがとうございました」

「役に立ちそうかい」

「たぶんね。また何かあったら、電話をください。ここは支払って行きます。もしもう一杯飲むなら、かまいませんが」

内堀は、情けない顔で加賀谷を見つめてきた。いまの情報にまったく値がつかないとは想像していなかったようだ。少なくとも、江戸前寿司の竹コースでは不足だったようだ。

「待ってくれ」内堀はあわてた様子で言った。「もうひとつ、五課が欲しがっているネタじゃないけど、ぜひ教えたいことがある」

「もったいをつけないでください」

「個人に関する情報だ。浅草ビューホテルの横まで歩くが」

内堀は加賀谷の反応を窺《うかが》っている。加賀谷が、その先を、と首を傾《かし》げたので、安心したように内堀は言った。

「そこで教える。もしその、その情報に価値があると思ったら、少々用立ててくれないか。情報集めには先行投資が必要なんだ」

「いま話してもらえませんか」

「行けばわかる」

内堀が、ついてこいと言うように立ち上がり、店の出入り口へと向かった。

それは浅草随一の高層ホテルの脇《わき》の通りだった。ビル街ではない。いまだ木造の民家も残る通りだ。ずっと以前、この通りにあったカクテル・バーに聞き込みで入ったことがある。浅草を根城にしていた暴力団員の行方を追っているときだ。通りには、ぽつりぽつりと小さなバーやスナックの看板が出ていた。

内堀は加賀谷の先に立って歩き、一軒の店の重そうな木製ドアを開けた。加賀谷はドアの上の看板を読んだ。

カフェ&バー、マスカレード

中で、女の声がした。

「いらっしゃい、内堀さん」

瞬間に思い出した。知っている。この声を知っている。この声の女を知っている。

加賀谷は、自分が衝撃を受けたことを意識しながら店の中に一歩入った。

カウンターだけの狭いバーだった。そのカウンターの中で、女が目を見張り、口を開けていた。ただ、細かな表情を読み取ることができなかった。驚愕《きょうがく》しているのは確かだろう。当惑もしているかもしれない。そのうえでこの女は、自分を歓迎してくれているだろうか。それともその目にあるのは拒絶の光だろうか。

「仁《じん》さん」と、女は言った。加賀谷の下の名前をそのように、音読みで呼ぶ者は、世界に何人もいないのだ。この中道麻里《なかみちまり》を含めて。

内堀がうれしそうに言った。

「ママも、やっぱり知らなかったんだ」

「仁さん」と、女はもう一度言った。まばたきしている。いま網膜に映っているものをまだ信じられないような表情だ。

加賀谷は言った。

「しばらくだ」

ほかに客はなかった。内堀はまだ立ったままだ。

女が言った。

「どうぞ。いつから東京に？」

「三日前」

「仕事で？」

「警視庁に復職したんだ」

「復職！」一瞬だけ、女の頬が輝いたように見えた。「また警官になったの？」

「ああ。お前は、いつ辞めたんだ？」

「あのあとすぐ。どうぞ、ゆっくりして」

内堀が、愉快そうに加賀谷に言った。

「これがまあ、きょうのいちばんの情報だったかもしれない。わたしはこれで。外にいますよ」

内堀は麻里に小さく頭を下げて外に出て行った。

加賀谷は内堀を追った。

「すぐ戻る」

店の外に出ると、内堀が身体《からだ》をこちらに向けて待っていた。こんどこそ、という期待の目だった。

加賀谷は財布を出して、三万円を引き出した。残りは二万ほど。十分だろうか。

三万円を内堀に渡すと、彼はあたりまえのような表情で受け取って言った。

「なんとか役に立てたようだな。このとおりだ。おれの耳、信じてくれていい。いつでも電話をくれ」

内堀はカネをズボンのポケットに入れてから、いまやってきた方向へと歩いて行った。

店に戻ると、麻里の顔にはこんどははっきりと感激と歓迎の色が現れていた。目が光っているようにも見える。

「仁さん、わたしに会うつもりで来たんじゃないのね」

「内堀は、何も言わなかった。いい情報をやるとだけ」

「いい情報だった？」

「思いがけなく」

「時間あるの？　飲んで行ける？」

「少しは」

「いま、どこに住んでるの？　復職したって、警部でってこと？　本庁《ホンブ》？」

「少しずつ話す。まず落ち着かせてくれ」

「何を飲む？　ドンペリ開けちゃおうかな」

「発泡酒はいい。スコッチを、ロックでくれないか」

「前と同じ、マッカランでいい？」

「なんでも」

「少し痩《や》せた？」

「いや。体重は変わっていない」

「頬が少しそげたみたい」

「潮風にさらされている」

「三浦半島で？」

「その程度の話は、耳にしてたんだな」

「たまたま、なんとなくね」

麻里がカウンターの内側で酒を作り始めた。加賀谷はその姿を凝視した。捜査四課の庶務係にいた警視庁女性職員。あのころつきあっていた女のひとり。いや、つきあっていた中で、いちばん長い時間を過ごした女。加賀谷の女性関係の派手さにも文句を言うことなく、つつましく耐えていた。そのことで不平をもらしたこともない。それがたまらなくいじらしく感じられたこともあった。彼女がどれほど耐えられるのか、わざと目につくようにほかの女とつきあったこともあった。

地味な容姿だったけれども、あれから九年、麻里は歳相応《とし》に成熟した女として、いま目の前にいる。一重の切れ長の目、細い鼻梁《びりよう》と、横真一文字の薄い唇。面立ちの地味さは、いまは品に変わっていた。白いシャツに、黒いベスト。下はスカートだろうか。それともパンツ？　髪は短めに切り揃《そろ》えられていた。ボブ、という髪形なのだろうか。染めていない。水商売ふうと言うよりは、女性バーテンダー。あるいは、女性ソムリエという印象だ。つまり、飲食業界の中の専門職。

麻里が顔を上げた。

「何をじっと見ているの？」

「懐《なつ》かしくて」

「突然行ってしまって」

少し非難の調子があった。しかし、冗談めかされてもいる。

「どうすることもできなかった」

「釈放されてからも」

「無職の、刑事被告人だった」

「無罪が確定したじゃない」

「東京から離れた」

「連絡することはできたでしょ」

球形の氷の入ったタンブラーが出てきた。加賀谷は、タンブラーを手前に引き寄せて言った。

「飲まないか」

「そのつもり」

麻里は、こぶりのグラスに白ワインを注いだ。

「復帰、おめでとうと言っていいの？」

「自分で決めた」

「おめでとう」

麻里が、加賀谷を見つめたままグラスを持ち上げた。加賀谷もタンブラーを持ち上げて、麻里のグラスに軽く触れた。

加賀谷は、ひと口飲んでから訊《き》いた。

「どうしていた?」

麻里は微笑した。

「いろいろ。あそこにはいられなかった。あなたがお酒を教えてくれたから、そっちで食べることにした。銀座のお店に勤めて、四年前から、ここ」

麻里が語ったその略歴の中には、結婚は入っていなかった。ひとり身なのだろう。

「自分の店なのか?」

「ええ。このとおり、この時間でもお茶を挽《ひ》くような店だけど」

「いい店だ」

加賀谷は店の中を見渡した。カウンターにスツールが八脚あるだけのバーだ。特別変わった内装というわけではなかったが、正面の壁にはベネチアの白い仮面。店の名にちなんだものなのだろう。仮面舞踏会。小さな音量で流れているのは、オペラかクラシック専門の有線放送のようだ。ちょうどラ・トラヴィアータの前奏曲がかかっている。

麻里は、加賀谷を正面から見つめたままひと口飲むと、ふいに思いついたように言った。

「もう閉めてしまおう」

カウンターにグラスを置き、麻里は振り返って壁のスイッチのひとつを押し下げた。外の看板の電源を切ったのだろう。加賀谷は腕時計を見た。午後十一時をまわっているが、閉店時刻には早いはずだ。麻里はカウンターを出て、ドアを内側からロックした。

加賀谷は訊いた。

「おれは客なのか？」

「どういう意味？」

「あまりカネを持っていない」

麻里は吹き出した。

「ばかね」

ふた口めのマッカランを口に含み、ゆっくりと喉《のど》に流した。

麻里が訊いた。

「四課に戻ったの？　ちがうわね。いまは組対って言うのか」

「組対。特別捜査隊だ」

「仕事は前と一緒なの？」

「そのために戻った」

「うちは？」

「富坂署の独身寮」

「狭いでしょうに」

「どうせ何もない。ガランとした部屋にベッドひとつ」

麻里は質問をやめ、また加賀谷を見つめてくる。顔のパーツのひとつひとつ、肌の、色つや、それにたぶん髪の生《は》え際《ぎわ》も見つめていたにちがいない。それが自分の記憶と合致しているかどうか、ちがっているとしたらどの部分か、それを無意識に考えながらだ。

「ね」言葉の調子が変わった。「その格好で、仕事してるの？」

加賀谷は自分のジャケットに目をやった。釣り用のアウトドア・ジャケット。その下に、横須賀《よこすか》の量販店で買ったコットンの上着。チノパンツ。

加賀谷は言った。

「何を着ていてもできる仕事だ」

「まさか。何のために警官には制服があるの？」

「制服を着る仕事じゃないって」

「あなたの仕事には、その仕事のためのドレスコードがあるでしょ。そういう意味のこと、自分で言ってなかった？　体型、変わってる？」

「全然」

「うちに、まだスーツもシャツもある。持っていかない？」

かつて彼女の部屋にも、着替えを何セットか用意していた。そこから出勤していた時期もあったのだ。

「取っておいてくれたのか」

「捨てようと思って、まとめておいたの」

「あとで送ってくれ」

「これ以上手間をかけさせないで」

「どうしたらいい？」

「うちは近いの」麻里は、自分が大それたことを提案しているかのように、不安そうに言った。「もし来てくれたら、そっくり渡すわ」

加賀谷は麻里を見つめ、その意味を吟味してからうなずいた。

10

加賀谷が富坂庁舎に着いたのは、午前十時を回った時刻だった。

すでに沢島と、八王子で逮捕した四人については、取り調べが始まっている。イラン人ふたりについては、本庁でペルシア語の通訳をつけて取り調べがおこなわれているはずだった。

五課が使っているフロアには、取り調べには関わっていない数人の若い捜査員たちが、まだ聞き込みに出ることもなくデスクワーク中だった。加賀谷が入ってゆくと、みな顔を上げて一様に目を見開いた。

今朝、中道麻里の部屋から、彼女がクローゼットの奥にしまいこんでいたシャツとスーツに着替えたのだ。素材も仕立てもよい高級品だったおかげで、まったくくたびれた様子がない。古着を引っかけたという印象にはならなかった。またその趣味も、逮捕されたころのものに較《くら》べれば、かなり穏当なものだった。ただ、昨日までアウトドア・ジャケットを着ていたのだ。五課の若手たちは、加賀谷の変貌《へんぼう》ぶりに驚いたのだろう。

あいさつに短く応《こた》えながら、自分のデスクの上を見た。メモ用紙がふたつ置いてある。

ひとつは、五課長のもの。

明日、本庁で五課の係長級会議に出席のこと、という中身だった。

もうひとつは、警務部の斉藤からのものだ。

伝言はこう書かれていた。

「近日中に再度警察病院へ。共済組合からの要請」

そこに、七係長の大島がやってきた。何か言いたげだった。加賀谷は大島の言葉を待った。

「まだ、みんなだんまりです」大島は敬語で加賀谷に言った。「八王子で逮捕の四人、脅《おび》しが効きすぎたかもしれない。皆川との関係を一切認めようとしない。脅えて、何を言っても不利になると、貝になってる」

「四人、身元はわかっているのか？」

「四人とも前科なし。ひとり若いのだけ、少年院に入っているんですが、どこかの構成員ってわけじゃない。使いっ走りやってたようでもない。むしろチーマー上がりなのか」

「覚醒剤《かくせいざい》には素人《しろうと》？」

「ええ。暴力団にも距離。少なくとも、正統進級コースにいた連中じゃない」

「じゃあむしろ、皆川が潜入捜査員を撃ち殺したことに震え上がったということだ。あれ以上の脅しはない」

「供述すれば殺すと？」

「寺脇は、いい材料にされた」

「こうなると、佐久間を押さえた一課のほうが、先に皆川に手をかけるかもしれません」

「佐久間ってやつも、一筋縄ではいかないだろう」加賀谷は大島に訊いた。「この二月、赤坂で誠敬会と桜井組が一触即発になったらしい。誤解だったから、すぐに解決したそうだが、知っているか？」

「二月に赤坂で？　いや。どうして？」

「そのとき、皆川って名前が出ている。抗争の火種になりかけた男だ」

「同じ男でしょうか？」

「これから調べる」

「ひとり若いのをつけますか」

「ああ。手一杯だ」

加賀谷は、メモを上着の内ポケットに入れると、フロアを見渡した。

PCのモニターに向かって作業中の若い捜査員がいた。加賀谷はその捜査員に近づいて言った。

「ひとつ調べ物を頼まれてくれないか」

捜査員は顔を上げ、加賀谷だと気づくとうれしそうに言った。

「なんでも」

「トレント、というクラブが六本木にある。親会社の事務所がどこにあるか、調べてくれ」

「すぐに」

捜査員は、作業中の画面をいったん縮小して、インターネットに接続した。

和也はこの朝、まず本庁に出て、一課長の松原に佐久間の取り調べの進み具合を報告していた。

聞き終えると、松原は言った。

「五課は、八王子の四人の取り調べ、そうとうに気合入れてやってるようだぞ。寺脇殺害犯確保に、全部の係を動員してる。うちは五課よりも先に皆川を押さえろ。汚名返上にはそれしかない」

汚名、という表現に抵抗を感じたけれども、和也は黙って引き下がった。

第二方面本部に着いて、二係の部屋に入ったのは、午前十一時になろうとする時刻だった。

係のほぼ半数が部屋にいた。一部の捜査員には、この日は休むように指示してある。

小河原が報告してきた。

「佐久間ですが、相変わらずです。完全に時間稼ぎ」

「世間話には協力しないと？」

「しばらく頭を冷やしたいと。まだパニック状態が続いているそうです。いましゃべると、こっちが作ったストーリーを丸呑《まるの》みしかねないと」

「うちを、特捜検察とごっちゃにしていないかな」

「供述するしかないとしても、他人より後にしたい、ということでしょう。先に、五課が八王子で押さえた四人に喋《しゃべ》らせようということだと思います」

「本人がそう言った？」

「いえ。ただ、あっちの四人がどう供述したか、気にしていました」

「のらりくらりやってると釈放しちまうぞ、と言ってやってください」

「ブラフだと思っているようです。あるいは、何か保険をかけていて、それで強気なのか」

「弁護士が、いつまで黙れという指示を伝えたかな」

「強気で黙秘して大丈夫とか」

「五課の取り調べが気になってきますね」

和也は、ホワイトボードに目をやった。まだ関係者相関図の疑問の部分はまったく埋まっていない。背後にある者の姿も見えてきていない。赤い線で囲まれた逮捕者四人の写真が、きょうは妙に強調されて見えた。

和也は少しのあいだ、相関図を見つめていたが、ひとつ決断した。

「釈放する。留置期限いっぱいだけ調べて、勾留《こうりゅう》請求はしない。ブラフじゃなく、ほんとに釈放するんだ。どっちみち入管法違反は形式犯だ。立件断念。送致しないで、釈放でいい」

捜査員たちの視線が自分に集中した。

瀬波が、まばたきしてくる。どうするんですと問うている目だった。

和也は説明した。

「行動確認です。やつは、あっさり釈放されたことで、後ろ楯《だて》に釈明の必要が出る。コンタクトするはずだ。その線から佐久間の背後が、そして背後の正体から、皆川の居場所を突き止められます」

刈部が、同意できないというように言った。

「逮捕してすぐ釈放ってのは、どうにも屈辱的ですな」

小河原が訊《き》いた。

「それって、逮捕しないままのほうがよかったということですか。昨日の作戦は無意味だったと」

「ちがいます」和也は首を振った。「こっちは佐久間の動きを完全に把握していた。そう相手にアピールできたし、逮捕したうえですぐ釈放することで、佐久間と取り引きした、と疑念を抱かせることができる。逮捕は必要でした」

「釈放は、異例すぎる」

「承知しています。異例だからこそ、逮捕の意味が、向こうには疑念だらけに見えてくるんです。無駄じゃない」

また刈部が言った。

「いったん釈放すると、つぎに身柄取るのは厄介になります」

「詐欺罪《さぎざい》で逮捕状はいつでも取れます」和也は、小河原と刈部を交互に見つめて言った。「五課と、どちらが早いか競争になってる。いま最優先課題は、寺脇を殺した皆川の逮捕です。二十二日間、悠長に取り調べているわけにはゆかない」

一課長の松原にも、同じことを質《ただ》されるだろう。この答え方で、松原を納得させられるだろうか。

小河原が、理解できた、という表情でうなずいた。

「でも、やつも、釈放の意味はわかるでしょう。監視され、背後を調べられると考える。しばらくはおとなしくしているでしょう」

「いや、やつは必ず背後と接触する。自分はうたっていないし、エスでもないと、釈明するために。それも緊急にだ」

「やつにしても、後ろの組織にしても、そこでは時間を置くほうが安全じゃないですかね」

「もし取り引きがあった場合、すぐに一斉検挙になる。確認に躍起になる」

「取り引きがあったという前提で、うしろの連中は遁走《とんそう》してしまうのでは。佐久間とは接触しないで」

「取り引きを前提にすれば、売った佐久間は殺される。いちばん凶悪な皆川が逃げているんです。やつは、内通や潜入に極端に反応するタイプだ。皆川が、佐久間に接近する」

「佐久間は、うちのデコイになるんですね」

「皆川が拉致《らち》をはかる。そこが最初で最大のチャンスだ」

「もし拉致られてしまったら？」と刈部。

「拷問《ごうもん》になる。その場合、樋口や加藤のように、まず指を折られる」

「上が、そこまではやるなと止めませんかね」

瀬波が言った。

「あいつの暴走は、いまじゃたぶんボスでも止められないんだ」

小河原が言った。

「先日は、佐久間の監視、追跡に失敗しました」

その言葉に非難のニュアンスがあるかと和也は考えた。小河原の目はしかし、ただ事実を述べただけと見える。余計な意味は含ませていないようだ。

「こんどは、大丈夫だ。うちはやつの行動パターンをかなりの程度に把握している。先回りもできる。うまく行った場合、佐久間は始末されることに恐怖して、逆にうちに逃げ込んでくる」

いちばん望ましいのはそのケースだ。釈放は、いま佐久間にとってなにより恐ろしい事態になっている。彼がそこそこ賢ければ、その道を選ぶ。警察署に逃げ込んですべてを供述する。きょう、取り調べの最中に、そうなる前に吐けと何度も説かねばならないだろう。

刈部が訊いた。

「釈放の場合、五課との調整は？」

「釈放直前に連絡する。再逮捕しないで欲しいというこっちの意図はわかるはずだ。泳がせたと」

瀬波が、心配そうに言った。

「リスキーですよ。釈放した佐久間がもし殺されたら、係長は処分必至だ」

和也は言った。

「承知しています。免職も覚悟だ。でも、五課より先に皆川を押さえるためには、いまこの手以外に何かありますか」

刈部が、捜査員たちを振り返って言った。

「よし。気持ちを切り換えるぞ。佐久間は釈放。泳がせて、皆川孝夫逮捕だ」

「反対です」と、強い調子の声があった。

捜査員たちが一斉にその声の主に目を向けた。和也もその捜査員の顔を見た。それまで黙っていた栗田弘樹だ。

栗田が、絶対に承服できないという目で言った。

「おれは反対です。何のための逮捕だったんです？　皆川の居所は、取り調べで吐かせられる。五課には負けません」

そのとき、和也の携帯電話が鳴った。取りだすと、小河原班の久賀大樹《だいき》からだった。

久賀が、少し荒い呼吸で言った。

「竹井翔太の居場所、突き止めました」

竹井とは、五反田で佐久間と接触していた末端売人のことだ。八王子の逮捕劇のあと身を隠した。和也は、久賀と諸田のふたりの捜査員に、彼を追わせていた。

「待ってくれ」和也は携帯電話を耳から離して、部下の捜査員たちに言った。「売人の竹井翔太、見つかった」

捜査員たち全員が反応した。どの顔にもさっと、強い輝きが走ったように見えた。

安城和也は、部屋の捜査員たちの視線を意識しながら、電話の向こうの久賀大樹に言った。

「詳しく」

久賀が言った。

「あれ以来、潜伏していましたが、きょう動きました。さっき、携帯電話に一回だけ電源が入りました」

和也はデスクに並んだPCに顔を向けた。参考人たちの携帯電話位置情報をモニターしているものだ。竹井周辺を洗うことで、彼の携帯電話番号も把握できた。その時点から、竹井の携帯電話も監視の対象となっていたのだ。

原口貴志がモニターの前に寄って、画面を切り換えた。東京都内の小縮尺地図が表示されたが、いまはポインタが表示されていない。電源はまた切られているのだろう。

「居場所は？」

「蒲田駅東口のネットカフェです。向かっています」

「蒲田駅東口」と、和也は捜査員たちにも聞こえるように繰り返した。昨日、佐久間伸一を逮捕したのも蒲田駅に近い場所だった。「どのくらいで着ける？」

「五分ぐらいで」

「応援をやる」

「令状を取っていませんが」

「まずは任意で。身体検査で薬が出たら現行犯逮捕」

「あの事件のあとですから、薬は処分しているんじゃないかと思うんですが」

「下っ端《したっぱ》です。そろそろ干上がる。手持ちを売らざるを得ない。電源が入ったのは、買い手と接触するためでしょう。応援が到着するまで、そのネットカフェに踏み込むのは待ってください」

「了解です」

電話を切ってから、和也は捜査員たちにいまの久賀からの報告を伝えた。竹井は末端の売人であり、八王子の事件には直接の関係はない。しかし、佐久間と接触している。佐久間にとっても大事な卸し先のひとりだ。皆川の居場所を突き止めるためには、手元に引いておいて損のないカードだった。

和也は小河原に指示した。

「久賀を応援してください。身柄確保を頼みます」

「まかせてください」と小河原。

それから刈部に顔を向けた。

「竹井翔太について、逮捕状を取れる事案がないか、至急調べてください。佐久間同様、アパート入居の書類なんかに虚偽記載があれば、十分です」

刈部が言った。

「すぐに」

和也は次に栗田弘樹に声を掛けた。

「もう一度、佐久間の取調べに戻ってもらえますか」

栗田は少しだけ顔に戸惑いを見せて言った。

「喜んでやりますが」

語尾が上がった。条件はあるのか、という意味でもこめられているのだろうか。いま異議を唱えたことへのペナルティとして。

和也は言った。

「釈放を保留にするかわり、一分でも早く皆川確保につながる情報が欲しいんです」

「芝居でもやりますか」

「説得しきれなければ」

「入管法違反の件では、調書を取っていいんですね」

「取って、釈放間近だと思わせてやるのがいいのかもしれません。いや、それはわたしが伝えましょう」

瀬波が言った。

「いま、わたしたちを説得しようとしたように、佐久間に言ってやるといいんですよ」

「昨日も同じことを言いましたよ」

「事情が変わりました。そのあと弁護士が接見しています」

和也は、まばたきして瀬波を見つめた。

「どういう意味です？」

「弁護士は、やつにふたつのことを入れ知恵したはずです。入管法違反は認めて、余計なことはしゃべらず黙秘しろということと、入管法違反は形式犯だから立件されないか、公判は短期で執行猶予《ゆうよ》がつくということ。つまり、自分たちに少し時間を寄越せと、中沢は言っていった」

和也は納得した。辞め検弁護士のその言葉を逆に利用できる。

瀬波が言った。

「昨日の分担で、わたしと栗田がやりましょう」

「最初に、わたしがもう一回説得しましょう。ふたりが取調室に戻ってすぐにわたしが入ります」

ふたりがうなずいた。

取調室にいた捜査員は、飯塚だった。壁際《かべぎわ》に立って、佐久間を睨《にら》んでいる。

朝九時から始まった取調べもいったん休憩ということになっていたのだ。佐久間は取調室のパイプ椅子《いす》の上で腕を組み、足を投げ出していた。和也は、隣室のガラス窓ごしに、部屋の中を注視した。

瀬波と栗田が入っていっても、佐久間は姿勢を変えなかった。ふてぶてしい表情のままだ。

栗田がパイプ椅子を蹴飛《けと》ばした。佐久間は派手な音を立てて真後ろに倒れた。

瀬波があわてた様子で言った。

「止《や》めろ！　馬鹿《ばか》な真似《まね》するな」

佐久間がさすがに青ざめた顔で起き上がった。

「何をするんですか。暴行ですよ」

栗田が佐久間のすぐ正面へと歩き、胸倉をつかんだ。

「暴行？　これが？　こっちは仲間を殺された。エスもだ。うちのほんとの暴行ってやつを見せてやるか？」

瀬波が割って入った。

「よせって。ここで被疑者が死んだら、訓告ですまないぞ」

「訓告だろうが戒告だろうが」

頃合いだ。

和也は隣室を出て、取調室のドアを開けた。

栗田があわてて佐久間の襟首から手を離した。瀬波がパイプ椅子を起こして、テーブルの前に置き直した。

「気にするな」和也は後ろ手にドアを閉じて言った。「続けてくれ」

栗田が言った。

「いや、もういいんです。こっちの気持ちは通じたでしょう」

佐久間はシャツの襟を直しながら、口をとがらせて言った。

「公判で、取調べ中に暴行を受けたって言いますよ」

「いまのが暴行？」

栗田が一歩佐久間に近寄った。

「まだ足りなかったか」

和也は栗田を手で制して佐久間に言った。

「気持ちは通じたんだよな？」

「どういう気持ちだ？」

「昨日はわかってくれたように思ったけど」

栗田が言った。

「弁護士が、何か吹き込んだようです」

瀬波がテーブルの向かい側の椅子に腰を下ろして、佐久間にも腰掛けるよう促した。

佐久間は、横に立つ栗田を睨んでから椅子に腰を下ろした。

和也の携帯電話が鳴った。打合せどおりだ。和也は壁際に行って携帯電話を耳に当てて言った。

「安城です」

「原口です。これでいいですか？」

「ええ、弁護士にもねじこまれたし、たしかに長期拘置は難しいんです。ご指示を仰ごうと思っておりました」

「相槌《あいづち》を打つだけにします」

「それがいいかと思います。手も足りませんし、この事案で逮捕状取れなかった参考人については、証拠を固めた上であらためて、という方針でよいかと思います。すでにもうどこにも逃げられない状態ですし」

「はい」

「そのとおりです。はい。了解しました」

携帯電話を切って、身体《からだ》を佐久間に向けた。佐久間は、いまの和也の言葉に意識を向けていたはずである。言葉だけの脅しではなく、釈放という流れができつつあると想像したはずだ。

和也は瀬波の横にパイプ椅子を逆向きに置いて腰掛けてから、佐久間に言った。

「自分がどういう状況に置かれているのか、わかったと思ったんだけどな」

佐久間は首を振った。

「あいにくと、一晩眠ったら冷静になった」

「あの弁護士は、前からの知り合いか？」

「どうしてだ？」

「信頼しているのかどうか、気になったのさ。組織がつけてくれたんだろう？　もしものときは、彼を呼べと」

佐久間は黙っている。図星だったはずだ。あの大物辞め検弁護士は、小悪党の弁護など引き受けない。大物か、大物の関わる組織から依頼されたときだけ弁護を引き受ける。佐久間程度の犯罪者が気軽に弁護を頼める相手ではないのだ。

和也は続けた。

「あいつが、なぜ面識もないあんたのところにすっ飛んできたと思う？　あんたを救いたいからだと思うか？　弁護料を言ってきたか？　もしあんたに弁護料を請求しないとしたら、代わりに誰が支払うことになっている？　中沢の依頼人はつまりそいつだ。そいつを助けるために、中沢は働く。あんたを救うためじゃないのは分ってるだろう」

佐久間は黙ったままだ。

和也はたたみかけた。

「中沢が助言した内容はすべてお見通しだ。容疑は形式犯で、微罪だ。公判でも絶対に執行猶予がつく。だから被疑事実についてだけ認めて、あとは黙秘、いっさいだんまりを通せと。ほかの事件について質問されたら、無視しろと言われたんだろう。ちがうか？」

佐久間は一度まばたきしたが、声は出さない。

「お前が黙秘を続けているあいだに、中沢のほんとの依頼人は何をやっていると思う？　お前がそうやって時間を稼いでいてくれるから、偽装工作ができるんだ。殺しの指示はお前が出したという筋書きができて、証拠もでっち上げられる。まだ捕まっていない関係者の口裏合わせもある。これで実行犯の皆川が、誰かに殺されてみろ。お前は弁解のしようもない。共同正犯として起訴される。皆川はふたり殺している。どういう判決になるか、想像がつくだろう」

佐久間がやっと口を開いた。

「お前らはでっち上げで、おれを殺人犯にするつもりか」

「ちがう。でっち上げるのは、お前の裏にいる連中さ。そのために、いまお前には黙っていろと指示が出ているんだ。中沢の言っていることなんて、おためごかしだ。お前が黙っているあいだに、お前が皆川に殺しを命じたという証拠が出来上がる。そのうち皆川が死ねば、それは事実とちがうと証言できる者はこの世にいなくなる」

佐久間の頬が強張《こわば》った。目もつり上がったように見えた。

取調室のドアがノックされた。

和也が振り返ると、原口貴志だった。

「久賀から連絡が」

「行く」

和也は立ち上がって、栗田に言った。

「手荒にやるな」あえて上司然とした口調でだ。「事故は困る」

はい、と栗田が答えた。

廊下に出ると、原口がイヤフォンマイクを差し出してきた。和也は歩きながら、イヤフォンマイクを頭に装着した。

「久賀です。蒲田のネットカフェ、出入り口を包囲しました」

「何人？」

「四人です」

「竹井は？」

「奥の部屋です。さっきまでは眠っていましたが、起きた気配があります」

「起きて出てきたところで、職務質問、所持品検査を。竹井が使っていたパソコンは、店に任意での提供を求めてください。閲覧履歴とメールをチェック」

「はい。もうひとつ、やつのクルマも、近所のコイン・パーキングで見つけました」

「任意同行を了承したところで、竹井を立会わせて中も調べてください。わたしも行きます」

「はい」

和也は山本に瀬波と取調べを交替するよう指示した。瀬波には、竹井翔太の身柄確保に同行してもらおう。

加賀谷仁は、セダンを目当ての建物の正面に停めて、グラブボックスから駐車許可車両の板を取り出しダッシュボードの上に置いた。

歩道に降り立って見上げると、そのビルは六、七階建てだろうか。まだ竣工《しゅんこう》からさほど日は経《た》っていないだろう。加賀谷が警視庁に不在だった十年のあいだに、順調に業績を伸ばしたようだ。六本木の中通りの雑居ビルから、外苑《がいえん》西通りに面したオフィスビルへ移れるほどに。

そのビルの右隣りには、見覚えのある見すぼらしいビルがあった。かつては一階に割烹《かっぽう》料理の店があったが、いまは洋菓子屋だ。二階以上はワンルーム・マンションとなっている。もっとも、得体のしれない小さな事務所がほとんどの部屋を埋めているはずだ。二階の窓のひとつに、なじみのあるロゴタイプが貼《は》ってある。

「西洋占星術とタロット　ルミの館《やかた》」

かつて二度ほど、ここの占星術師から事情聴取したことがあった。どこに行けばクスリが買えるか、という情報を、本業のかたわら売っていたのだ。

加賀谷は歩道を横切って、新しい方のビルのエントランスに入った。警備員はいない。受付のカウンターがあるわけでもなかった。

案内板で、トレントの親会社の事務所を探した。アイザックス・コーポレーション。三階から五階までだ。三階には、㈱アイ・アンド・ジー店舗計画、という表示もある。子会社なのだろう。ほかにクラブ事業の含まれそうな部局や子会社の表示はなかった。これだろう。

エレベーターで三階に上がると、そこはもうオフィスの中だった。警視庁とはちがって、グレーの事務机など見当たらない明るく整理された部屋だ。デスクはひとりひとり、白いパーティションで分かれているようだ。目の前に、カウンターがある。その奥で白いシャツを着た若い女が、加賀谷に微笑を向けてきた。

「いらっしゃいませ。お約束ですか」

加賀谷は警察手帳を見せて言った。

「トレントというクラブの事務所はここですね？」

「運営会社になります」

「責任者とお話ししたいのですが」

「ご用件は？」

「従業員さんのことで」

「お待ちください」

女はいったん立ち上がり、オフィスの奥へと歩いていった。働いている男女の視線がいくつか加賀谷に向いたのがわかった。

ほどなく女は、細身のスーツを着た男をつれて戻ってきた。男は四十歳前後、風俗や水商売の関係者というよりは、先端産業の営業マンのように見えた。

男が言った。

「部長の山岸と言います。どうぞ、こっちの応接室のほうへ」

山岸は女にコーヒーをふたつ頼んでから、近くのドアを開けた。

テレビと応接セットのある小部屋だった。加賀谷は勧められるままにカウチに腰を下ろした。

山岸が名刺を出してきた。加賀谷は名刺を一瞥《いちべつ》してから訊《き》いた。

「六本木のトレントというクラブは、こちらの経営ということになりますね？」

「ええ」山岸は言った。「うちが持っているクラブのひとつです。フラッグシップ店ですね」

「こちらで、マネージャーという場合、それは店長さんのことでいいんですね？」

「ええ。マネージャーと呼んでいます」

「店にはひとりだけ？」

山岸は少し言いよどんだ。

「え、ええ」

加賀谷はそのまま山岸を見つめ続けた。

「ええと」山岸は言い直した。「特殊な客商売ですので、マネージャーという肩書を持った従業員は、ひとりだけではありません」

「店長が何人も？」

「その、店長にあたる管理職はひとりだけですが、マネージャーという肩書でいろいろ仕事を分担することもあります」

「では、トレントのマネージャーさんは、何人もいるということですか」

「ええ。その、対外的には、そういうことになります」

「客とトラブルになったような場合に、出て行く担当者も、マネージャーと呼ばれているということですね」

「必ずしもトラブル専門というわけではありませんが、その、こういう商売ではマネージャーに直接対応してもらうことを喜ぶお客さまもいらっしゃるので」

「名前はどうでもいいんですが、トラブル担当、あるいは苦情処理担当のマネージャーさんもいる？」

「まあ、いちおうクラブというビジネスですので」

「正社員ですか？」

山岸の顔はいっそう困惑した。刑事が聞き込みに来たと聞いて心構えはしてきただろうが、加賀谷の質問は想像以上に触れられたくない部分についてのものだったようだ。

「その、専門業者さんに受け持ってもらうこともあります」

つまりこの会社なりトレントというクラブは、暴力団にみかじめ料を支払い、用心棒を使っているということになる。それを警察官に対しては、認めたくはないはずだが。

「そのトラブル担当マネージャーにお目にかかりたいんですが、御社の正社員ではないんですね？」

「店がどういう対応をしているか、これは現場の裁量でして、わたしは把握しておりません」

「じゃあ店長さんにお会いしてみますが、この時刻だと店のほうでしょうか」

山岸は、困惑顔のまま壁の時計に目を向けて言った。

「まだですね。二時に出ることになっています」

「店長さんのお名前と、連絡先を教えてください」

「いますぐ?」

「二時まで待てないので」

そこにカウンターにいた女性がやってきた。トレイに紙コップをふたつ載せている。

山岸が言った。

「トレントの人事ホルダー持ってきてくれ」

「はい。ええと」

「おれのデスクの上にある」

「はい」

女性はすぐに、厚手の書類ホルダーを持って戻ってきた。山岸はホルダーを手にとって書類をめくってから言った。

「ナカガワヨウジという男です」中川洋二、という字だという。「連絡先というのは、住所という意味ですか?」

「携帯電話でもけっこう」

「そっちは記載はないなあ。誰か知ってるかな」

「店は二時からですね」

「ええ。中川が最初に着いてますよ」

「今年二月も、この中川ってひとがマネージャーですよね」

「え、二月ですか」

「今年二月」

「中川は三年前に入社、去年十月から店長です」

人事ホルダーの顔写真も見せてもらった。ホストふうに髪を伸ばした男だった。まだ若い。三十歳前後か。

人事ホルダーを相手に返して、加賀谷は立ち上がった。

「お時間取らせました」

「お役に立ちました？」

「ええ」


加賀谷はビルを出てから、セダンの脇《わき》で立ち止まった。

いまのアイザックス・コーポレーション自体は、堅気《かたぎ》の企業だろう。ただ、クラブという業種は、居酒屋とはちがう。どうしても微妙に裏の社会とつながる部分がある。裏社会との回路を持つか、回路ができることを避ける手立てが必要になる。親会社が堅気だとしても、店の現場では、現実に即した対応が取られる。それはいまの山岸も認めたとおりだ。店の中で客同士のトラブルが起こったときなど、堅気の従業員だけでは対処できない場合もあるのだから。

店として六本木の暴力団にみかじめ料を支払っているか、あるいは警視庁の組対OBに顧問になってもらっているか。

十年前の知識は役に立たない、と加賀谷は意識した。トレントとアイザックス・コーポレーションについて、詳しい人間と接触する必要がありそうだった。

加賀谷は携帯電話を取りだし、ひとつの登録番号を表示させた。事務所の固定電話の番号だ。

電話口に出た男に、加賀谷は名乗った。

「警視庁の加賀谷だ。江藤はいるか」

わずかな間があった。どう対応すべきなのか、相手は戸惑っているのかもしれない。組長を呼び捨てにするとは、とすごむ手もあるし、加賀谷の身元自体を疑ってもいいのだ。沈黙の後、相手は言った。

「お待ちください」

小さなノイズが流れたあとに、昨日も言葉を交わした男の声がした。

「どうも、加賀谷さん。たったいま帰ってきたばかりなんです。今夜、席を設けますよ」

「接待はいらないが、話を聞かせてくれ」

「あの件ですね。少し調べておきました。でも、長くなりますか？」

「情報次第だ」

「明日では？」

「遅い」

「じゃあ、六時からひとつ、パーティに出なきゃいけないんですが、そこでいかがでしょう」

江藤は、恵比寿にあるという外資系ホテルの名を出した。そこの地下にある宴会場。ある自己啓発セミナーの主宰者の、セミナー創設五周年記念パーティがあるのだという。

その主宰者の名に心当たりはなかった。しかし江藤と関わりがあるのだ。まっとうなビジネスではないだろう。詐欺《さぎ》とまでは行かないにしても、うまくシステム化されたぼったくりだ。

江藤は言った。

「会場には、警察手帳で入れると思いますよ。うちの若い者が加賀谷さんを見つけます。席をはずしますので、そこで」

「分かった」

「ほんとに、ねぎらいの席を持たせてくださいよ。シャトー・ムートン、バルテュスのラベルを二本手に入れたんですが」

「六時だな」

加賀谷は携帯電話を切った。

携帯電話を切ったとき、歩道からビルの駐車場入り口へと折れてきたクルマがあった。加賀谷は脇へとよけた。クルマはドイツ製の銀色のセダンだった。このグレードのセダンには珍しく、スモークガラスではなかった。後部席に乗っているのは、中年男と若い女だ。中年男と一瞬視線が合った。実業家然とした男で、加賀谷はその顔に見覚えがあるような気がした。すぐにトレントの親会社、アイザックス・コーポレーションの社長の熊谷冬樹という男だと気づいた。たぶん、雑誌記事か何かに載った写真を記憶していたのだろう。

セダンが通りすぎてから、加賀谷はいま出てきたビルの隣りに建つビルに向かった。

ここにも、耳聡《みみざと》い女がいる。

男は二十代なかばだろう。姿勢はよくないが、わりあい背が高い。ポケットの多くついた綿のジャケットに、ゆったりしたワークパンツ、ハーフブーツ。キャップを少し斜めにかぶって、帆布のショルダーバッグを肩から下げていた。さらにスケートボードを持っていても、似合いそうな格好だった。竹井翔太だ。

蒲田駅の東口、飲食店街の中にあるネットカフェの前の歩道だ。店の左右にふたりずつの捜査員が配置されている。和也の乗った捜査車両は、反対車線、店の正面から十メートルほどずらした位置に停まっている。

八王子の事件以降、竹井は姿をくらましていた。二係は竹井が五反田で佐久間と接触したときにクルマのナンバーを確認していたし、そこからディーラーを突き止め、住所と駐車場を割り出していた。それに竹井を担当していた営業マンから携帯電話の番号を聞き出し、八王子事件以降はこの携帯電話の監視を続けていた。さすがに竹井も、自分の身に危険が及びそうだと予想できていたのだろう。携帯電話にはこの六日間電源が入らなかった。しかしようやく今朝になって、電源が入った。そのわずかのあいだ発せられた電波から、二係はこの潜伏先を突き止めたのだった。

竹井は、店の前で通りの左右を用心深く眺め渡してから、蒲田駅方向に歩きだした。

五メートルも歩いたところで、その前にふたりの捜査員が立ちはだかった。久賀と諸田だ。竹井は一瞬振り返った。しかしすぐ後ろには、小河原と八百板。竹井はすぐに四人の捜査員に囲まれた。捜査員たちは、歩道から少しだけ引っ込んだビルとビルとの隙間《すきま》に彼を誘導した。

和也は携帯電話で、久賀に指示した。

「店のパソコンを押さえてください」

「了解」と返事があった。

竹井を囲んだ四人の捜査員のうちから、ふたりが離れた。ネットカフェの店内に入るのだ。

和也は助手席から、通りの反対側の捜査員たちを見つめた。竹井の顔が見える。当惑し、青ざめていた。

和也は運転席の瀬波に言った。

「持っているかな」

瀬波は竹井たちに視線を向けたまま答えた。

「用心はしていると思いますが、動いたということは、売るつもりだったんでしょう」

そのとき、竹井がいきなりその場で弾《はじ》かれたような動きを見せた。八百板が素早く進路を防ごうとした。その身体《からだ》が八百板にぶつかり、よろめいた。小河原が、竹井のうしろから肩に手をかけた。竹井は振り返りざま、ショルダーバッグで小河原を叩《たた》いた。小河原は片手でバッグをつかむと、足払いをかけた。竹井はその場に尻餅《しりもち》をついた。小河原がその上に覆《おお》い被《かぶ》さった。

瀬波が笑って言った。

「手間が省けた。公務執行妨害。現行犯逮捕ですよ」

和也も苦笑して言った。

「二時間は我慢較《くら》べするかと覚悟していたのに」

「所持は確実ですね」

和也は瀬波と一緒にクルマを降りた。

竹井は、ふたりの捜査員に両腕を摑《つか》まれ、近所に停めたワゴン車に向かっているところだった。手錠が腕に食い込んで痛いのか、竹井は背を屈《かが》め、激しく首を振りながら歩いていた。

加賀谷はインターフォンで名乗ってから、そのビルの階段を昇った。

外苑西通り側の部屋のドアのノブを回すと、すぐに開いた。

「しばらくだねえ」強い香水の匂《にお》いと一緒に、甘ったるい女の声が聞こえてきた。

「十年ぶりかい？」

加賀谷はまっすぐに部屋の奥へと進むと、女のいるデスクの手前の椅子《いす》に勝手に腰を下ろした。

女は三十歳以上六十歳以下、何歳でも通用するような印象があった。化粧の下がどんな素顔なのか想像もつかない。頭には、どこかの民族模様らしいスカーフを巻いている。黒いドレス。

デスクの上には、タロットカードが揃《そろ》えて置かれていた。

「噂《うわさ》は耳にしてたわ」と女、川畑ルミが言った。「警視庁に復帰したって、ほんとうなの？」

「ほんとうだ」

「だって、懲戒免職じゃなかったの？」

「なっていない。依願退職したあとに、逮捕されたんだ。無罪判決だった」

「きょうは、復帰後の星を観《み》ます？」

「いらない。八王子の事件を知っているか」

「刑事が撃ち殺されたって、あれ？」

「殺されたのは、おれの部下だった」

「怖いねえ。刑事に手をかけるヤクザが出てきたら、世も末だ」

「どのくらい知ってる？」

「何が？」ルミはタロットカードを両手で切ってから、きれいに揃えてテーブルの上に置いた。「きょうは星よりもこっちだね。ふたつに分けて並べて」

加賀谷はまとめられたカードから、おおよそ上半分を取って、もとの山の横に並べた。

「クスリをめぐる業界事情」

「復帰はいつだったの？」

言いながらルミは加賀谷が分けた山の上にもとの山を載せた。上下が半分ずつ入れ代わった。

「二日前だ」

ルミはテーブルの脇の開いた本に目をやった。何かの換算表でも印刷されているのだろうか。

「この春ぐらいかな。それまでのルートがぐちゃぐちゃに崩れたらしくって、一部じやパニックになったね」

「売人が消えたんだろう？」

ルミはカードの山を手に取ると、裏を上にして扇形に開いた。

「好きなのを取って」

加賀谷は言われたとおりにタロットカードの中から一枚を引いた。

「いい客をつかんでいる、という評判の連中だけ。言ってみれば、営業マンの引き抜きがあったってことなんでしょう。カード、ちょうだい」

「どこが引き抜いたんだ？」

訊《き》きながら加賀谷はカードをルミの前に滑らせた。

ルミはそのカードを手前に引き寄せて、表を見た。ルミはカードを見つめたまま、加賀谷には視線を向けずに言った。

「知らない」

妙に硬い声に聞こえた。

ルミはそのカードを左手のカードの束の中に挿しこんで、またカードを切った。

「トミーって男、知ってる？」

「富田《とみた》？　富田幸也《ゆきや》のことか？」

もう六十歳を過ぎているはずの売人だ。かつて芸能界に近いところにいた。逮捕歴が二度ある。二度目の逮捕のときは、三年六カ月の実刑判決が出て服役していた。

「トミーは一度消えて、また戻ってきた。もう一枚取って」

またカードが扇形に拡《ひろ》げられた。

「引いてちょうだい」

加賀谷はもう一度カードを引いて、ルミの前に滑らせた。

「引き抜かれたんだな？」

「消えているあいだ、伊豆《いず》でゴルフ三昧《ざんまい》だったとも聞いた」

「いつごろ？」

「一月かな。いや、二月ぐらいか」

「連絡先を知っているか？」

「ううん。八月のあの元アイドル夫婦の逮捕以来、変えたらしい。いまは知らない」

ルミはカードを見つめて首を傾《かし》げた。「きょうは、雑念が多いわ」

加賀谷は手を伸ばして、ルミが手にしているカードを引っ張った。ルミは一瞬だけ抵抗したが、すぐにカードを離した。

絵柄は、年老いた修道僧のように見えた。左手で杖《つえ》をつき、カンテラかランプらしきものを右手に下げている。左手は怪我《けが》をしているのか、布で吊《つ》っている。

「これはどういう意味だ？」

「隠者。加賀谷さんのいまのことじゃないね」

「さっきのカードは？」

「ああ」ルミは首を振りながら言った。「別に。間違えちゃった」

加賀谷は立ち上がった。

「サンキュー」


竹井翔太のショルダーバッグには、隠しポケットがあった。細工がへたくそすぎて、すぐに発見できた。中から、小分けされた薬物らしきものが八包《パケ》出てきた。簡易検査して覚醒剤《かくせいざい》と判明、逮捕容疑を公務執行妨害から覚せい剤取締法違反に切り換えた。コイン・パーキングの竹井の自家用車トヨタ・アリオンからも、同様に覚醒剤およそ十グラムが発見された。

取調べの前に、留置の手続きが必要だった。現在の組対のほかの逮捕者、留置者との兼ね合いから、竹井は蒲田署に留置することになった。

竹井を連行する久賀たちのワゴンに続いて、和也も第二方面本部に入った。

二階の二係の部屋に戻ると、栗田がちょうど取調室から出てきたところだった。

「いいタイミングです」と、栗田が明るい調子で言った。「佐久間が、しゃべる気になりました」

「皆川の居場所を？」

「正確なところは知らないそうですが、知っていることは全部話すと。いま、休憩にしたところです」

「これから？」

「ええ」

「こっちは、竹井翔太を逮捕だ。十グラム以上持っていた」

「こういう事情でもなければ、泳がせて、得意先をすべて調べ上げたいところでしたね」

「皆川逮捕が最優先だ」

五分後に、和也は栗田、瀬波と一緒に取調室に入った。佐久間は、吹っ切れたような顔をしていた。テーブルには、コーヒーの紙コップが置かれている。

和也は、佐久間の正面のパイプ椅子に腰を下ろした。

「その気になってくれたそうだな」

佐久間は、鼻で笑って言った。

「刑事殺しで起訴されるんじゃたまらないからな」

「質問には要領よく答えてくれ。こっちにも時間の余裕はない。時間稼ぎにはつきあわない」

「わかってるって」

「お前らは、どこの組の系列だ？」

「どことも関係はない。おれはリクルートされたんだ。ただのセールス・マネージャーだよ」

「皆川にリクルートされた？」

「皆川を紹介された」

「誰に？」

「バンコクで、得体の知れない日本人に」

栗田がテーブルを激しく叩いた。佐久間はびくりと身を引いた。

栗田が低い声で言った。

「じきに謎《なぞ》の中国人ってのも出てくるのか？」

「ほんとに知らないんだ。それが誰かいまだにわからない」

和也が質問を続けた。

「皆川の組はどこなんだ？」

「知らない。聞いたことがあるが、皆川ははぐらかした。詮索《せんさく》するとろくなことはないとも脅された」

「組と無縁で、あのビジネスはできない」

「だから、おれは引っ張られただけなんだ。そっちの方面でトラブルがあれば、皆川が出て行くことになっていた」

「組の名前を出すほうが簡単だろう」

「おれに言われても。出したくない事情でもあるんじゃないのか」

「皆川が、お前のボスということでいいのか？」

「あたりまえだ。向こうは人殺しも何とも思わないやつだぞ。こっちは下《した》っ端《ぱ》に決まってるだろ」

真に受けるわけにはゆかなかったが、和也はそこを指摘しなかった。

「皆川の上にいるのは誰だ？」

「知らん。いや」

「誰だ？」

「紹介してくれた男が、そうなのかもしれない。よくわからない」

それが誰かも知らねばならないが、和也は優先順位の高い質問を先にした。

「皆川はいまどこだ」

「いそうなところに、ふたつ三つ心当たりがあるだけだ」

「全部話せ」

「やつの家は知ってるのか？」

「まだ絞りきれていない」

「八王子のヤードは、やつが知っていた。あそこの持ち主ならわかるんじゃないか」

「調べている」

「女がいるはずだ。新宿のクラブに勤めている」

「サオリのことかな」

「サオリってのもいるのか。谷本《たにもと》ミナって女だ」

「居場所。連絡先は」

佐久間の答を原口がすぐにメモして、取調室を出ていった。

「あとは？」

「三浦半島に、隠れ家がある、という意味のことを言っていた。おれは行ったことはない」

「手がかりは？」

「バブルのころに建てられた別荘。海が見えるとか。窪地《くぼち》なのか入江なのか知らんけど、まわりにほかの人家は見えないらしい」

栗田が怒鳴った。

「それじゃ何も言っていないのと同じだ」

佐久間は栗田に視線を向けてから、嘲笑《ちようしよう》するように言った。

「気に入らないのか？」

和也はおだやかに言った。

「もう少し手がかりが欲しい」

「三浦、と聞いた。つまり、横須賀でも葉山でも逗子でもないってことだろう」

「行き方を知っているか？」

「三浦縦貫道路を使うらしい。それがいちばんの近道なんだろう」

「皆川の持ち物なのか？」

「ちがうだろう。やつの組織のものさ」

「もう少し思い出せ。東京が危ない場合、やつはそこに逃げ込むんだな」

「そこで危ない作業をやると言っていた。隠れるにもいいってことじゃないのか」

「大きい建物なんだな」

「おれは行ったことがないんだって」

「海に面している？」

「海が見える、というだけだったかもしれない。細かい言い回しは覚えていない。あ、ガレージが広いんだったか、地下室が広いんだったか。そこが作業場になるらしい」

「ふだん誰も住んでいないんだな？」

「知らんって。誰か管理人でもいるのかもしれない」

「ほかに思い出せることは？」

「とりあえずこんなところだ」

「できるだけ早く、何もかも思い出すのが身のためだぞ。わかっているな」

「くどいぞ」

「五分休んでいい」

和也は取調室を出た。いましがたのやりとりは、モニターされている。二係の部屋に入ると、刈部と小河原がうなずいてきた。すべて聞いたという表情だ。

和也は小河原たちに指示した。

「いまの条件で、三浦の別荘、それも独立家屋をあたってくれ。暴力団関係者の所有であれば、ある程度神奈川県警も把握しているはずだ。三浦縦貫道路を使うのが近道ということであれば、範囲はかなり絞れる」

刈部がうなずいて出ていった。神奈川県警が実施している三浦半島でのローラー作戦の情報を、利用できるはずである。

和也は、小河原に訊《き》いた。

「竹井翔太のほうは、どうです?」

「まだ何も。ただ、事態が深刻であることは承知しているようです」

「弁護士は選任した?」

「いいえ。当てがないとのことで、国選になります」

「奴《やつ》は切り捨て要員ですね。となれば、皆川の居所までは知らないか」

「携帯電話には三百以上の番号が登録されています。皆川という名前は出てきていないんですが、番号から契約者をあたっています。佐久間のほうは?」

「このあと背後を尋問します。背後がはっきりすれば、また潜伏先の候補がいっそう絞られる」

和也は自動販売機でコーヒーを買ってから、佐久間のいる取調室にもどった。

「皆川を紹介してくれた男のことを話せ。いつ、どこで、どんなふうに知り合い、どういう経緯で皆川を紹介されたのか。お前の言うセールス・マネージャーに引っ張られたのか」

佐久間は、いくらか投げやりな調子で言った。

「バンコクだ。ゴルフ場で向こうから声をかけてきた」

それは十カ月前、昨年の十二月のことだったという。佐久間がバンコクの業者とタイ人ホステスの斡旋《あっせん》の件で交渉に出かけたときのことだ。先方のヤクザと近郊のアルパイン・ゴルフクラブに出かけたとき、その男もたまたまそのゴルフ場に来ていた。

五十代なかばぐらいの年齢で、ゴルフ灼《や》けした精悍《せいかん》そうな顔の男だった。眉《まゆ》が薄く、髪は整髪料でうしろへまとめられていた。ひと目見た瞬間に、堅気ではないと感じた。暴力団員とまでは確信は持てなかったけれど、少なくとも毎年正直に確定申告をして生きている種類の人間ではないように見えた。

男はタイ人のヤクザと面識があった。タイ人たちはその男のことを「ダニーさん」と呼んでいたが、もちろん本名のはずはない。その男はレストランで、同席してよいかと訊《たず》ねて、二十分ばかり話した。投資家だと自己紹介した。有望なビジネスに出資し、その配当で食べていると。

男は佐久間のビジネスに関心を持ち、自分も貿易の仕事に投資しようと思っていると言った。話の調子から、男の言う貿易とは、非合法な品物の密貿易であると想像できた。つまり、クスリか拳銃《けんじゅう》か、佐久間のビジネス同様の女か、ということだろう。

佐久間はその時点では、クスリや拳銃の密輸入になど関わるつもりはなかった。リスリスクが大きすぎる。しかし、外国人ホステスの斡旋というビジネスは年々うま味のないものになっていた。佐久間にはこのころ、危ない借金が五百万円以上あった。数カ月以内での清算が求められていた。一気に清算が可能なら、一回くらい危ない橋を渡るのもやむなし、という気にもなっていた。

ダニーという男は、もしかすると佐久間の懐《ふところ》事情についても多少の想像がついていたのかもしれない。

ダニーは言った。

いま投資しようとしている事業も、とても採算性がいいんです。ただ、日本国内のセールス・ルートが弱い。あなたのような輸出入の経験豊かなひとに、販売のネットワーク作りを手伝ってもらえると、この投資は非常においしいものになるはずです。

佐久間の躊躇《ちゅうちょ》を見透かすかのように、男は続けた。

あなた自身は、輸入商品に触れる必要はない。そっちの実務は、専門家が担当します。あなたの仕事は、いいセールスマンを見つけて、新しい販売網を作り上げることです。その事業に進出しようとしている企業家は、残念ながらひと前でしゃべったり、言葉で説得したりするのに慣れていない。あなたのようなひとが必要なんです。もちろん、安定した販売網ができたあとは、あなた自身がひとレベル上の、ということはいっそう利幅も大きいということですが、その業務を引き受けてもいい。

マルチ・レベル商法か、と佐久間は思った。まさか非合法の品をマルチ商法で売るビジネスがあるとは想像していなかったが、システムの基本のところは一緒なのかもしれない。セールスマンを公募するかしないかのちがいだ。

佐久間は確認した。

ハイリスクなんでしょうね。

男は答えた。

リターンは投資に比例しますよ。販売網を作るだけなら、リスクは低い。ただし、ローリターンも多くは望めない。

それでも、タイ人ホステスの斡旋の仕事より、収入はいいでしょう。三倍か四倍、あるいはそれ以上。

リターンなら、わざわざやるほどのことはない。それを言うと、男は笑った。

佐久間が黙っていると、もし興味があるなら、日本でそのビジネスをやろうとしている人物に会ってみてはいかがですかと男は勧めた。お名刺をいただければ、その男のほうから連絡させます。

佐久間は名刺を渡した。ダニーという男は、名刺は持ち歩かないから、と寄越さなかった。

彼がクラブハウスを出てゆくときは、タイ人の明らかにヤクザと思える男たちが男を囲んだ。タイのその業界でも、かなりの大物として扱われているようだ。

男の言葉が頭の中で反響した。

輸入商品には触れる必要はない。販売網を作るだけ。収入は三倍か四倍……。

帰国して二日目に、知らない番号から電話があった。皆川からだった。

品川のホテルの喫茶店で会うと、皆川は言った。

すぐにも十人ぐらいのセールスマンが欲しいんだ。商品はいくらでもある。いい得意先を持っているセールスマンを引き抜いてくれないか。

皆川の風貌《ふうぼう》は、どうみてもその筋の男のものだった。およそ物を売ったり接客したりという仕事には向きそうもない。皆川が新規ビジネスの中心にいるなら、たしかにその事業にはいいセールス・マネージャーとセールスマンが必要に思えた。愛想よく、やわらかな物腰で、言葉を使って物を売ることのできる人間たちが。

佐久間は、扱う商品が何かを確認した。

はっきり言ってくれないか。モノは何なんだ？

言わせるな、と皆川が言った。あんたが想像しているものだ。

佐久間は、自分でその名を出した。

覚醒剤《かくせいざい》か？

皆川は、喉《のど》の奥で笑いながらうなずいた。

「だから」と、佐久間が和也に言った。「おれは、皆川がどこの組なのか、そういうことについては一切知らない。ブツの取り引きにも、直接は関わっていない」

和也は言った。

「皆川自身は、そのビジネスにはまったく素人《しろうと》だったたってことだな」

「あれだけぶち切れやすいと、売人は無理だ。売人を使うほうだ。仕入れには関わっていたかもしれないけど」

「皆川以外の面々は、お前が引っ張ったのか？」

「いいや。もともとの弟分連中だと思う。売人はおれが声をかけて、皆川が最終面接して決めたけど」

「お前の運転手は？」

「皆川がつけたんだ。おれの監視役だったのかもしれない」

「その後、ダニーという男とは会ったのか？」

「いいや。あれっきりだ」

「あとで、写真を見てもらうことになる」

「ああ、見てやるよ。とにかくおれは、皆川がやってることとの、使いっぱしりでしかない。殺人なんかに絶対に関わっちゃいない。わかってくれ」

「そのわりには、密着しすぎてるし、積極的だし、羽振りもいい」

「支度金ももらったしな。売人ひとり引っ張れば、五十万もらえた」

「たしかにハイリターンだな」

佐久間は鼻で笑った。

「リスクも大きかった。あっちこっちの組とぶつかり、そのたびに皆川が出ていって収めた。だけど、スパイがこれだけ近づいてくるとは、皆川も誤算だったんじゃないか」

「その後ろの投資家もだろうな」

言ってから気づいた。このビジネスに新規参入しようとして、ほかの組織と軋轢《あつれき》が起こらないと考えるほうが不自然だ。警察の注目を引くとすら予測できなかった？ まさか。それほどナイーブな連中が、このビジネスに参入しようとは思うまい。しかし。

疑問は、かたちを取らないうちに胸の深層にもどっていった。

「けっきょく何人リクルートした？」

「十五人か、二十人か。そのうち何人が採用試験に合格したのかは知らない」

和也は、テーブルの横に立っている栗田に指示した。

「タイのその投資家を、写真から探させてください」

拠点としている部屋に戻ると、和也は大テーブルについて、いま部屋にいる捜査員たちに声をかけた。

「聞いていたと思う。佐久間の言葉を信じていいかどうか、遠慮なく言ってくれないか」

小河原をはじめとして、部屋にいた捜査員たちが大テーブルを囲むように着席した。

小河原が、手帳を開いて目を落としてから言った。

「佐久間は、前科はあるけれども暴力団員じゃなかった。佐久間自身が背後を知らないということは、ありうると思いますよ」

「その割りには、皆川の殺人にもびびっていない。完全な素人にも思えないんだけど」

「役割は分担されていたと言っています。少なくとも、八王子のヤードには佐久間はいなかった。おおむね事実なんでしょう」

「皆川のほうの関係は、どうだろう」

「こっちも、そもそも平塚の浮田組は、皆川が服役中に解散してしまっているし、チンピラたちはてんでばらばら。皆川と接触している形跡のある者は上がってきません。出所後、皆川と暴力団とのつながりは見えてきませんね。いま、山形刑務所の同時期の収監者をあたっていますが」

刑務所は、暴力団にとって重要な会社説明会の場だ。懲役刑を受けた暴力団員は刑務所内で、どれほど稼ぎがよいか、どれほど派手で華やかな生活をしてきたかを、おおげさに吹聴《ふいちょう》する。一日にどれだけ遊びに遣ったか、どれほど女にもてたか、どれほど快楽ざんまいの日々を過ごしてきたかを自慢する。そして、これぞと思う囚人に、出所後は面倒を見るぞと声をかける。収監者の中には、ならば自分も暴力団員として生きようと決める者が必ず出てくる。暴力団員としての「資格保証」は国家がやってくれている。暴力団の側も、それがスパイや潜入捜査員ではないかと疑うことなく安心して使うことができる。ましてや組が解散して行きどころのないような暴力団員は、大歓迎だ。いきなり戦力になる。この業界でも、身元のしっかりした経験者は優遇されるのだ。

皆川が刑務所にいるあいだに、彼が構成員であった浮田組は解散した。これを知って、皆川がべつの組織に身を寄せようとしたと考えるのは自然なのだ。

和也は訊《き》いた。

「同時期の山形には、暴力団員は何人かいました？」

「わかったのは、とりあえずこれだけ」

小河原は、六人分のファイルを和也に渡してきた。

「関西のが三人。東京がふたり。九州がひとり。皆川はいま東京でしのいでいるんですから、関西の暴力団は無視してよいかと思います」

「新しく割り込んできたんです。むしろ東京の暴力団ではない、と考えるべきじゃないですか」

「もしそうだとしたら、皆川のそばには関西人がひとりふたりいるはずです。いまのところ、見当たらない」

和也はしばらくファイルを見つめていた。いまの佐久間とのやりとりを思い出していて、ひとつ整理できたことがあった。

「売買に新規参入できるということは、密輸入か密造か、どっちであれ、安定した供給元を持ったということです。それは、既存の勢力とは取り引きがなかった供給元だ」

刈部が横からファイルをのぞきこんで言った。

「五課は、国内工場もありうると睨《にら》んでいましたね」

小河原が笑った。

「それが、イラン人の風邪薬実験室だった」

「国外です」と、和也は自分の判断を口にした。「大量に製造できるところ。これまで五課も視野に入れていなかったところ。そっちの組織と、東京の組織が最近つながったんだ」

小河原がふと顔を上げて言った。

「ロシアか？」

自分でもそう思いついたことが意外だという顔だった。

刈部が、そうだと言うように小河原を指さして言った。

「ロシア・ルートは、四年前に一度つぶれた。復活したのか」

「それか」和也も腑《ふ》に落ちる想《おも》いだった。「あれは、新潟の稲垣組？」

刈部が答えた。

「そうです。だけど組長以下、幹部がほとんど捕まりました。いまは細々とみかじめ料を取ってしのいでる」

和也も、その件については少しだけ耳にしていた。四年前、警察庁直接指揮の捜査でロシア・ウラジオストックからの密輸入ルートの存在が明るみに出た一件だ。二課にいた当時のことだから、さほど詳しい事情に触れたわけではなかった。聞いている範囲では、それはおとり捜査だったという。受け入れ側の新潟の暴力団・稲垣組が、捜査の手の伸びていることに気づきルートを畳んだ。警察庁は稲垣組の組長をはじめとして、主立った組員五人を逮捕したけれども、ロシア側の組織の実態解明には至らなかった。つまり、ロシアの組織はまだ生き残っているのだ。

刈部が言った。

「相手もこんどは、取引先選びには慎重になった。五課が目をつけていない組織と組むことにした、ということですかね。潜入や内通に異様にナーバスなのも、そのせいかもしれない」

「そのときの捜査報告書はどこだろう」

「警察庁直接指揮の案件でしたから、うちの役所にはないですね。しかもあのときは、聞くところでは、百二十キロの覚醒剤を押さえそこなった。協力者もひとり行方不明。警察庁としては大失敗の事案です。報告書は出てくることはないでしょう」

それにしても、ロシア・ルートの復活。この仮説は興味深い。

和也は言った。

「いずれにせよ、売人の引き抜きをやったということは、これまで覚醒剤ビジネスには関わっていなかった組織です。ブツを入れることはできるようになったけれど、捌《さば》く売人たちを持っていなかった。皆川の背後にいるのは、このふたつの条件を満たす組織だ」

小河原が山形刑務所の受刑者のファイルをもう一度手元に引き寄せて言った。

「では、関西の丁場家の斉藤《さいとう》、東京では神谷組の池田《いけだ》ははずれる。どっちも、覚醒剤取り引きがしのぎのメインだ。丁場家は、韓国に強力なコネクションがあるし」

刈部が言った。

「博多《はかた》の内村《うちむら》も、はずしていい。東京に進出できるほどの規模の組じゃない。内村と皆川の受刑期間は、一カ月しか重なっていないし」

「残り三人」

原口が立ち上がって、ホワイトボードに三人の名前と組を記した。

高橋和也　東京　誠敬会

桂木久樹　大阪　犬飼組

秋山一郎　奈良　早田組

小河原がホワイトボードを見て言った。

「奈良の早田組は組長がまだ服役中。壊滅寸前だ。無理だ」

「高橋もちがう」と刈部が言った。「誠敬会が始めたら、うちがわからないはずはないんだ。気配もない」

和也もホワイトボードを見て言った。

「残りは、犬飼組」

「武闘派ですよ」と小河原。「進出するとしたら、もっと派手だ」

「警官を殺してる。十分に派手だ」

「その前の段階でです。犬飼組にだけは東京進出させないって組織は多い。噂《うわさ》があるだけでも、東京の組織は結束する」

とつぜんひらめいた。

「弁護士だ」

「え」と、捜査員たちが和也を注視した。

「辞め検の中沢達夫弁護士」と、和也は言った。「佐久間は、いざというときは中沢を、と指示されていたんだ。直接指示したのは皆川かもしれないが、中沢をよく知っている人物が背後にいる。中沢の得意先の中だ」

「辞め検としては有名ですが」と小河原。

「ふつうの犯罪者が知っている名前じゃない。たとえ名前を知っていたとしても、それだけでは佐久間だって選任できない」

原口がホワイトボードの前で言った。

「中沢が検事を辞めて七年です」

「彼が扱った事件を全部当たろう」

「そういえば、誠敬会の井上《いのうえ》の恐喝事案にも、中沢が出てきた」

「最近は誰かクスリがらみで挙げたタレントの弁護もやったな」

原口が言った。

「わたしが当たります」

「やってくれ」と和也は言った。「暴力団員に限定せずに、弁護をした人間、顧問をやっている企業、すべてリストアップしてくれ」

原口が手をハンカチで拭《ふ》きながら、ホワイトボードの前を離れた。

そのホテルの大宴会場は、三百人か四百人という男女で埋まっていた。男性客のスーツ着用率は、九割以上だろう。残り十パーセントの中には、和服姿の関取がいて、帽子をかぶったアーチストふう、クラブのＤＪふうがいる。女性客は全体の三分の一ぐらいか。三十代の女性が中心と見えたが、四十代五十代も少なくない。加賀谷には奇矯としか見えないファッションの若い女たちは、モデルとか女優とか、芸能界関係なのだろう。ひとり、和服の女性が演歌歌手だと識別することができた。

加賀谷は、ウーロン茶のグラスを持って、少しのあいだ入り口のそばに立っていた。

ステージ上では、自己啓発セミナーの主宰者だという五十代の男が、長いスピーチを続けている。濃紺のダブルのスーツに、白い長髪。なかなかの男前で、声量のある低い声。なるほどこの男なら、大新聞の社説を読むだけでも、目の前にいる者を心酔者にできそうだった。彼は、いかに自分のセミナーが盛況であり、その団体が急成長を遂げたか、数字を織りまぜて自慢していた。

加賀谷は会場を見渡して、出席者の中に自分の知っている顔を探した。まったくの暴力団関係者は見当たらなかったが、犯罪がらみでマスメディアに顔の出た男たちは何人か目に入った。マルチ商法で服役していた男、倒産した英語学校の元オーナーで、アメリカへの資産隠しが疑われている実業家。詐欺罪《さぎざい》で実の妹と一緒に実刑判決をくらった元国会議員。

さっきその顔を見たばかりの人物もいた。クラブ・トレントの親会社の代表だ。熊谷冬樹。まわりにいる若い女たちは、華やかな雰囲気から察するに女優たちだろう。熊谷のうしろに立つ長身の美女は秘書だろうか。

いずれにせよ、と加賀谷は納得した。この自己啓発セミナーの主宰者が生きているのは、加賀谷のなじみの業界だ。名前も知らないあとの九十数パーセントも、その業界の関係者か、さらに周辺業界の連中、もしくは業界への接近を望んでいる人間たちと想像できる。

スピーチが終わり、長い拍手があった。次に出てきたのは、中堅どころのお笑い芸人だった。司会を務めているらしい。主宰者を讃《たた》える歯の浮くような世辞を言ってから、しばしご歓談を、と締めた。会場内がざわつきだし、客たちは遠慮なくグラスに口をつけ、しゃべり始めた。

すっと近づいてきた男がいた。

昨日、江藤の事務所から富坂まで送ってくれた男だ。野島と言ったろうか。およそ筋者っぽくない、黒いスーツのよく似合う男。

「加賀谷警部」と野島は言った。「社長があちらにおります。どうぞ」

加賀谷は言った。

「他人の耳はないほうがいい話題だぞ」

「すぐに移動します。そのきっかけを作るために」

そう言われたら、行かざるを得ない。加賀谷は野島のあとについて客のあいだを抜けた。

江藤は、五、六人の中年男たちのあいだで上機嫌だった。その中のひとりは、大手パチンコ店チェーンの二代目だ。

江藤は、自分のグラスをテーブルに置くと、両手を大きく拡《ひろ》げておおげさに言った。

「加賀谷さん。復帰、おめでとうございます。お待ちしておりました」

江藤はさっと近寄って加賀谷の両腕をつかみ、軽く叩《たた》いた。親しい者同士のハグのようなしぐさ。それから右手を差し出してきた。加賀谷は右手にグラスを持ったままだ。右手を出さずにいると、すぐに江藤は右手を引っ込めた。

「必ず帰ってくると思ってましたよ」

江藤の顔だけ注視していた者は、握手が拒絶されたようには見えなかったろう。

パチンコ店チェーンの二代目を含め、その場にいる男たちの目に好奇の光がある。江藤がいましがたまで、自分のことを話題にしていたのかもしれない。警視庁に復帰した、元マル暴刑事がくるとか。覚せい剤取締法違反で逮捕されたが、最終的には無罪判決を勝ち取った悪運の強い男、とも付け加えていたかもしれない。

江藤は、周囲にもはっきり聞こえる音量で訊《き》いてきた。

「職場は、もとのように本庁ですね？　階級は警視正？」

「警部だ」と、答えるしかなかった。「話がある」

江藤は如才のない調子でまわりの男たちに言った。

「五分で戻ってきます。失礼」

加賀谷は、パーティ会場の出入り口へ向かって歩いた。

ロビーに出て振り返ると、江藤はすっと顔から微笑を消した。

「お役に立てるといいんですが」

加賀谷は訊いた。

「どこだ？」

「ほんとかどうかはわからないですよ」

「かまわない」

「桜井組の影がちらちらする、って話を、複数から聞きました。皆川って男の後ろにいるのは、桜井組だって」

初めて耳にする情報だった。昨日の内堀の情報では、赤坂で今年二月に起こったという一件は、桜井組と誠敬会のトラブルだったとか。しかし皆川のうしろに桜井組があるなら、トレントのマネージャーが身柄を引き取りに行ったという情報と整合性が取れなくなる。

「桜井組は、前から薬は扱っていただろう」

「ダミーを使って、大がかりに始めたんじゃないでしょうか。組対が焦《あせ》って、八月に芸能人夫婦を逮捕してしまったでしょう。あのおかげで、よそはみな自粛モード。桜井組のダミー組織はいっそうやりやすくなった」

「皆川を使っているのは、誰なんだ？」

桜井組の幹部の名は知っていたが、十年前の情報だ。いまとはちがっているだろう。

「そこまでは調べられませんでしたが、あたってみましょうか」

「ああ」

「それなりのところに探りを入れますよ」

見返りを期待するぞ、と言っている。危険な情報、もしくは入手にカネのかかる情報ということだ。

加賀谷はうなずいてから、もうひとつ質問した。

「トレントというクラブを知っているか？」

「いいえ」江藤はすぐに答え直した。「いや、ああ、六本木のクラブですね」

「親会社が、アイザックスだよな」

「たしかそうですね」

「社長とは親しいか」

「いや。親しくはないですけど」

「このパーティに来ているな」

「ああ、そういえばいましたね」

「あの女は誰だ」

「さあ、知りませんが」

その答え方でわかる。江藤は、熊谷が女連れだったことを意識に留めていた。写真で熊谷の顔を覚えている、という程度の関係ではないということだ。

「アイザックスは、裏ではどことつるんでる？」

「あそこは堅気の会社ですよ。社長は軟派に見えますが」

「トラブル処理も自前ってことはないだろう」

「詳しくは知りませんが、そちらのOBでしょう」

後ろに立っていた野島が、江藤に耳打ちした。

「加賀谷さん」と江藤は、半分身体《からだ》をひねりながら言った。「ほんとにきょう、どうです。あと三時間ぐらいのあいだに、調べられるだけのことは調べておきます。九時には、六本木の店に行ってます。ピエモンテ」

加賀谷は応《こた》えた。

「接待なら、いらない」

「新情報がないときは、電話をします。電話がない場合は、ぜひいらしてください」

江藤は野島を従えてパーティ会場に戻っていった。


その夜、竹井を蒲田署に、佐久間を品川署に護送したあと、和也たちは一台のワゴンで本庁に戻ることにした。和也以下四人の捜査員が、その車両に乗った。運転は原口だ。

和也は、事案の舞台となっているエリアを通って本庁に向かうよう指示した。

五反田を抜けた後、桜田通りから飯倉《いいぐら》交差点で左折して外苑東通りに入った。飯倉片町《かたまち》交差点を通過して少したったとき、助手席で瀬波が言った。

「あれは、加賀谷警部じゃないですか」

和也は瀬波の視線の先を見た。

六本木五丁目交差点手前だ。行く手の信号が赤で、捜査車両はちょうど横断歩道の手前で停まったところだ。午後九時という時刻、通りは飲食店のネオンがまばゆく、歩道上はかなりの明るさだ。

その交差点の右手、反対車線の歩道際《ぎわ》に銀色のドイツ製セダンが停まっていた。その向こう側、エントランスの照明の下に、男が立っている。加賀谷だ。

寺脇の葬儀のときに見たのとはちがい、きょうはスーツ姿だった。そのスーツも、和也が知っている加賀谷の趣味とはちがっていた。あの時期ほど派手な印象はない。色は濃紺と見える。黒ではないだろう。高級官僚、と言われたら、それを信じたくなるようなスーツ姿だった。

加賀谷が、歩道に立ってから左右を見渡した。目の前のビルのエントランスから、黒いスーツの若い男が出てきて、加賀谷に頭を下げた。若い男はすぐに、いま加賀谷が降りたセダンの運転席に乗った。加賀谷は、そのビルのエントランスに入っていった。

和也はビルを見上げた。見覚えのあるビルだ。加賀谷が何度か、江藤組の江藤から接待を受けていたクラブが入っている。ピエモンテ、という名前ではなかったろうか。江藤に会いに来た？

瀬波が言った。

「変わってませんね。外車に、高級スーツ。まさか警視庁が支度金を出したわけでもないでしょうに」

たしかに、あのドイツ車は何なのだろう。三浦半島の毘沙門湾で釣り船屋の親爺《おやじ》を細々とやっていた男が、以前から乗り回していたもののはずはない。新車同様に見えるし、本人のものだとしたら、最近買われたものだ。彼に、それほどのカネがあったのか？　それとも加賀谷は、新しい仕事のためには必要だからと、あのスーツとセダンを揃《そろ》えたのか。かつて和也に、無理をしてでもいいスーツを着ろと命じたときと同様に、自分にも無理を強いたのか。あるいは誰かがカネを出しているのか。

信号が変わり、原口がクルマを発進させた。

しばらくのあいだ、車内では誰も言葉を発しなかった。

クラブ・ピエモンテの店内は、記憶にある様子とさほどちがいはなかった。ただ、この時刻としては、客の姿は少なく見えた。ホステスは十人ほどいるが、客の数も同じくらいだ。かつては、ホステスも客も倍ぐらいずついるのがふつうだったが。そのホステスのうち三人は、白人だった。アジア人の細面のふたりは、中国人かもしれない。

奥の席に江藤がいた。スーツ姿の中年男がふたり、その向かいの席に着いてタバコを吸っている。ふたりとも、さきほどのパーティにいた客と同じ部類だろう。ふたりは、加賀谷に気づくと、豪華な料理でも見るような視線を向けてきた。

加賀谷は席の手前で足を止め、江藤に言った。

「時間がないんだ」

江藤は、左右の男たちに目をやってから、残念そうな顔で立ち上がった。

「慰労パーティをやりましょうよ」

「きょうじゃない」

「いつかぜひ」

加賀谷は通路を戻って、入り口近くのバーカウンターに寄り掛かった。

江藤が加賀谷の左手に肘《ひじ》をつき、加賀谷をのぞきこむようにして言った。

「思いがけないことを聞いてしまった」

「お袋さんでも関わっていたか」

江藤は少しだけ顔をしかめた。

「やっぱり桜井組。だけど手入れを心配して、組とは無縁に見せている。桜井良三《さくらいりようぞう》が直接仕切ってるって話です」

「そんな危ない真似《まね》を、組長じきじきにやるか？」

「取引額によるでしょう。ああいったビジネスは、最後は人間同士、男同士での取り引きになるんです。互いに相手が信用できるかどうか見極める。相手の顔を見るってことは、保険を掛けるってことだし」

「相手は、どこなんだ？」

「そこまでは調べられなかった。だけど、ふつうに想像していれば、まちがいはないでしょう」

加賀谷は、カウンターから身体を離した。

江藤があわてたように言った。

「もうひとつ」

加賀谷が顔を向け直すと、江藤は少し声をひそめて言った。

「近々、大取り引きがあるとも耳にしました。いままではいわばお試し月間。ほかが縮こまっているあいだに、一気にほら、シェアってやつを取ろうということなんでしょう」

「みんな、いっぱしのビジネスマン気取りか」

「え？」

「いや。取り引きの情報をもっと詳しく。当事者、日時、場所」

「いいですよ。できるだけ調べておきます。で、おれのほうの頼みも聞いてもらえますかね。ささやかなことです」

「なんだ？」

「うちの取り引き相手に、加賀谷さんをご紹介したいんです」

「なんと紹介するんだ？」

「こういう立派な刑事さんと昵懇《じっこん》だと、自慢したいってだけです」

「相手は？」

「おれの投資先の経営者たちですよ。そこで、ぜひ復帰パーティをやらせてください。ご負担はかけません。楽しんでもらえれば、おれもうれしいんです」

「情報とバーターか」

「そんなつもりは全然ありません」

「とにかく、取り引きの件、もっと詳しい情報を」

「もうお帰りですか」

「ああ」

「クルマを回します。お送りしますか」

「いい」

加賀谷が店を出てエレベーターでビルを出ると、江藤から提供されたセダンがビルの前にちょうど滑り込んできたところだった。

運転席から野島が降りてきて、加賀谷に頭を下げた。黒服上がりに見える、細身の男前だ。

加賀谷は運転席のドアに手をかけてから、ふと思いついて野島に訊いた。

「トレントには、どのくらいいたんだ？」

自分の直感頼りのカマだった。

野島は答えた。

「三カ月ぐらいですかね。常駐してたのは」

「いまは誰が？」

「その都度ちがいます。もう暴力沙汰《ざた》なんかはすっかりなくなりましたし」

「脅しが効いたんだな」

「マナーが知られたってことでしょう。客にも、業界筋にも」

思わず笑みがもれた。加賀谷はその笑みを野島から隠して、運転席に身体を入れた。


セダンを発進させ、桜田通りに折れたところで、加賀谷は携帯電話を取りだした。セダンを道路脇《わき》に停めてから、昨日も会ったもと警視庁の職員にかけた。

男が出たところで、加賀谷は言った。

「これから会えますかね」

内堀は、望外の喜びとでも言いたげな声を出した。

「加賀谷さんが会いたいって言うんなら」

「昨日の寿司屋《すしや》では？」

「時間は？」

「これから三十分後」

じっさいには五分早く着いた。内堀はすでに、昨日と同じテーブルに着いて、ビールを飲んでいた。

加賀谷は向かいの椅子《いす》に腰を下ろして言った。

「いい情報でしたよ」

「だろう？」内堀は頬をゆるめた。「警視庁を辞めても、その世界のネタは入ってくるんだ」

「ものはついでです。調べてもらいたいことがある」

「なんでも。それ相応の料金はもらうけど」

「六本木とか西麻布で、芸能人相手に売っていた売人がいる。富田って男だ。聞いたことはあります？」

「いいや」

「通称トミー。こいつと接触したいんです。探してくれませんか」

「富田、ね」

「六本木か西麻布がシマだ」

「刑事が撃たれるご時世だよ」

加賀谷は財布を取りだして、一万円札をまた三枚、内堀の前に滑らせた。

「昨日の分も含めて」

「この範囲内で、ということでいいかい」

「経費はべつに考えます」

内堀は札をポケットに収めてから訊《き》いた。

「富田の居場所をつかむだけでいいのか」

「やつをめぐって雑情報も耳にするでしょう。それも合わせて」

「できるだけのことは」

「早急に」

「いまから動いてみる」

加賀谷はテーブルから伝票を持って立ち上がった。

11

その日、和也が第二方面本部の二係の臨時拠点に着いたのは、正午直前という時刻だった。本庁での一課係長会議に出席して、捜査状況を報告してきたのだ。

コーヒーを買って部屋に入ると、六、七人の捜査員たちが大テーブルを囲んでいた。佐久間と竹井翔太の取調べもまた始まっているはずである。

原口が、和也にファイルを渡して言った。

「中沢弁護士の顧客リストです。さっきまでに調べられた範囲で」

「気になる人間はいたか？」

「総会屋、右翼から詐欺師《さぎし》まで。暴力団については、系列を問わずやっていますね。誠敬会も桜井組も。江藤組もそうです」

江藤組。和也は過敏に反応すまいと自分を抑えた。辞め検弁護士のクライアントを調べれば、その名が出てきてもおかしくはないのだ。

原口は続けた。

「例の実業家、熊谷冬樹の会社の顧問弁護士も引き受けている」

「きみが追い返されたところか」

「おれと瀬波さんに、おととい来いと言った。あいつです」

ファイルを手にしてテーブルに着くと、瀬波が訊いた。

「係長会議では、五課の捜査の方向は伝えられたんですか」

和也は首を振った。

「一課長から聞いた。五課は、沢島とイラン人たちの取調べを続けているということしか報告していないそうだ」

「隠してますな」

「ぼくらがここで想像できることは、五課もとうぜん検討しているだろう。こっちは？」

「佐久間は、昨日以上のことは思い出せない。協力的にはなっていますが」

「竹井はどうかな」

「もうじき昼飯です。久賀から報告があるでしょう」

その言葉が終わらないうちに、ドアが勢いよく開いて、久賀が部屋に入ってきた。メモを手にしている。

久賀は和也へのあいさつに続けて言った。

「皆川の携帯番号、供述しました。また竹井は、佐久間に紹介されて、品川のホテルで皆川と会ったそうです。薬は皆川か、その手下と落ち合って受け取っていた」

「皆川のアジトは知ってる？」

「いいえ。ただ、雑談の中で、三浦半島という話が何度か出たとか。あっちに詳しいという感じを持ったと言っています」

「三浦半島か」

佐久間も昨日、皆川の潜伏先としてその地名を挙げた。ふたりの供述が一致するということは、かなり確度が高いということか。しかし、佐久間と竹井が八王子の一件から逮捕までのあいだに、口裏合わせをした可能性もないではない。ふたりが身を隠していたのは、どちらも蒲田なのだ。

信じてよい情報かどうか。

瀬波が言った。

「加賀谷警部が隠棲《いんせい》していたのも、三浦半島でした。毘沙門湾。ただの偶然でしょうが」

もちろん偶然だろう。意味はない。三浦半島は広いし、三浦縦貫道路の出口と毘沙門湾は方向ちがいだ。

ただ、昨夜見た光景。江藤の所有するクラブ・ピエモンテの前に加賀谷がいたという事実。江藤組は覚醒剤《かくせいざい》は扱っていないが、最近力をつけてきている。毘沙門湾に住んでいた加賀谷が、警視庁復帰早々に江藤と親しくしていることに意味はないか。それとも加賀谷と江藤はその後もずっとつきあいを続けていたのか。毘沙門湾の釣り船屋の開業費用だって少ない金額ではなかったろう。その資金はどこから出た？　加賀谷は警視庁を一回退職した後、あちらに取り込まれていたのか？

和也は、それを根拠のない疑惑として、胸の奥に抑えつけた。

「皆川と、三浦半島の不動産との接点がわかるといいんだが」

飯塚が、はっと顎《あご》を上げた。何か思い当たった顔だ。

捜査員たちが飯塚を見た。彼はいつだって寡黙《かもく》だ。必要最小限の言葉すら口にしない、と言われている。組対捜査員に多い格闘技系の体格をしていた。

その飯塚は、確信なさげな調子で言った。

「中沢の得意先に、桜井組の名前が出てきました。桜井組は、バブルが終わったあとの時期に、ある不動産会社の社長から三浦半島の別荘をひとつ取り上げています。恐喝容疑で調べたけれど、立件できなかった事案です。桜井良三が懲役刑になる直前、やつはかみさんにその別荘を贈与して、それから離婚した」

瀬波がにやりと頬をゆるめて言った。

「もしかして、つながったかい」

小河原が言った。

「資産保全のための名義上の離婚か」

飯塚が続けた。

「かみさんは旧姓に戻したはず。その名前がすぐには出てきませんが」

和也は、疑問を口にした。

「桜井組は覚醒剤取り引きにすでに手を染めている。新規参入じゃない」

「大がかりに始めたのかもしれません。皆川という、組織とは無縁だった男を使って。ありえないことじゃない」

和也は納得して指示を出した。

「桜井組の覚醒剤取り引きの実態。小河原さん、刈部さん、飯塚さん。そっちの情報収集、頼みます。もうひとつ、桜井良三のもとのかみさんの名前と所有不動産の洗い出し。ちょっと手間のかかる仕事になりますが」

そのとき、部屋の入り口のほうで声がした。

「ご心配おかけしました」

樋口雅人の声だ。

和也を含め、部屋にいた全員が入り口に顔を向けた。樋口が、いくらか照れくさそうな顔で立っている。スーツ姿で、右手の指に包帯を巻いている。目の下に隈《くま》ができているが、ひどく衰弱しているようではなかった。

全員が立ち上がって樋口を囲んだ。

もう大丈夫なのか？　もっと休んでいてもいいのに。無理するな。

誰もが同時に似たようなことを口にした。

和也は近づいて、いくらか荒っぽい仕種《しぐさ》に見せて肩に手をまわし、手前に引き寄せた。樋口は嫌がらなかった。ぴくりと身体《からだ》が拒絶反応を起こしたようでもない。

和也は樋口の肩を抱いたまま揺すって訊いた。

「完全に退院なのか？」

「来週、医者に診せにゆきます。週に一度は、カウンセリングも」

「薬は？」

「痛み止めをもらっています」

「じゃあ、やっぱりまだ仕事は無理だろう。完治させて出てこい」

「頭は正常だ。やれることはあるでしょう」

「無理するなって」

「おれにも、捜査に加わる権利があるはずです」

樋口には、入院してから三日目、多少会話が許されてから話を聞いている。彼も、皆川の背後にある組織については、何もつかんでいなかった。佐久間と皆川の役割分担と上下の関係がわかっただけだ。あの日八王子で逮捕した連中についても、さほどの長いつきあいではないようだった、と樋口は答えていた。いちばん若い男などは、あの日が皆川と会って二度目だったのではないかとさえ思えたと。

樋口は言った。

「原口さんを手伝います」

「頼む」と、和也は樋口にうなずいた。

そのぐらいの仕事は、いまの樋口にも負担にはならないだろう。

和也は、きょうの打合せをそれで切り上げることにした。ちょうど昼食どきだ。

和也がトイレに立ったとき、少し遅れて樋口も入ってきた。

樋口は、ほかに空きがあるのに、和也の隣りの小便器の前に立った。

「午前中、警察病院だった」と樋口が言った。部下ではなく、警察学校同期の口調だった。「加賀谷警部を見たよ」

和也は首をひねって、樋口を見た。何を言おうとしているのか、わからなかった。

樋口は続けた。

「加賀谷は、レントゲン室から出てきて、呼吸器科の診察室のほうへ歩いていった」

「健康診断か」

「だと思うけどもね」

「お前、加賀谷と面識は？」

「ない。向こうも、おれの顔なんて気にもとめていなかった」

和也は用を終えて、洗面所に移動した。樋口も少し遅れただけで、洗面所に移ってきた。和也の隣りだ。

「警察病院のあと、本庁で事務的な用件を片づけてきたんだけど、食堂で五課の捜査員に会った」

「誰？」

「ちょっと知っている男さ」

名は訊くな、という意味のようだ。

「そいつが何だって？」

「加賀谷は、八王子の一件について、言ったそうだ。一人前にしておくべきだったって」

「殺された寺脇のことか」

「そうなんだろう。可愛《かわい》がっていたんだな」

「直属上司じゃなかったはずだ」

「おれは、加賀谷はお前を可愛がっていたんだと思っていた」

「どうして？」

「お前から聞いていた加賀谷の話とか。いろいろ耳にしたことで」

「おれのことが話題になっていたのか」

「いや、当時は、加賀谷がいつも噂《うわさ》になってたんだ」

和也は温風機の下に両手を入れ、てのひら同士を激しくこすり合わせて言った。

「おれはべつに、可愛がられてなどいなかった」

その声は自分でも意外なほど、いまいましげな調子になった。


加賀谷仁が警視庁本庁舎の五課のスペースに入ったのは、午前十一時を二十分まわった時刻だった。

ちょうど五課の捜査員たちが二十人ばかり、緊張した面持ちで席から立ち上がったところだった。数人、上着を引っかける捜査員の腰に、拳銃《けんじゅう》のホルスターが見えた。

加賀谷と同年輩の係長が、その捜査員たちを見渡して言っていた。

「いいか？　行くぞ」

捜査員たちは、一斉に席を離れた。加賀谷の正面から廊下のほうへ向かおうとしている。加賀谷は立ち止まって横にずれ、通路を開けた。

捜査員たちが、加賀谷に黙礼して脇《わき》を抜け、廊下に向かってゆく。最後が七係長の大島功だった。大島も、加賀谷に目であいさつしてきた。

加賀谷は訊《き》いた。

「何があるんだ？」

大島は足を止めて答えた。

「丁場家を挙げるんです」

加賀谷は驚いて訊いた。

「どうして？」

「沢島への卸し元でしょう。警部が供述させたと聞きましたが」

「おれが？　いつそんな話に？」

「係長会議で、報告がありました。こんなに早く口を割らせるとは、さすがだと」

「会議、終わったのか？」

「部屋にはまだ、何人か残っています」

大島は加賀谷にもう一度頭を下げると、寸刻も惜しいという様子で横をすり抜けていった。

加賀谷はいぶかしい想《おも》いで、会議室に向かった。

沢島から、自分が供述を引き出した？　沢島への覚醒剤の卸し元は丁場家だと。たしかに沢島に、言葉にはしないかたちでそれを認めさせたが、調書を取ったわけではない。つまりその情報を、自分は組織に上げていない。なのに。

会議室に入ると、五課長の木崎啓《ひろし》と、管理官が、腕を組んで難しい顔で向かい合っているところだった。ほかに五課の係長の姿はない。会議は完全に終わったのだろう。

部屋に入ると、木崎が加賀谷を咎《とが》める口調で言った。

「遅いぞ、加賀谷」

加賀谷は木崎に顔を向けて言った。

「半からだと聞いていました」

「繰り上げた。連絡したはずだ。どこにいたんだ？」

「警察病院です。電源は切っていた」

答えながら、加賀谷は自分の携帯電話を取りだしてモニターを見た。二件着信があった。ひとつは未登録の番号だ。これが五課の固定電話なのだろう。もう一件は、内堀からだった。

加賀谷は確認した。

「丁場家を挙げるとか」

「沢島が吐いたんだろう。お手柄だ」

「調書も取っていない」

「お前が聞いた以上、容疑は鉄板だ。梨本《なしもと》と稲田《いなだ》については逮捕状を取った」

稲田、という組員の名は知っている。稲田剛正《たけまさ》。以前、接触したことがあった。傷害で前科二犯の、いまどき珍しいいかにも粗暴そうなタイプの暴力団員だったと覚えている。大阪にいたころ、対立する組の男を殺しているという噂が、その筋の連中のあいだには広まっていた。

木崎が言った。

「七係はいますっ飛んでいった」

「わたしは、聞いていませんって」

「心配するな。ほかの情報も集まっていた。お前の取った供述が、最後の駄目押しだった」

「調書もないのに」

「作ればいい。日付時刻は今朝ということで」

「沢島に公判で証言させるんですか？」

「丁場家を送検したら、当然そういうことになる」

「くどいかと思いますが、わたしはきちんとは聞き出していませんよ」

「事情はわかっている。心配するな。それより、新しい情報は？」

「とくにまだ。会議はどういうものだったんです？」

「いまの丁場家の件。それに、桜井組。誠敬会、東都連合の動向報告」

「逮捕した四人は？」

「まだ、ろくな供述をしていない。ほんとに、ほとんど自分の組織について知らないのかもしれない」

「皆川の居所については？」

「まだ有力情報はない。お前に期待しているぞ。一課も、汚名返上のために必死だ。ふたり身柄を確保したし、このままではあの若造が失点を回復する。許せんだろう？」

加賀谷は、木崎の問いには答えずに言った。

「いま丁場家を挙げるのは、利口じゃありません」

「その判断はおれがする」

「闇雲《やみくも》に逮捕者だけ増やしても」

「捜査員がひとり殺されてるんだ。何十人逮捕してもいい。おれたちが本気だってことを、見せなきゃならん」

「本気じゃないなんて、どこも思っていませんよ」

「捜査方針に口を出すな。組対がお前を復職させたことには理由があるんだ。その期待にだけ応《こた》えていればいい」

木崎は、くるりと身体の向きを変えると、加賀谷の脇を通って廊下に出ていった。

管理官もこれに続いた。

ふたりが出ていってから、加賀谷は携帯電話を取り出し、内堀に電話をかけた。


加賀谷は、中国人女性のあとについて廊下を進んだ。女はもっとも奥の部屋の前で立ち止まった。ドアは閉じられており、ガラス窓にも内側からカーテンが引かれている。

中国人女性は、まだ困惑気味の顔を加賀谷に向けてきた。加賀谷は女性を安心させるようにうなずいた。

女はドアをそっと手前に引いて、中に視線を向けた。唇が小さく動いた。中にいるマッサージ嬢に、何か指示を与えたようだ。部屋の中は静かだ。誰かがあわてた様子もない。健全なサービスが行われていただけなのだろう。

ほどなく、ドアから若い女が出てきた。胸に白い水着をつけ、ショートパンツ姿だ。女は加賀谷を見て、頬をこわばらせた。彼女も、加賀谷を入国管理局の職員と勘違いしたのかもしれない。いま案内してくれた女性マネージャーが、最初そうであったように。

加賀谷はふたりのあいだを抜けて、部屋に入った。マッサージ台が中央に置かれた狭い空間だ。幅は一間《いっけん》ぎりぎりあるかどうか。奥行きはマッサージ台よりも多少長いという程度。窓がなく、部屋の隅にタオル掛けと小物入れがある。そこに女がいなければ、留置場ほどにも居心地はよくあるまいと思える部屋だった。

男がマッサージ台の上でうつぶせになっている。腰にはバスタオルがかけられていた。

「どうした？」と男が言った。「もう時間か？」

加賀谷はマッサージ台の右側に身体《からだ》を入れて、男の頭を右手で上から抑えた。男が驚いて頭を上げようとした。加賀谷はその頭を、マッサージ台の顔の窪《くぼ》み部分に叩《たた》きつけた。

「警察だ。そのままにしてろ」

男の全身が硬直した。せっかくほぐされていた筋肉は、再び収縮し、固まってしまったことだろう。

加賀谷は、男の腰にかけられていたバスタオルをはぎ取った。予想どおり、何も身につけていない。男が尻《しり》をすぼめたのがわかった。

男はふつう真っ裸にされると、闘志が萎《な》える。自分を裸にした者に対して従順になる。いまこの男は、逮捕されて取調室に放り込まれたと同様の状態にあるということだ。まったくの無防備で、すがるものも、身を守るものも持っていない。尋問の下地ができたことになる。

加賀谷はマッサージ台の横に垂れ下がっていた富田の腕を素早く持ち上げ、背中に回してひねった。うっと短く、男がうめいた。

「聞こえるか？」

少しの間を開けてから、男がくぐもったような声で言った。

「聞こえている」

「富田。売人のトミーだよな」

「富田幸也を探しているなら、おれだ」

「昼間からマッサージとは優雅だな」

「腰が悪いんだよ。警察だって？」

「ああ。少し質問させてくれ」

「職務質問なのか？　だったら警察手帳を見せろよ」

「そうなると、お前が脱いだ服や荷物の検査をさせてもらうことになる。信じて答えるなら、マッサージの続きを受けられる。どっちがいい?」

少しの間を置いてから、富田が言った。

「せめて、名乗るくらいは」

「加賀谷。本庁組対の加賀谷だ」

富田の筋肉が一瞬固まった。

「あの加賀谷、さん?」

「そうだ」

「職務質問じゃないんですね」

「情報収集だ。答える気になったか?」

無言だ。質問を受け入れると取っていいか?

「いま、どこから仕入れてる?」

「え?」

少しだけ頭が持ち上がった。加賀谷はもう一度頭をマッサージ台に叩きつけた。

「聞こえてるんじゃないのか?」

「聞こえてます。聞こえてますが」

「質問に答えろ」

「もいちど質問を」

「薬の仕入れ先だ」

「知らない」

「調べはついてる。お前を逮捕しにきたんじゃない。急ぎで確認したいだけだ。仕入れ先は？」

答えがなかったので、加賀谷はひねった腕に少し力を加えた。

小さく悲鳴を上げてから、富田は言った。

「言います。言います。小泉」

「フルネームは？」

富田は、数年前まで総理大臣だった男の名を挙げた。その名は、寺脇の潜入時の報告にも出ていた。皆川が最初はその名で近づいてきたというのだ。ということは、富田の仕入れ先は皆川ということか？

加賀谷の沈黙を怒りと取ったのかもしれない。富田が、あわてて言った。

「ほんとうです。ふざけてるんじゃないです。そう名乗っていたんです」

加賀谷は左手でジャケットのポケットから皆川の手配写真を取りだした。五年前の逮捕時のものだ。

加賀谷は富田の後頭部の髪をつかむと、少しだけ引っ張って、その写真を富田の顔の前にかざした。

「こいつか」

「ああ、小泉です」

加賀谷は富田の頭を戻した。

「いちばん最近会ったのは？」

「八日前、ですかね」

「八王子の事件を知っているか？」

「マル暴の刑事が撃たれた件ですか。みな、ぱくられたんでしょう？」

「ひとり逃げた。この小泉だ」

富田が沈黙した。

加賀谷は二つ目の質問を口にした。

「小泉は、どこの組のものだ」

「よく知らないんですが」

「よく考えろ」

「たぶん、ひょっとしたらっていうおれの想像ですけど」

「どこだ？」

「東都連合」

その名は、予想しないでもなかった。警察が、愚連隊、に分類しているグループ。かつてのチーマーやカラーギャング出身者たちのゆるやかな連合だ。暴力団ほどの厳しい結束を持たず、数は「メンバー」の定義次第で二十人とも百人とも数えることが可能だった。固定的ではない。堅気の仕事を持っている者もいる。しかし主要メンバーはそれぞれ別系列の暴力団の構成員となっているから、単一の組織ではないにせよ、全体は暴力団である、という見方で間違いはない。

組織体としての結束はゆるいが、中心メンバーのやっていることは暴力団のしのぎと重なる。麻薬売買、売春斡旋《あっせん》、裏ＤＶＤの制作販売、詐欺《さぎ》、恐喝そのほか。ただ、組織がいわばアメーバ状に不定形であるため、捜査がしにくい相手だった。復帰してから聞いた話では、五課はこのグループに対しても、芸能人に近い売人たちを泳がせて内偵していたという。しかし、指揮系統のちがう自動車警ら隊の勇み足で協力者が露顕、泳がせ捜査そのものを中止した。中止の決定については、警視庁トップに近い筋からの指示があったという。それはつまり、さらに上の警察庁幹部なりＯＢなりの意向が働いたという想像も可能な事態だった。

ただし、東都連合も覚醒剤《かくせいざい》取り引きについてはいわば既成組織だ。また、わざわざ外から売人を引き抜いてまで、ビジネスを拡大しようとも考えてはいまい。

加賀谷は訊《き》いた。

「たぶん、というのは、どういう意味だ？」

「べつにバッジを見たわけじゃないんで。詳しい自己紹介もなかったし」

「だから、東都連合だと判断する根拠は？」

「知り合った場所が場所でして」

「どこだ？」

「西麻布です」

富田が口にしたのは、六本木通りに面した飲食店ビルの名前だった。加賀谷が捜査四課にいたころから、いかがわしさ満杯のビルとして有名だった。東都連合の主立った連中が、まとまってそのビルの中にバーやカラオケ・スナックを持っている。どの店も客は芸能界かその周辺の連中で、いくつかの店は当時、客室乗務員が遊びにくる店としても知られていた。当時からドラッグの売買や売春斡旋の噂《うわさ》が絶えなかった。しかし麻布署が重点監視しているとかで、ほかの所轄《しょかつ》はもちろん本庁組対もこのビルに対しては、手を出すことができなかった。レコード会社も経営するビル・オーナーが、自分の会社へ警察庁や警視庁幹部の天下りを受け入れているせいだ、とも言われている。関係があるのかどうかは知らないが、いまでも麻布署が毎年実施する犯罪撲滅キャンペーンでは、そのレコード会社所属の若手女性シンガーが、ノーギャラで一日署長となって愛嬌《あいきょう》を振りまいているはずである。

加賀谷は訊いた。

「そこは、もともとお前の露店だったんじゃないのか」

「ときたま客から電話があれば、持っていっただけです」

「会ったのは、そのビルのどこだ？」

「三階にあるビリヤード台のあるバーです。そこで話しかけられて」

「小泉に？」

「いや、正確には、先に佐久間って男と知り合って、そこに小泉が呼ばれた」

「うちの売人になれと？」

「いや、さすがに場所は変えましたよ。変えて、そういう話題になって。あたしは、いまさら危ないことはしたくないって、断ったんですがね。小泉には、かなり危ない雰囲気があったし」

「それでゴルフ接待か？」

富田は、答えなかった。図星だったのだろう。

「伊豆で、ゴルフしながら条件の交渉。ちがうか？」

「そういうことになりましたよ」

ほんとうに、と加賀谷は思った。この組織は、マルチ商法が新規会員を入れるための手法をそのまま使っているのではないか。隔離しての説得、洗脳。接待攻勢による相手の負い目の醸成。結果として、会員のモチベーションは上がり、組織体への忠誠心も高まる。もっともそこまでしたところで、そもそもが非合法ビジネスだ。いったん危機となれば、いとも簡単に組織は瓦解《がかい》するだろうが。

「そこでも、ケツ持ちがどこかは、教えられなかったのか」

「東都連合の関係なんだろうと思い込んでいた」

加賀谷はカマをかけた。

「ゴルフ場は、伊豆カントリーだったな？」

「修善寺《しゅぜんじ》カントリーですよ」

「行った日を思い出せるか」

「二月上旬でしたけど」

「週末か。平日か」

「平日です」

「泊まったんだな」

「修善寺温泉に」

「そのとき一緒だったのは、小泉のほかには？」

「さっき言った佐久間。それに、藤島《ふじしま》だったか、少し茨城なまりのある若い男もきていた。ゴルフは初めてってやつ」

「その四人で商談か？」

「その日べつで回ってた組に、専務って呼ばれていた男が、いましたね。その男が、うしろにいるんだと思いました。名前は知らない。一緒に回っていた連中も。たぶんおれと同じように、引っ張られた売人でしょう」

「専務って男の歳《とし》は？」

「三十代なかばですかね」

「東都連合だとしたら、歳食ってないか」

「上の連中なら、そのあたりとちがいますか？」

　かもしれない。しかし、その男が専務と呼ばれていたというのなら、ほんとうの黒幕はそこにはきていなかったのかもしれない。

「その前は、仕入れ先はどこだったんだ」

「言わなきゃだめですか」

加賀谷は富田の裸の尻《しり》を平手で叩《たた》いた。

「取調室なら、しゃべる気になるか？」

富田はわざとらしく溜《た》め息をついてから答えた。

「桜井組、だったんです」

「仕入れ先を変えて、桜井組は怒ってないか？」

「こっちは客ですからね。少しでも仕入れ値の安いところから買う。当然の権利です」

「桜井組の誰だ？」

「神津《こうづ》って男」

「ずっとそうだったのか？」

「三、四年前は、べつのチンピラとやりとりしてたんですが、突然別荘に行ったまま音信不通になってしまって、こっちはほかにルートを知らなかったんで途方に暮れましたよ。そのあと、神津が引き継ぐと言ってやってきて、それ以来でしたね」

「お前が桜井組から鞍替《くらが》えした理由は？」

「その」富田は言いにくそうに答えた。「あそこは、品物がよく止まるんですよ。警察の取締りが厳しくなるとそのたびに。これが東都連合あたりだと、お偉いさんへの鼻薬が効いてるのか、止まることはほとんどないって噂でした。まとまった量は難しいんですけどね」

「だけど、その専務って男も、東都連合とは名乗らなかったんだろう？」

「小泉って男の後援者だ、って自己紹介してましたよ。お互いに、必要以上のことを知る必要はないでしょうとも」

「その説明で満足したか？」

「卸値も桜井組より勉強する、ってことでしたしね。とにかく、いい客を持ったいいセールスマンが欲しい、ってことを繰り返していた。実績次第じゃ、あたしにも地域をひとつまかせてもいいとか」

「まかせてもらったのか？」

「あたしは、もうそんな欲はなくなりましたよ。ささやかに生きてられたらいいんで」

「ささやかに泊まり掛けゴルフか」

「ま、そういうことで、あの小泉とつきあうことにしたんだけど、この話、ただの与太話ですよ。同じことを警察でもういちどしゃべれと言われても、忘れてますからね」

そのとき加賀谷のジャケットの内ポケットで携帯電話が震えた。加賀谷が取り出してモニターを見ると、五課長の木崎からだ。

「はい？」

相手が言った。

「すぐにきてくれ。丁場家の稲田の逮捕でトラブった」

「一回切ってかけ直します」

「すぐにだぞ」

「ええ」

電話を切ると、加賀谷は富田の裸の尻を平手で叩いて言った。

「いま自分がしゃべったことは忘れろ。でないと、お前が密告者だって情報が流れることになるからな」

「ええ」

加賀谷はマッサージ台から離れ、ドアを開けて廊下に出た。廊下の端のエントランス側に、先ほどの女性マネージャーが立って、心配そうに見つめてきた。加賀谷は女性に大丈夫だとうなずいて、エントランスを出た。

エレベーターの前まで歩いて、また携帯電話を取りだした。

「さっきは失礼しました。稲田でトラブル？」

「湯島のやつの部屋で、うちの捜査員にぶっ放した」

「拳銃《けんじゅう》を？」

「ああ。こっちに怪我《けが》はない。稲田は裏手の窓から逃げて、ラブホテルに逃げ込んだ。客の女を人質に取ってる」

「シャブでもやっていたんですか」

「わからんが、可能性はある。人質が危ない。来てくれ」

「情報提供者に当たっていたところでしょうが」

「全部あとまわしだ。稲田は、お前を寄こせと要求してるんだ」

「わたしに、来いと？」

「お前がくるなら、こっちの話を聞くと言ってる。親しいのか？」

「一度だけ、接触したことがあります」

「お前と親しげな言い方をしていたぞ」

「誤解ですよ」

「とにかく、すぐに湯島へ。迎えをやる。どこだ？」

「新橋です。自分のクルマで行きます」

「遅くなる。本庁《ホンブ》前で乗り換えろ。待たせておく」

電話が切れた。

稲田が、自分を寄こせと要求した？　それは、交渉人として相手になれということではあるまい。人質の身代わりになれということではないのか？　木崎も、加賀谷にそうさせるつもりで、自分を緊急に呼び出したのだろうか。

それにしても、と加賀谷は考えた。稲田の容疑はおそらく覚せい剤取締法違反。売買で起訴されるとしても、殺人や強盗とはちがう。警官に向けて発砲し、逃げても割りに合わない。罪が加算され、刑も重いものになる。おとなしく手錠をかけられたほうが、よりましな対応だったはず。その判断ができないほど覚醒剤中毒が進行していたか、数パーセントの逃亡成功の可能性に賭《か》けねばならぬほど、重犯罪を犯していたか。逮捕されればすぐにそれが露顕するような。

どうであれ、人質を取って立てこもった以上、逃亡できる可能性はすでに消えたといっていい。組対部長は警視総監に、発砲許可を求めただろう。先日の、捜査員が撃たれて死んだ一件はまだ警視庁職員全員の記憶に新しい。五課の捜査員も、特殊急襲部隊も、被疑者射殺への心理的ハードルを思い切り下げている。稲田がもし深夜までに人質を解放しない場合、事件発生二日目を迎えることなく彼は射殺される。そのことを非難する空気も、いまの東京都民のあいだには薄いはず。自分はたぶん、その条件整備のために送り込まれるのだろう。

時計を見た。午後五時二十分になっていた。

自分のクルマに戻ってから、加賀谷は第五方面本部にいる五課の若い捜査員に電話をかけた。先日も、トレントというクラブの親会社について、素早く調査してくれた。長谷川《はせがわ》という巡査長だ。

「長谷川です」と相手が出た。

「加賀谷だ。また頼まれてくれないか」

「あ、はい。何でしょう」

「伊豆に修善寺カントリー・クラブというゴルフ場がある。ここの利用客のリストを手に入れてくれないか。今年二月上旬。ウイークデイにふた組。もしくはそれ以上で予約してプレーした客がいる。そいつの名前を知りたい」

「すぐに調べます」

「頼む」

携帯電話を切ると、加賀谷は新橋のはずれの小路からセダンを発進させた。

和也が部屋の大テーブルに着くと、すぐに捜査員たちが集まってきた。大半は外で聞き込み中だが、とりあえずなんらかの情報を得た者は、この第二方面本部の臨時拠点に戻っていたのだ。

最初に口を開いたのは、小河原だった。

「桜井組事務所の様子を見てきました」

山本と一緒に、赤坂ツインタワーの西にある桜井組の事務所を訪れたという。組長の桜井良三は不在で、若いチンピラが応対したとのことだった。

「桜井組も、表向きは覚醒剤《かくせいざい》は御法度《ごはっと》ですし、そっちについては頑《がん》として認めないんですが、幹部連中の動向について多少。わたしのエスからの情報もあります」

多くの暴力団同様、桜井組も覚醒剤密売を構成員に禁じている。しかし、巨大な利益を生むビジネスであり、シマの中で素人《しろうと》や外国人の好き放題にさせるほど、どの組も甘くはない。準構成員にやらせて、その後ろ楯《だて》になる。上がりを組として吸い上げる。

小河原は、桜井組もこれまではそうだった。手帳を見ながら言った。

「あそこは、若頭《わかがしら》が二年前に服役、その後、ナンバー・スリーの神津英也《ひでや》ってのがのしてきてるんですが、やつはやり手です。伝統のしのぎでは飽き足らず、こいつが組の中で覚醒剤販売部門の強化を進めてるのかもしれません」

　捜査員たちが控えめに笑った。小河原の、覚醒剤販売部門という言い方がおかしかったのだろう。しかしこのところ、暴力団の動向を分析するとき、たしかに経営学用語を使うと理解しやすい一面があることは和也も感じる。博徒《ばくと》やテキ屋、愚連隊という見方では、そのビジネスの実態を見失う。いまや彼らのしのぎの中心は、金融や流通やM&Aにシフトしている。扱っているもの、やっていることが非合法、違法行為というだけだ。

　小河原自身は真顔のままで続けた。

「神津は、組の中ではきわだって海外渡航回数が多いんです。韓国、タイ、台湾、香港、フィリピン。年間二十回はアジアのどこかに行っている。海外の裏社会とのつながりも噂《うわさ》されています」

　和也は訊《き》いた。

「たとえば？」

「香港の曽士元《そうしげん》が東京にきたとき、四日間ぴったりアテンドしたのは、神津です」

曽士元は、タイのヘロインを香港に大量密輸入していたことで有名な男だ。去年広州で逮捕されて、半年後には死刑になったはずである。

「神津は、三日前にも、バンコクから帰ってきたところだそうです」

捜査員たちの視線がすべて小河原に向いた。バンコク、という地名が出たせいだ。逮捕した佐久間伸一も、バンコクで謎《なぞ》の男にリクルートされたと言っていたのだ。

小河原が言った。

「一年に二十回も、ビーチで肌を焼くために出かけているはずがない。ビジネスです」

「皆川との接点は？」

「これが、どうにも見つかりません。まだ調べてみます」

「神津の動向を監視してください。接触相手をすべて把握して、皆川たちと重なるキーパーソンを探しましょう」

和也は、捜査員の諸田と八百板に監視を指示した。

次にプリントアウトを手にして発言したのは、栗田だった。

「桜井良三が自分のものにした三浦半島の別荘は、尾上町《おがみちょう》にあることがわかりました。桜井の別れたかみさんは、旧姓に戻って林早苗《はやしさなえ》。いま、彼女名義の不動産物件をあたっています」

「データベースで？」

「ええ」

「現地に行ってください。特定できたらその別荘の様子について聞き込み。小分け作業をしている場所なのかもしれない」

和也は大テーブルを見渡してから、堀内に栗田と組むよう指示した。

「はい」と、堀内。

和也は栗田に訊いた。

「林早苗自身はいまどこに？」

「赤坂です。会員制のクラブをやっています。政治家、芸能関係御用達。女の質が高いと評判の店です」

「桜井良三とは同居？」

「別です。ただし、南青山の隣同士のマンション」

小河原が言った。

「桜井良三自身についての情報ですが、稲積会の若頭の椅子《いす》に食指を動かしています。五代目会長がいま七十歳。若頭補佐の桜井が数年以内に若頭に就任すれば、六代目は桜井になるのが濃厚です」

「いまの若頭は？」

「服役中。あと三年出てきませんが、刑務所で胃ガンが見つかったとか。早ければ、一年のうちに、新若頭が決まります」

「稲積会での桜井の序列は？」

「おそらく五番目」

「上にふたりライバルがいる」

「そうです。桜井が若頭になるためには、義理掛けに相当のカネを使わねばならない。それで、カネになる話には目の色を変えているそうです。神津にいろいろやらせているのも、そのためでしょう」

「桜井良三が、覚醒剤密売買に積極的になる理由はあるわけですね」和也は刈部のほうに顔を向けて言った。「桜井も監視してください」

「はい」と刈部。

そこに瀬波が入ってきた。彼はずっと佐久間を取り調べていたのだ。バンコクで会ったという人物が、東京の暴力団幹部の中にいないか、膨大なファイルを見せていた。

その二分冊の書類ホルダーを両腕に抱えている。

「どうです？」

瀬波は首を振りながらテーブルにホルダーを置き、椅子に腰をおろした。

「東京の組長、若頭クラスの写真を見せてたんですがね。はたで見ていても、集中力が続いたのは最初の二十人くらいまで。あとはもうほとんど同じ顔に見えるようでした」

「まったく候補者なし？」

「四人、似ている、という男を示しました」

瀬波は、黄色いホルダーを手前に引いて、付箋《ふせん》を貼《は》ったページを開いた。それぞれの分冊に二枚ずつだった。

一枚目の写真は、誠敬会の信田《のぶた》幸三《こうぞう》。二枚目は、丁場家の田中《たなか》克己《かつみ》。三枚目は江藤組の江藤昭。四枚目は、山県《やまがた》組の秋山亭《あきやまとおる》だった。いずれも逮捕時に撮影した写真だから、現在の顔とは多少雰囲気がちがっているはずである。しかしたしかに四人とも、雰囲気はよく似ている。

その稼業《かぎょう》の人間は、自分がその世界の住人であることを外見で強調する。髪形、着るものの趣味、しゃべりかた、乗る自動車まで、周囲の者が絶対に誤解しないよう、外見に記号を採り入れる。必然的に表情も似るし、やがて顔だち自体も業界標準に均《なら》されてくる。そのような男たちの写真を数百枚見せて、中から誰かひとりを判別することは、なかなかに難しいことだった。

それでも四人の中に、江藤がいることは気になった。江藤組も覚醒剤は扱っていない。九年前、加賀谷が覚醒剤の調達の必要に迫られたときも、江藤組からはカネだけを借りて、クスリ自体は千葉の暴力団から買ったのだ。

江藤昭。昨日、加賀谷は六本木のとあるビルに入っていった。ビルには、江藤が持つクラブがあった。そのこと自体は、東京のいまの覚醒剤流通事情とは無関係だろうが。

和也は瀬波に言った。

「佐久間には、桜井良三と神津英也の写真も見せてください」

小河原が、自分の前にある書類ホルダーの中から二通のファイルを取りだし、瀬波のほうに滑らせた。

そこに、樋口が入ってきた。左手に携帯電話を持っている。緊急報告があるという表情だった。言ってくれ、と和也は樋口を促した。

樋口が言った。

「五課が、丁場家の手入れでミスです。稲田剛正って男が発砲してから、逃走。湯島で人質を取って立てこもりました。現場にテレビ局が」

部屋の中がどよめいた。

刈部がリモコン・スイッチを操作して、テレビをつけた。

チャンネルをひとつふたつ切り換えると、現場からの中継が放送されていた。ビルの高い位置から、湯島のラブホテル街を俯瞰《ふかん》している。規制線のうしろなのだろう。相当な望遠レンズでの撮影だ。感度を上げたせいなのか画面は粗い。中通りが手前から奥へと伸びている。人通りのない中通りを機動隊の輸送車がふさぎ、その背後で制服警官や機動隊員たちがあわただしく動いていた。

部屋にいた捜査員全員が、テレビの前に集まった。

小河原が言った。

「皆川が、丁場家の組員だったってことか？　初めて聞く情報だぞ」

刈部が、腕を組んで言った。

「逮捕に出向いて逃がすなんて。大失態だ」

「もしこれで市民に被害が出たら、うちの失態は帳消しになる」

部屋の中の空気が、一瞬冷えた。

小河原はつい本音をもらしてしまったのだ。和也の先日の捜査指揮は、それほどに大きな過《あやま》ちだったということだ。

小河原も、自分の言葉が部屋を凍らせたことに気づいたようだ。ちらりと和也を窺《うかが》ってから、何も言わず腕を組んだ。

加賀谷は桜田通りを警視庁の前まで進み、駐車場の出入り口の前で停まった。入り口の前にふたりの私服の捜査員が立っていた。五課の若手たちだ。

若手のひとりがドアを開けて一礼してから言った。

「べつのクルマを用意してあります。乗り換え、お願いします。こちらは、駐車場に入れておきます」

加賀谷はクルマを降りて訊いた。

「どうなってる？」

「膠着《こうちゃく》です。いまは、警部の到着待ち」

「三時間くらいか？」

「もうじき四時間経《た》ちますね」

すぐに、加賀谷たちの前に赤いルーフランプを点灯させた警察車が滑り込んで停まった。

捜査員のひとりと一緒に加賀谷は後部席に乗り込んだ。警察車はすぐにサイレンを鳴らして発進した。

一緒に乗ってきた若手は、水島《みずしま》という巡査部長だった。五課には多い、短髪の男だ。たぶん彼も、何かしらの格闘技では黒帯級だろう。

日比谷通りに入ってから、水島が言った。

「係長は、やはりあっちの連中にも有名なんですね」

加賀谷は訊いた。

「どうしておれの名前が出てきたんだ?」

「七係の大島係長が人質解放の交渉にあたっているんですが、加賀谷係長を呼べと向こうが要求してきたんです」

「おれが行けば解放すると?」

「話は加賀谷係長を通すと。それ以外の警官とは交渉しないということです」

「稲田とは、一度事務所で会ったことがあるだけだ」

「相当に印象が強かったのでしょうね」

「人質ってのは、女性だと言ったか?」

「ええ。身元はわかっています。二十一歳の飲食店店員」

「たまたまそこにいたのか？」

「はい。恋人とラブホテルを出ようとしたところで、稲田の人質になった。稲田と人質は、一階の事務所にいます」

「ほかの客は？」

「非常口から逃しました。いまホテルの中には、客も従業員もいません」

「稲田の要求は、ほかには？」

「何もないと思います」

「稲田の拳銃《けんじゅう》は？」

「九ミリのセミオートマのようです」

「薬を使っている様子だったか？」

「自分は、わかりません」

サイレンを鳴らして走る警察車は、いったん外堀通りへ移ってから、昌平橋《しょうへいばし》通りに入った。湯島が近づいてきたところで、警察車はサイレンを鳴らすのをやめた。

中通りは、前後が機動隊の輸送車で閉鎖されていた。灰色の鉄の箱が、通りをふさいで通行を不能にしている。駐車しているクルマはあるが、運転者はとうに退去しているはずである。

加賀谷が着いたとき、中通りの東側の昌平橋通りには、特殊部隊の輸送車と、警視庁の現場指揮車両が停まっていた。昌平橋通りは通行規制されており、片側交互通行となっている。通行人が遠巻きに通りの入り口を見つめていた。二十人ほどの機動隊員が、稲田のたてこもったホテルの死角に待機している。ほかにも五課の私服の捜査員たちが十人ばかり。みなもう上着の裾《すそ》を腰のほうにまわしており、ホルスターの装備を隠してはいなかった。

七係長の大島功が、加賀谷のほうに大股《おおまた》で近寄ってきた。手には携帯電話を握ったままだ。

「おおよそのところは聞いた。その後は？」

加賀谷は言った。

「動いていません」

「要求は？」

「加賀谷さんだけです」

「方針は？」

「人質解放優先。それまでは刺激しません。特殊部隊がビルを取り囲んでいます。何かあれば発砲できる態勢です」

「稲田は一階事務所だったな」

「はい。外側の窓は厚いカーテン。ロビーの側には、小さな窓口があります。廊下、通用口、非常階段には監視カメラがあって、事務室のモニターに映像が全部映っています。稲田は、いいところにこもっています」

大島は一枚の図面を拡《ひろ》げた。ホテル一階の平面図だ。事務室と、リネン室、流し場、トイレ。それにロビー。事務室の正面に、エレベーターと階段が並んでいる。ロビーの正面にエントランスがあり、その反対側、階段の脇《わき》には通用口があって、同じ中通りに出られるようになっていた。非常階段が建物の外側、通用口の南側にあった。

「交渉は、携帯電話？」

「やつの携帯番号を組から聞き出しました。三度かけましたが、加賀谷を呼べとしか言いません。警部がくるまでは、話す気はないと」

「呼び出してくれ」

大島はうなずいて携帯電話を開いた。ケーブルが伸びている。ケーブルのべつの端は、うしろの部下が持つ小さな鞄《かばん》につながっていた。傍受と録音ができるようになっているのだろう。

「大島だ。加賀谷がきた。代わるぞ」

加賀谷は、渡された携帯電話を耳に当てて言った。

「加賀谷だ。おれに用か？」

「わしのことを覚えとるか」と相手は言った。関西訛《なま》りで、古いタイプの極道に多いダミ声。記憶にある。「一度、組の事務所で会《お》うたな」

「覚えている」

声を思い出したことで、顔も鮮明によみがえった。パンチパーマで、腫《は》れぼったいまぶたの男だ。その目のせいで、感情が読み取りにくかった。感情のわかりやすい顔よりも、ある意味では怖い印象だと言えた。

稲田は言った。

「べつにこんなことをするつもりはなかった」

「わかっている。人質を解放して、拳銃を置いて、出てこい」

「二発撃ったけど、警官はどないや？」

「無事だ。怪我《けが》はしていない」

「ほんまに？」

「ほんとだ。人質は？」

「何もしてへん。泣いとるけど」

少しの間のあとに、稲田は言った。

「お前がここにくるなら、人質は放してやる」

加賀谷は大島を見た。彼はいまイヤフォンを耳にしている。乗ってかまわないか、と加賀谷は目で訊《き》いた。大島はうなずいた。

「いいだろう。おれが代わりになる」

「表口から入ってきい。拳銃なし。マイクなし。手錠なし。丸腰でや。約束できるか」

こんどは大島が加賀谷を見つめてきた。それでよいのか、と問うている。加賀谷は大島にうなずいた。

「約束する。一分くらいで、玄関前に立つ」

「こっちは、監視カメラを見とるんや。ひとりでこいよ」

「おれが中に入ると同時に、人質を解放しろ」

「お前が完全に入ったところで、出してやる」

携帯電話を切ると、大島が言った。

「シャブ中で、錯乱しているかもしれません。危険ですよ」

いまさらという注意だった。

加賀谷は無視して言った。

「人質には、救急車が必要かもしれん。手配を」

「いたします」

「行くぞ。余計な連中は、動かすな」

「はい」

加賀谷が中通りの入り口に向かって歩きだすと、うしろから大島がつけ加えた。

「頼りにしています」

加賀谷は、輸送車と電柱とのあいだの隙間《すきま》から中通りに入った。ラブホテルが並ぶ通りだ。商店はない。現場のホテルは、通りの中ほどにあった。ひとの気配はまったくなく、このあたりでよく見る猫の姿も、いまはなかった。しかし、向かい側のラブホテルには、特殊部隊が配置されているはずである。

ホテル・ジュリエット。

それがホテルの名だった。看板に灯は入っていないが、そう読めた。

ジュリエットの正面にあるエントランスの前に進み、スモーク・ガラスの戸から一メートルほどの距離に立って監視カメラを探した。ドアの右手上だ。加賀谷は上着を脱いで左手に持つと、ゆっくりと身体《からだ》を一回転させた。とりあえず拳銃のホルスターを身につけていないことは、伝わっただろう。

テレビ画面にかぶさって、レポーターのうわずった声が聞こえた。

「動きがあります。ひとり、私服の刑事でしょうか。現場に向かうようです。いま、ホテルの入り口のほうへ歩きだしました」

画面の手前に、黒い人影が映った。黒っぽい背広をきた中年男と見える。手を高く上げていた。そのシルエットに、和也は一瞬、息が止まる想《おも》いだった。

あれは、加賀谷？　加賀谷仁警部か？

その男は中通りの中間あたりまで進むと立ち止まり、上着を脱いで一回転した。顔は判別できなかったけれども、すでに和也の目はそのシルエットを判別している。まちがいなく加賀谷だ。いまこの部屋で、それが加賀谷だとわかったものはいないだろうが。

加賀谷は、通りからそのビルのエントランスに入っていった。

「交渉が始まるようです。交渉に、おそらく警視庁の刑事と見られる人物が向かいました」

和也は心臓が収縮するのを感じた。胸が苦しくなった。既視感がある。なんだろう。

この場面、この状況に自分は覚えがある。暗く痛苦な事実と結びついた記憶だ。

画面の中で、加賀谷はビルのエントランスに向かい合った。両手は上げたままだ。

このあと、たしか自分の記憶では。

胸が苦しくなって、もう立っていることもできなかった。和也は手近の椅子《いす》を手前に引いて、腰を落とした。


少しのあいだ、加賀谷は両手を上げたままでいた。右手には、警察手帳だ。もっとも、このホテルの監視カメラがどんなに高い解像度を持っていようと、身分証明書の細かな部分まではモニターでは読み取れまい。警視庁のバッジがわかるだけだ。

加賀谷がそのまま立っていると、ガラス戸のうしろで動くものが見えた。女の姿。そのうしろに、男がいる。女の右腕を背でねじ上げ、首筋に拳銃を突きつけているようだ。

加賀谷は稲田に言った。

「組対の加賀谷だ」

ガラス戸ごしだ。自分の声がはっきりと聞こえたかどうかはわからない。

しかし、稲田の拳銃を持った手が、入れと言うように動いた。

加賀谷はゆっくりとドアに向かった。自動ドアが開いた。内側にもガラス戸があり、半間の幅に開いたガラス戸の向こうに、若い女と稲田がいた。女は蒼白《そうはく》で、小さく震えている。足を止めると、背後で外側のガラス戸が閉まった。

「入ってこい」と稲田が言った。

加賀谷は内側のドアを抜けた。

「奥へ」と、稲田が拳銃を振って示した。

加賀谷は稲田たちの脇を抜けて、ロビーの端へ進んだ。有線放送だろうか、低くイージーリスニングが流れている。

振り返ると、稲田は女をつかんだまま、身体を加賀谷に向けた。黒っぽいスウェットの上下を着ている。稲田は加賀谷がほんとうに丸腰かどうか、マイクでも持ち込んでいないか、まだ信用できないという表情だ。しかし、錯乱しているようではないし、度を失っているようにも見えない。

「約束だ」と加賀谷は稲田に言った。「女を放せ」

稲田は拳銃を加賀谷に向けると、左手で女を突き飛ばした。

人質の女は、一瞬よろめいた。すぐに外側のガラス戸が開いた。外の通りの街路灯や看板照明のせいで、エントランスが明るくなった。女は姿勢を直すと、悲鳴を上げながら通りに駆け出していった。

レポーターが叫んだ。

「あ、女性です。人質かもしれません」

エントランスから、若い女が飛び出してきたのだ。女はよろめきながら通りの中央まで駆けると、顔をおおって立ち止まった。その両側に、ふたりの男がさっと駆け寄った。潜んでいた刑事だろう。ふたりの男は解放された女性をかばうように背を抱き、手前に向かった。画面の右手から、楯《たて》を持った機動隊員が五、六人飛び出し、女性の背後で楯の壁を作った。女性も刑事たちも、また機動隊員たちもすぐに画面から消えた。

レポーターは興奮気味だ。

「解放されました。人質の女性は解放されました。わたしが見た限り、大きな怪我などはしていないようです。無事解放と言ってよいかと思います。私服の警官が、人質の身代わりになった模様です」

既視感の正体にやっと気づいた。記憶の奥底に封じ込めていた事件。思い出したくもない、父の殉職の日のこと。天王寺駐在所に配置されていた父の最期《さいご》の日だ。あの日、父は近所で発生した少女人質立てこもり事件を知ると、休日なのに制服を着て現場に向かったのだ。管轄《かんかつ》内のことだからと。

出てゆくときに居合わせた。そのときの父の顔は、長い潜入捜査のはての神経障害にさいなまれていた時期のものに戻っていた。すさんで、感情も幸福感も欠如し、恐怖心すら失った男の顔。自分は父の顔を見て立ちすくんだ。その顔は和也の幼い時期の恐怖に満ちた記憶と、重なっていたからだ。

それから三十分も経《た》たないうちに、父は覚醒剤《かくせいざい》中毒の殺人犯に撃たれて死んだ。人質となっていた少女を解放した直後だ。警視庁警察官としての殉職だった。たぶん人質の身代わりになろうとしたとき、そこではいまテレビが映しているのとそっくりの光景があったことだろう。両手を上げ、丸腰となって、凶悪犯の前に歩いてゆく父。

和也は立ち上がってテレビから離れた。何人かの捜査員が、ふしぎそうな目を向けてきた。和也は顔をそむけて部屋を出た。捜査員たちに、顔を見られたくなかった。

トイレに入り、タイルの壁に片手をついてから、和也は胸のうちでつぶやいた。

父さん、どうして死んだ？

おれはいつか父さんを叩《たた》きのめしてやると誓っていたのに。母さんに暴力をふるってきた父さんに、ある日いつか指を突きつけて、もうあんたが暴君として君臨できる時代ではないと通告してやるつもりだったのに。父としての権威を喪失した事実にあんたが衝撃を受け、唇を震わせ、それから目を伏せて、小さく身を縮める日を期待していたのに。それをいつか実現するために、自分はあの苦しい思春期、家出することもなく、母を見守って耐えていたのに。

なのに父さん、あんたはその機会をぼくにくれることもなく、自分勝手に去っていった。ぼくら家族の誰ひとり、心の準備もできないうちに。身勝手に、最後の最後まで、家族を顧みることもなく、あんたは家族の前から消えたのだ。

父さん、あんたはぼくに、父さんなんて糞《くそ》だと言う機会もくれなかった。それほどに、糞だった。糞親父《くそおやじ》だった……。

稲田がロビーの内側に戻ってきた。外側のガラス戸が閉じ、ついで内側のガラス戸も閉まった。ガラス越しの通りは暗くなり、ただ光源の位置だけがわかるようになった。

稲田が言った。

「両手を上げて、事務所に入れ」

加賀谷は言われたとおりに、上着を左手に持ったまま事務所のドアへと歩いた。

ドアは開いていた。中は六畳間ほどの広さだろうか。灰色の事務机がふたつと、書類棚やロッカーが見えた。加賀谷は奥のロッカーの前まで歩いて振り返った。

稲田が、事務所の中に身体を入れて、後ろ手にドアを閉じたところだった。

「適当に座れ」と稲田が言った。

彼自身は、小さな横長の窓の手前の椅子に腰掛けた。帳場口の内側だ。通常、ホテルのマネージャーが陣取る場所なのだろう。出入りする客を、顔を見られることなく監視できる位置。このホテルの会計システムがどうなっているのかは確かめなかったが、たぶんこの窓口では料金の精算は行われない。カップルがホテルの従業員とは一切顔を合わさず、声も交わすことなく、利用できるようになっているはずである。内側のデスクの左手に、監視カメラのモニターが設置されている。稲田は拳銃《けんじゅう》を持った右手を、デスクの上に置いた。

加賀谷は手近の事務椅子を引き出し、背もたれを稲田に向けた。自分はその椅子をまたぐように逆向きに腰掛け、背もたれに手を置いた。

加賀谷は訊《き》いた。

「どうしておれを?」

稲田が投げやりな調子で言った。

「ほかに話ができる警官を思いつかない」

「マル暴の刑事はほかにもいる。どいつも、喜んで身代わりになる」

「そういうことやない。あんた、十二年前におれに借りができた。それ、わかるな」

たしかに自分はあのとき、稲田からひとつ、情報を聞き出した。東京都内で起こった発砲事件に関して、裏社会で流れている噂《うわさ》を教えてもらったのだ。借りと言えば借りにはちがいない。そして稲田の属する社会では、借りは必ず、貸主の希望するかたちで返済されねばならない。その場合、価値の釣り合いが取れないと拒むことはできない。返済の方法を指定されたら、それに応じるしかないのだ。借りひとつに、礼ひとつ。彼らの社会では、それはたとえば、電話番号ひとつの情報でも、ひとひとりの生命《いのち》として返済されることがある。

「覚えている」

「あのあと、一回警視庁をクビになったって聞いた」

またその話かと、多少うんざりした思いを感じつつ、加賀谷は答えた。

「いろいろ誤解がある」

「何もしゃべらなかったそうだな」

「まあな」

「復職だって？」

「このとおりだ」

「ずっと刑務所だったのか？」

「いや。無罪確定まで拘置所」

「拘置所でも、入った経験のある刑事ってのは珍しいんじゃないのか」

「ふつうはそこで、警官じゃなくなる」

「なのに、復職したって聞いていた。それできょう、あんたの名前を思いついたのさ」

「何か要求があるのか？」

「外はどうなっているんだ？」

「中通りは完全にふさがれてる。たぶんこの建物の周囲にも、何十人もの刑事や特殊部隊が配置されてる」

「逃げられないか」

「無理だ」

「せめて福岡まで。福岡まで行けたらなんとかなる」

「警視庁は、管轄からあんたを出すことはない。いや、この通りからも出さない」

「パトカーで、羽田まで送れという要求なら？」

「聞いたふりをするだけだ」

「あんたを人質に取っていても」

「関係ない」

「殺すと脅しても？」

「おれが犠牲になっても気にせんよ」

「もう打つ手はなしか？」

「ないな。投降する以外にない」

「取り引きは？」

「もう遅い」加賀谷は逆に訊いた。「どうして逃げたんだ？」

稲田は首を振った。口にしても理解してもらえるかどうかわからない、とでも言ったように見えた。

「わけがわからなかった。とりあえず、事情を知るまでは、逮捕されるわけにはゆかなかった。どういうことなんだ？」

「何が？」

「きょうのうちの手入れの件。沢島保二がげろったせいか？」

「ちがう。どうしてそう思う？」

「何日か前、沢島が逮捕されたとき、あんたもその場にいただろ。すぐに話が広まった。加賀谷が帰ってきたってな」

「帰ってきたんだ」

「あんたが、沢島を取り調べたんやないのか？」

「少し。だけど、やつは何もしゃべっていない。きょうの手入れは、沢島の取り調べとは関係がない」

「ほんまに？」

稲田が真正面から加賀谷を見つめてきた。

加賀谷は稲田の視線を受け止めて答えた。

「ほんとうだ」

稲田は少しのあいだ加賀谷を見つめたままだった。加賀谷は、視線をそらさなかった。けっきょく稲田の方がそらし、左手で携帯電話を取りだした。

黙って見ていると、稲田は誰かの番号を呼び出し、携帯電話を耳に当てた。

「わしや。ちがう。沢島やない」

組の誰かに報告なのだろう。それも、大阪の組本部の誰かだ。関西弁丸出しになっている。

「誰って、加賀谷や。組対に戻ってきた加賀谷仁警部。やつがわしの目の前におるんや——信じてええと思う。ハジキ突きつけられているんや。嘘《うそ》はよう言わんやろ——そや。ちゃう。沢島やない。沢島は売ってへん——ああ。わかってる。自分で考えるわ——それだけでいいんやな。ああ」

稲田は電話を切った。

「それが気になっていたのか？」と加賀谷は訊いた。

稲田がうなずいた。

「お互い信用第一の稼業《かぎょう》だからな」

また少し、稲田の関西訛《なま》りは薄れた。

「やつは何も言っていない」

「もう分かった。もうひとつ教えてくれ。おれは何年の懲役になる？」

「クスリは持っていたのか？」

「押収《おうしゅう》されたやろ。五百グラムと少し」

「それに銃刀法違反、発砲罪。人質強要罪もつくかな。最低でも七年か八年」

「七年か」かすかに稲田は、悔しげな表情を見せた。「七年か」

加賀谷が見守っていると、稲田は言った。

「出てきたときは、六十三だ」

「やり直せるさ」

稲田は鼻で笑った。

「たこ焼き屋やれってか」

「何が不足だ？」

「おれは丁場家の稲田だ」

「七年後、子供さんはいくつだ？」

「知っているのか？」

「いや。でも、その歳《とし》ならいてもおかしくないだろ」

「十五、六の息子がいる。赤ん坊のころしか、顔は見たこともないけどな」

「成人した子供にも会える」

「ぐれるに決まってる。いや、もうぐれてるらしい。そのガキの成人した姿か」

稲田は舌打ちして、視線を横にそらした。加賀谷も視線の先を見た。冷蔵庫がある。

「きょうとわかっていたら、昨夜はうまい酒を飲んでおくべきだった」

「務め上げてからの酒もうまいそうだ」

「七年後のか」

稲田は、左手に拳銃を持ってから立ち上がった。加賀谷は椅子《いす》の上で身構えた。稲田は事務室の隅に置かれた小型の冷蔵庫の前へと歩いた。

「さっきのぞいた。ビールがある。あんた、飲むか」

「いや」

「どっちみち、おれはお縄だろ。つきあえよ」

「ひと缶飲んだら、投降するか」

「ああ」

「つきあおう」

稲田は、冷蔵庫を開けて缶ビールを取りだすと、ひとつを加賀谷に放ってきた。加賀谷は受け止めて、横のデスクの上に置いた。

「6Pチーズがある。どうだ?」

「もらおう」

チーズも放られた。

稲田は自分の分の缶ビールとチーズを取りだすと、帳場の前に戻って拳銃を置いた。

「あんたは子供はいるのか?」と稲田が訊いた。

「いや」

「作らなかったのか?」

「育てるのに失敗したんだ」

「事故でも？」

「ああ」

「悪いことを訊いたな」

稲田はプルトップを引くと、缶を口に近づけた。ビールは唇を湿すだけに留めた。

加賀谷もならってプルトップを開けたが、ビールを喉《のど》に流してから言った。

稲田は、数口ビールを喉に流してから言った。

「息子は父親が、丁場家の稲田だということを知ってる」

「まったく会ったことはないのか？」

「乳飲み子のときしか知らん。別れたかかあは、その後は写真もよこさない」

「いまどこに住んでるんだ？」

「神戸。いまごろテレビでここの中継を見ているかもな」

「お前は、東京に来て長いだろう」

「ああ。先乗りとして、東京に行けってことだった。鉄砲玉みたいなものだったな。だけど抗争になることもなく、そのまま居ついてしまった」

「子供と暮らしたいとは思わなかったのか」

「組長命令だった。断れるわけがない」

稲田はまたビールを口にして、加賀谷に目を向けてきた。まだ飲んでいないな、と咎《とが》めるような目だった。加賀谷は缶ビールを持ち上げた。

稲田が訊いた。

「あんた、親父《おやじ》さんも警官か？」

「いや。どうしてだ？」

「警官になったのは、何か理由があるかと思った」

「とくに」

「東京生まれか」

「新潟だ。お前の親父さんは？」

「極道だった。半端《はんぱ》な入れ墨をした、半端な極道。子供の目から見ても、情けない極道だった」

「組は？」

「むかしの」稲田が口にしたのは、いまは広域暴力団傘下《さんか》の大阪の有力組織だ。テキ屋系暴力団だ。「下《した》っ端《ぱ》もいいところだった。いい歳して、祭の縁日では小学生相手の射的屋やってた」

「いまは？」

「とうに死んだ。酒の飲みすぎだった」

「親父さんの影響でお前も？」

「あんな極道にはなりたくないと思ってな。どうせ極道でしか生きられないなら、そこのし上がってやろうと思った」

稲田は腕時計に目を落としてから続けた。

「あんた、格闘技は何かやるのか？」

「いや。警察学校で習った逮捕術だけだ」

「おれは、空手をやるんだ。いちおう黒帯だ」

「そう見える」

「中学高校と、空手の稽古《けいこ》だけは休まなかった。組で重宝されたのは、そのおかげもあるんだ」

稲田の身体《からだ》のどこかで、振動音がした。稲田がスウェットのズボンのポケットから携帯電話を取り出した。

「警察だよ。さっきの男だ」

稲田は、左手で携帯電話を耳に当てると言った。

「うるせえよ。こっちは女を解放した。いまは男同士の話してるんじゃ。少し放っておけ——知らん。もう少し待てんのか、われは——切るぞ。用ができたら、こっちからかける」

携帯電話を切ってから、稲田は加賀谷に顔を向けてきた。

「どこも、幹部ちゅうのはうざいな。そうだろ？」

「何と言ってた？」

「お前とどういうことになってるかと。要求があるなら、出せとも言うた」

「ほんとに要求はないのか？」

「弁護士でも呼ぶか？　かといって取り引きはできないんだろ」

「不可能だ」

「七年か」稲田はデスクに置いた拳銃《けんじゅう》を見つめて、小さく溜《た》め息をついた。「六十三だ」

「発砲罪は、どうにかなるかもしれん。撃ったんじゃない、暴発だったと主張するのは可能だ」

「いい。ビール、空けてしまえよ」

「十分だ」

稲田は自分の缶ビールにまた口をつけてから、加賀谷に訊《き》いてきた。

「このあいだの沢島興業、きょうはうち。お前んとこは何をやっているんだ？　八王子のことでぶち切れて、極道と全面戦争なのか？」

「捜査員を殺した男を追ってる」

「皆川って男か」

「知っているのか？」

「いいや。組対が追っていることは耳にした」

「皆川はどこの組織なんだ？　組対はそれをはっきりさせようとしている」

「見当もつかないのか？」

「桜井組か」

「ちがう。あそこも、首をひねってるんだ」

「東都連合という話も耳にした」

稲田は笑った。

「あれは半グレのチンピラたちだぞ。警官を殺すことまではやらない。もっともその皆川って野郎は、わざとらしく自分を桜井組とか東都連合とか勘違いさせようとしている節があるな」

「どうしてそんなことを？」

「お互いが疑心暗鬼になって、つぶし合うようにってことじゃないか。商売仇《がたき》がいなくなった東京に、最後に自分だけは残って立つためだろうよ。現に組対も沢島興業やらうちやらに、ちんけな容疑で手入れにかかってる」

「どこだ？」

「いままでクスリには手を出していなかった組だろう」

加賀谷の携帯電話が着信音を立て始めた。稲田が、勝手にしろと言うように顎《あご》をしゃくった。加賀谷は携帯電話を取りだして耳に当てた。

「どうなってます？」大島だ。「要求を出す気もないんでしょうか」

「説得中だ。要求はなし」

「できそうですか」

「努力している」

稲田が拳銃を持って立ち上がり、近づいてきた。

「代われ」

手を差し出すので、加賀谷は言った。

「代わる」

稲田は加賀谷の携帯電話を受け取ると、大島に言った。

「加賀谷さんには、丸めこまれた。これから出る。マスコミは集まっているのか？

――ああ。じたばたはせん――チャカを置いて出たら、銃刀法違反は見逃してくれるのか？――だったら駄目だ。三分後、加賀谷さんを先にして出るぞ。撃つなよ」

稲田が携帯電話を切ったので、加賀谷は確認した。

「投降だな？」

「一緒に出てゆけば、あんたの手柄になるんだろう？」

「ポイントにはなるだろう」

「ひとつ頼まれてくれるか」稲田はズボンのポケットから革の財布を取り出し、さらにそこからカードを一枚、抜き出した。銀行のキャッシュ・カードだ。「こいつを、別れたかかあに渡してくれないか」

「神戸の？」

「須磨《すま》区に住んでる。名字は稲田のままだ。稲田クミコ。久しく美しい子。阪神電鉄の売店で働いてるよ。おれが逮捕されたら、住所を調べて、できるだけ早く頼む」

「どうしておれに頼む」

「できないか？」

「いや、投降するなら、そのぐらいのことはやってもいい」

「あんたの評判を聞いている。頼めるだろうと思っていた」

加賀谷はそのキャッシュ・カードを受け取って、シャツの胸ポケットに入れた。暗証番号のことは質問しなかった。相手もよく承知の番号が使われているということなのだろう。

加賀谷は言った。

「拳銃はここに置いてゆけ」

「撃たれると、心配してるのか？」

「包囲してる警官の目だ」

「大丈夫だ。さあ、行くか」

稲田は加賀谷の返事を待たずに、事務室のドアへと向かっていった。

加賀谷が上着に袖《そで》を通しながらロビーに出ると、稲田は帳場の前で拳銃の弾倉を抜き出して、小さな棚に置いたところだった。稲田はさらに遊底をスライドさせて、薬室に入っていたカートリッジもはじき出した。

加賀谷の視線に気づくと、稲田は言った。

「うしろから撃つ気はないってことだ」

「外の警官にはわからない」

「いいさ。先に出てくれ」

「出るときは、両手を上げろ。ゆっくりとだ」

「わかってる」

加賀谷は内側のドアのあいだを抜け、外側のドアが完全に開くまで待ってから、表へと踏み出した。入ったときよりも、周辺の光量が多くなっているように感じた。投光機の光がこのホテル前に集中しているようだ。加賀谷は両手を頭の上で大きく広げ、二歩歩いて立ち止まった。

自分がかなり緊張しているのがわかった。かなり明るくなったとはいえ、稲田と誤認される可能性はある。自分が逃げたり、発砲しそうだと判断されたら、配置された狙撃手《そげきしゅ》は非情に引き金を引く。その可能性は、十パーセント以上は確実にあるはずだ。

中通りには、警官の姿は見えない。正面の建物の側にも、通りの左右にも。しかし、通りの手前側、ラブホテルの建物の両端には、拳銃を持った捜査員たちが身をひそめているはずである。通りへと出た稲田を、背後から取り押さえるためにだ。向かい側のビルの屋上か上の階の窓の奥には、特殊部隊の狙撃手たち。

加賀谷は、背後に稲田の気配を感じた。エントランスの外ドアが開いたのだ。

加賀谷は慎重に通りへと歩きだした。通りの中央、完全に四方から目視できる位置まで歩いた。


部屋の中にどよめきが満ちた。

「加賀谷だ」

「五課の加賀谷じゃないか」

顔がテレビカメラの方を向いているので、ようやくほかの捜査員たちもそれが加賀谷仁警部であることに気づいたのだ。


稲田が、加賀谷の背後で言った。

「加賀谷さん」

加賀谷は立ち止まり、振り返った。稲田が両手を頭の上に置いたまま、足を横に開いて立っていた。稲田が言った。

「ありがとよ」

その両手がゆっくりと頭から離れた。右手には、拳銃が握られたままだ。

稲田が言った。

「江藤や」

稲田の両手が彼の胸の前でまっすぐに伸びた。拳銃が加賀谷を向いている。その向こうに、あの腫《は》れぼったい目。

何をする気だ？

そういぶかった瞬間だ。加賀谷の背後、少し高い位置で銃声があった。もうひとつ、通りの反対側からも。両手で拳銃をかまえていた稲田が、ふっと膝《ひざ》を折った。その胸のあたりで、何か飛ぶものがあった。

「稲田！」

言い終わらないうちに、稲田は路上に崩れ落ちた。黒っぽい影がいくつも、不意に通りに出現した。影は稲田に殺到して折り重なった。加賀谷は突き飛ばされた。

ひとつの影が立ち上がって、大声で叫んだ。

「確保！　確保！　確保！」

誰かが、加賀谷の腕を強く引っ張った。背中に手を回して、軽く押してくる者もいる。

「係長、こちらへ」

五課の捜査員たちのようだ。加賀谷は稲田のほうに振り返り、呆然《ぼうぜん》とした想《おも》いのままその場から離れた。

大島が駆け寄ってきた。

「無事ですか？」

「何も」と、加賀谷は答えた。

「警部を撃つところでした。きわどかった」

「弾は入っていない」

「まさか」

「ほんとうだ。おれの目の前で、全部抜いた」

大島がいま稲田が倒れた位置に目を向けた。加賀谷もその視線の先を見た。防弾ベストを着た捜査員たちが、そこに十数人集まり、倒れた稲田を取り囲んでいる。みな右手に拳銃を握っていた。中央では、倒れた稲田の顔が確認され、凶器類の所持が確認されていることだろう。稲田の容態はどうなのだろう。胸に二発銃弾を受けたのだ。即死でもおかしくない。それとも生命《いのち》は助かるのか？

大島が言った。

「厄介なことにしたくありません。弾を抜いたところは、見なかったことにしてください」

「厄介とは？」

「発砲が適切だったかどうか、突つかれたくないってことです」

稲田を取り囲んでいる捜査員のあいだから、声が聞こえてきた。

「駄目だ」

「助からない」

通りの右手方向から、ストレッチャーを押して救急隊員が駆けてきた。

加賀谷は、スーサイド・バイ・コップ、という英語を思い出した。警察を使った自殺、という意味だ。アメリカに多い犯罪の傾向だという。日本でも、近年の通り魔事件などがこれにあてはまる。死にたい、自分を殺して欲しいという動機から、重大犯罪を犯す。凶悪犯として警察官の前に身をさらす。

でも稲田の場合、自殺願望があったか？　自殺のための、逃走、発砲、人質を取っての立てこもりだったか？　会話の中では、それを感じ取ることはできなかった。彼がもし立てこもりのどこかの時点で自殺を決意したのだとしたら、それはどの時点だ？　その理由は？

加賀谷は思い至った。

もしかしてやつは、ぐれた息子を捨て身で教育しようとしたのか？

レポーターの声は完全に裏返っていた。

「撃たれました！　犯人は撃たれました。倒れています。警官が囲んでいます。身代わりになった私服警官のようです。撃たれる直前に、警官隊が発砲しました。身代わりの私服警官は無事です」

部屋にふっという吐息が漏れた。撃たれる前に警官を救えた、ということで、みな安堵《あんど》したのだ。それが五課の捜査員であろうと、やはり素直に喜ぶことができる決着だった。稲田への発砲自体は、あの状況ではやむを得まい。彼は警官隊包囲の中で、丸腰の警官に銃を向けたのだ。発砲は当然だった。世間からも、非難の声は上がるまい。撃った場面がテレビで中継されてしまったことについては、警視庁から遺憾の声明が出ることになるかもしれないが。

部屋の中の空気も弛緩《しかん》した。

和也は、自分が激しく当惑していることを意識した。これが結末？　自分が知っている悲劇とは、まるでちがうラスト。この事態は、こう収まるべきものなのか？　こんなラストを当事者すべてが予測していたのか？　いまこの瞬間まで自分が感じていた息苦しさは、結末を迎えても消えていない。中途半端《はんぱ》だ。おあずけを食らった犬のような気分。もっとも、不服だとここで口にすることはできないが。

刈部がつくづく感嘆したというように言った。

「加賀谷、やるなあ」

たぶんその想いは、いまこの部屋にいる一課二係の捜査員全員のものなのだろう。

そのとき、和也の携帯電話が鳴った。諸田からだった。

「神津を監視しているんですが、いま京葉道路です。成田に向かっているようです。ベンツ二台。誰かを迎えに行くのかもしれません。復路はクルマを変えたほうがいいかもと」

和也は電話を切ると、諸田の報告を捜査員たちに伝えた。

小河原が言った。

「大物が登場ですな」

「小河原さん、諸田さんを応援してください。クルマを一台。至急、成田へ」

「はい」小河原は立ち上がって、山本に言った。「行くぞ」

そのときまた和也の携帯電話が鳴った。

栗田からだった。

「林早苗の別荘、わかりました。油壷《あぶらつぼ》、というか、諸磯湾《もろいそわん》に面した丘の上。半島の先っぽにある豪華な別荘だそうです」

「不審な点は？」

「とくにまだ耳にしていませんが、登記の件で確かめた湘南《しようなん》信用金庫から興味深い情報が」

「どうしました？」

「林早苗は、先日からこの別荘を担保に融資を頼んでいました。四千万の融資が決定して、信用金庫は明日現金を別荘に持参することになったそうです」

「明日？」

「明日。現金で持ってきてくれと言ってるそうです」

「そのまま聞き込みを続けてください」

和也はいまの栗田の報告をまた捜査員たちに伝えた。全員の目が輝いた。

刈部が言った。

「取り引きだ。責任者がくるんだ」

その読みにまちがいはあるまい。動くカネも、林早苗が信用金庫から調達したという四千万だけではない。もっと巨額の現金が用意されている。

小河原が言った。

「まさかクスリがハンドキャリーで運ばれてくるとは思えないが」

刈部が言った。

「もうクスリは国内に密輸入されているんだ。明日、現金と引き換えに引き渡される」

飯塚が、部屋に戻ってきた。彼はいま、佐久間の取り調べを担当していたのだ。

「佐久間がひとつ、思い出しました。品川のホテルで皆川に会ったとき、皆川が携帯で話していた相手は、コウヅと言ったそうです」

捜査員たちが互いに顔を見合わせた。コウヅ。つまり神津英也ということだろう。

皆川の背後にあるのは桜井組、という読みに根拠がもうひとつできた。

和也は刈部に指示した。

「神津英也の犯罪容疑、周辺を至急洗ってください。恐喝、威力業務妨害、公文書虚偽記載。その程度で十分です。被害届けが出たら、逮捕状を請求する」

「了解です」

「明日、取り引きの場を押さえます。皆川もおそらくその諸磯の別荘に潜伏中だ」

それまで黙っていた瀬波が、いくらか自信なげに言った。

「時間差があるのが、気になりますね。東京のクスリ事情が妙なことになっているのは、今年春ぐらいから。桜井組はいままで何をやっていたんでしょうか」

刈部が瀬波に顔を向けて言った。

「いままでは様子見。とうとう桜井組も勝負に出たんだ。組織の力と資本力を見せるため、外国の組織の幹部を呼んだ」

和也は、それまで胸に抱えていた靄《もや》を、なんとか胸の奥にしまいこんだ。

「一課長に報告します。明日は、大捕り物になります」

捜査員全員がうなずいた。


加賀谷仁が五課の同僚による事情聴取を終えたのは、午後七時をまわった時刻だった。聴取は、立てこもり現場に近い所轄《しょかつ》、上野署でおこなわれた。

最後にサインをして刑事部屋を出ると、さっき本庁から湯島まで送ってくれた捜査員の水島が立っていた。本庁まで送るという。五課長が待っているとのことだった。

加賀谷は、先に富坂庁舎に寄ってくれと指示した。上野署の前から、捜査車両は富坂方面へ向かって走り出した。

富坂庁舎に着いて、五課が使っているフロアに入ると、フロアにいた五、六人が一斉に加賀谷に視線を向けてきた。彼らは先日の沢島やイラン人たちの取調べにあたっている。きょうの丁場家一家の摘発は担当していない面々だ。

もっとも年輩の捜査員が、その場を代表するかのような様子で近寄ってきて言った。

「観《み》ておりました。警部、ご苦労さまです。お怪我《けが》などは？」

「ない」と加賀谷は答え、まだ何か言いたげなその捜査員の前を通りすぎた。

長谷川のデスクへと向かうと、彼は立ち上がって頭を下げた。

加賀谷は訊《き》いた。

「わかったか？」

長谷川は、プリントアウトを持ち上げて言った。

「二月第一週二週の、修善寺カントリー・クラブでプレーした者のリストです」

加賀谷はそのプリントアウトを受け取ると、長谷川の隣りの席の椅子《いす》を引いて腰掛け、リストに目をやった。

「気になる名前はあったか？」

名前に留意しろ、というのは、指示のうちには含まれていない。

しかし長谷川は答えた。

「暴力団員の名前は見当たりませんでした」

「まったく？」

「少なくとも、指定暴力団幹部は。ただ」

長谷川は自分の椅子に腰をおろすと、リストを示した。黄色のマーカーが引かれている。

「二月五日の法人会員の予約です。豊伸興業《ほうしん》。気になって調べました」

「どこかの企業舎弟か？」

「江藤組です」と長谷川は答えた。

加賀谷は長谷川を見つめた。

「確かか？」

「ええ。設立は七年前ですが、江藤組の江藤が代表です」

「何をやってる会社だ？」

「一応は不動産業。都の免許も取っています。事務所は西麻布」

「どんなのが幹部だ？」

「専務が、片桐幸夫《かたぎりさちお》。前科はありません。ご存知ですか？」

「江藤組の構成員だ。証券マン崩れだったな。気になるのはそれだけか？」

「ええ」

「片桐の写真、探してくれ。見つかったら連絡を」

「はい」と、長谷川はリストを引き取ってうなずいた。

「もうひとつ。さっき死んだ稲田の別れたかみさんの住所、連絡先を調べてくれ。神戸在住。阪神電鉄の売店で働いているそうだ」

長谷川がふしぎそうな表情になったので、つけ加えた。

「香典を送りたいんだ」

「あ、そういうことですか」

加賀谷は、稲田久美子、という漢字を教えた。

「すぐ調べられると思います」

「メモしておいてくれ」

加賀谷はフロアを抜けて、エレベーターへと向かった。本庁で用事が待っている。

本庁に戻っていた和也のもとに、刈部と瀬波が駆け込んできたのは午後七時を四十分回った時刻だった。

本庁の二係のスペースには、和也のほかに、樋口がいた。ほとんどが第二方面本部の前線拠点で待機していた。和也は午後六時で逮捕者たちの取り調べをやめさせ、分散留置しているそれぞれの警察署へ逮捕者たちを返していたのだった。あとは、神津の逮捕状待ち。それが取れたところで、明日の摘発の最終指示を出すつもりだった。

フロアの奥の五課のスペースには、まだ二、三十人の捜査員が残っているようだ。なんとなくざわついている。丁場家の稲田の射殺があったせいだろうか。たぶん五課は、稲田を逮捕できなかったことを失敗とはみなしていない。人質を解放し、身代わりになった捜査員まで間一髪で救った。覚醒剤《かくせいざい》を扱う暴力団員の凶悪さまで、テレビ中継により全国民に伝えることもできた。きょうの摘発は大成功のうちに終わったのだ。

大股《おおまた》に近づいてきた刈部は、ちらりとその五課のスペースのほうに目を向けた。五課の雰囲気には気付いたようだが、彼自身、口の端に笑みを浮かべている。余裕の微笑だ。右手にはクラフト紙の封筒。

刈部は和也のデスクの前で立ち止まって言った。

「被害届け、出してもらいましたよ。威力業務妨害」

それは刈部たちが神津英也の身辺で発見した犯罪のひとつだ。神津が自分の住む集合住宅の前に高級乗用車を違法駐車させっぱなしで、ビルの一階にある洋菓子店の営業を妨害したのだ。洋菓子店のオーナーが抗議すると、神津は子分たちのクルマまで使って店の前を完全に封鎖するといういやがらせをした。封鎖は一日続き、最後は苦情を受けた渋谷署の地域課が、神津たちを退去させた。しかしその後も、いかにもその手の男たちが店の前にたむろし続け、とうとうそのオーナーは店を畳んだ。四カ月前のことだという。

店を畳まざるを得なかった、という具体的な被害がある。刈部はオーナーから事情を聴き、被害届けを出すように説得して、いま書類が上がったということなのだろう。

和也は刈部から受け取った被害届けを読んでから、立ち上がった。

「これで明日の摘発の根拠はできました。逮捕状請求しましょう。一課長に了解を取ります」

一課長の部屋を見た。すでにデスクの上には、未決書類ひとつ残っていない。とうに退庁している。しかし、捕まえることはできるはずだ。きっと銀座か新橋近辺にいる。いなかったとしても、請求の許諾は電話ですむ。書類と印鑑はいつでも用意されていた。

そのとき和也の携帯電話が鳴った。和也は携帯電話を取りだして発信もとを確かめた。小河原からだ。

「神津たちのベンツはいま、日本橋のホテルに停まりました」小河原は、香港資本の有名ホテルの名を言った。今年東京に進出してきたばかりのホテルだ。「成田で乗った三人が降りました。まだどういう連中なのかは確認できていないんですが」

「小河原さんはいまどこです？」

「クルマ寄せの手前ですが、このまま立ち去ります。諸田たちにあとをまかせます」

「諸田さんには、フロントで確認してもらいます」

「ひとつ気になることがあるんですが」

「なんです？」

「うちとはべつに、尾行しているクルマがあります。成田からずっとつかず離れずだったんですが、そいつが同じようにホテルのクルマ寄せに停まりました。尾行していたのは確実です」

「マル暴かな」

「クルマは地味な日産車です。五課かも知れません」

五課――彼らも桜井組にたどりついたのか？　あるいはずっと以前から監視していた？　ということは、もしかするとイラン人密造団や沢島興業、丁場家の摘発も、本命に迫るために周辺から固めていたのか。それとも、本命を油断させるための陽動作戦？

和也が黙っていると、小河原が言った。

「いったん切ります」

和也は言った。

「了解です。神津の尾行は、もう一度諸田さんたちにまかせて、戻ってください」

電話を切ってから、和也は刈部に言った。

「小河原さんからでした。成田で出迎えた男たち三人を、日本橋のホテルに送ったそうです」

刈部が言った。

「明日の取り引き、確実ですね」

「ただ、どこかべつのセクションも神津たちのクルマを監視していたようです」

「五課？」

「その可能性はある」

「神津の逮捕状請求、きょうのうちですね。先に取ったほうに優先権がある」

「わたしはこれから一課長に会います。了解を取ってすぐ、地裁で神津の逮捕状を請求します」

「係長が地裁に行くんですか？」

すでに夜になってしまったのだ。令状当番の判事に受け答えするのは、自分のほうがいいだろう。逮捕状の請求権者は、警部以上の階級で課長以上の幹部警察官に限られている。しかし、請求手続きにはそれ未満の階級の警察官が赴くことも多かった。ただ、定時以降の令状請求に対しては、当番判事に疎明《そめい》資料を徹底的に吟味されることがしばしばある。若い捜査員などは、判事の意地の悪い、しかも法律の条文を矢継ぎ早に繰り出しての質問などに、しどろもどろになることも多いのだ。こういう場合は、法律上のやりとりに慣れて、しかも当該事案について事情を完璧《かんぺき》に把握している警部クラスが行くのが一番だった。

「刈部さんは、大井に戻って、電話を待ってください。明日は確実に、桜井組と香港の組織との大きな取り引きがある。場所は三浦半島の桜井良三の別荘に違いありません。うちはこの現場を急襲して、覚醒剤を押収《おうしゅう》。神津以下、関係者を逮捕します。神津と桜井については、今夜から二組ずつで監視。ほかの捜査員は、明日現場に先回りです」

刈部が訊いた。

「応援は？」

和也は答えた。

「一課長から、二班か三班、応援をつけるという判断が出るでしょう」

「神奈川県警には」と、刈部は言ってから首を振った。「いや、無意味なことを口にしました」

「一課だけでやります」

　和也はさっき、湯島の立てこもり事件の中継映像を観ていたときのことを思い出した。その映像に激しく動揺し、狼狽《ろうばい》したこと。封じこめていたはずの記憶のフラッシュバックに、平静を失ってしまったこと。それは自分でも想像できなかった反応だった。そのことにあれほど強く囚《とら》われていたこと、それが傷となっていたことを、自分は知らなかったのだから。

　我を失ったあの場面を部下たちに目撃されていたら、と考えると戦慄《せんりつ》した。その場合、たぶん上司としての信頼が失墜していたことは確実だ。危機にあってはパニックに陥る男、と判断されたかもしれない。暴力団取り締りを任務とするセクションの幹部としては、部下からのそんな評価は致命的だ。だから明日は、八王子の捜査指揮の失敗は忘れて、自分はつとめて沈着、冷静であらねばならない。一課二係が、警視庁の中でもう一度、使える、できる組織として認知されるためにも。

　気がつくと、三人の目が自分に集中していた。和也の次の言葉を待っている。和也は、自分の沈黙がどれほどの時間続いたのか不安に思いつつ指示した。

「明日の準備については、指示は刈部さんにまかせます。瀬波さんも樋口も、大井でわたしの電話を待ってください」

三人は和也のデスクの前から離れていった。

和也は一課長の松原裕二に電話をかけた。

松原はすぐに出た。

「どうした？」

和也は言った。

「寺脇殺害犯のバックの件です。桜井組だという確証を得ました。明日、三浦半島で大きな取り引きがあります。この現場に踏み込みたいのですが」

「根拠はあるんだな」

「はい。桜井組の神津英也についても、逮捕状請求のための被害届けが出ました。威力業務妨害を構成します。請求の許可を願えますか」

「来て、説明しろ。いま、日比谷にいる」松原は晴海《はるみ》通り沿いの香港資本のホテルの名を出した。そこの二階、チャイニーズ・レストランで会食中だという。「着いたところで、もう一度電話を。ロビーに降りてゆく。大井なんだろ？」

「いえ、いま本庁に戻っていますので、十分ぐらいでつけると思います」

クルマを手配するぐらいなら、歩いたほうが早い距離だ。

松原がいるのが、日本橋の香港系ホテルではないのは助かった。いまやむをえない仕事の用件とはいえ、あちらのホテルに出向きたくはなかった。神津やら香港の暴力団幹部とすれちがわないとも限らない。すでに、暴力団を相手にしている捜査員の雰囲気と匂《にお》いが身についている。相手かたは瞬時に和也の身元を察する。そしてより一層警戒することになるのだ。

松原が言った。

「本庁の雰囲気、見たか？」

「と言いますと？」

「五課は、盛り上がっていたぞ。マル暴、拳銃《けんじゅう》、覚醒剤の三点セットで、派手な見せものを全国に流した。きょうの一件で、マル暴摘発の最前線で身体《からだ》張ってるのは五課だ、という評価が決定的なものになった」

松原のその言葉には、かすかに悔しげな、あるいはいまいましげな調子が感じられた。本来なら、その栄誉は一課と自分自身が手にするはずだ、という想《おも》いがあるのだろう。

「いまは静かです」と和也は言った。「すぐに参ります」

和也は被害届けの入った封筒を手に席から立ち上がり、エレベーター・ホールへと向かった。

組織犯罪対策部のフロアに上がると、五課長の木崎と七係長の大島が、おおげさに笑みを浮かべて加賀谷を迎えた。

「完璧でした」と大島が言った。「お見事でした」

木崎は、なれなれしげに肩を抱いてきた。

「あんたを復帰させて、大正解だった」

五課のスペースには、二十人ばかりの捜査員たちがいた。この場にいる多くが、テレビで中継されたという一部始終を目撃していたのだろう。音を立てずに、拍手のしぐさをする年輩の捜査員もいる。一方で加賀谷にはちらりと視線を向けただけで、電話を続けている者も数名いる。真剣な顔だ。三浦半島、神奈川県警といった言葉が聞こえた。いまこのフロアに残っている五課の捜査員たちは、きょうの丁場家の手入れとはべつの捜査についていたようだ。

木崎が、自分のデスクのほうへ加賀谷を促した。デスクの前の応接セットで、そのときの様子を報告しろということなのだろう。

加賀谷は歩きながら訊《き》いた。

「何があるんです？」

「新しい情報だ。皆川は、どうやら桜井組の構成員だ。三浦半島に匿《かくま》われているらしい」

「皆川が、桜井組？」

「あんたは、そういう情報は耳にしていないか？」

「いえ」

「いま、こっちの情報の確認にあたってる。桜井組が明日、外国組織と大きな取り引きをするという情報もある。本丸が見えてきたんだ」

大島が言った。

「明日、また捜査員大量投入で摘発ってことになりそうです。だけど加賀谷さん、警部は明日は休んでください。現場に出てくることはありません」

木崎が、ちらりと腕時計を見てから言った。

「ねぎらうよ。銀座に行こう」

加賀谷は首を振った。

「きょう、これからエスと会わなきゃならないんです」

「放っておけ。べつの日でもいいだろう」

「急ぎのほうがいいでしょう。この事態についての、キーになるような情報らしい」

木崎が鼻白んだような表情となった。

大島が横からとりなすように言った。

「加賀谷さんは、そういう場が苦手なタイプなんでしょう。こういう日は、むしろひとりで静かにスコッチというタイプなんじゃないかな」

木崎は口をへの字に曲げつつも言った。

「一段落したら、やるぞ。部長にも出てきてもらうか。かまわんよな」

「ええ、一段落したら」

「明日の桜井組の摘発で、全容がわかる。その場で皆川も逮捕できたら、ひとつ区切りがつく。一課は完全にお荷物だったとわかる」

「お荷物？」

「一課の松原が、部長に組織をどうせいこうせいと吹き込んでいた。それも、何の説得力も持たなくなる。いちばん大きいのは、組織の規律が戻ることだ。若造が階級飛び越えて生意気な真似《まね》をしたり、上司を売ったり、そういうことをさせない役所になる。安城みたいな男には、もう先がなくなるんだ」

「そうして」と大島が続けた。「加賀谷さん、あなたのような刑事がきちんと処遇される警視庁に戻ります。少なくともマル暴関連部署はそうなる」

その五課のスペースに、捜査員がひとり入ってきた。歳《とし》は三十代前半ぐらいか。明るい色のスーツに、黒いシャツ姿だ。

彼は加賀谷に目をとめるなり大声で言った。

「加賀谷警部。見ていました。最高でした！」

その場の捜査員全員が顔を上げた。

彼は続けた。

「いま一課の安城係長とすれちがいましたよ。とぼとぼ桜田通りを渡ってゆきました。いたたまれなくなって、消えたんですかね」

こんどは捜査員たちから、笑い声がもれた。

「先日から安城係長のチームは、本庁から消えていますよ。大井町でうじうじやってるみたいですけど」

加賀谷は木崎と大島に顔を向けた。

「くたくたなんで、きょうはこれで失礼いたします」

加賀谷は踵《きびす》を返すと、携帯電話を取り出しながら足早に五課のスペースを出た。

エレベーターの扉の前で立っていると、五課の捜査員がひとり近づいてきた。猪首《いくび》の中年男だ。寺脇の警察葬の会場で、安城和也に殴りかかった男。沢島保二の取調べも受け持っていた。安中という捜査員だ。

「警部」と、安中は小声で加賀谷に呼びかけてきた。

加賀谷が顔を向けると、安中はためらいがちに言った。

「ご苦労さまでした。次はおれが代わります。遠慮なく指名してください」

扉が開いた。加賀谷は小さくうなずいて、携帯電話を右手に持ったままエレベーターに乗り込んだ。


東京地方裁判所の書記官は、和也が提出した書類を一点ずつ精査してから、小首をかしげた。

「神津英也？」

東京地方裁判所の令状部のカウンターだった。桜田通りをはさんで警視庁の筋向かいにある機関だ。いま和也は一課長の了解を取り、課長名で請求書を作成して、地方裁判所の令状部である刑事十四部にきたのだった。判事のもとへ持ってゆく前にまず書記官が、請求書類の不備はないかを点検することになっている。

五十代の、見るからに几帳面《きちょうめん》そうな書記官は言った。

「この被疑者については、すでに逮捕状請求が出ていますよ」

和也はまばたきしてから訊いた。

「いつです？」

「きょう。それもついさっきですよ。まだ三十分もたっていない」

「この神津英也でまちがいありません？」

「ええ」書記官は書類の一枚に目を落してから言った。「組織犯罪対策部五課長名での請求でした」

五課が、三十分前に？

「容疑は？」

「恐喝」

「そっちはそっちです。こっちは威力業務妨害。この容疑について、請求できませんか？」

「同じ被疑者に、同日に逮捕状が二通ですか」書記官は首をひねる。「しかも同じ組織犯罪対策部なのに？　これって、部内の調整で間違いがあったということはありませんか？　ほんとうは一通で済むものが」

「別々の事案です」

そのとき、和也の胸ポケットで携帯電話が鳴った。

一課長の松原からだ。和也が電話に出るなり、松原は焦《あせ》ったような声で言った。

「駄目だ。バッティングだ。部長に報告したら、五課がもう請求したそうだ。まだ本庁だな？」

和也は言った。

「地裁です。いま、こちらの書記官にもそう指摘されたところです。どういたしましょう」

「出したのか？」

「書記官段階です」

「取り下げろ。一課は、神津と桜井組から手を引けという指示だ」

「桜井組からも？」

「五課が大がかりな摘発の準備にかかった。もし動きを察知されたら水の泡だ、桜井組に関しては一切動くなということだ。そうしてくれ。いいな」

「はい」

電話が切れた。

「いかがされます？」

書記官の声に、和也は書類をすべて手元に引き寄せながら言った。

「後日あらためて」

令状部の部屋の外に出て、廊下でいったん立ち止まった。

狐《きつね》につままれた気分だった。自分たち一課が五課に先んじて捜査を進めていたつもりだったのだ。しかし五課だって、ベテランの捜査員を多く擁した同様の部署だ。遅かれ早かれ、同じ結論に至り、同じ事実を摑《つか》むことは想定できていた。ただそれにしても、三十分の差とは。わずか三十分の差で、桜井組の摘発ができなくなるとは。この一年間、東京都内で続いてきた覚醒剤《かくせいざい》取り引きをめぐる事情の激変と、いくつもの殺人事件。黒幕の組織がどうやら桜井組であるとようやく突き止めたところで、その組織に手をかけることを禁じられた。封じられたのだ。共同で、標的を分担して立ち向かうということも認められないまま。

納得がゆかなかった。

しかし、この指示だけは早急に二係の捜査員たちに伝えなければならなかった。和也は携帯電話で刈部を呼び出して言った。

「神津の逮捕状、先に五課が取りました。うちは、桜井組にはいっさい手をかけるなという指示です」

「えっ」と、刈部は声を上げた。「それって、どういうことなんです？」

「五課は、桜井組に対しても大がかりな摘発の準備をしているようです。察知されては空振りになるとのことで、いっさい動くなという指示が出たんです」

「どこからです？　まさか一課長ってことはありませんよね」

「部長です」

ふうっと、刈部が溜《た》め息をついたようだ。

「一切動くな、ですか」

「監視、尾行もまずい」

「小河原にすぐ連絡します。それとも、係長がされますか」

「わたしがします」

「ここまできてからの撤退ラッパって、拍子抜けしますな。初めてってわけじゃないけど。こっちの面々には、わたしから伝えます。明日は？」

「佐久間たちの取り調べに集中しましょう」

「了解です」

小河原の反応は、刈部よりもあっさりとしたものだった。

「そうですか。抜かれましたか」

「密行は中止です。引き上げてください」

「わかりました」

和也は携帯電話をポケットに収めると、エレベーター・ホールへと歩いた。ちょうど一台のエレベーターから男が降りてきたところだった。下りのエレベーターのようだ。和也は十歩ほどの距離を駆けて、閉まりかけた扉の隙間《すきま》からエレベーターに飛び込んだ。

ひとり先客がいた。女性だ。和也はその顔を見て、身体《からだ》をこわばらせた。別れた妻だった。仕事で東京地裁の建物に来ることはおかしくはない。

いっときは安城美知《みち》という名前だった。しかし彼女がその名前で生きたのは、三年弱だけだ。その後旧姓に戻った。

理系の研究者のようにも見える涼しげな顔だちで、化粧っ気は薄い。セルフレームのメガネ。額を出してうしろでまとめた髪。以前のままだ。いや、少しだけ太っただろうか。

美知のほうが当惑の表情を見せたのは、一瞬だけだ。すぐに控えめに微笑して言った。

「おひさしぶり。お仕事？」

「ああ。令状請求」和也はエレベーターの反対側に立って訊《き》いた。「きみも？」

「ええ。この上に」

地裁のどこかの部署に、仕事の用事で来たということなのだろう。書類を届けたか、あるいは受け取ったか。たぶんいまも仕事は同じだ。

結婚したとき、彼女は弁護士事務所に勤めていた。そもそもの出会いが、この東京地裁だったのだ。和也が担当した事件の被告側弁護士が、美知を秘書か助手のように連れていた。閉廷後、一階のロビーでその顔を意識した。翌週、やはりこのビルの地下にある職員食堂で、彼女を見た。中年の弁護士バッジをつけた男と一緒に、ランチを食べていた。和也があいさつし、美知が、あ、という顔を見せて、それがつきあうきっかけになった。一年半後に、ふたりは結婚した。

知り合ってから結婚までが早い、と言われたことがある。しかし、結婚を遅らせたら、仲が終わるのではないかという不安があった。結婚するなら、ふたりが熱いうちだと思った。和也のいささか不器用で性急な求婚に美知がはいと答えて、ふたりは結婚したのだった。

「元気？」と美知が訊いた。

「ああ。きみは？」

「元気」少しの間を置いてから、美知は横目で和也を見つめて言った。「再婚したの」

驚いて和也は美知を見つめた。美知は、和也の視線を受けとめて、あらためて微笑してきた。元気に加えて、幸福であると言っている顔だった。

「知らなかった」

「あなたは？」

「ひとりだ」

「まだ二課？」

つまり彼女は、その後の和也の消息など気にも留めていなかったということだ。生活圏がこんなに接近しているのに。もっともそれは、和也にとっても同じことかもしれない。元妻がその後どのように暮らしているか、それとなく友人にあたる手間もかけなかった。

和也は答えた。

「いま組織犯罪対策部」

「あ、刑事さんが撃たれた？」

「ぼくも関わった事案だ」

「危ない職場ね」

エレベーターの扉が開いた。和也は美知を先に下ろしてから、地裁一階のロビーをエントランスに向かって並んで歩いた。

横目で美知の姿を見た。薄手のコートの上からも、下腹がふくらんでいるように見える。太ったのではない。

和也の視線に気づいて、美知が言った。

「妊娠しているの」

「あ」

あとは言葉にならなかった。再婚した元妻から妊娠を告げられた、元亭主はどのように反応すべきか、シミュレーションしたこともなかった。

「おめでとう」と、ようやくその言葉が出た。

「ありがとう」

「いまの苗字《みょうじ》は？」

聞いたことのない名だった。

「ぼくの知っているひと？」

「たぶん知らないと思う」

「ほんとうにおめでとう」

「ええ」

エントランスを抜けて桜田通りの歩道に出ると、美知は左手で地下鉄の霞ケ関駅方向を示して言った。

「あなたも元気でね。じゃ」

「じゃ」

和也は立ったまま、元妻の姿が地下鉄駅の入り口に消えるまでを見送った。予想できたことではあるが、美知は振り返らなかった。少し足早に、歩道に靴音を立てて遠ざかり、地下に消えていったのだ。


エレベーターの扉が開くと、そこに野島が待っていた。

野島は深々と頭を下げてから言った。

「拝見しました。加賀谷さんは、すごいです」

汐留《しおどめ》にあるホテルの高層階だ。加賀谷が以前警視庁にいたころにはなかったホテル。先ほどの電話で江藤に指定されるまで、その名も知らなかったホテルだった。できたのは、この三、四年のうちなのだろう。

野島の後ろで、黒いスーツ姿の女性が、どうぞ、とうながした。店の従業員のようだ。加賀谷は野島と並んで、その女性のあとに続いた。

店内の全体の照明は暗めで、ガラスを多用したインテリアだった。天井も高い。フレンチの店とのことだが、それも一流レベルだ。値段もそれ相応だろう。

奥の個室に案内された。東京湾のウォーターフロントと埋め立て地周辺の夜景が前面に広がっている。贅沢《ぜいたく》な眺望の部屋だった。中央に、白いテーブルクロスをかけた四人がけのテーブルがある。

手前に江藤が立っていた。その横にいるのは、江藤組の幹部のひとり、片桐だった。きょう、長谷川が調べてくれた会社の専務。ふたりともスーツ姿で、このような店にいても格負けしていなかった。堅気には見えないのに、それなりに店の雰囲気になじんでいる。

江藤と片桐は、両手をズボンの縫い目にぴたりと合わせるように伸ばし、腰を四十五度に曲げた。

江藤が言った。

「お疲れさんでした。ご無事で、なにより」

加賀谷は三人の顔を眺め渡した。この三人が、現在の江藤組の事実上のスリートップということになるのか。組として加賀谷のきょうの働きをねぎらうというとき、江藤が集めたふたりが、片桐と野島なのだ。野島は組の中でもまだ若い部類だろうに。

加賀谷はその想《おも》いを隠したまま言った。

「突然ですまなかったな」

「いいんです。こんな日だ。おれたちが加賀谷さんを慰労できるなんて。片桐のことは知っていました?」

「顔は知ってる」

片桐が小さく頭を下げた。

江藤が加賀谷に席を勧め、自分はその左隣りに腰をおろした。片桐と野島も席に着いた。

「ちょうどいいタイミングです」と江藤は言った。「こっちも着いたばかりで、食前酒を飲んだだけだ。何がいいです?」

「なんでも」

「やっぱり泡だな」

江藤は店の女性にシャンパンを一本持ってくるようにと注文した。

女性が部屋を出てゆくと、江藤が言った。

「ひとつ間違えていれば、殺されていたんですよね」

「見たとおりだ」

「拳銃《けんじゅう》突きつけられても、まったく動じていなかった。すごい。加賀谷さんは、警視庁最強のデカですよ。きょうはとことんつきあってもらえるんでしょう？」

「そのつもりできた」

「好みはわかっているんで、料理はもう注文しておきました。二次会もまかせてください。でも、気が変わったのは何か理由でも？」

「無性に飲みたい気分なんだ」

「わかります。あんなことがあった日ですからね」

「よくおれだとわかったな」

「シルエットだけで、わかりましたよ。志願したんですか？」

「まさか」加賀谷は鼻から息を吐いた。「ご指名だ」

「組対から？」

「稲田が、おれの名前を出した」

「その気持ちはわからないでもない」

「こんなときのための、復職だったんだ」

「まだピリピリしてますね」

「ささくれだってる」

「鎮《しず》めてください」

そこに男性ソムリエがシャンパンのボトルを持ってやってきた。江藤が椅子《いす》の上で腰の位置を直した。ソムリエは慣れた手つきで、栓を抜いた。ポン、と軽い破裂音があった。

三人のグラスに金色のシャンパンが注がれたが、野島だけは断った。彼の前にはペリエが置かれている。

江藤がグラスを持ち上げていった。

「加賀谷警部の復職と、本日のご活躍に、乾杯」

片桐と野島が小さく、乾杯、と合わせた。加賀谷は黙ってグラスを口元に運んだ。

片桐と野島が、また湯島の一件を話題にした。人質の身代わりになるとは、たいした度胸だと。あれができるのは、警視庁四万の警官の中でも加賀谷ひとりだけだろうと世辞を言う。加賀谷は黙ってシャンパン・グラスを空にした。

江藤が、シャンパンを二杯飲んでから訊いた。

「なんで稲田は、あそこで加賀谷さんを撃とうとしたんです?」

「さあ」

「中で何かトラブルでも？」

「いや」

「大阪でひとり殺したって噂《うわさ》の極道ですからね。切れやすかったんでしょうけど」

江藤は手酌で自分のグラスにシャンパンを注いだ。ついで野島が、加賀谷のグラスにシャンパンを注ぎ足した。

「まったく、あんたの役所ときたら、あんたを一回使い捨てにしておいて、また同じことをやってる。悪いことは言いません。身体を張るのはそこまででいい。あとは、使い捨てにされないように生きなきゃ」

「たとえば？」

「あんたはもう、きょうの一件で、不動のビッグネームになりましたよ。警視庁の中でも、ヤクザのあいだでも、一目も二目も置かれる男になった」

片桐も言った。

「たぶん外野の人間にも、加賀谷警部の名前は知れわたる」

「警視庁は、名前は発表していない」

「すぐに広まりますよ」

「どうかな」

「あんたが警官を続けたいというなら、それはそれでいいんですよ。だけどおれは、あんたの定年後のことまで考えて言ってる。おれに手を貸してくれませんか」

「おれは警官に戻ったんだ」

「復帰前のあんたなら、おれも誘いません。警視庁に復帰したいまのあんたなら迎えたいってことです。いまのあんた、警視庁の誰もが一歩下がって敬礼する加賀谷仁警部ならってことです。あんたはもう、十年前よりも何倍もの力をもった刑事だ」

「まさか」

「いや、きょうのこともある。あんたに心酔する刑事が何人も、何十人も生まれる。あんたは警視庁の中に、自分で意のままに動かせる裏結社を作れる。おれは応援しますよ。手下たちを養うのに必要な資金も出す」

「そんなこと出来るわけがない」

「あんたには、その力がある」

「警察は階級社会だ。上の命令が絶対だ」

「現場で身体《からだ》張ってる警官は、本音ではそう思っていない」

「あんたは警察を知らない」

「知っている。個人的なつきあいもある」

「どんなふうに手を貸せって言うんだ？」

「顧問格で、うちを見てもらうってことですが。もっとざっくばらんに言えば、難しい交渉とか、契約のときに、立ち会って欲しい。その場にあんたがいるってだけでもいいんだ」

顧問としての立会い。リスクのある取り引きの場に加賀谷が同席することは、現場警察官代表がその契約を裏書きする、という意味を持つとでも思っているのかもしれない。加賀谷にそれだけの影響力があると江藤が信じているとすれば、お笑い種《ぐさ》だが。

それでも加賀谷は訊《き》いた。

「見返りは？」

江藤が加賀谷の目をのぞきこんできた。真顔だ。

「条件次第だという意味ですね？」

「腹の内を聞かせてくれ」

「十年前のあんたの生活を保証しますよ。目黒のマンション。外車。一流どころでの飲み食い。定年後もです」

「顧問になるだけで、どうしてそんなに優遇する」

「加賀谷さんを、兄弟と呼びたいからですよ」

テーブルの反対側で、野島が顔を上げた。一瞬視線が合ったが、その表情は読めなかった。野島はすぐに視線を戻した。

江藤が続けた。

「定年後も、あんたがその裏警察を動かしてくれるんなら、ずっと面倒を見る。定年したあと、乗るのが毘沙門湾の釣り船じゃなくて、油壺マリーナのクルーザーだと、何かまずい理由がありますか？」

加賀谷が黙っていると、江藤はたたみかけた。

「明日、盃《さかずき》を交わしませんか。ちょうどおれは重要な会食の予定がある。兄弟分たち、外国の取り引き先もくる。まず固めの儀式めいたことをやって、そのあとあんたを紹介する。明日の東京の夜を仕切るのは、おれだってことを、みんなに印象づける」

「どんな儀式だ？」

「ごく形式的なものですよ」

「そこまでして、おれが欲しいのか？」

江藤は立ち上がって、個室のガラスに寄った。その向こうには、無機質な東京湾岸の夜景だ。ビル群と、自動車専用道路と、運河、海水面。走る自動車のライトの流れ……。生活感も現実感も消えたその風景は、パソコンで作って投射された映像のように見えないこともなかった。

江藤がガラスを背に、加賀谷に身体を向けた。

「たとえばの話、見てくれ。この東京湾に、いずれカジノ特区ができる。アジア標準の、大人のための大娯楽パークができるのさ。東京都と警察庁が、いまからその利権を狙《ねら》って懸命に綱引きしてる」

加賀谷が提案に食指を動かしたと見たせいか、江藤の口調は完全に対等なものとなっていた。いや、すでに、雇用主のつもりなのかもしれない。

「連中は自分たちが法律と条例を作れば、カジノ特区があっさり成功すると思っている。ちがう。できやしない。賭場《とば》をじっさいに仕切れる組織がないことには、カジノ特区なんて立ち行かない。そしてカジノ特区ができた暁には、東京の繁華街の利権なんて、鼻くそほどの価値もなくなる」

ウエイターがふたり入ってきた。料理を運んできたのだ。江藤がいったん口をつぐんだ。

前菜の皿が出てウエイターが料理の説明をしかけた。結構、と江藤は断った。

ウエイターが説明をやめて部屋を出ていくと、江藤は続けた。

「アジアじゅうから金持ち観光客を集めて博打《ばくち》させるだけで、特区は成り立つと思うか？　大金をふところに入れて遊びにくる大人に、それ以外の楽しみは提供しないのか？　もちろんおおっぴらには提供できないものもあるさ。だけど、それなしに客が来ると想定するほうが馬鹿《ばか》だ。誰かが、一応は非合法なものであれ、売ってやらなきゃならない。それだって都庁の天下り役人や警察官僚にはできない。賭場を仕切り、女と、そのほかのちょっとしたものの便宜をはかってやる誰かが必要なんだ。その経験も能力もある誰かが。それは誰だ？　沢島興業か？　丁場家か？　桜井組か？」

桜井組の名が出た。加賀谷は、表情が変わらぬように意識した。

「ちがう」と江藤は首を振った。「組事務所に代紋《だいもん》だけ立派なのを掲げて、しょぼいみかじめ料取ったり、エロＤＶＤ売ってる連中にできるか？　へたをしたら外国の組織とも丁々発止とやりあわなきゃならないとき、ハローとハウマッチしか喋《しゃべ》れないようなヤクザに何ができる？」

前菜の皿には、煮凝《にこご》りのような料理があった。加賀谷は江藤に目を向けたままそれを口に運んだ。ポークのテリーヌだった。

江藤は言った。

「この特区のカジノ経営を受託しようって実業家がいる。シンガポールでいまどでかいカジノを建設中だけど、そこの運営会社ともタイアップすることになっている。社員に研修させて、カジノ運営のノウハウを学ぶ。二、三年後には、カジノ特区をどこの企業に任せるかいざ役人どもが思案するとき、日本の資本でということになれば、その会社しか思いつかないということになる。代表はいずれ紹介できると思うが」

加賀谷は、昨日の恵比寿のホテルの宴会場で、熊谷という実業家を見たことを思い出した。彼のことを言っているのだろうか。

江藤は続けた。

「カジノの表は、この会社が仕切る。だけど、きれいごとを言ってもけっきょくは賭場だ。裏でやる仕事は出てくる。特区の中にも、裏通りはできてくるんだ。そこをおれが受け持つ。アジアのほかの組織とも、いい関係を作りながらだ。うちがカジノ特区を仕切れば、そこは日本でいちばん安全な、治安のいいエリアになる。ラスベガスがアメリカでいちばん安全な町であるのと同じ理由でだ。東京都も警察庁も大喜びってことになる」

江藤が加賀谷を見つめてきた。どう思うかと訊いている顔だ。

加賀谷はテリーヌを呑《の》み込んでから訊いた。

「それほどの利権、ほかの組織が黙って見ているか？」

江藤は口の端を上げた。

「日本航空まで破綻《はたん》する世の中だぞ。古いタイプのヤクザは、もうやってゆけない。生き延びられない」

「抗争となれば、あんたの組は弱小だ。勝てるのか？」

「うちは弱小かい」江藤は鼻で笑った。「あんたが三浦半島にすっこんでいるあいだに、どれだけ成長したか知らないだろ」

「あいにくとな」

「もううちは弱小じゃないし、抗争になっても必ず勝つさ。というより、ほかの組織が淘汰《とうた》される。脱落していく」江藤は、関東の博徒《ばくと》系団体、テキ屋系団体、それに神戸が本拠の広域暴力団の名を口にした。「連中は恐竜みたいなものだ。いや、群れがでかいものになりすぎたハイエナか。どうであれ、気候変動だ。環境激変だ。死に絶える。最後に残るのはうちだよ。新しい時代に適応できる、江藤グループ。こういうの、適者生存の法則って言うんじゃなかったか」

「自然淘汰ってわけにはなるまい」

「安楽死に手は貸してやるさ」

「手を貸す？」

「警察も喜ぶかたちで」

「丁場家も、桜井組も、黙っていないだろう」

江藤は笑った。

「桜井組なんて、明日つぶれるさ」

「明日？」

「組対で、聞いていないのか？」

明日摘発があるという情報のことか？　でもそれを、なぜ江藤が知っている？　組対五課から情報が漏れた？

いや、と思い直した。安楽死には手を貸すといういまの江藤の言葉。江藤が桜井組の情報を流した？

加賀谷は言った。

「おれはずっと、上野署で事情を訊かれていたからな」

「そうか。あんたは丁場家を受け持ったんだものな」

「思い出したくもない」

そこにまたウエイターが入ってきた。こんどは白いポタージュだ。牡蠣《かき》がポタージュの表面に顔を出している。

ウエイターが去ったところで、加賀谷は訊いた。

「皆川は、桜井組だったのか？」

「いや」江藤はいったんきっぱり言ってから言いなおした。「知らん。気になるのか」

「昔の部下を殺された」

「そうか。仇《かたき》か」

加賀谷はポタージュを口に入れた。

「ささくれだった気分のほうはどうだ？」と江藤。

加賀谷は答えた。

「まだだ」

「いまの件、どうだ？」

「一日時間をくれ」

「前向きに検討する、ってことでいいか？」

「どうしておれが、きょう酒を飲ませろと言ったと思う？」

「そうだな。しつこく迫って、あんたの気持ちをリセットさせたくない。つぎは白でいいか」

「まかせる」

江藤はテーブルの上からワインリストを取り上げ、目の前で広げた。

「魚料理が鱒《ます》だ。ここはロワールのサンセールでどうだ」

「詳しくなったんだな」

「つきあいが広がったせいだ。近頃はロシアのヤクザも、ワインにはうるさい。ワイン選びには気を遣う」

「ロシア人ともつきあいがあるのか？」

「明日の東京で生き延びようと思ったら、中国人、ロシア人とは親しくしなきゃ。明日来るのもロシア人だ」

「その取り引きに？」

「ああ。その場にあんたがいてくれたら、明日の商談はパーフェクトだ」

「どんな」

「契約更改。より緊密な業務提携。あとはまあ、なにやかや」

ドアに近い野島が、ウエイターを呼んだ。

すぐ部屋に入ってきたウエイターに、江藤は白ワインを注文した。

加賀谷はシャンパン・グラスを持ち上げて傾けながら、江藤を窺《うかが》った。シャンパンですでに顔が赤い。ご機嫌と見える。明日、五課の関心が桜井組に集中しているところ、彼は都内のどこかでロシアンマフィアと大きな商談をまとめる。その商談後、彼はますます上機嫌となるのだろう。

「うまい酒だな」と、加賀谷はグラスを口から離して言った。「飲むなら、こういう酒だ」

江藤が、同意すると言うように目を細めた。

「二次会にも、いい酒と肴《さかな》を用意している」

12

加賀谷は本庁の五課のスペースに入ると、安中を探した。午前十時四十五分だ。

彼はデスクに着いており、ちょうど書類ホルダーから顔を上げたところだった。加賀谷は安中に近づいて訊《き》いた。

「一課二係で、ベテランって誰になる?」

安中は少し戸惑いを見せた。

「二係って、あの安城の部署のことですか?」

「ああ。マル暴経験の豊富な刑事は?」

「警部補クラスだと、刈部さん、小河原さん。あ、瀬波って巡査部長もいますね。池袋署からきたベテランですよ」

「その瀬波ってひとの携帯、調べられないか」

「何か」

「直接聞き出したいことがあるんだ」

「一課のことで?」

「いや、そういう話じゃない」

それ以上は質問するなという意味は伝わったろう。

「五分ください」と安中が言った。「二、三あたってみます」

「おれが聞きたがっているとは言わないでくれ」

「承知しました」

「わかったらおれの携帯に電話を」

安中の携帯電話に自分の番号を登録させてから、加賀谷は駐車場に降りた。

安中からの電話は、加賀谷が富坂庁舎に向かっているときに入った。

「瀬波巡査部長の携帯電話番号、わかりました。主任の刈部さんのも」

加賀谷はセダンを皇居前の日比谷通りの脇《わき》に停めて、教えられたふたつの番号をメモした。

瀬波に電話すると、はい？　といぶかしげな声が返った。声の印象では年配者だ。定年間近い捜査員だろう。

「加賀谷といいます」と加賀谷は名乗った。「先日組対に配置された者です」

「あ」と、瀬波が狼狽《ろうばい》したのがわかった。「あの？」

「そうです。五課の関係から、この番号を教えていただきました。電話、いま大丈夫でしょうか」

「ああ。いや、大丈夫ですがね」

「桜井組の手入れ、一課は手を出すなという指示が出たと聞きました。ただ、わたしはわたしで、今回の黒幕についてちがう情報を持っています。瀬波さんに聞いていただけたらと思うのですが、お目にかかれませんか」

「加賀谷さんが、おれに情報をくれると？」

「というか、情報交換です」

「どうして？」

「全体を知りたいんです。情報をつき合わせれば、見えてくるものがあるだろうと」

「五課とやればいいのでは？」

「五課はいま聞く耳を持たない」

「要点だけでも、いま教えてもらえると。お目にかかるかどうかは、あんたのその情報を聞いたうえでの判断ではどうです？」

「いま、そばに誰かいます？」

「いえ」

「桜井組は無関係です。べつの組がいる」

「べつの組って、どこです？」

「直接お目にかかって」

「あんたが欲しい情報は？」

「一課が持っているもの」

瀬波が鼻で笑った。

「加賀谷さん、じつはね、一課はあんたがすでに江藤組に取り込まれたことを知っている。あんたの情報を真に受けるわけにはゆかないよ」

加賀谷は驚いた。江藤組にすでに取り込まれた？　昨日の江藤との会食の様子でも、一課に漏れたのか？　いや、あの場にいたのは、自分たちのほかには、片桐と野島のふたり。江藤が信頼している手下たちだ。そこから一課に漏れることはありえないだろう。

加賀谷は、九年前を思い出した。自分が警視庁を依願退職する羽目になった経緯を。復帰の時点から、おれはまた警務の行動監視対象だったのか？　すぐにその疑念を打ち消した。警務部の斉藤も石原も、おれを復職させようと本気だった。監察するつもりがあったら、そもそも復職を働きかけてなどいないはず。もしかして、一課がおれを内偵している？　安城和也が、おれを密行監視させていたのだろうか。ありえないことではない、と加賀谷は思った。たぶん安城は、この自分が復帰した直接の理由を知りたがっている。気にかけている。部下に内偵を命じていたということはありえた。先日の六本木の江藤のクラブに行ったとき、あるいは昨晩。一課がその前後を監視していたとしたら、そこから加賀谷は江藤組に取り込まれた、という結論を導き出したとしても、不自然ではなかった。

加賀谷が黙っていると、瀬波が言った。

「そういうわけだ。加賀谷さん、会っても意味がないよな」

哀れむような調子があった。

加賀谷がつぎの言葉を探していると、瀬波は「失礼」と言って電話を切った。

携帯電話を耳から離すと、少しのあいだフロント・ウィンドウごしの皇居前の風景を眺めた。東京の空は曇っており、雲はわりあい低い位置を東方向に向けて流れていた。皇居周辺の街路樹の葉が、少し揺れているように見えた。風が出てきているようだ。

加賀谷は携帯電話を持ち直すと、べつの登録番号を呼び出した。

「どうも」とすぐに相手が出た。

「きょう、すぐにも会えないか」

「いいですよ」と、内堀の期待のこもった声が返った。

刈部が部屋に駆け込むように入ってきた。捜査員たち全員が刈部を見た。

「係長、いまいいですか」

「もちろん」

刈部は、二時間ほど前に、急に協力者と会うことになったとこの前線拠点の部屋を出て行ったのだった。

大テーブルの向かい側に腰を下ろすと、刈部はひと呼吸置いてから言った。

「加賀谷が、からんでいます。わたしのエス情報です」

その場の全員の目が、刈部に集中した。

和也は訊いた。

「あの、組対に戻った加賀谷警部、ということですか？」

「あの加賀谷です。昨日、稲田剛正に撃たれるところだった」

「からんでいる、というのは？」

「この一連の覚醒剤《かくせいざい》事情です。おれたち、背後にいるのは桜井組とミスリードされてましたよ。桜井組をつぶすために、情報が全部そっちに向けられていたんです」

「ほんとの黒幕は？」

「エス情報では、江藤組。佐久間や皆川のうしろにいるのは、江藤です。覚醒剤の販路を背後を隠して新しく作り、もし捜査対象となった場合は追及がよそに向くように仕組んでいた。加賀谷は、組対の目を逸《そ》らすために、警視庁に復帰したんです」

小河原が、不思議そうに訊いた。

「加賀谷は、警務の復帰要請をずっと断っていたと聞いているぞ」

「皆川が寺脇を殺した。このミスで、組対は江藤組に目をつけかねない事態になった。それで急遽《きゆうきよ》、江藤が加賀谷に復帰要請を受けるよう指示したそうです」

栗田が首をかしげて和也に目を向けてきた。

「加賀谷はずっと以前から、江藤組に取り込まれていたんですか？」

和也は九年前の内偵を思い起こしながら答えた。

「江藤は情報源のひとりだった。カネも借りたはずだけれど、加賀谷は公判ではそれは認めなかった」

「つまり、江藤組を守った？　自分のバックを黙秘することで」

そういう解釈もできるか。これまで警視庁では、加賀谷は上司の関与について黙秘することで、警察制度全体を守ったのだ、と評価されてきたのだが。

刈部が、全部言わせろというように咳払《せきばら》いした。

「エスの情報では、桜井組のきょうの取り引きの陰で、江藤もまた大きな取り引きをまとめます。組対が、桜井組や沢島興業や丁場家を摘発しているあいだに、江藤組は生き残りの一手を打つ腹積もりだそうです」

和也は訊いた。

「江藤の取り引きは、どこで？」

「エスは、そこまでつかんではいません。ただ、加賀谷が顧問としてその場に立ち会う。加賀谷を追えば、取り引き現場に行きつけます」

「情報の信憑性《しんぴょうせい》はどうです？」

「十分にあると思います。証拠を見せられたわけじゃないんですが」

そのとき瀬波が、ためらいがちに言った。

「じつはさっき、わたしにも加賀谷から接触があった」

こんどは捜査員全員の目が瀬波に向いた。

瀬波が、黙っていたことを詫《わ》びるような調子で言った。

「加賀谷から電話があった。情報交換したいと。加賀谷が江藤とくっついていることはわかっていましたからね。何か偽《にせ》情報を流してくるだろうと、ぴんときました。会いたいと言われましたが、断りましたよ」

和也は訊いた。

「何時ごろです？」

「十一時ぐらいですかね」

和也は腕時計を見た。四時間前ということになる。

「瀬波さんは、どんなふうに断ったんです？」

「あんたが江藤とくっついていることはお見通しだ。情報交換はできない、と」

和也は、刈部や小河原に顔を向けて言った。

「先日、六本木を通ったとき、わたしや瀬波さんは、加賀谷の姿を目撃しているんです。ピエモンテという江藤のクラブがあるビルの前で」

小河原が言った。

「またいいクルマに乗っているとも聞きましたね。以前同様のドイツ車だそうです」

「警部の給料じゃ無理だ」と刈部。

瀬波が言った。

「スポンサーがいる。もう、それが誰か調べるまでもない」

和也は刈部に訊いた。

「刈部さんのそのエスは、信用できる人間ですか？」

刈部は、左右の捜査員たちの顔を見やってから答えた。

「名前はちょっと勘弁してください。元警官です。マル暴担当で、不祥事を起こして懲戒免職。そっちの世界に詳しい」

「その情報を信用するには、何か傍証なり、根拠なりが欲しいところです」

「その男、カネを要求してきました。どんなエスも、カネを要求するときは、その情報の確度は高い。信じられると思います」

「いくら支払ったんです？」

「ほんとうだったら払うということにしました。十万」

情報提供料としては、なかなかの金額だ。しかし捜査費をやりくりして、支払先を分けることにすれば、出せない額でもない。そしてその会計操作をするのは自分の役目だ。

和也の携帯電話に着信があった。一課長の松原からだった。和也は捜査員たちに、ちょっと待てという意味で、てのひらを見せてから応《こた》えた。

「はい?」

松原は言った。

「さっき、三浦半島の桜井組のアジトを五課が急襲した。ヘロイン四キロ、覚醒剤十五キロ押収《おうしゅう》、組長の桜井、ナンバー・スリーの神津を逮捕したそうだ。部長から連絡があった。曽志強《そうしきょう》という中国人も逮捕」

やっぱり。

大きな取り引きがある、という読みにまちがいはなかったのだ。

それにしても、と和也は思った。五課の活躍ぶりは、まばゆいほどだ。まるで山と盛った宝石のように光っている。一課はもう汚名返上などと言っている余地もない。なんとか汚名を返上したところで、五課の働きぶりの輝かしさの前には、自分たちはくすんだ凝灰岩にしか見えないだろう。

松原がつけ加えた。

「その場に皆川はいなかった。寺脇殺しは解決していない。まだうちに、逆転の目はあるぞ」

電話が切れたあと、和也は少しのあいだ、松原の言葉を反芻《はんすう》した。逆転の目はある。寺脇拓巡査部長殺しは解決していない。射殺犯である皆川孝夫はその場にいなかった……。

和也は顔を捜査員たちに向け直すと、いまの松原の言葉を要約して伝えた。

「皆川はいなかったのか」と小河原がつぶやいた。

刈部が言った。

「エスの情報が、裏付けられたってことだ」

和也は決断して言った。

「加賀谷を追います。そのエス情報は、信用できる。きょう江藤組の取り引きの場に加賀谷が同席する。ボスがいて、顧問がいて、取り引き相手がいるんだ。非合法の何かもそこにある」

瀬波が言った。

「覚醒剤があれば、今度こそ加賀谷も終わりだ」

「取り引きの場に踏み込む法的根拠は？」と栗田。

「江藤の逮捕状を取ります。佐久間や神津と同じ、微罪でいい。駐車料金の踏み倒しでも、詐欺《さぎ》未遂でも。これという情報はないですか？」

瀬波が言った。

「まかせてください。一時間で、確実に令状が取れるだけのものを揃《そろ》えます」

「ありますか？」

「あいつのことなら、組対の誰かが確実に何か持ってますよ。やることが、きれいごとで済んでいるはずがない。同じマル暴でも、あいつは必要以上に現場の刑事に敵を作る男だ。手に入れます」

瀬波の気持ちは理解できた。同じ暴力団員でも、粗暴なだけの単純な男たちはマル暴刑事にとって、同じプロ野球機構のライバルチームの選手にも似た近さを感じさせることがある。同じフィールドで戦う相手方であると。しかし江藤のような実業家然としたヤクザは違う。その羽振り、暮らしかた、美意識のひとつひとつが、現場捜査員たちの神経を逆撫《さかな》でするのだ。言ってみればマル暴の捜査員たちにとって、江藤のようなヤクザはＩＴ長者や投資顧問会社の社長のような存在だった。犯罪も違法行為も犯していないなら無縁でいいが、ひとたび何かやったなら、徹底的に引きずり下ろしたいと決意させる連中だった。いまもし瀬波自身に適当な材料の持ち合わせがなかったとしても、彼は組対のネットワークを通じて確実に逮捕状の種を引っ張ってくるだろう。

「瀬波さんにまかせます。加賀谷の携帯の番号、残ってます？」

「ええ、携帯からでしたよ」と瀬波。

刈部も言った。

「わたしも聞いてあります」

「では、二係、全員出動です。準備を」

捜査員が、互いに顔を見合せながら立ち上がった。みな、やる気に満ちている。和也には、自分の指示のどこに捜査員たちが反応したのかわからなかった。逆転できるという部分か。皆川逮捕の可能性が出てきたという点か。それとも、加賀谷を追う、というところだろうか。


すでに空は日没後の頼りなげな明るさだった。風がさっきよりも強くなっている。天気が崩れ出していた。

加賀谷がクルマを停めて降りると、通路にすっと滑り込んできたセダンがあった。国産の銀色の高級車だった。

助手席側のウィンドウが下りて、野島が中から言った。

「お乗りください」

加賀谷は助手席のドアを自分で開けて、シートに身体《からだ》を沈めた。セダンは滑らかに再発進した。

ホテルのその屋外駐車場を出てから、加賀谷は野島に訊《き》いた。

「なんでこんなに面倒なことをするんだ？　場所を教えられたら、自分で行ったのに」

野島は前方を見つめたまま答えた。

「加賀谷さんには、お酒を飲んでいただきたいからでしょう」

「そこでいきなり酒盛りが始まるのか？」

「社長は、盃《さかずき》とか言ってませんでしたか？」

「儀式なら、ひと口するだけだろうに」

「ま、運転のことで気を使わせたくないということだと思います」

加賀谷は口をつぐみ、腕を組んだ。

和也は東京地方裁判所を出て、桜田通りに駐車中のワゴン車に戻った。

きょうまた現場指揮所代わりとなるこのワゴン車は、栗田が運転し、樋口が後部荷物室のPCで、加賀谷の携帯電話を監視中だ。瀬波も狭い後部のシートに腰を下ろしている。

瀬波が後部の席から訊いてきた。

「取れたんですね？」

「いい材料をもらえました。詐欺罪」

それは瀬波が三課の捜査員から借りた事案だった。江藤は四カ月前、追突事故の被害者となった。相手方は大手のタクシー会社だったため、車両一台ごとには任意保険をかけてはいない。病院から請求された治療費を、保険会社が支払うという形にはならなかった。交渉で治療費と損害賠償額を決めることになったのだ。このとき、江藤は頸椎捻挫《けいついねんざ》で入院二週間、全治一年という医師の診断書を突きつけて加害者側と交渉して、一千二百万円をせしめた。

江藤にしてみればせこい稼ぎでしかなかったろうが、自分が法的にもまごうことのない被害者であれば、カネにせずにはいられなかったということなのだろう。

しかし診断書はまったくのでたらめだった。江藤はただの一日も入院していなかった。弁護士事務所はこれに気づき、タクシー会社は三課の暴力団排除第一係の捜査員に相談した。第一係の係長はその扱いを留保していた。別件逮捕が必要になったときに使える材料だからだ。瀬波は三課からこの情報をもらうと、即座にタクシー会社に被害届けを出させた。弁護士事務所でも書類はすでに用意してあった。和也が松原に報告して了解を取り、逮捕状が出るまで、一時間三十分ほどで済んだ。瀬波は三課のその係への借りを、べつの暴力団員がらみの事案の情報で返すことになる。

瀬波に訊いた。

「江藤の動きは？」

瀬波は腕時計を見てから答えた。

「諸田たちが事務所前を張っていましたが、十五分前に出て行ったそうです。子分の運転。尾行はしていません」

「江藤の携帯電話番号はまだわからない？」

「あたっていますが、まだです。連絡待ち」

そのとき、後部のモニターの前で樋口が声を上げた。

「加賀谷が動いた」

「動いた？」

和也は樋口の肩ごしにモニターをのぞいた。

樋口がモニターを示して言った。

「東京プリンスでいったん停まったんですが、また動きました。ここは駐車場ですので、クルマを乗り換えたみたいです」

「密行を警戒してるな。尾行しているのは？」

「すぐそばに刈部、堀内チーム。あと二チーム、近くにいます」

和也はモニター上の地図を確認した。加賀谷の車は、日比谷通りを南下し始めている。まだどこに向かうかはわからない。しかしこの時刻だ。取り引きをするのに、これから東京を出て遠隔地へ向かうということはあるまい。東京南部方面か。あるいは、湾岸のどこかか。

和也は運転席の栗田に言った。

「ぼくらも加賀谷を追う。出してください」

日比谷通りを三分も走ったころ、樋口が後ろで言った。

「加賀谷は首都高に入りました。芝公園から」

和也は首都高速道路の路線図を思い描いて言った。

「銀座方向に戻るかな」

「富坂を出て芝公園に来たんです。戻るのは若干不自然です」

和也はイヤフォンマイクに向かって言った。

「刈部さん、堀内さん、加賀谷を追尾。浜崎橋《はまざきばし》ジャンクションを通過したところで、再度指示します。小河原さんは、首都高に乗って、羽田方向に走ってください」

了解です、という返事が立て続けにあった。

セダンは浜崎橋ジャンクションで首都高羽田線に入った。

加賀谷は、左手の側壁の向こう、東京湾岸の無機的な冷たい光の流れを眺めながら訊いた。

「遠いのか?」

「いえ、すぐです」

そう答えながら、野島がルームミラーに目をやった。少し神経質になっているようだ。

十分後だ、ポインタが、すっと横に動いた。加賀谷の乗ったクルマが、平和島《へいわじま》で首都高速羽田線を降りたと見えた。そのまま三一八号、つまり環状七号線を東方向に向かう様子だ。

樋口が怪訝《けげん》そうに言った。

「空港に向かうのかな」

「いや」和也はモニターを見ながら言った。「空港なら、途中で空港線に乗っている。湾岸のどこかだ」

和也たちのワゴンはいま、大井ジャンクションを通過したところだった。

瀬波が言った。

「湾岸で、江藤が取り引きに使える場所となると」

和也は、イヤフォンマイクで第二方面本部の拠点を呼び出した。こちらにはいま、係のふたりが後方支援要員として待機していた。

「八百板さん、至急調べてください。江藤組関係の企業舎弟が、こっちに事業所を持っていないか」

瀬波が横から言った。

「こっちは、クラブなんぞありそうもない場所ですよ」

栗田が運転しながら言った。

「京浜島《けいひんじま》なら、産廃業者が出入りしている。そういう企業舎弟かも」

樋口が言った。

「清掃工場がありますね。あのあたりは、解体業者なんかのヤードも多い」

それだ。和也は指示に付け加えた。

「大田区、東京湾岸の産廃処理業者、解体業者からもあたってください。江藤組と重なるところがないか。あったらその事業所の所在地も」

「わかりました」と八百板が応《こた》えた。

樋口がまた言った。

「京浜運河を渡るところです」

栗田が言った。

「湾岸道路を使って、新木場《しんきば》か葛西《かさい》方面かも」

「遠回りしすぎだ」

「尾行をまくために」

樋口に訊いた。

「刈部さんたちの位置は?」

「いま京浜運河」と樋口。「後方百五十メートル。あ、加賀谷、こんどは右折。湾岸道路に入りました」

「小河原さんは」

「羽田、第一ターミナル前」

「そのまま待機を」

和也が見ていると、加賀谷の位置情報を示すポインタが静止した。

樋口が言った。

「道路脇《わき》で停まりましたね」

「大田市場？」

「いや、その手前で」

和也は刈部に指示した。

「刈部さん、右折したらすぐに加賀谷の乗るクルマがある。そのままスピードをゆるめずに通りすぎてください」

刈部が訊いた。

「ばれた？」

「いや、神経質になっているだけでしょう。京浜島に渡って、最初の交差点を左折。そこで次の指示を待ってください」

「了解です。いま湾岸道路右折します」そのあとに、刈部が堀内に指示する声が聞こえた。「まっすぐ、スピードそのままで追い越せ」

栗田が訊いた。

「われわれはどうします？　このまま接近しますか？」

「近くまで」と和也は答えた。「湾岸道路に入る手前まで」

「はい」

栗田が少しアクセルペダルを踏み込んだ。


セダンが湾岸道路の左側端、バス停留所に寄って停まった。

加賀谷は野島の顔を見て訊いた。

「どうした？」

野島は、ルームミラーと右のサイドミラーに目をやってから言った。

「いえ、ちょっと」

セダンの脇を、大型トラックや乗用車がかなりの高速で通り過ぎて行く。すでに空は完全に夜と言ってよいだけの暗さだ。通りすぎるクルマの一台一台の型式までは判別できなかった。

加賀谷は、首をめぐらすことなく黙っていた。

三十秒ほどしてから、野島が加賀谷に顔を向けてきた。

「ケータイ、お持ちですよね」

加賀谷はジャケットの内ポケットに収めた携帯電話を引っぱり出した。

野島は、加賀谷の手元から目を離さない。

「これがどうした？」

「よければ電源を切ってもらえませんか」

「何を気にしてるんだ？」

「大事な取り引きのある夜ですから」

「尾行が？」加賀谷は助手席で上体をひねり、リアウィンドウに目をやった。「いまいるのか？」

「いや、ちょっとナーバスになっているのかもしれません。しばらくのあいだ電源切ってもらっていいですか」

「今夜、それほどの儀式があるのか？」

「社長も、邪魔されたくないんです」

加賀谷は携帯電話を自分の胸の前に引っぱり出し、電源ボタンを押した。

「これでいいか」

野島が加賀谷の胸元から視線をそらさずに訊《き》いた。

「その鎖はなんです？」

内ポケットから、銀色の鎖がのぞいている。いま携帯電話を取りだしたときに引っかかったのだ。

「これか？」加賀谷はその鎖とその先につけられているものを取りだした。「ホイッスルだ」

野島に示すと、野島は苦笑した。

「何に使うんです？」

「べつに。警官の必携品ってだけだ」

「拳銃《けんじゅう》みたいに？」

「拳銃は持ち歩かない」

「失礼しました」と野島は頭を下げた。「もう一、二分、ここにいます」

加賀谷はホイッスルを、シャツの胸ポケットに収め直した。

野島が自分の携帯電話を取り出し、かけた相手に言った。

「おれです。ええ、そうなんですが、五分後に電話をくれませんか。そうです。きっかり五分後に」

野島は加賀谷に視線を向けぬまま、携帯電話を畳んだ。

樋口が言った。

「消えました」

和也も気づいた。東京都の卸売市場、通称大田市場の脇で止まっていたポインタが消えたのだ。ポインタはその位置から動いていなかった。クルマが停止した位置で、そのままポインタがモニター上から消滅した。

和也は言った。

「尾行に気づかれたんだ」

栗田が訊いた。

「われわれは？」

「平和島インターを下りて。湾岸道路との交差点手前でいったん停める」

「はい」

刈部から報告が入った。

「いま、大田市場前を通過しました。入り口手前に、セダンが停まっていました。白か、シルバーかな。男がふたり乗っていました」

「さっき指示した地点まで進んで待機してください」

こんどは諸田が、指示を求めてきた。

「いま、平和島を下りました。どうしましょう」

「湾岸道路を渡ってしまってください。すぐUターン。いつでも湾岸道路に曲がれるよう待機を」

「了解です」

樋口と瀬波が、視線を向けてきた。尾行はすでに失敗したのでは？　と訊いているような顔だ。

和也は首を振った。

「何かやるときは、向こうだって慎重になる。目的地に近づいて、念を入れたということでしょう」

そこにまたイヤフォンに声が入った。八百板からだった。

「当たれた範囲では、江藤組の企業舎弟で湾岸周辺に事業所を持っているところは見つかりませんでした」

「産廃業者、解体業者で、江藤の関係のものは？」

「これも上がってきません」

和也が落胆しかけたとき、八百板が続けた。

「ただ、例の八王子のヤードのオーナー会社が、京浜島にもヤードを持っています。

京浜島の事業所をすべて見ていったら、例の前原興産名義のヤードがありました」

　あのヤードの持ち主が？　八王子のヤードのオーナー企業に対しては、組対はもちろんその背後も皆川たちとの関係も調べた。オーナーの会社社長は、いかがわしい業者とのつきあいはあるものの暴力団構成員ではなく、どこかの企業舎弟と判断することはできなかった。また、ヤードには夜中でも産廃や廃車が持ち込まれることが多く、ゲートの鍵《かぎ》はいくつかの産廃処理業者や運送業者に預けていたという。そこからまた下請けにスペア・キーが渡っていたろうから、このオーナーと皆川との関係を証明することもできなかったのだ。

「そのヤードの場所は？」

「京浜島二丁目」

　八百板はそのあとの番地も告げた。樋口がモニターに京浜島の地図を表示させた。

「ここです」と樋口は指さした。「大田清掃工場の南。泉州《せんしゆう》電気の敷地の東隣り」

　あたり一帯、ヤードだらけと言ってよいようなエリアだ。もし美術品やハイテク製品の取り引きをするとすれば殺風景すぎる場所であるが、逆にべつの用途には適したエリアだと言える。始末しにくいものを解体したり、焼却したり、水に流しやすく処理したり、といったことだ。作業で音や飛散物が出る施設も多いから、敷地をスチールパネルで囲んだ事業所も少なくない。

「ここだ」と和也は判断した。「八百板さん、このヤードの周辺の地図、あるいは航空写真が手に入るかどうか、試してください」

「はい」

和也は地図を見ながら、さらに指示を出した。

「諸田さんはいまどこです?」

「いま湾岸道路を渡りました。右手、大田市場前、確認しましたが、停まっているセダンは見当たりません」

発進したのだ。

「Uターンで湾岸道路左折。京浜島に入って、前原興産のヤードの裏手、岸壁側の道路に待機してください」

「島の向こう側ですね」

「東側です。空港側」

「はい」

「刈部さん。発進して、京浜島。大田清掃工場の中に入ってしまってください。ゲート付近から、前原興産のヤードを監視」

「了解」

栗田が訊いた。

「われわれは？」

「前原興産のヤードの西隣り。泉州電気に協力を頼みます」

時計を見た。午後六時十分。空は完全に夜であり、歓楽街が賑《にぎ》わい出す時刻だ。しかし湾岸のこのあたり、たいがいの事業所はまだ稼働《かどう》中のはずだ。


再び走り出したセダンは、羽田空港方向に向かって走っている。たしかこの湾岸道路は、京浜島でトンネルとなり、羽田空港のターミナルビルの前に出る。そこで右折すれば蒲田方面に通じる。まっすぐ首都高湾岸線に乗れば、川崎方面だった。

京浜島に渡る橋を通過すると、前方に交差点が見えてきた。野島がルームミラーに目をやってから左ウィンカーを出し、少しだけ減速した。やはり羽田空港までは行かないようだ。

この京浜島には、大田清掃工場や資源リサイクル施設、不燃ゴミの処理施設などが集まっていた。ほかには鉄工所、鋼材関連の工場、それに運送会社やメーカーの倉庫などがある。施設の配置も機能性最優先で、道路は広く、そこを大型トラックが行き交う完全な産業エリアだ。江藤好みのレストランやクラブはただの一軒もない。島の細部を照らす照明はどれも、熱を感じさせない乾いた光ばかりだった。ひとを誘い込む照明ではなく、ひとをなごませるものは何もないことを示す灯だ。

道は片側三車線で、広いその埋め立て地から東京湾の方角に伸びている。その先の東京湾には何隻《せき》、何十隻もの大型の貨物船が見えており、左右の埋め立て地の港湾施設がライトアップされているかのように明るく浮かんで見えた。さらにその遠くの水平線近くに連なるのは、千葉のコンビナートの灯だった。

道の左手にあるのは、大田清掃工場だった。かなり広い敷地を持つ施設だ。右手にも、ゴミ処理関連の施設が並んでいる。民間の工場、倉庫群もあった。

セダンは埋め立て地の広い道路を突き当たりまで進むと、ぶつかった道路を右手に折れ、さらにすぐいま走ってきた道路の反対車線に入った。

減速した。左手は、黒っぽいスチールパネルで囲まれた事業所だ。民間のゴミ処理施設なのかもしれない。大型トラックが入れるだけのサイズの、大きな鉄扉《てっぴ》の出入り口がついている。その右隣りに、人間が出入りできる通用口。鉄扉には、前原興産、という社名が大きく記されていた。

野島は直角に曲がり、セダンをその出入り口の前へと進めた。加賀谷は出入り口の左右に監視カメラがついているのを目にした。右手のカメラは、左右に振れている。中で動きをコントロールしているようだ。

扉がゆっくりと左右に開きだした。中は、完全に舗装された広い駐車スペースとなっている。照明がついており、明るかった。奥に二台の乗用車が停まっていた。左手にクレーンつきの大型トラック。赤いドラム缶の山もある。乗用車の向こうには、グレーの無骨な倉庫ふうの建物が建っていた。一階の窓には灯が入っている。

「ここか」と加賀谷は訊いた。

「ええ」

「儀式をやるような場所か？」

野島は答えないまま、セダンを徐行させて敷地内に進めた。背後で扉が自動的に閉じられたのがわかった。

加賀谷はそこが、何か特殊な産業廃棄物の一次処理施設だろうと想像した。ここで解体なり一次処理された何かが、部品の化学的な性質別に周辺の二次処理プラントへと、運ばれるのだろう。そしてその産業廃棄物とは、堅気の企業が手を出しにくい性質のものにちがいない。逆に言えば、それが大きなうま味のある事業だから、江藤組が関わっているのだ。セダンのルーフの上、外で轟音《ごうおん》が聞こえた。ごく低空を飛行機が飛んでいるようだ。

セダンは、建物の前、二台の乗用車の後ろで停まった。

建物のドアが開いて、江藤が姿を見せた。うしろには、黒っぽいスーツ姿の若い男がふたり。顔は知らないが、江藤組の三下たちなのだろう。見習い修業中か。

加賀谷は助手席から駐車場に降り立った。

江藤がいくらか硬い表情で言った。

「ほんとに来るのか、心配した」

加賀谷は両手をポケットに入れてまわりを見渡してから言った。

「ここで盃《さかずき》の儀式だって？」

「まあ、それに代わるものだな」

近くで携帯電話が鳴った。右を見ると、運転席から降りた野島が、携帯電話を耳に当てたところだった。江藤がかすかに鼻白んだような表情となった。

「どうしました？」と、野島。

ふたことみこと話してから、野島は携帯電話を江藤のほうに差し出して言った。

「兄貴からです」

江藤が野島の携帯電話を受け取り、耳に当てた。

「ああ。そうだ。どうしても？　わかった」

江藤が携帯電話を野島に返して短く言った。

「行ってこい」

「はい」

野島は再びセダンの運転席に乗ると、駐車場で向きを変えて、そのヤードから出て行った。

「入ってくれ」と江藤が言った。「中だ」

「ここに客たちも来るのか？」

「それはまた別の場所だ。いいワインが呑《の》めるところ」

加賀谷は江藤について、ドアに向かった。江藤のふたりの手下が、加賀谷のうしろについた。


ワゴン車は運河にかかる橋を渡った。橋の向こうは、京浜島である。そのさらに向こうは羽田空港だ。左手で大型旅客機がちょうど一機、滑走路に向かって低空で進入してゆくところだった。

「あと少しです」と栗田が運転しながら言った。「つぎの交差点で左折です」

瀬波が、自分の携帯電話を取りだして耳に当てた。

「待ってくれ。書き取る」

樋口が、右手にボールペンを持って瀬波にうなずいた。

瀬波が言った。

「0・9・0……」

携帯電話の番号を繰り返しているようだ。その短い電話を切ると、瀬波が言った。

「江藤の携帯電話番号、わかりました。三年前、子分を恐喝で逮捕したとき、そいつの携帯から取ったデータだそうですが」

「三年前か。樋口、入力してくれ」

「入れました」と樋口。「あ」

和也は樋口の前のモニターをのぞいた。表示されている地図は、湾岸の大縮尺のものだ。

そこにポインタが現れている。

「京浜島二丁目。江藤は、ずばりあのヤードにいますよ」

瀬波が、珍しくはずんだような声を出した。

「加賀谷がいるのも確実ですね」

ワゴンが減速し、ゆるやかなアールで左に曲がった。身体《からだ》が少し、右の方向へと引っ張られた。

栗田がまた言った。

「あと一キロ弱です」

和也は栗田に指示した。

「手前の泉州電気の敷地に入れてください」

「はい」

「諸田さん、どうです？」

諸田の声がイヤフォンに入った。

「裏手に停めました」

「刈部さん」

「清掃工場です」と刈部の返答。「いまゲートのすぐ内側。指示があれば、たぶん三十秒でそのヤードの前に到着」

「小河原さんは」

「羽田、待機中」

「江藤の居場所がわかりました。たぶん加賀谷も同じ場所にいる。京浜島までもどって、合流してください。泉州電気」

「了解です」

瀬波が、われわれは？　と目で訊《き》いてくる。

和也は言った。

「小河原さんの合流を待って、ヤードの前へ。ゲートをはさんで多少押し問答となるでしょうが、江藤を逮捕します」

瀬波がうなずいた。

和也はシートの上で少し腰を上げた。気分が高まってきている。落ちつくために、深呼吸が必要だった。二度深呼吸してから、和也は脇《わき》の下のホルスターを確かめた。必要になる可能性は薄いとは思うが、昨日の湯島の人質立てこもり事件もある。ひとは、必要とあらばいつでも使う、という気持ちの準備を怠るわけにはゆかなかった。心に準備がないことを、とっさの反応でできるはずがないのだ。

加賀谷は、江藤についてその建物の奥へと進んだ。

やはり何か大きな機械類を解体する工場のようだった。大型の溶接機やコンプレッサーと見える機械が並んでおり、建物の中央部分がひろい作業スペースとなっている。

天井にはホイスト・クレーンが設置されていた。ドラム缶が、建物の中にも二十本ばかり並べて置かれている。

江藤は建物の中を突っ切って奥へと歩いた。左手の中二階に、事務室らしい部屋があるとわかった。その部屋の下は、フロア面から数段低くなっており、暗がりにドアがある。そこに半地下室があるように見えた。

江藤が半地下室の前で立ち止まると、ふたりの子分たちに指示した。

「連れてこい」

ふたりは半地下室へと下りていった。

「誰だ？」と加賀谷は訊いた。

「プレゼントさ」と江藤が答えた。

ドアが開いて、ふたりの手下がひとりの体格のいい男を両脇から抱えて出てきた。男は怪我《けが》をしているようだ。顔に青痣《あおあざ》があり、足どりはおぼつかない。短い髪の、骨ばった顔だちの男だった。苦しげだ。痛みをこらえているように見える。黒っぽいジャージの上下は汚れきっている。後ろ手に縛られていた。

江藤が言った。

「皆川孝夫だ。八王子で、あんたの部下を殺した男」

加賀谷は驚いて皆川を見つめた。この男が江藤のもとにいるのは予測がついていた。しかし、彼はリンチでも受けていたように見える。江藤組の大事な武闘派の構成員とは見えない。江藤はもう皆川を切るつもりなのか？

その想《おも》いが顔に出たのかもしれない。

江藤が弁解するように言った。

「命じた覚えもないのに、警官を殺してしまった。やりすぎだ。手に負えない。あそこまで派手なことをやらせるつもりはなかったんだ」

「お前が使っていたんだろ？」

「使えると思ったのがまちがいだった」

江藤はふたりの子分に言った。

「そっちのクレーンに引っかけろ。立たせておけ」

ふたりの子分は、皆川を追い立てて、ホイスト・クレーンの下に連れていった。江藤が壁に寄り、天井からぶら下がったケーブルに手を伸ばした。細長い箱状のコントローラーがついていた。江藤がボタンのひとつを押すと、金属のワイヤーが下りてきた。先は大型のフックだ。ふたりの子分たちが、皆川を後ろ手に縛ったロープを、このフックにひっかけた。江藤がまたボタンを押すと、ワイヤーはピンと伸びて皆川が上体を起こした。足は床についている。子分たちは皆川から離れた。

江藤が言った。

「加賀谷さん、あんたと組めることが本当にうれしいんだ。これからは、おれは警視庁に強力な兄弟分を持つことになる。東京の組織の中から頭ひとつ、いや一馬身も二馬身も抜け出す。だからおれのプレゼント、受けてくれ。可愛《かわい》がっていた部下の仇《かたき》をうってくれ」

「どうしろと？」

江藤が子分のひとりに顔を向けた。その子分が江藤に近寄ってきて、ポケットからハンカチに包んだ黒っぽいものを取りだした。江藤がハンカチをつけたまま、それを受け取った。拳銃《けんじゅう》だ。おおぶりの半自動拳銃。

「こいつを始末していい。いや、ぜひそうしてくれ。これから兄弟になるんだ。おれたちは、利益もリスクも分け合う。一蓮托生《いちれんたくしょう》だ。その誓約書代わりに、こいつを殺してくれ。あんたがおれと兄弟分になるってこと、本気なんだと、ここで見せてくれ」

加賀谷は江藤を見つめ、皆川を見つめ、それから江藤の手の拳銃に目をやった。ふたりの子分たちが、加賀谷を注視しているのがわかった。加賀谷の反応次第では、このふたりが何かしかけてくるだろう。そのために必要な道具も用意しているはずである。

「さあ」と、江藤が拳銃を差し出してきた。「なにをぐずぐずしている？」

ワゴン車の外に、捜査員たちが下りている。

泉州電気の敷地内、その駐車場だ。事務所にはまだひとがいるが、彼らには摘発への協力を依頼し、しばらく事務所の中から出ないでほしいと頼んでおいた。社員たちは事務所の中から興味深げな視線を向けているが、邪魔になるほどの好奇心は見せていなかった。

事業所長が、前原興産の敷地とは小さな通用口でつながっていると教えてくれた。緊急時、互いに避難できるようにと、敷地の仕切りの塀には脱出口がつけられているという。ふだんは強化樹脂板で閉ざされているが、必要な場合は手斧《ちょうな》なり掛矢なりで簡単に破ることができる。

和也はその位置も確かめた。泉州電気の事務棟の東側にあって、前原興産の作業場建物の西側の非常口に通じている。その非常口のドアはアルミ製でシリンダー錠だ。やはり破壊、開放は容易だろう。

和也は腕時計を見た。

午後六時十五分。小河原が到着するまで、あとほんの一、二分だろう。

加賀谷は差し出された拳銃を受け取ることなく、一歩退いて言った。

「ちょっと待ってくれ」

内ポケットから携帯電話を取り出したとき、江藤はいぶかしげな顔となった。

「どこにかける気だ？」

「気にするな。身内にだ」

加賀谷は電源を入れると、起動を待ちながら江藤に訊いた。

「野島はどこに行ったんだ？」

「ご接待の支度だ」

「兄貴って言うのは？」

「知らなくていい」

そう言った江藤の表情に一瞬、なにか疑念でもきざしたような影が走った。

「あいつがここにいなくていいのか？　野島はどうして消えた？　その訳がわからないのか？」

樋口が、モニターを見て叫んだ。

「加賀谷だ」

和也は樋口の視線の先を見た。地図の上にポインタがもうひとつついている。加賀谷の携帯電話の電源が入ったのだ。江藤の携帯電話の位置を示すポインタとほとんど重なっている。場所はすぐ隣り、前原興産のヤードの中だ。

泉州電気のゲートの外で、捜査車両が急停車した。助手席に小河原の顔が見える。

和也はワゴン車を降りて、立っている瀬波たちに言った。

「行きます。正面から」

瀬波が訊いた。

「フラッシュバン、使いますか」

「広すぎて、適当じゃない。拳銃だけで、まず投降勧告」

加賀谷はさらに数歩下がり、きょうの午後登録したばかりの番号のひとつを呼び出した。江藤はまばたきしている。その後ろで、皆川が身体をよじった。皆川は、引っ張られてきたときよりも、なぜか精気を増しているように見えた。

相手が出たので加賀谷は言った。

「五課の加賀谷だ。いまどこだ？」

「なに？」と相手が驚愕《きょうがく》したのがわかった。「加賀谷？」

「京浜島に来ているのか？　時間がないんだ。答えろ」

「いや、その」

「近くだな？」

「ああ」

「すぐに突っ込め。皆川がいる」

「皆川が？」

「いる」

江藤が拳銃を構えたのがわかった。

「おい」江藤が叫んだ。

イヤフォンに、刈部の声が入ってきた。和也への通信ではない。刈部が携帯電話を使っているようだ。

「なに？」

「いや、その」

「皆川が？」

和也は立ち止まって、イヤフォンマイクに意識を集中した。事態が急変したようだ。

ふたりの子分が、一歩前に出た。加賀谷に突進してくる態勢と見えた。ひとりは胸に手を入れている。拳銃か、匕首《あいくち》が出る。

江藤の真後ろで、皆川がフックからはずれて動いた。ロープがゆるんで手が抜けたようだ。江藤たち三人は、皆川の動きに気づいていない。

加賀谷は携帯電話を持ったまま後退して、両手を広げた。

「撃つか？　江藤、おれを撃つか？」

江藤が子分たちに言った。

「押さえろ」

子分のひとりが匕首を抜いて飛びかかってきた。加賀谷は身体《からだ》をひねって体当たりをかわし、携帯電話で匕首を持つ手を叩《たた》いた。携帯電話が砕け散った。その子分はうっとうめいて身を屈《かが》めた。匕首が床に落ちた。加賀谷はその首のうしろに、拳《こぶし》を叩き込んだ。子分は前のめりに床に倒れこんだ。すぐにもうひとりが、頭から加賀谷に突っ込んできた。加賀谷はそのままはねとばされるように後退した。

視界の隅で、皆川が江藤に背後から組みついたのがわかった。江藤の手の拳銃が暴発した。

「係長」と、刈部が言った。「いま、加賀谷から電話がありました。皆川がいる、突っ込めとのことです」

「突っ込め？」

「ええ。尾行を承知していたような口ぶりに聞こえました」

「突っ込めと言うのは？」

小さな破裂音があった。

あ、と瀬波が脇《わき》でもらした。

くぐもった音だ。ごく近く、建物の中が音源だろう。警察官でなければ、この産業エリアが不断に発するノイズのひとつと聞き流してしまったかもしれない。

和也は瀬波に目を向けた。瀬波が、塀の向こう側、前原興産のヤード方向に目を向けている。栗田も、ワゴン車を降りてきた樋口も、目を見開いて同じ方角に目をやっていた。

また破裂音。こんどはふたつ続いた。一拍遅れてもうひとつ。

撃ち合っている？　でも、誰と誰がどんな理由で？　加賀谷と江藤？　いや、加賀谷と皆川か？　皆川を含めた江藤組と誰かか？　仲間割れしたのか？

もうひとつ思いついた。

私刑？

いずれにせよ、またここで死者が出る。それは絶対に避けねばならない事態だった。

和也はイヤフォンマイクに向かって怒鳴るように指示した。

「刈部さん、前原興産のヤードへ。小河原さんと一緒に正面から、突入してください。

小河原さん、聞こえました？」

「了解です」

「拳銃が使われてる。気をつけて」

「はい」

瀬波たちが和也に、指示を、という顔を向けてきた。

「ぼくらは、こっちの非常口から」

和也はイヤフォンマイクをはずしてワゴン車の中に放り込んだ。瀬波がワゴン車に装備してある掛矢を、栗田は大型の金属カッターを取りだした。樋口は投光機を手にしている。

「行きます」

和也はホルスターから拳銃を抜いて、教えられた非常口へと駆け出した。瀬波ら三人が続いた。

破壊したドアから、和也は最初に飛び込んだ。

「警察だ」と、和也は怒鳴るように言った。「包囲している。抵抗するな」

内部は暗かったが、いくつか非常灯がついている。完全な闇《やみ》というわけではなかった。

奥のほうに、ひとの気配がある。複数の靴音があった。逃げようとしている。樋口が投光機を向けた。光の中に一瞬、黒っぽい影が見えた。建物の奥の設備か機械の後ろに身を隠したようだ。

体育館ほどの大きさの空間だ。壁に沿って、ドラム缶やら大型の廃品運搬用カーゴがまとめられている。小型トラックほどのサイズの、用途のわからぬ機械類も並んでいた。真正面の壁、中二階の位置に事務室らしき窓が見える。

和也は両手で拳銃《けんじゅう》をかまえて、通路を慎重に進んだ。栗田と瀬波が左右を警戒しつつ、従ってくる。

「江藤」と、進みながら和也は呼びかけた。「逮捕状が出ている。出てこい」

反応はない。また靴音。樋口の投光機がその音の方向に向いた。

「皆川。お前がいることもわかっている。出てこい」

返事はない。和也はさらに前進した。

目が次第に慣れてきた。前方ががらりとなにもない空間になっている。天井から、クレーンのワイヤーとフック。その周辺にいくつか、ひとが倒れているように見えた。

やはり仲間割れで撃ち合ったか。

和也は立ち止まり、腰を落した。不用意に近寄るべきではなかった。

そのとき、左手、巨大なシャッターの脇でドアが少しだけ開いた。隙間《すきま》から声がする。

「警察だ。全員動くな」刈部の声だった。

ひと呼吸置いてから、ドアがすべて開いて、ふたつの影が中に飛び込んできた。ひとりは、懐中電灯をかざしている。

「気をつけろ」と和也は叫んだ。「ふたりか三人、潜んでる」

そのとき、右手の機械のうしろでまた影が動いた。裏手側の通用口のドアを開けようとしたようだ。外の照明が建物の中に差し込んだ。

「止まれ」と栗田が叫んだ。

影が発砲した。和也の脇のコンプレッサーと見える機械で、火花が散った。和也は頭を下げた。

栗田が影に向かって二発連射した。影がごつりと壁にぶつかったのがわかった。樋口がその影に光を当てた。男がゆっくりと床に倒れ込んでゆくところだった。

栗田は和也の脇をすり抜け、拳銃をかまえたまま前進した。瀬波と樋口が栗田のあとを追った。

また左手のドアから、ふたり飛び込んできた。小河原たちのようだ。

前方、中二階に通じる階段の下から、黒いものが現れた。

「撃つな。降参する。撃たないでくれ」

若い男の声だった。懐中電灯の明かりがその男に走った。手を上げている。黒いスーツを着た男だ。

小河原と山本が、その男に近寄った。

「手を頭の上に！　しゃがめ！」

男は素直にその場にかがみこんだ。刈部たちが男の後ろに回った。手錠をかける音がした。山本が、その背後の階段を上っていった。

和也は中央の空きスペースに向かいながら大声で言った。

「真ん中に、何人か倒れてる。確保を」

「了解」

天井で光が点滅した。すぐに白々と蛍光灯がついて、建物の中全体が照らし出された。捜査員のひとりが、シャッター脇の照明のスイッチを見つけて電源を入れたのだろう。

スーツ姿の男が三人倒れている。和也は拳銃をかまえたまま、慎重に手前のひとりの前まで進んだ。仰向《あおむ》けになっている男は、江藤だ。目を見開いており、呼吸をしている。胸が上下していた。

もうひとりは、黒いスーツの若い男だ。腹を押さえてうなっている。三人とも、その手には拳銃はない。撃っていたのは、皆川か。

「江藤確保」と小河原。

非常口のほうで、樋口の声がした。

「皆川です。確保」

栗田の声が続いた。

「こっちの若いのも」

中二階への階段の上から、山本が言った。

「事務室、クリアです」

刈部が、シャッター脇に倒れている男のわきにしゃがんで言った。

「係長、加賀谷です」

和也は、建物の中をもう一度見渡した。すでに捜査員八人によって、中は制圧されている。逃げた者がいるかもしれないが、とにかく建物の中は、危険はなくなった。倒れている者の数は、皆川を入れて四人。無傷で確保がふたりか？

和也は加賀谷のそばによった。加賀谷の胸のあたりが血で染まっている。黒っぽいスーツには濡《ぬ》れたぬめりがあり、シャツは真っ赤だった。血がまだ心臓のあたりから、脈に合わせて流れ出している。右手が腹の上に置かれていた。

和也は自分が小さくぶるりと震えたのを感じた。重傷だ。

加賀谷の脇にしゃがんで傷の様子を見ながら、和也は刈部に訊《き》いた。

「さっきのやりとり、何だったんです？　意味がわかりませんでした」

刈部は、困惑したように言った。

「最初からこっちの尾行には気づいていたようでした。皆川がいる、突っ込め、と言ってきたんです。そのとおりの言葉を係長に」

「突っ込め、か」

尾行していた一課に対する悪罵《あくば》だったのだろうか。皆川という凶悪な男もいる。けつの穴に銃弾でも突っ込めとか。

加賀谷の顔を見た。目を開けているが、焦点はどこにも合っていないようだ。虚空《こくう》を見ている。口が半開きで、苦しげな吐息が漏れていた。重体だ。助かるかどうか、微妙だろう。

和也は加賀谷の胸ぐらを摑《つか》んで激しく罵《ののし》ってやりたい想《おも》いだった。せっかく警官に復職していながら、こうもあっさりと暴力団に取り込まれるとは。こんな場で腐った警官として撃たれ、倒れ、同僚たちに見下されて。まったくあんたときたら。

「救急車を」

「はい」と刈部。

瀬波と樋口が、和也のほうに歩いてきた。

「皆川は、重体？」

「いや」瀬波がホルスターに拳銃を収めながら答えた。「死ぬほどの傷じゃありません。送検できます。拳銃を持っていました」

「何があったんだろう？」

「皆川は、監禁されていたようです。リンチを受けていたんでしょう。逃げようとして、江藤たちを撃ったか」

「加賀谷は、皆川を殺そうとしたのかな」

「それで撃たれたか。せっかく復職していながら、こんなざまに」

加賀谷が、少し動いた。首が左右に揺れている。腹の上にあった右手が、ぱらりと床に落ちた。手に何か握っている。白っぽい紐《ひも》のようなものが見えた。

和也はもう一度加賀谷の脇にしゃがみこみ、その握られた手を開けた。中にあったのは、ホイッスルだ。

ホイッスル。

和也は、棍棒《こんぼう》で背中を殴られたような激しい衝撃を受けた。

ホイッスル。つまり加賀谷は、警察を、仲間を呼ぼうとしていた？　彼は警官としてここにいた？　警官として、ここに応援を呼んだということか？

刈部への電話。尾行を承知していた。皆川がいる。突っ込め。

和也は思わず自分のジャケットの胸に手をやった。内側に同じホイッスルの感触。それは祖父の無念の死の後に父が受け継いだ、古いタイプの呼子《よぶこ》だ。錆《さび》の浮いた警笛。警官の証《あかし》。お守りのように、自分の血筋、自分の職の意味をけっして忘れぬようにと、身につけてきたホイッスル。

加賀谷も。

「ちがう」と、瀬波が言った。その言葉は、まるで和也自身の口から漏れたように聞こえた。

瀬波が、呆然《ぼうぜん》とした顔で和也を見つめてきた。彼も、すべてを承知したのだ。

「加賀谷は、警官として江藤を追ってたんだ。加賀谷は……」

和也は、あとを引き取って言った。

「警官として、ぼくらをここに誘導した」

まわりに、捜査員たちが集まってきている。どの顔にも驚きがあった。暴力団に取り込まれた堕落刑事と信じていたのに、加賀谷は殺人犯を、覚醒剤《かくせいざい》密売組織の元締めを追っていた？　加賀谷は警官だった？　まっとうな警官として、自分たちをここに集めたのか？

その加賀谷を撃った男がいる。いましがた発砲してきた男、皆川。彼は樋口に指を折るという拷問《ごうもん》をし、寺脇という五課の捜査員を撃ち殺した。倒れてはいるが、生きて検察送りになる程度の傷。

和也はホルスターに手を伸ばし、拳銃を取りだした。その場が凍りついたのがわかった。みな、和也がやろうとしていることに思い至ったのだ。

和也は拳銃を右手に下げて、皆川へ向かって歩きだした。

「係長」

瀬波が腕をつかもうとした。振り払った。

五歩歩いたところで、捜査員のひとりが立ちはだかった。右手に拳銃を握ったまま、両手を広げている。飯塚だった。八王子のときも、五課の安中という捜査員による私刑を止めた男。

飯塚が、首を振って言った。

「駄目です。係長」

「どけ」

そのまま進んだが、飯塚はよけなかった。和也は勢いよく飯塚に体当たりする格好となった。そこで右腕を摑まれた。樋口が、真横から自分の左腕をからめてきたのだ。

「よせ」樋口が必死の声で言った。「駄目だ、安城」

飯塚も動かない。正面から、和也の肩を押さえつけてくる。そこに瀬波が駆け寄ってきて、飯塚と和也とのあいだに身体《からだ》を入れた。

「駄目です」と瀬波も言った。「おれたちは警官です。駄目です」

瀬波は、和也に完全に抱きつく格好となった。

もう一度力を振り絞り、この男たちを突き飛ばして……。

思い切り息を吸い込み、筋肉に力をためた。しかしその息が出るとき、ふいに憤怒《ふんぬ》が消えた。いま自分に我を忘れさせたもの、理性を失わせたものが消滅した。

おれたちは警官……おれたち。自分も、加賀谷も。警官以外の何かではない。

和也の筋肉はふいにすべて弛緩《しかん》した。

身体から力を抜いたことで、三人も和也から身を引いた。和也は拳銃を左手に持ち換えると、振り返って加賀谷のもとに戻った。

加賀谷の左側に膝《ひざ》をつけて、和也は加賀谷の顔を見つめた。加賀谷の目が動いた。網膜に、意識に、和也の顔が映ったようだ。視線が合った。

和也は顔を近づけ、その視線を受けとめて言った。

「親爺《おやじ》さん」

加賀谷の目が少しだけ見開かれた。口が小さく震えた。何か言いたげに見えた。

「え？」

加賀谷の表情が歪《ゆが》んだ。苦々しげにも、口惜しげにも見えた。

加賀谷が、かすれる声で言った。

「世話かけやがって」

加賀谷のまぶたがゆっくりと下がった。目は完全につむられた。

思わずその右手をつかんだ。胸の傷口に目をやったが、もう血は噴き出してこない。

手首の動脈部分に指を当ててみた。脈動はなかった。少なくとも、指が感じ取れるだけのものは。

背後で入り口のシャッターが上がり始めた。捜査員がシャッターのスイッチを入れたのだろう。外は広い駐車スペースだ。さらにその向こうにはスチール塀があって、塀ごしに京浜島の街路灯の連なりが見える。真正面には清掃工場の施設群。

和也は加賀谷が握っていたホイッスルを自分の右手に持つと、立ち上がった。捜査員たちがみな和也に目を向けた。

和也は息を吸い込んでからホイッスルを口に当て、外の夜空に目を向けて吹いた。ホイッスルの吹鳴《すいめい》は、ヤードの施設に短く反響し、すぐに夜空に吸い込まれていった。和也は息を吸い直してから二度目を吹いた。二度目の吹鳴は、ちょうど嗚咽《おえつ》のように震えて、長く伸びた。

遠くで、警察車のサイレンの音がする。サイレンの音は、ホイッスルの響きに応《こた》えているようにも聞こえた。警察車は、二台、三台と、このヤードに向けて急行しているようだ。

和也はホイッスルをくわえ直すと、深呼吸してからもう一度吹いた。吹鳴はもう震えることはなかった。

解説

池澤夏樹

純然たる謎解《なぞと》きならばともかく、少しでも社会性を帯びたミステリにおいて倫理は大事な要素である。

松本清張が新鮮だったのは知的なパズルに過ぎなかった探偵小説に社会性を持ち込み、それによって人間の欲望や衝動、弱さや悲しさを描いたからだ。それはつまり人間を倫理の側から描くということだった。

エンターテインメントがすべて気楽な読み物とはかぎらない。ある行為が犯罪であるか否《いな》か、ある人間が悪人であるか否か、それを見極める過程にも読者は共感を見出《みいだ》す。犯人が誰かという謎と同じように、主人公の行為が善か悪かを巡る謎もまたストーリーの軸となる。

そして佐々木譲は常に倫理観を話の中心に据えることを自分に課する作家なのだ。

『警官の条件』は大作『警官の血』を承《う》ける作品である。安城清二《あんじようせいじ》・安城民雄《たみお》・安城和也《かずや》の三代に亘《わた》る警察官の物語であり、三人はそれぞれの時代と状況に応じて倫理的な課題を負わされる。本作『警官の条件』は再び和也の働きを描くのだが、『警官の血』よりずっとスピード感があり、対決の構図がはっきりしていて、しかも昏迷《こんめい》が深い。それは正に「警官」であることの「条件」を問うものだ。

まず『警官の血』のおさらいをしておこう。

昭和二十三年、安城清二という誠実な若者が警察官になった。戦後まだ間もない不穏と不景気の時期であり、生活の安定のためにも警察官はよい選択だった。彼には出世欲などまるでなく、駐在のお巡《まわ》りさんになるのが自分にいちばん向いていると思っていた。もっともこれは清二以上に妻の多津《たづ》の願いであったかもしれない。

彼は上野公園前派出所と動物園前派出所に勤務した後、天王寺駐在所を任されることになる。派出所ないし交番は警察署に直属する出先機関であり、二、三名の警察官が交替で勤務する（交替で番をするから「交番」）。それに対して駐在所には一人の警察官が常駐し、しかも官舎が併設されている。つまり家族と一緒にそこに住んでいるのだから、その分だけ地域との距離が近い。大犯罪を摘発するのではなく小犯罪を防止するのが主な仕事。

駐在のお巡りさんとしてよく務めた清二は未解決に終わった二つの殺人事件のことをずっと気にしていたが、それを解決しないままに事故のような形で亡《な》くなる。先にぼくは清二について「誠実な」と書いた。なぜならば彼は主人公だからだ。警察小説には悪徳警官物と呼ばれるジャンルもあるが、佐々木譲の場合は主人公は時に無能でも、迷っても、大失敗をしても、絶対に誠実であって、最後には倫理的な勝利を収めて読者にカタルシスをもたらす。

清二の息子の民雄もまた警察官になるが、しかし彼は優秀すぎた。そのために警視庁公安部という政治性の強い特別なセクションに引き抜かれ、身分を隠して北大に入学し、左翼のセクトに潜入してテロ組織の解体という手柄を立てる。覆面で捜査対象のグループの中に身を置く緊張感は事件が終わってからも彼の心に深い傷を残す。大義のために友人を欺《あざむ》くのは単純明快な正義の行為ではないのだ。彼にとって倫理の課題は父・清二の場合より重かった。

やがて彼は望むとおり父と同じ天王寺駐在所に配置されるが、父が遺《のこ》した二つの未解決事件を追ううちに、覚醒剤《かくせいざい》中毒者の立てこもりを解決に赴いて撃たれて死ぬ。

その子の和也も警察官になる。彼もまた優秀で、そのために警察の身内同士の隠密《おんみつ》捜査という役割を振られる。彼の場合は大義のために上司を欺くのだから、倫理の問題は祖父や父親の代よりも更に重く、はるかに複雑かつ微妙になっている。監視の対象である上司・加賀谷《かがや》は組織犯罪の相手を専《もっぱ》らとする辣腕《らつわん》刑事である。その手法は相手の懐《ふところ》深くに入り込んで情報を得るというものでそれ自体が犯罪すれすれに見える。だから上層部は加賀谷の動きに危うさを感じ取って和也に内偵を命じたのだが、このような状況で何が白で何が黒かを見定めるのは容易ではない。個々人の判断と組織の判断は異なるし、警察機構はそれ自体が多くの対立を内包している。

最後に和也は任務を全うするけれども、結果はずいぶん苦いものだった。父・民雄の左翼セクト潜行捜査の結果と同じように。

『警官の条件』は和也の再登場から始まる。

加賀谷の一件の後、「上司を売った男」と同僚から白い目で見られながら勤務を続けた和也は、やがて昇任試験に合格して警部になる。加賀谷は警察を離れて三浦半島で釣り船屋の経営者になった。この作品は和也に軸足を置きながら加賀谷も主人公なみに扱う。二重の視点を持つことで話の奥行きがぐんと広がる。

加賀谷逮捕から九年後の平成二十一年（二〇〇九年）、警視庁は大きな問題を抱え込んだ。覚醒剤の闇《やみ》マーケットに異変が起きて事件が頻発する。売人や仲卸《なかおろし》役のリクルートが過熱して引き抜き騒ぎが殺人にまで至る。

この事態に対応するために和也が抜擢《ばってき》されて「組織犯罪対策部第一課第二対策係長」に任命される。部下十四名を率いる立場。

佐々木譲はリアリズムの作家である。緻密《ちみつ》な記述と隙《すき》のないロジックで物語を構築する。それはまさに建築のように精緻に組み立てられている。現実性を担保するために実際に起こった事件が物語に巧妙に埋め込まれる。清二の場合はそれは昭和三十二年の天王寺の五重塔の炎上だった。民雄では昭和四十四年の大菩薩峠《だいぼさつとうげ》事件、そして和也では平成十九年の警官銃撃・立てこもり事件と、平成二十一年夏の有名芸能人覚醒剤事件。

組織について書いておこう。この話は警視庁の捜査活動の話であると同時に、警視庁からその上の警察庁までを含む警察組織の内紛と抗争の物語、また和也のような叩《たた》き上げの警察官とキャリアと呼ばれる幹部との争いと取引の物語でもある。

先にぼくは和也が「組織犯罪対策部第一課第二対策係長」に任命されたと書いた。この長い職掌名に佐々木譲のリアリティーがある。そこのところを読み解いてみよう。

「組織犯罪対策部」通称「くみたい」は平成十五年（二〇〇三年）に「刑事部捜査四課」と「生活安全部銃器薬物対策課」を統合して作られた。『警官の血』平成十二年の段階では和也はまだ「捜査四課」と呼ばれていたセクションの「特別情報分析二係」に身を置いて、上司である加賀谷のたった一人の部下として彼の捜査方法を学びながら同時に彼の行動を監視していた。二係にこの二人しかいなかったのは、加賀谷が一人勝手な行動が許されるだけの実績を上げていたからだ。

和也の係長就任と同時に、事態の収拾に躍起になった上層部の判断で、民間人になっていた加賀谷が慫慂《しょうよう》されて警視庁に帰ってくる。所属先は「組織犯罪対策部第五課」、一課vs.五課。つまり和也とは九年前の因縁を引きずって功名を争う相手になる。復帰を渋っていた加賀谷を促したのはかつての部下で告発者でもあった和也が一課の係長になったという事実だった。師弟対決であり、それを一課と五課の競争心が煽《あお》る。

さて、この先を書くのはむずかしい。いわゆるネタバレに陥るまいとすると筆が止まる。覚醒剤マーケットの混乱は誰に由来するかという大きな謎、少しずつ集まる情報と紛れ込む偽《にせ》情報、踏み込んだ先で発生する大失態（のように外の視点からは見られる事件）、捜査員たちの性格と行動の記述、犯罪者の生態の具体的な描写、先を追って読ませる要素が七八〇ページにぎっしり詰まっている。

『警官の血』に比べると『警官の条件』はスピード感が増している。監視と尾行の場面はまるで映画のような緊迫感、と言っても佐々木に対して失礼には当たるまい。彼ほど往年のアメリカ映画の富を盗んできた作家はいないのだから。車やケータイ、また捜査員たちの日常を埋める書類や服装・装備・通信機材など小道具の技法もおそらく映画の世界から移入したものだ。


では、何が警察官の「条件」なのだろう？

なぜ和也と加賀谷という、資質において正反対の二人がこの話を導いているのか？それを作者は一つの小道具に象徴させる。西部劇ならば保安官のバッジにあたるものだが、しかし警察手帳ではないし、手錠や拳銃《けんじゅう》でもない。

ホイッスル。一人で現場に赴いて犯罪者と対決しなければならない事態に陥った時に同僚を呼び寄せるための笛。

『警官の血』でもホイッスルはいくつかの場面で効果的に使われていたが、『警官の条件』では最後の場面で倫理の謎を解き明かす鍵《かぎ》として登場し、長い物語を締めくくる。ホイッスルは任務の証《あか》しであり同僚たちとの連帯の証しである。それが高々と吹鳴《すいめい》される。

映画ならばこのエンディングに拍手しない観客がいるだろうか。


（二〇一三年十二月、作家）

この作品は二〇一一年九月新潮社より刊行された。

警《けい》官《かん》の条《じょう》件《けん》

新潮文庫　さ－24－16

平成二十六年二月一日発行

著者　佐《さ》々《さ》木《き》譲《じょう》

発行者　佐藤隆信

発行所　株式会社新潮社

郵便番号　一六二―八七一一
東京都新宿区矢来町七一
電話　編集部(〇三)三二六六―五四四〇
読者係(〇三)三二六六―五一一一
http://www.shinchosha.co.jp

価格はカバーに表示してあります。

乱丁・落丁本は、ご面倒ですが小社読者係宛ご送付ください。送料小社負担にてお取替えいたします。

印刷・大日本印刷株式会社　製本・憲専堂製本株式会社

ISBN978-4-10-122326-1　C0193